U0599857

咱爸咱妈

赵韫颖电视文学剧本

赵韫颖 ◎ 著

长春出版社

全国百佳图书出版单位

图书在版编目（CIP）数据

咱爸咱妈 : 赵韫颖电视文学剧本 / 赵韫颖著.
长春 : 长春出版社, 2025. 1. -- ISBN 978-7-5445
-7592-8

Ⅰ. I235.2

中国国家版本馆CIP数据核字第2024L0T181号

咱爸咱妈——赵韫颖电视文学剧本

著　　者　赵韫颖
责任编辑　孙　楠
封面设计　宁荣刚

出版发行　长春出版社
总 编 室　0431-88563443
市场营销　0431-88561180
网络营销　0431-88587345
地　　址　吉林省长春市南关区长春大街309号
邮　　编　130041
网　　址　www.cccbs.net

制　　版　长春出版社美术设计制作中心
印　　刷　长春天行健印刷有限公司

开　　本　880mm×1230mm　1/32
字　　数　311千字
印　　张　15.125
版　　次　2025年1月第1版
印　　次　2025年1月第1次印刷
定　　价　69.80元

祖国东北某城。

一个普通的家庭。

一位患癌症的老人。

一群尽孝道的儿女。

一个哀婉、动人的故事。

一曲养老送终的悲歌。

父 亲

那是我小的时候
常坐在父亲肩头
父亲是儿登天的梯
父亲是儿拉车的牛
忘不了粗茶淡饭将我养大
忘不了一声长叹半壶老酒
等我长大后
山里孩子山外走
想儿时一封家书千里写叮嘱
盼儿归一袋闷烟满天数星斗
都说是养儿能防老
可儿却山高水远已在他乡留
都说是养儿为防老
可你却再苦再难不向儿张口
儿只有清歌一曲和泪唱
愿天下父母平安度春秋

第一集

幽幽大森林，三边曙色。

古老而凝重。

一声沉闷的汽笛，炸碎了长白山的黎明。

从黑暗的森林里吐出一条喘息的铁龙。

车厢　　夜　　内

硬卧车厢内，一片昏暗。

突然，昏暗中爆出一阵剧烈的咳嗽声。

咳嗽声把乔大娘惊醒了，她慌忙起身从枕头底下摸出几张纸。

乔大娘："他爸，有痰没？"

躺在对面卧铺上的乔师傅摆摆手，突然猛地咳了几声。

乔大娘把纸递过去，乔师傅将痰吐到纸上。

乔大娘凑到车厢的角灯前，仔细地看着乔师傅吐的痰。光线很暗，看不清。

　　乔师傅："有血没？"

　　乔大娘："看着好像没有。"她说着向车门走去。

　　车门口，乔大娘打开了包痰的纸，她看到了紫黑色的血。

　　乔大娘忧愁的脸。

　　乔大娘走回车厢："老头子，趁天还没亮，再眯一会儿吧，还得倒车呢。"

　　乔师傅坐起身："睡不着，醒好一会儿了。你说我怎么就记不准了，送咱妈走的时候那包药给她带上没？"

　　乔大娘："带上了。我给咱妈装进那个大黑兜子里了。"

　　乔师傅："可我往里装那袋蛋糕的时候不是又拿出来了吗？我这半天就想不起来那药拿出来以后再装里没。"

　　乔大娘也说不准了："对，你又拿出来了。"

　　乔师傅焦急地："你说咱妈到二姐家犯了病咋整？那老山沟里再没个应急的药……"

　　乔大娘猛地想起："唉，老头子，你装完蛋糕那包药就装不下了，好像装到别的兜子里了。"

　　乔师傅连声应道："对，对，我想起来了，让我塞到衣服包里了。对啦，这就对啦。真吓了我一跳。"

　　乔大娘："快睡吧，别自个儿折腾自个儿了。"

　　乔师傅躺下，叹道："我是真不放心这老妈呀，八十多岁的人啦，我把妈送到二姐家往回走的时候，妈非要送我上车站，怎么说也挡不住她，到底送我上了车，等车从葫芦套那边绕过去的时候，大老远的，她还在那儿望着呢。"

一声长叹，火车钻进了山洞。

物理研究所　　日　　内

物理研究所第五研究室，一位三十五、六岁的年轻人正在计算机前紧张地工作着，他叫乔家伟，是乔师傅的大儿子。那文静、诚朴的面孔透着十足的书生气。

年轻漂亮的女研究生方远航敲门进来："乔老师，你的电话。"

家伟："你告诉他过半小时再挂过来。"

方远航："是你老家来的长途。"

"老家长途？"家伟一愣。

家伟快步走到办公桌前，抓起电话。

家伟："喂，我是乔家伟。噢，是王叔呀，您好，啊，你说吧，我能听清……什么？王叔，你慢慢说，到底怎么回事儿？"

手握着电话听筒的家伟猛地惊呆了。

乔家伟家　　日　　内

乔家伟家一室半的居室显得很狭小，两个书柜占了一面墙。

家伟和罗西正在整理房间。

家伟："把那个小桌搬走廊去吧，晚间我看书用，省得影响别人休息。"

罗西想了想："也行，先将就几天吧，反正也用不了多长时间。"

家伟闻言，看看罗西，目光抑郁而沉重。

门铃响了。罗西忙去开门，是家男急急忙忙来了。

家男进屋见家伟便道："哥，我从接到电话到现在，脑瓜子一直嗡嗡地叫，爸这肺上到底长个什么玩意儿，你咋不好好问问王叔。"

家伟："是个什么东西谁也说不准，医生也是怕不好，才力荐爸来咱们这儿的。"

家男："老天保佑，千万别出啥事儿。"

家伟："爸死活不来，大伙好不容易把他劝来了。"

家男："爸那倔巴脾气上来了，能把你气死，有病从来不上医院，实在爬不起来了，吃两片索米痛片。这回这病啊，不定得多长时间了呢。"他说着说着竟有些来气了，"你说那年他后背也不知长个啥，痛得龇牙咧嘴，白天晚上睡不着觉，你倒上医院看看那，不！抓两个蜘蛛捣巴碎了，糊上了，差一点糊个败血症。"

罗西一听，忍不住笑了。

家伟："唉，你就别磨叨了，今天爸能来这儿叫咱们给他看病，就赏脸了，你知足吧。这一溜道儿不一定折腾个啥样呢。咱俩也得准备接站去了。"他说着去厨房洗洗手，准备走。"哎，罗西呀，今天晚上包饺子，韭菜和肉馅我都买回来了。"

罗西正在整理床铺；听家伟说包饺子，便一愣，"包饺子？刚下车，忙忙活活的，明天再包吧。"

家伟一边擦手一边从厨房走出来："别，爸这次来心情肯定不好，让他吃点儿顺口的，爸愿意吃韭菜猪肉馅饺子。"

罗西："那明天包不也一样吗？"

家伟固执地："今晚包。"

罗西不高兴了："你从单位一回来就直发憋，你说这么多人吃晚饭，非得包饺子，还不得包到后半夜去？包饺子也行，你别去接站了，咱俩在家包。"

家男见此情景，忙道："哎哎哎，我吃过饭了，心兰一会儿也吃完饭来，佳冰和佳丽这个点儿正在学校吃饭呢，晚上不就多咱妈咱爸俩人的饭吗？他们这一路着急上火的，也吃不多少，你把面和好，馅拌好就行，不用你包，等人都来了，大伙动手，保证二十分钟吃上饺子。"他说着去拨电话。

罗西让家男说得有些不好意思，忙道："我不是嫌费事儿，我是怕人都来了，我这饭做不好让大伙挨饿，都累一天了。"

家男这边拨通了电话："找一下李心兰……心兰哪，你吃完饭早点上大哥家来，帮着干点活儿……"

罗西一把抢过电话："心兰哪，你晚上来我家吃饭吧，包饺子，没事儿……"

这时，家伟早已穿戴好，他打开门："家男，走了。"说着头也不回地出去了。显然是不太高兴了，家男忙跟了出去。

车厢　　日　　内

车厢内，乔师傅盘腿坐在卧铺上，心事重重。

列车员拎着拖布过来，大声嚷嚷："车快进站了，赶紧收拾东西……"她正说着，砰，拖布把儿碰到了一个工人打扮的小伙子头上。

小伙子一边揉着头，一边叫："我说你能不能轻点儿？要没买票打一下也就不吱声了，可我有票哇！"

周围的几个人笑了起来，列车员白了小伙子一眼，扭头对乔师傅："告诉你收拾东西没听着是怎么的？这杯子是要还是不要了？"

乔师傅火了："我这杯子就放这儿，敢给我扔了是咋的？"

列车员白了一眼乔师傅又上前面吵吵去了。

乔大娘："他爸，这你火啥？犯得上吗？"

乔师傅："这一道儿火车坐得这个憋气。"

乔大娘笑了："是你自个儿一肚子不痛快，逮谁朝谁使劲儿。哎，他爸，你说，咱去住谁家呀？"

乔师傅："我也正合计这事儿呢。"他叹了口气："我真还相中家男家了，可他两口子租那么巴掌大个地方，咱也不能硬去挤呀，那俩丫头还住学校宿舍呢，都没合计了，就剩老大那儿。"

乔大娘："你不愿意住家伟那儿？怕家伟媳妇瞧不上咱？也是呀，人家爸那么大个干部，咱这土老帽儿。"

乔师傅："我倒不寻思他干部不干部，我是觉得家伟媳妇脾气隔路，怕让咱那大小子作难哪。"

乔大娘："你是说咱家伟做不了媳妇的主？"

乔师傅："唉，万事别求人，求谁也是个难，求到儿女头上了，更觉得难。"

乔大娘："我说你又自个儿折腾自个儿了，咱就来看看病，定下来是啥病了，拿了药回家吃去呗，也用不了几天。"

乔师傅："嗯，就是手术，有一两个月也利索了。"说着，掏出烟就抽。

乔大娘："你怎么还抽啊？你打哪儿弄的烟？大夫说没说你这病就是烟上得的？"

乔师傅："我心里烦，抽完这支不抽了。"

乔大娘："你立马掐了，来个铁路警察。"

乔师傅忙掐了烟，将剩的半截烟头揣到了兜里。

站台　　日　　外

家伟和家男站在站台上，向远处张望。

静静的铁轨伸向西边的暮霭中。

佳丽心事重重地走来，三人相见，无话，却几乎是同时看了看自己的手表，那份担忧和焦急掩也掩不住地挂在脸上。

家男在站台上来回走着。

佳丽叹了口气，"你说先带咱爸去哪个医院？"

家伟："我问了一下，人家说该先去肿瘤医院。"

佳丽："我看还是医科大学医院技术过硬。"

家伟："肿瘤医院的设备好，而且治疗这类病有经验，先去查一下吧。"

佳丽："那也好，咱们得抓紧。"

家男凑过来，"是不是得先联系好大夫？这么冒懵去能行吗？"

家伟："一时也找不出什么关系。明天早晨我早点去医院，挂个专家门诊，看看情况再说。"

家男："你事儿多，还是我去吧。"

佳丽："你明天没课？"

家男："让心兰给我代一下就行，你们明天该忙啥忙啥去。"

家伟："不，给爸看病我得去。"

"呜——"远处一声汽笛长鸣。

家男脱口道："爸到了。"

三个人顿时紧张起来。

火车徐徐进站。

家伟跑向车头，家男跑向车尾。佳丽站在中间。

站台喧闹起来。

家男终于发现了乔大娘正在窗口向外伸头望。

家男边跑边喊："妈，妈——"

车厢　　日　　内

车上，乔大娘对乔师傅："来了，来了。"

乔师傅："哪个？"

乔大娘："是二小子，过来了。唉，还有……"

车窗外，家男跑过来，他双手把着车窗窗框。

家男："爸——"他忽地觉得鼻子一酸，忙扭头道："我上车接你们。"

家男把父母接下车，佳丽和家伟也跑来了。

站台　　日　　外

家伟一把抓住父亲的手："爸——"他接过父亲肩上的兜子，心疼地望着父亲那消瘦的脸，"爸，这一道儿累了吧？你怎么样？"

乔师傅紧紧握住儿子的手："没事儿，我没事儿。"

佳丽忙问母亲："妈，你呢？晕车没？"

乔大娘："我还行，头一回坐这么长时间火车，我就怕你爸顶不住。"

家男："来个信呀，我去接你们，这叫人多不放心。万一道上出点什么岔儿咋整？这大包小裹的，都装些啥呀？死沉死沉的，拿得动吗？"

乔大娘："我说不拿这么多东西，咱上省城是去看病的，不是去赶集的，可你爸偏说这个愿意吃煎饼、那个愿意吃蕨菜的，到了弄个超重好受了，在通化换车时，让人家罚二十块钱。"

乔师傅有些不高兴地说："那我说不来不来，你非得让来，什么大不了的病，咱县还治不了，偏得上省城？你说走这一趟，折腾自个儿不算，还折腾着老妈、折腾着孩子们。"

乔大娘："那我不是怕你这病……"她突然打住了话头。

家伟忙道："爸，妈，咱们快走吧，天马上就黑了，到家再唠。"

乔家儿女拥着父母向前走去。

"爸——，妈——"突然，佳冰从后面大步跑了过来。

众人忙停下。

乔大娘一回头，见佳冰险些和一个小伙子撞到一起，"这个疯丫头。"

气喘吁吁的佳冰跑到跟前便嚷嚷开了："爸，妈，你们来了，太好了！我正想你们呢。"她高兴地挽住了父母的胳膊，向前走去。"开学的时候，我让你们跟我一块来溜达溜达，你们又是放心不下奶奶，又是开春修房子的，说啥也不来，怎么这么几天就想开了？说说吧，你们俩谁想来的？谁张罗来的，谁是我亲爹亲妈。"

家伟打断了她的话："小妹，别闹了，爸妈这一道儿挺累的了。"

佳冰一晃头："不行，我想你们想得抓心挠肝的，你们俩谁想我了？谁想我……谁想我，将来老了的时候，我给他倒洗脚水。"

乔师傅的脸上终于有了一点笑容："你妈想你。"

乔大娘："我可不想，你爸想你，给他洗脚吧。"

乔师傅："你不想？老丫头开学回学校，你求侃师傅给买卧铺票，明明能买着 23 号的，你非给买个 25 号的。不让她提前返校。"

乔大娘："那不是你说 25 号走赶趟儿吗？你不想？那老丫头一来信，你非得抢着先看，看完了，立马回信，这回写信也不嫌费事儿了，一门查字典。这老大、老二、老三，加一块你写过几封信。"

乔师傅："我那时候厂子里活儿忙，一天加班加好几个点儿，为那一块三的加班费，哪有工夫写信？现在厂子都要黄摊儿了，一天天闲着，给孩子写封信还不应该呀？"

乔大娘："你说写信吧，还真下力气写，一写两大篇，满满的，等信邮走了，你问问他，写没写让孩子回个信儿，到底几号放假？人家一拍大腿，'哎呀，忘了'。你说，你那信写的有啥用？"

乔师傅有些急："我写的没用，你咋不写？你写呀！"

佳冰："哎哎哎，你写封信有什么了不起的？瞪这么大眼睛干什么？"

乔大娘："人越老这脾气越大，在家吧，三句话不来，眼珠子瞪溜圆。"

佳冰指着父亲："好，你欺负我妈？是吧？大哥，你把前面那个师傅拎的那个大扳子借来，给咱妈，有仇报仇，有怨报怨。"

家男忙在一边笑道："爸，这大包儿给你扛着吧，怎么着也挡一阵子。"

众人大笑。

乔大娘："哼，要不叫他有病，你寻思我不揍他？"

佳冰一愣："有病？爸你有病了？你怎么了？"

乔师傅："没啥大事儿。"

佳冰急了："你快说说，怎么啦？"

乔师傅："这肺拍个片子，说是有点问题，让上这来检查一下。"

佳冰："爸，医生说严重吗？"

乔师傅："没啥事儿。消消炎就好了。根本用不着往这儿折腾，可我说不来吧，你妈连哭带嚎的，好像我不来呀，就有今个儿没明个儿了似的，那大夫也怕担责任，一个劲儿捅咕我来，大伙和我磨叨，真把我磨叨烦了，来就来吧。"

佳冰："真的？哎哟我的上帝，我这两条腿都让你吓软了。我可告诉你们俩，在家里吃好、睡好，每天坚持锻炼锻炼，千万把身体搞好了，出家在外的儿女，最怕的就是爹妈有病。你们听清楚没有？别像我们班高微微她妈，咣当一个肝昏迷，三天两头下病危通知，弄得高微微整天哭哭啼啼的，结果，上学期考试两门不及格。"

突然，乔师傅猛地咳了起来。孩子们全愣住了。

乔师傅咳了一头汗，终于把痰咳了上来。

乔大娘递过去纸。

乔师傅把痰吐出来。

乔大娘："有血没？"

乔师傅："瞎吵吵啥！"

佳冰："爸，你怎么了？你到底得了什么病？"说着眼泪快急出来了。

乔师傅一直握着手里的纸不让人看："没啥事儿，看把你吓的。"

佳冰："爸，我可真害怕。"

肿瘤医院　　日　　内

肿瘤医院挂号处早已排起长队。

家男进门一看，忙问排尾的一位老者："大爷，哪天都这么多人吗？"

老者："哪天人也不少，不过今儿个肯定是多点儿，周四，胡主任、肖主任还有汤主任都出诊。"

家男："那你说的这几位都是挂牌的专家门诊呗？"

老者："对。"

家男："他们一周出诊几次？"

老者："就周四上午。"

家男："哟，那今个儿还真让我赶上了。你这就是排尾吧。"

老者："不，你是排尾。"

家男笑了。"对，没错。"一回头，身后已经排上两个人了。

家男又道："大爷，你挂哪个主任？"

老者："胡主任。"

家男："这肺上有个阴影，想看看是咋回事，挂哪个主任？"

老者一指前面挂号处窗口上的大黑板："那你得挂胸外科，我这眼睛不好使，你看看是不是肖主任？"

家男看了看："胸外科，肖云昭主任。"

老者："那就对了，是他。你到窗口的时候，再问问，别挂错了。"

家男忙道："哎，谢谢大爷。"

突然，人们都骚动起来。

老者："站好了，开始挂号了。"

说着，家男和老头儿不住地往后退。前面那些抽烟的、坐着的、聊天的，都迅速站到了排里。

一个戴红袖标的人在维持秩序。

老者回头对家男说："你呀，挂上号以后，赶紧去二楼胸外科诊室门口排队，你看住了，这夹楔的人才多呢，净是些认识人，不少人手里都有熟人写的条子，你看不住，一上午也看不上。"

胸外科诊室　　　日　　　内

胸外科诊室门口，家男和等候就诊的人都按顺序排坐在墙边的长条椅上。

家男在数着他前面的人："十五、十六、十七……"

家伟和乔师傅上楼来。

家伟："家男，挂上号了？"

家男："挂上了。爸，你这么快就来了，咱们三十七号，早着呢。你就先坐这儿歇歇，一会儿让我哥带你出去溜达溜达，我在这儿挨号。"

乔师傅往椅子上一坐："开始看没？"

家男："大夫刚进去，还没喊号呢。爸，今天你运气不错，正好赶上肖主任出诊，他每周就周四上午出诊。"

乔师傅："是吗？这可挺好。"

家伟："家男，你把挂号票拿好，别弄丢了。"

家男答应着把挂号票揣了起来。

乔师傅和家伟、家男仍在挨号，只是他们的座位已经快靠近门口了。

乔师傅看看表："这过去俩点儿了，看到二十号，要就这么的，咱上午差不多能看上。"

一个年轻的女护士出来喊："21号至30号的把挂号票拿来。"

许多人向门口挤去。

家男："下回就轮到咱们这拨儿了。"

乔家伟家　　日　　内

家伟家，只剩乔大娘一个人在家，她心神不宁，坐也不是，站也不是。

乔大娘从窗户往楼下望望，楼下静悄悄的，回头看看墙上的石英钟，才十点多。

乔大娘揣起盆，挑起大米里的砂子。

胸外科诊室　　日　　内

胸外科诊室门口，女护士又出来喊道："31号至40号把挂号票拿来。"

家男急忙上前几步递上挂号票："这是37号。"回身赶紧去扶乔师傅。

乔师傅："这可不大离儿，还真排上了。"

门口的人很挤，又高又大的家男在前面开路，家伟在后面保护，很顺利便挤进去。

一个中年人背着个老人上楼来了，他把老人放到椅子上，直起腰来，喘了几口气，原来是个又细又高的大个子。人们都冲他那大个儿喊他大刘。

大刘："爸，今天这人不少哇。"

刘大爷："慢慢排着吧，这上午肯定看不上了。"

大刘："你在这儿等一下，我先进去看看。"

大刘推开诊室门，看了看。

王护士一边整理挂号票一边嚷着："没排到的在外面等着，别进来。"

大刘招呼道："王护士。"

王护士一回头，转身出去了。

诊室门外，王护士："大刘，你怎么才来？"

大刘："唉，我父亲单位的车来晚了，半道又坏了，好容易才晃荡来，就这时候了。"

王护士："你多少号？"

大刘："69号。你能不能想想办法，我把老头儿折腾来不容易，单位那车还在外面等着呢。"

王护士："你进来吧。"

诊室内，肖主任指着一个患者对王护士说："你马上带他到CT室，尽快安排一下。"

王护士带着患者走了。

下一个该大刘了，可这时家男上前把大刘的挂号票拿到了最后。

大刘："哎，你别乱动。"

家男："你这是夹楔，这是69号。"

大刘把挂号票拿到前面："我这是昨天挂的号，王护士可以作证。"

一位中年妇女插嘴道："昨天的号作废，这是规矩，我懂这个，你上后面去。"

肖主任伸手拿挂号票，大刘递上去，被家男挡住。

家男："肖主任，他是夹楔的。"

大刘急了："谁说我夹楔？我早就来啦。"

家男："你早来了？我在外面排了好几个小时，怎么就没看着你？"

大刘："没看见我是你眼睛有问题。"

家男火了："我说你这人讲不讲理？啊？如果你真有特殊情况，不是不可以优先，就算我们学一把雷锋，学雷锋有难度我们学学好孩子赖宁，总可以吧？实在不行，我们就认了，当一把孙子，可着你先看了。但你要就这么不讲理了，我告诉你，68 号以后，70 号以前，有那么个地方，是你的。你痛快看住了，谁要敢往你前面夹楔，我给你找把刀去。"

大刘索性不理在一边嚷嚷的家男，从兜里掏出个信封递了过去。

大刘："这个给您，肖主任，请您帮帮忙。"

肖主任接过信封，手伸进信封拿信，却没把信抽出来。

肖主任："患者呢？"

大刘忙道："不能走，在外面坐着呢。"

肖主任："你把患者背到里间去。"说着起身进了里间。

大刘将刘大爷背进了里间。

原来又是个"关系户"，等候就诊的人议论纷纷。

肖主任拿起又一张挂号单，念道："乔贵义。"

家男忙道："在这儿。"

乔师傅坐到桌前。

家伟把乔师傅带来的胸片递给肖主任："这是五天前，在县医院拍的胸片。"

肖主任看了看胸片便放下丁，低着头一边写一边问。

肖主任："痰里有血没？"

乔师傅："有。"

肖主任："咳血多长时间了？"

乔师傅："有两三个月了。"

肖主任："那怎么才来？"

乔师傅："也没寻思能长东西。"

肖主任："吸多少年烟了？"

乔师傅："也有三十多年了。"

肖主任："把手伸出来。"

乔师傅伸出一只手。

肖主任："两只。"

乔师傅伸出两只手，肖主任看看指尖，又翻过来看看手掌。

肖主任："你得先去验一下血，做个心电，然后预约做个气管镜检查。"说着把已开好的几个单子递给了家伟，"快去吧。"

肖主任拿起另一张挂号单："下一个，单凤珍。"

乔师傅不明白怎么这么快就看完了，便问："大夫，我这病是咋回事？"

肖主任："检查完再说。"

家伟："肖主任，您看我父亲这病用不用住院检查？"

肖主任："最好是马上住院，不过现在床位很紧张，一时安排不了，你们就先在门诊查吧。"

罗主任家　　　日　　内

罗主任家，罗西坐在沙发上看剧本。

刘嫂进来："他大姐呀，你是吃点水果呀还是喝点茶？"

罗西："我什么都不要，你忙你的去吧。"

一阵清亮亮的鸟叫声，是门铃响了。

罗北回来了。

罗西："你上哪儿去了？我等了你半天。"

罗北："咱们离休的那个李市长驾鹤西行了，今天早上爸爸从珠海来个长途，让我买个花圈给送去。"

罗西："爸爸离家那么远，就不能装不知道？自己安心把身体养好得了，管这么多。"

罗北："这又是你不懂了，爸爸这叫不甘寂寞，你可不能小看了这遗体告别仪式，不只是多大的干部有多高的规格，事实上这也是一种社交活动。李市长的告别仪式来的都是什么人物？爸爸不愿意在这个时候让人们忽略了他。"

罗西："你别恶心我了。李市长是爸爸三十年前的老领导，爸爸是很尊重他的，你怎么这样儿？"

罗北："我怎么？告诉你，买花圈、送花圈、恭恭敬敬地替爸爸向李市长三鞠躬的是我罗北，这苦力那么好当的吗？算了算了，咱们说正经事儿。导演三天以后就到了，戏要开拍了，我这钱才凑够了一半儿。"

罗西忍不住挖苦他："你这个音像公司，是个正宗的皮包公司，就一个地道的空皮包。"

罗北："你这话说得比较深刻，有点像我罗北的姐姐了。不过还没说透，我这叫什么皮包？纯粹就是个要饭兜子！全指着赞助过日子。不过，这是刚开始创业，比较困难，等积累点资金打开局面就好办了。我现在是刚上井冈山，我得过雪山草地……"

罗西："得得得，你还是说说，差那一半钱上哪儿讨弄去吧。"

罗北起身从书橱里拿出一张照片，递给罗西。

照片上是罗西的父亲和另外一位独臂长者的合影。

罗西不解地望着罗北那一脸狡黠的笑。

罗西："搞什么名堂？你是要打严伯伯的主意？"

罗北点点头。

罗西："净扯淡，你让钱逼疯了，揩这七八十岁老头子的油？"

罗北："值钱的就是这七八十岁。当年在朝鲜战场上，要不是爸爸舍出身家性命，从李承晚的枪口下救出他这条命，他丢的可就不是这一条胳膊了。"

罗西："这严伯伯都退多少年了，根本不管事儿了。"

罗北："可他儿子正管事儿呢。今儿个我去送花圈的时候，严伯伯的大儿子也去送了一个，这我才知道那小子现在抖起来了，头几年从国外戴了两顶什么博士帽回来了，现在出任咱们这石油化工总公司副总裁。我以前怎么不知道这个茬儿呢？你知道吗，他们每年的广告费最少二百万。我一听这心像猫抓的似的。"

罗西也不禁眼睛一亮："那你跟他聊聊没？"

罗北："他带车来的，送上花圈，鞠仨躬就走了。没看着我，看着我也不见得认识了，但只要认出我来，肯定能和我打招呼，要不是我爸爸，他老爹四十年前就该送花圈了……"

罗西："他们公司若能把这笔广告费分出十分之一给咱们，就相当可观了。"

罗北："十分之一是多少？二十万！二十万能干啥？起码他得给我五十万。其实他也上算，我的戏给他带广告，走遍全国。"

罗西："咱们和他现在还说不上话，我看，咱们得先去严伯伯家串个门儿。"

罗北眯着眼点点头："此事马上办。"

乔家伟家　　　日　　　内

家伟家，乔大娘看看表，把电饭锅的插头拔了下来，将切好的菜装到了盘子里。

乔大娘从窗户伸出头去望着，楼下仍是不见乔师傅的影儿。突然，门铃响了，乔大娘忙去开门。

乔大娘："可算回来了，把我都急死了。"

乔师傅一声不吭，换了拖鞋径直朝屋里走去。

乔大娘觉得乔师傅不对劲儿，惊骇地瞪着眼，悄声问家伟和家男："咋，这病不好？"

家伟："不，爸是有点儿累了。"

乔大娘舒了口气："吓我一跳。"

乔师傅进屋往沙发上一坐，又掏出了火车上剩的那半截儿烟头。

家伟一见忙递过来药和杯子："爸，这药得饭前吃。先吃了吧。"

乔师傅把烟又揣到了兜里，开始吃药。

乔大娘凑到跟前小心地问："今天这个专家门诊给怎么看的？"

乔师傅气呼呼地："你问二小子去。"

家男站在一边不吱声。

乔大娘："家男，你没给挂上专家门诊？"

乔师傅："六饼个专家门诊，还不如咱那县医院的大夫。你瞅他那个样儿，头不抬眼不睁的，'痰里有血没''吸多少年烟了''看看手'，这病就看完了。归齐了，连个扁屁也没放出来。"

家伟劝道："爸，你也用不着发火，医生也是肉眼凡胎，他必须得借助各种检查来下结论。人家不是让你做进一步检查吗？"

乔师傅："我快六十岁的人了，这点眉眼高低看不出来？明摆着是家男多嘴多舌的惹得人家肖主任不高兴了。"

家男分辩道："我也没说肖主任哪。"

乔师傅："你没说肖主任，可你知道人家和肖主任什么关系？这条子往上一递，人都背里屋检查去了。那是一般熟人吗？你说说，那地方显得着你了？又学什么雷锋、学什么赖宁，还要给人找把刀，我告诉你，你小子从小嘴就欠。三岁带个持老相，念个大学也没见你出息。赶明个儿我看病，你别跟着了。"

家男让父亲骂得满脸通红，直喘粗气就是不敢顶嘴。

乔师傅："再说了，人那老头儿病得不轻啊，都不能走了，他先看就先看呗，一上午都等了，咱还差那一会儿了？"

家伟："爸，我看今天这病看得可以了。一个是咱们对医院的基本情况有了个大概的了解，下回去就不发憷了，人力、时间的安排，心里都有数了，再一个是对你的病又开始了进一步的检查，验了血，做了心电，测了血压，你觉得没什么用，可这些是你气管镜检查的准备工作，必须得先做了。而最主要的是他明确地告诉我们你需要住院。所以我们下一步的任务是在你做门诊检查的同时，尽快想办法使你能入院治疗。所以今天跑这一趟值得。"

乔大娘："我看家伟说得在理。"

乔师傅也似乎消了点气。

乔大娘："家伟，这大米饭我做好了，可这煤气我寻思好几寻思也没敢点，菜都切好了，炒完就吃饭。"

家伟："你们都歇着，我来做。"他说着进了厨房。

家男随后跟进厨房，抢先扎上围裙："哥，我弄菜，你去陪爸唠唠嗑，让他消消气，好吃点饭哪。你去吧，你会说。"

家伟笑着拍了拍家男的肩膀："那我就'君子动口不动手了'。"

家男："哎，哥，你说这肖主任看别人的片子都挺细，怎么拿起爸这片子看两眼就扔那儿了？"

家伟："我也琢磨这事儿了，只有两种情况，一种是没认真给看，再就是爸这片子人家一目了然。"

家男："我看像后一种，要不然你看他问爸……"

乔大娘进来了，家男忙收住了话头。

午饭后，乔师傅和乔大娘在小屋里休息了。

罗西风风火火地回来了。

家伟："怎么才回来？饭在锅里呢。"

罗西："我在我家吃过了。"

家伟："嘘，小点声，那屋睡了。"

罗西压低了声音问："上午看病看得怎么样？"

家伟："没什么结果，先做检查，等着有床位时，再入院治疗。"

罗西倒了杯水，边喝边说："我爸爸要在家就好了，我估计也就这结果。你现在看病，不找人根本不行。哪个医院床位不紧张？可为什么有人随时可以住进去而有的人排一个月住不进去？"

家伟："我也在琢磨着，谁能和这肿瘤医院说上话呢？"

罗西："真要办点什么事，就看出你没用了。"

家伟："下午上单位我打听打听，看看谁……唉？对呀，有一个人。"

罗西："谁？"

家伟："方远航。"

罗西："方远航是谁？"

家伟："我们室的一个研究生，她有朋友正在肿瘤医院给德国专家做翻译呢。我得赶紧去单位。"

罗西："你几点回来？我今天有事儿，晚上你去学校接落落。"

家伟，"不行，我上午没去单位，室里的实验都停了，我今晚上得加夜班，不定几点回来。晚饭我不回来吃了，妈不敢用煤气，你早点回来弄弄晚饭和孩子。"

罗西把茶杯一放："我告诉你，我今晚在饭店订好了一桌，要请人吃饭。"

家伟："请谁？"

罗西："罗北的朋友，帮我们搞这部电视剧的。"

家伟："那由罗北出面就行了吧，家里脱不开，你就别去了。"

罗西："罗北去沈阳了，明天才能回来。"

家伟生气地："反正我跟你说清楚了，晚上我回不来。"

罗西分毫不让："反正我也告诉你了，晚上我必须去。"

这时，乔大娘从小屋出来了："你们该忙啥都忙啥去。孩子放学我去接，早晨是我送去的，没几步路，能送去我就能接回来。煤气我也知道咋点，不行先让你爸给我点着火不就得了，可别为这点小事吵。"

家伟："妈，学校门口那条马路可宽了，上下班时候车特别多，千万小心。"

乔大妈："知道，知道。"

家伟："妈，你来，你点点煤气试试，我可真不放心。"

屋内乔师傅又是一顿咳。

第二集

乔家伟家　　日　　内

家伟家门口，屋里传来一阵阵快乐的琴声。

方远航正在按门铃，她身着一套咖啡色春装，头戴礼帽，风度翩翩。

罗西开门，见是个陌生人："你找谁？"

方远航粲然一笑："您好，我是方远航，我找乔家伟老师。"

罗西："噢，请进吧。家伟，来客人了。"

家伟忙迎出："啊，是小方。请进，请进。"

乔大娘和乔师傅急忙躲进了小屋。

落落正在练琴，家伟拍拍她，示意她到小屋去。

家伟让方远航落座后，转身道："爸，妈，你们过这屋坐吧，是我们单位同志。"

乔师傅和乔大娘返身又出来了。

家伟："爸，妈，这是小方，我们室的,她是专门研究火箭的。"

　　乔大娘："呀呀，真了不起，研究火箭！看不出来，像个电影演员。"

　　乔师傅："研究火箭的，可不得了。"

　　方远航笑道："大伯，真正了不起的是您的儿子，他现在研究的课题，国际领先，将填补我国航空工业的一项空白。"

　　乔师傅一听这话，乐得不知说什么好："呵呵，也是呀，家伟这孩子，从小就不用大人操心。"

　　罗西洗了水果送上来："小方，来，吃点水果。"

　　方远航："谢谢。"

　　家伟："爸，小方正托她的一位朋友给你联系住院呢。"

　　乔师傅："我这一病，麻烦了多少人。"

　　方远航："大伯，您千万别这么说，我就是为这事儿来的。我那位朋友给联系的那张床，有几个人争，高医生已经点头了，基本同意收您入院。但最后怎么决定的，还得等今天十一点钟的电话。"

　　家伟："就是说十一点通知我们可不可以入院？这就快到了。"

　　方远航："今天星期天，我让他把电话打到这儿来。"

　　乔师傅："不能出什么岔头吧？"

　　方远航："没有绝对把握，但高医生已经点头了。"

　　家伟："小方，这高医生是主治医生？"

　　方远航："对，我们联系的是三疗区，高医生是这个疗区最棒的医生。所以如果她能接收大伯，那是最好不过的了。"

　　门铃响了，罗西去开门。

　　佳丽和佳冰来了。

佳丽把一兜东西递给罗西："这是给爸买的牛肉腱子，一会儿我来做。"

罗西："好。"

家伟："来来来，我介绍一下，这是我的两个妹妹，这是小方。我们室的同事。"

佳丽："您好，我叫乔佳丽。"

方远航："久仰久仰，听乔老师说过，您正在攻读理论力学博士学位。"

佳冰把手伸过去，笑道："您好，我叫乔佳冰，乔老师肯定没向您炫耀过我正在攻读学士学位。"

方远航："乔佳冰的名字是不熟，不过我们室的人都知道，乔老师有一个很小的妹妹，又聪明又漂亮。"

哈哈哈……

众人的笑声突然被电话铃声打断了。

十一点整。

家伟忙去接电话："喂，哪里？噢，对对，我是乔家伟，啊，小方也在这儿呢。请她说话，好好，请稍候。"

家伟把电话给了方远航。

方远航："我是方远航。怎么样？可以入院了吗？……什么？怎么搞的？不都说好了吗？这个高医生凭什么把床给了别人？一点商量的余地也没有了？……嗯……别的事儿能等，这治病能等吗？哎，小齐呀，三天之内你必须得给我想出办法来，我一会儿去你那儿。"她气呼呼地放下电话。

家伟："怎么？不行了？"

方远航："昨天高医生已经答应了三疗区4病室15床，怎么会变呢？真气人。"

乔师傅："小方啊，你别上火，这不是咱自己家的事，哪能想怎么的就怎么的，这床可能也实在掂掇不开了。"

方远航："大伯，我生气的是不行的事儿。她别答应我呀，这边指着她呢。"

家伟："人家也没绝对说定，这不还让咱们最后再等个电话吗？"

方远航："昨天基本上定了，要不然我不会和你说。怎么就变了呢？"

罗西见方远航生气的样子笑了："小方，你呀，大可不必生这气，明摆着，这是让人顶了，一个是人家门子比咱们硬，再一个是人家上礼了，而且送礼的可能性大，现在办事儿，没有绝对硬的关系，你就得用钱去铺路。今天这张床没能占住，说到家是咱们没把事儿办明白。"

家伟："你说的那不对。"

罗西："哪不对？"

家伟："不符合常理。如果说在床位很紧张的情况下，你收了我们住院，或者说在整个治疗过程中，的确你费了不少心，我们从心里感谢你，那么我们送你点礼物，这说得过去，可现在就说那么句话，人是谁还不知道呢，就硬往上塞钱，递东西，这不骂人吗？"

罗西："我瞅着你像才从宇宙飞船上下来的。都什么年月了？你没听人家都怎么说那些医生？'拉开肚子等红包'。"

家伟："谁拉开肚子等红包了？"

罗西："今天这事儿就是。事实是床位很紧张，许多病人在等待治疗，我们要想马上入院，就必须得找关系，而且别人也在找关系。你可以自己端住架儿，我就不给你送礼，可你挡不住别人送啊。这事儿明摆着呢，昨天人家答应收你了，也就是说他有这张床，完全可以定下来的事，为什么还让你今天等个最后结果呢？押这一天的目的是什么？这就是刺开肚子，我敢说昨天如果我们递上红包，绝不是今天这个结果。"

罗西这顿分析说得大家都没话儿了。

乔大娘："那真要像你说这样，我看咱也就豁上去，买点啥儿送去，省得这么干耗着。"

乔师傅："现在床位都没了，送也没用。等着吧，早晚他得给治。"

佳丽："别的地方再联系一下呗？"

方远航："太差的医院不能去，差不多的医院都这状况，而且我们联系的这个主治医生医术特棒。"

佳丽："医生姓什么？"

乔大娘："姓高。"

佳丽："我打个电话问问，怎么个情况，了解清楚了，下一步怎么办，好酌情处理。"

罗西："问也没用，人家打发你还不容易。"

佳丽没理她："有号码吗？"

佳丽接过方远航递过来的电话号码，拨通了电话。

佳丽："喂，肿瘤医院总机吗？请转三疗区。谢谢。"

佳冰："星期天，高医生不见得在。"

佳丽："试试吧。喂，三疗区吗？请问，高医生在吗？好，谢谢您了。"她对大伙说："给找人去了。"

家伟："你主要问问再什么时候能空出床位，请她帮帮忙。"

乔师傅忙道："你和人家说，咱是大老远打山里来的，又是汽车，又是火车，坐了两天一宿才折腾来……"

乔大娘："你告诉人家，帮了咱的忙，咱不能忘了人家。"

佳丽："喂，请问是高医生吗？我姓乔，我是患者家属，我想问一下，我父亲乔贵义原来说可以住到4病室15床，怎么又不行了呢？"

电话里传来一个女人的声音："有好几个人等这张床，原来是准备给你父亲的，可是从我们胸外科转来了一个患者，按院里规定他有优先权，而且这位患者是位残废军人，也该照顾，经过研究，就这样决定了。"

佳丽："那么，我父亲什么时候能入院？他是从一千多公里以外的松林县来的，肖主任说他需要马上入院治疗，可是没有床位，他急得吃不好、睡不好，我真怕他再……"

电话打断了佳丽的话："这样吧，你给我留个电话，有床位我马上通知你。"

佳丽："好，谢谢。我叫乔佳丽，我留给你的电话是我哥哥的电话，他叫乔家伟，电话683214，这是物理研究所的总机号，转359……喂，喂……喂？"

电话那边沉默了一会儿："你父亲现在的身体状况怎么样？"

佳丽："总咳，痰里有血，别的还都可以……"突然佳丽一愣，"什么？你说什么？"

佳丽慢慢地放下电话。

佳冰："怎么了？姐，发什么傻呀？"

佳丽："高医生说让咱们明天上午九点，带三千元押金，办理入院手续，让爸也一起去，先住加床，三天以后有空床。"

大家全愣了。

乔大娘："呵呵，这不是从天上掉下来个大馅饼吗？她准是看咱大老远折腾来的，不容易。这高医生呀，是个善人，我看你爸这病，她准能给治好。"

家伟也高兴了，对罗西说："这医生，你不让我送礼，我都想送点儿。"

方远航问佳丽："她是不是认识你呀？"

佳丽："不认识。"

方远航："怪了，收一个患者住院不这么简单，肯定有什么说道。"

家伟："主要还是你们事先做了工作。"

方远航："管他呢，住上就行。你们该准备什么快准备吧，我还有点事，告辞了。大伯，祝您早日康复。再见。"

乔师傅："给你添麻烦了，小方，有空儿到家里来玩儿。"

方远航走了，家伟和罗西、佳丽、佳冰一起去送客人。

这边乔师傅拧起眉头问乔大娘："我说他妈，怎么一下子得交这么多押金？"

乔大娘："人家大医院可能就这规矩，反正，用不了人家再给退回来，让交就交呗，多也多不几个。"

乔师傅："要交了押金，咱带那俩钱就剩不多少了。"

乔大娘算计算计，叹了口气："唉！忙活儿了一辈子，到了连个过河钱儿也没攒下。走以前，咱俩还有三千六？"

乔师傅："有这个数儿。我送咱妈去二姐家时，给妈撂下二百。来这儿的一道儿咱没花啥钱，吃喝都咱自己带的，就花了点儿路费，这要交了押金，咱腰里就剩二百来块钱儿，这点钱可真不好干啥了。"

乔大娘："那咱跟孩子们先借点儿？"

乔师傅："先别吱声。剩这二百来块钱。咱仔细点花，乱七八糟的东西别买，我住院也就是个伙食费，咱厂长说我要住院就想办法给我掂掇点儿钱来，估摸着住上院厂里就能来人。"

乔大娘："咱算计点花，能接济上。我在家把饭做好，给你送去，吃得还可口，还省钱。"

乔师傅："嗯，那可能省不少。不行。路太远，你来回跑不起。"

乔大娘："我当溜达了，有啥跑不起的？"。

佳冰从外面回来了。

乔大娘："客人走了？"

佳冰："他们在楼下唠呢，哥让我先回来陪你们。"

乔师傅一见佳冰，猛地想起："哟，他妈，咱这个月还没给佳冰生活费呢。"

乔大娘一听有些傻眼了："咋忘把她算进去了！那……"

佳冰："怎么？是不是交完押金就没钱了？没钱不要紧，我不管你们要，我朝哥要去。"

乔师傅："不行朝你哥要。佳冰，你现在兜里有多少钱？"

佳冰："还有三十多块。"

乔师傅对乔大娘道："你先给她拿五十。"

佳冰："不用，我先管同学借点儿也行。"

乔师傅："那是干啥？你把这五十块钱拿着，只要你老爹腰里还有一分钱，就不能让你向别人张嘴。"

听了父亲的话，佳冰很受感动。

佳冰接过钱："爸，那这个月不用再给我钱了。"

乔师傅："你平时一个月得一百五，这你手里就八十来块钱儿能对付下来吗？别的你省点，但你得把饭给我吃好了，过几天厂子的人送来钱，我再给你。你老爸就是不治病，也不能让你饿着肚子念书。"

佳冰："爸，这个月真不用再给我钱了，上个月我们同学向我借了二十，这个月她能还我，加上这八十，我就够了，除了吃饭，别的我不买啥了。"

房门响了。乔师傅忙摆手："麻溜把钱揣起来，别说了。"

家伟和罗西、佳丽送客人回来了。

家伟："爸，妈，你们先休息一会儿，我们做饭，一会儿就好。"

乔师傅："家伟啊，有这么个事儿，你立马儿给我办了。"

家伟："行，啥事儿？"

乔师傅指着家伟的电话："你赶紧往咱县挂个电话，挂我们厂子，告诉他们我住上院了。你现在就挂。"

家伟笑了："我这个电话得通过所里总机转，不给打长途。这事儿，你别着急，等给你安排好了，我挂就是了。"

乔师傅："你尽早挂过去，大伙儿都惦记着呢。"

家伟："行，你放心就是了。"

街上车内　　日　　内

街上，王超开着一辆标志警车疾驰在柏油路上，车上前排坐着罗北，罗西坐在后排。

罗北："王超，你明天晚上有空没？有空给我跑一趟。"

王超："可以呀，去哪儿？"

罗北："去机场接趁导演。"

王超："哟，导演都来了，我说罗北你这戏是真要干了。"

罗北一笑："呵呵，开玩笑，我不干我这东跑西颠地折腾什么呀？"

王超也乐了："这还来真格的了。"

罗北："王超，你说对了，我罗北现在就开始动真格的了，你看着，我非干出点成绩来，给美国顾问团看看。"

王超："哪个美国佬招惹你了？"

罗北："这美国佬就是我爸爸。老爷子……"

罗西："罗北，歇一会儿吧。"

罗北："得，不说这。王超，等哥们儿发达了，你干脆脱了这身皮，到我这来咱们一块干。"

王超笑道："这腰里要不揣两颗贼胆，还敢跟你干？"

罗北哈哈大笑："现在这年头，没颗贼胆，就别想当那乱世英雄。"

王超："哎？你今个儿化缘能化多少？"

罗北："二十万到一百万之间。"

王超："我的妈呀，你不是带枪去的吧？"

罗北："告诉你，我去结一笔几十年的老账。"

王超："什么老账？"

罗西忙抢过话头："哦，是我们的一个老关系。罗北呀，合同书你带着了吗？"

罗北："唉，我装你兜里了，你快看看，这玩意儿可别忘了。"

罗北一回头，罗西狠狠地剜了他一眼。被王超在镜子里看个清楚。

石化公司门口　　日　　外

警车在石化公司大门口被拦住了。罗北下车和门卫交涉。

罗北："我找你们严副总裁。"

门卫："哪的？"

罗北递上名片。

门卫看看名片，嘟囔着："又是音像公司，我一天坐在这儿，主要任务就是看住你们这些人。"

罗北："我们这些人？我们这些人怎么了？"

门卫："你们这些人集资。"

罗北气得眼睛一瞪，转而又忍不住哈哈笑了："我告诉你，我是你们严副总裁请来的。"说着便招呼罗西下车，要往里进。

门卫拦住："请你来的？可严副总裁没交代给我们呀。我打个电话问问。"

罗北鼻子一哼："真有不怕麻烦的，我给你个号码，这是严副总裁他爸爸的电话……"

门卫："你抬出他爷爷也没有用。"他说着拨通了电话，"喂——"

石化公司楼内　　日　　内

罗北敲了敲秘书科的门。

"请进。"

罗北推开门，"对不起，打扰一下，严副总裁在哪个屋办公？怎么找半天找不着他办公室的牌呀？"

秘书："对不起，他的办公室不挂牌，您请进吧。"

罗北："我不进了，我找他，有事。"

秘书："进来谈吧，我是他的秘书，有事和我谈好了。"

罗北："和你谈也没用，你就给我禀报一声，说罗北来了，他见就见，不见我立马就走，可以吧？"

秘书："很抱歉，严副总裁正在主持一个会议，不接电话。不过你的事儿他倒是吩咐过了。"

罗西："他怎么说？"

秘书："他签了一张支票，你带身份证了吗？"

罗北："带了。"忙从兜里掏了出来，"我们还要签一个给你们拍广告的合同。"

秘书看看身份证："不用了，我们公司的广告费已经一次性拨给中央电视台了，并规定不再增加费用了。请您在这里签个字。"

罗北在秘书递上来的本子上签了名儿。

秘书递过支票，忙转身去接电话。

罗北一看支票，脸色骤然一变："哎，哎？是不是写错了？"

秘书："没错，严副总裁亲自填的……喂，哪里？……"

罗北转身出去了。

罗西忙跟了过去："罗北，罗北，你怎么了？"

罗北头也不回地下楼。

石化公司院内　　日　　外

罗西撵上去："到底怎么了？你说话呀。"

罗北："王八蛋！这是打发要饭的呢。"

罗西看看支票："这点钱给不给有什么用？咱不要，给他送回去，爸爸一个老面子咋也不至于就值这两个钱呀。"

罗北："不，凭什么送回去？在他眼里他爹那条命也就值这几个钱儿吧。老严头儿怎么养这么王八蛋个儿子，连点人之常情都没有。全世界最不孝心的一个忤逆，就是这个孙子。"

罗西："早知道这样，当初不去找严伯伯就好了。"

罗北："早知道这样，当初爸爸就不该去救那严老爹。让他爹在战场上光荣了！让他妈改嫁！我看他小子有今天？"

罗西："说些什么呀？快走。"

罗北："走，这兔子不拉屎的地方，再八抬大轿请，老子也不来了。"

罗北骂骂咧咧地和罗西出了大门。

门卫望着他们的背影："肯定是个骗子！还副总裁请来的呢，嘁，瞧那德行，准是让人照屁股踢了两脚。"

肿瘤医院　　日　　外

一辆白色面包车在肿瘤医院住院部楼前停下。

肿瘤医院楼内　　日　　内

医院楼内，家男、佳丽在别人的指点下，朝一个长长的走廊走去。

走廊尽头一道门，门边有几个人正在向一个披着白大褂儿的看门老头央求。看门老头儿拦住了佳丽和家男。

佳丽："我们找三疗区的高医生，联系住院。"

看门老头儿："证明？"

家男："没什么证明，我们是来办手续的。"

老头儿："不能进。"

佳丽："是三疗区的高医生让我们来的。"

看门老头儿："我给你打个电话问问。"

看门老头儿拨通了电话："喂，三疗区，高医生在吗？"他一边听电话一边说，"都往一边靠靠，别堵着门口，还走不走道儿了？喂，高医生，我楼下门卫……对，来了……好。"

他放下电话问佳丽："你姓什么？"

佳丽："我姓乔。"

看门老头儿："进去吧，四楼。"

佳丽刚要进去，又被老头儿叫住了。

看门老头儿："等等，交二角钱电话费。"

家男："这不是你打的电话吗？"

看门老头儿："我为谁打的电话？哎……回来，回来，把这个事儿弄明了。"

家男眉头一皱："你这不是乱收费吗？"

看门老头儿："我乱收费？你看看这写的啥？"

他指着电话上方贴在墙上的告示："一次二角。"

家男："这是你们在交涉工作，为什么让我们拿钱？"

看门老头儿："这钱你不交没关系，你们也甭进去了。"

佳丽掏出两角钱："我们交行了吧。"

家男一拦佳丽，被佳丽把手打了回去："快走吧，爸在外面等着呢。哪儿差这两角钱？"

家男："这是两角钱的事吗？"

看门老头儿把门一关："我跟你们说，墙上这告示不是我贴的，你交了钱也不进我腰包，看见没，电话边上那个带锁的小箱，钱往那里塞,可钥匙不在我这儿,懂了吧？我今个儿不乱收费了；对不起，你们到外面自己找个电话去，联系上高医生，让她下楼来，到这儿接你们。"

家男火了："你这不是存心刁难人吗？"

看门老头儿似乎并不生气："你先给我回头看看墙上贴的患者及家属须知好不好，第六条。"

家男回头一看，干生气，又不得发作。

佳丽："大爷，你看，刚才都和人家医生说好了，人家还等着呢。我们第一回来，不知道这医院的规矩，这钱，你看着，塞这里了，大爷，患者还在外面呢，你能不能……"

看门老头儿手一摆："进一个。"

家男想说什么。

看门老头儿用手一指："你接着再看第七条。"

佳丽："我先进去了。"

家男瞅瞅老头儿,眼看着佳丽一个人进去了,气得直搓手掌。忽然他看见一个老者背着他的妻子很吃力地从里面走了出来。

老者一抬头，家男发现他就是挂号排队时站在他前面的那个老者，忙过去。

家男："大爷，你快、快给我来背吧。"

老者："你、你是……"

家男："忘了？咱们一块排队挂号的。"

老者："噢，是你呀。"

家男对老者的妻子说："大娘，我来背你好吗？"

老者妻子："这不认不识的，真不好意思麻烦你呀。"

家男："您一个病人什么好意思不好意思的。"说着背起来就往外走。

没走几步被看门老头儿叫住了。

看门老头儿："喂，那个小伙子。"

家男一回头。

看门老头儿："你背完病人，可以上楼去了。"

家男一愣，笑了："那墙上的第七条……"

看门老头儿也笑了："你再看看，挂在棚上的那条大的。"

家男一抬头，前面一条大横幅：救死扶伤，实行革命人道主义。

肿瘤医院电梯口　　日　　内

佳丽刚走到楼梯边，回头一看电梯的显示器亮了，她忙走向电梯。

电梯的门开了，从里面走出几个人。

佳丽刚要进，被电梯里面的值班拦住了。

值班："你是患者吗？"

佳丽："不是。"

值班："不是患者请走楼梯。"说着哗地关了电梯门。

电梯旁贴着一条告示：非患者及医护人员谢绝乘坐电梯。

佳丽转身走向楼梯。

肿瘤医院四楼　　日　　内

四楼，佳丽很客气地问一位护士："对不起，打扰一下，请问高医生在吗？"

护士："哦，她在医生办公室写病历呢。"

佳丽："谢谢。"

肿瘤医院高医生办公室 　　　日　　　内

佳丽举手敲敲医生办公室的门。

"请进。"

佳丽进屋，见屋里只有一位女医生在低头写字，她刚想问话，只见那女医生慢慢地抬起头。

佳丽一看，猛地一愣。

高医生慢慢地站了起来，面无表情。

佳丽的嘴角抖动着，那充满怨恨的目光直视着高医生。

高医生打量着佳丽，缓缓说道："你有权力重新考虑。"

佳丽："我说过，永远也不想再见到你。"

她说着转身出去了，砰地关上了门。

高医生呆坐在椅子上，沉沉的目光落在桌角，玻璃板下压着一张照片，是一个青年男子在美国白宫前的留影。

四楼走廊，佳丽怒冲冲地走来，快步走下楼梯。

佳丽在楼梯拐角突然瞥见了窗外楼门口停着的白色面包车，乔师傅已经从车上下来了，正和家伟往下拿东西。面包车慢慢开走了。乔师傅看看表。坐到了花池的水泥台上。家伟和乔大娘在和他说着什么。

佳丽止住了脚步却止不住满眼的泪。

"姐，你联系好了吗？"家男从楼下跑了上来。

佳丽擦干了泪："哦，高医生、高医生正在和别人说话呢。"

家男见佳丽哭了："姐，怎么了？"

佳丽："你在这儿等一会儿，我再去看看。"

家男："争取快点，爸该着急了。"

佳丽推开医生办公室的门，走进来。

佳丽努力地克制着自己的情绪，她冷冷地说："你不是一个好母亲，可我相信你是一个好医生。"

肿瘤医院四楼走廊　　　日　　　内

护士长手拎着折叠床走过来。

家男忙迎上去："我来拿吧，护士长。"

护士长："你先到 4 号病房把床支上，我安排好这边的事儿就过去。"

家男："知道了，谢谢您。"

乔师傅一家向 4 号病房走去。

家伟："4 号病房？那不就是原来联系的那个病房吗？"

乔师傅："对，4 号病房，15 床。"

家男："咱这回看看，到底是谁把咱床给占了？"

4 号病房　　　日　　　内

家男手拎着床，推开了 4 号病房的门，回头道："爸，进来吧。"

乔师傅一进门，愣住了。

家男也愣住了。

对面靠墙边儿的 15 床上住的竟是刘大爷！大刘正在给父亲换衣服呢。

大刘听见门响，回头一看，也是一愣。

倒是刘大爷先开了口："哎，这是刚来的吧？老哥儿。"

乔师傅忙点点头："是呀，是呀。"

刘大爷："来来来，老哥儿，你把床支在这儿，这宽绰点儿。"

乔师傅："那你来回下地不方便了。"

刘大爷："我还下什么地？十来年下不去地了。你靠我近点儿，咱老哥俩唠个嗑儿也方便不是。"

乔师傅："这可太麻烦你了。"

刘大爷："唉，老哥儿，都不容易呀。"他推一把愣怔怔的大刘，"别在这儿傻站着了，快去帮一把呀。"

大刘："哎。"上前去接家男手里的折叠床。

大刘和家男尴尬地点点头，谁也没吭声。

高医生办公室　　　日　　　内

高医生办公室里，家伟、家男正在和高医生谈乔师傅的病情。

灯光下，高医生仔细地看着乔师傅的胸片。

家伟和家男很紧张地站在一边，他们注意的不是片子，而是高医生的表情。

高医生关了灯，低头思考着，并不发话。

家男憋不住了，在一边担心地问，"高医生，你看我父亲长的这个东西像个啥？"

高医生："光凭这张 X 光片，不能下结论。但比较乐观的是，肿瘤的位置长得比较好，可以做手术。"

家男有些急："这真还得动手术哇？"

高医生："需不需要动手术，还得经过一系列的检查才能决定。"

一直沉默着的家伟问道："高医生,像这么大的一个手术,危险性大吗?对患者以后的生活有什么影响?"

高医生："这的确是一个大手术,但从你父亲目前的身体状况看,可以接受这个手术,不出现什么意外的话,一般不会有什么危险。他这个瘤长在肺叶上,摘一叶肺就可以了。"

家男："高医生,这人一共才五叶肺呀。"

高医生："不要紧,摘一叶肺不会影响一个人正常的工作和生活。"

家伟："高医生,下一步还需要做什么检查?"

高医生："我想尽快做气管镜检查。"

家男心疼地说："高医生,听人家说做气管镜检查挺遭罪的。"

高医生看看家男,轻声道："应该做。"

医院走廊　　日　　内

走廊里,家伟和家男朝病房走来。

家男："哥,爸这回弄不好得摘叶肺呀,这得遭多少罪?"

家伟咬着牙："只要爸这个瘤不是恶性的,遭多少罪我都认!"

家伟和家男走到病房门口,正好佳丽也刚领来病号服,三人在门口停住了,望着病号服,心里一阵难过。

一个小男孩儿溜溜达达地走了过来,他叫锋锋,手里拿着一副扑克牌。锋锋推开4号病房的门,探头探脑地往里看看,然后回身问："你们是新来的?也可能。"

家伟、佳丽、家男谁也无心理睬这个孩子。

锋锋见没人理他，又道："我住2号病房，反而刚打完针，反而没人和我玩扑克了，黎叔叔打完化疗出院了……"

家男蹲下去，同情地问锋锋："你是什么病？"

锋锋："脖子的病，高奶奶说打个化疗就好了。"

家男："明天叔叔来，咱们打扑克。"

锋锋："明天我就走了，上北京了，还看天安门去，还看长城。"他说着又溜溜达达地走了。

4号病房　　日　　内

病房内，乔师傅和乔大娘正在和刘大爷唠嗑呢。

刘大爷："……你们那儿，我去过，那时候我从部队刚转业，这腿就不行了，组织上安排我到离你们那儿不远的一个地方去洗温泉。"

乔师傅："对，温泉离我们县不太远。"

刘大叔："那地方环境可真好，我对那儿印象不错。大林子，黑幽幽的，那焦黄的大煎饼，掸点水，一闷，一咬哏啾啾的，满口香。还有狍子肉，卖得真便宜呀，临走时我还买了那么多干蘑菇。"

乔师傅："那干蘑菇还有啥味儿了？兄弟，等你病好了，春天时，你上我家去，你尝尝我们那儿的鲜蘑菇，我再给你弄只野鸡一炖，我告诉你，我们山里人最得意这口儿。"

门外，家男望着乐呵呵的父亲："唉！我真恨不能替了爸。"

家伟："在爸跟前，打起点儿精神，现在开始咱们得全力以赴，给爸治病。"

佳丽抬起沉沉的头。

突然，屋内传来了乔师傅的剧咳声，孩子们一起涌了进去。

电影厂家属宿舍 夜 内

佳冰快步走上电影厂家属宿舍楼楼梯，来到 304 室门口。她略迟疑了一下，按响了门铃。

蒲亚夫打开门，一见是佳冰，他一边用脚把门边的乱东西拨拉到一边去，一边说："快请进，快请进，我还想明天给你挂个电话呢。"

佳冰进屋后，打量着蒲亚夫住的房间。屋子里很凌乱，床上堆着些乱七八糟的书和脱下来的衣服，写字台上被台灯、电话、剧本、稿子、水杯和吃剩的面包占得满满的。

蒲亚夫忙将地上缩成一团的袜子踢进床下，可那团袜子却被弹了回来，正滚到佳冰脚下。

蒲亚夫这狼狈相惹得佳冰忍不住大笑。

蒲亚夫："我这个屋造得太乱，不踢几脚进不来人儿。你看这屋不大，扫一回地能扫出去一撮子。小偷来了都不敢进，一看这屋准是才让人翻过。熟人来了，准怀疑我明个儿就想自杀。"他说着自己也忍不住笑了，给佳冰找了个坐的地方。

佳冰："蒲老师，您可真幽默。"

蒲亚夫："自己拿自己开心。你等着，我找找有没有什么好吃的。"

佳冰："蒲老师，您别忙了，我坐一会儿就走。"

蒲亚夫找出了糖和水果，递给佳冰："我昨天把你写的那些作品寄给了《青年月刊》的一位朋友。我觉得你那几篇散文挺有味道，虽说还不很成熟，但透着一种灵秀之气。尤其是那篇《乡下表哥》，比《去意彷徨》好。"

佳冰："这篇好吗？我觉得这篇文笔和构思都不行，不过写起来倒挺顺的。那里面的几个小情节都是生活中的真事儿。我有个表哥叫柱子，是我二姑的儿子，二姑家住在农村，我小时候经常去，只觉得那里好玩儿，长大了，不愿意去了，那里真穷。但儿时的记忆还是那么美好，所以我就写出来了。"

蒲亚夫："这就是说你写了对生活的真实的感受。写了那些曾经打动过你而虽然经过好长时间仍没有忘掉的感觉。你这篇散文的含金量就在这儿，相比之下，你的《去意彷徨》一看就是小女孩编出来的故事，这是一朵美丽的云，风一吹就散了。"

佳冰轻轻点点头："您说得有道理。对我正在构思的一个东西很有启发，我回去再好好想想。"

蒲亚夫："我这儿有一套《中国现代散文选》，你可以有选择地看一下。这套书我看过，我觉得好的散文都在目录上做了标记。你参考一下。"

佳冰高兴地："谢谢您，蒲老师。这样麻烦您，真不好意思。"

蒲亚夫真诚地说："你的起点高，文学准备比较充足，基础相当不错，是那种可以写东西的人。所以，我想帮你一把，不知道你写不写小说？"

佳冰："没写过，有时，想试试。"

蒲亚夫："喜欢写诗？"

佳冰："现在市面上流行的诗，我真写不来，我喜欢填词。"

蒲亚夫一愣："你竟然喜欢填词，呵呵，不可思议，我以为那么古板的东西，只有像我这样的人才会喜欢呢。"

　　佳冰："不信？填得不好，但我真的填过许多，能填一首自己比较满意的词。也挺过瘾的。尤其是在心情不好的时候，我就填词。刚才来的路上，我脑中就想出几句了。"

　　蒲亚夫问道："那么说你又心情不太好了？"

　　佳冰低下了头。叹了口气："蒲老师，我知道不该来打扰您，可是，我真真是想找个地方大哭一场。"

　　蒲亚夫认真地问："到底怎么了？需要我帮忙吗？"

　　佳冰难过地摇摇头："我爸爸来了，是来治病的，住院了，他肺上长了个瘤，弄不好，得手术。"

　　蒲亚夫："你爸爸身体状况很糟吗？"

　　佳冰："不，挺好的，稍微瘦点儿，根本看不出来有什么病，好好的，怎么就长瘤了呢？"

　　蒲亚夫："不要紧，你别太担心了。我父亲在粉碎'四人帮'那年也摘了一叶肺，之后很快就恢复了。这都多少年了？我父亲现在肾病挺重，肝也不好，可肺一点儿问题都没有。"

　　佳冰："真的？"

　　蒲亚夫："我父亲手术后不长时间就上班了。开始身体是挺虚的，走路腿都发软，总感冒，可半年多以后，这个劲儿就过来了。"

　　佳冰舒了口气："啊，这人手术后不是天天喘呼呼的，上不来气儿。"

　　蒲亚夫笑了："不会的。"

　　佳冰："吓死我了，我今天去医院听说我爸得做肺叶切除手术，当时在那儿怕我爸有负担，也没敢多问，出了医院大门，我这脑袋都嗡嗡直叫，稀里糊涂地下了车，车开走了我才发现提前一站下来了。我想起您就住这附近，就找来了。反正回学校我也看不下去书。"

蒲亚夫："哦，我说你怎么连电话也没打突然来了呢，原来是下错了车。呵呵呵，看来我这屋也得经常扫扫地了，以防那些稀里糊涂下错车的人突然造访。"

两人笑了起来。

佳冰："蒲老师，我看你这家怎么有点单身宿舍的感觉。"

蒲亚夫："我这哪是个家呀，充其量不过是个窝，我的家上半年搬南方去了。我爱人和孩子先过去了。"

佳冰："您为什么还不走？"

蒲亚夫："我的工作没有联系好。"

佳冰："您现在的工作不是很好吗？为什么一定要去南方？"

蒲亚夫："我是独生子，父母年龄都大了，父亲有病，母亲身体也不好，需要人照料了。"

佳冰："那他们也可以来北方啊，反正年龄都大了。"

蒲亚夫："这地方又寒冷又干燥，他们来了不适应。再说，你看看我这间小房。"

佳冰："这真是家家都有难唱曲呀。好啦，我该走了。"

蒲亚夫："你再坐一会儿吧，反正你现在情绪不太好，回去也看不下去书。"

佳冰："不，听您这么一说，我这心放下一点儿了。我得赶快回去看书，明天英语考试，这一段光忙别的了，英语扔得挺苦。今晚儿这夜车还不知得开到几点呢？"

蒲亚夫："懂了，懂了，这家家都有难唱曲儿呀，赶快回去背单词儿吧，我送你。"

佳冰："千万别送，我已经打扰您半天了，不好意思。"

蒲亚夫一边穿外衣一边道："我记得你说过，害怕一个人走夜路，能走一脑袋鬼怪故事。好啦，我也写了一天字儿了，下楼透透气儿。"

第三集

乔家男家　　日　　内

家男家，家男杀了只鸡正在摘毛。心兰进屋，砰的一声把门关上了。

家男："怎么了？"

心兰满脸不高兴地："可真是的，弄个大酸菜缸非放在屋里？这味儿多难闻，熏得我直恶心。"

家男："你小点声儿，让人家听见。"

心兰："听见更好，有点自觉性，就把酸菜缸搬走廊去。"

家男："瞧你娇贵的，跟个公主似的。"

心兰："上一边儿去！"

家男："我发现你最近这怪毛病特多，人家那酸菜缸去年就在门口，怎么今个儿才碍你的事儿。"

心兰一边上床一边嘟囔："想懒就别吃，想吃就别懒，酸菜都腌臭了也不换换水。住这么个邻居可倒了霉了。"

家男瞅瞅心兰："哟，媳妇儿，你今个儿怎么了？也跟外屋那缸似的，又酸又臭的。"

心兰："没人理你！把给爸买的香蕉给我。"

家男擦擦手，掰了一个香蕉扔了过去，"好吧，发给你一个"。

心兰："那一串都拿来。"她见家男发愣，"咳，我不吃，放这儿闻闻味儿。"

家男把香蕉拎过来："心兰，你是不是有病了？不对劲儿呀，哎，你快去查查肝呀、胃呀。"

心兰："查什么呀，我这些日子不就感冒吗？"

乔家伟家　　夜　　内

夜已深了。

罗西昏昏沉沉地回到家。乔大娘和落落已在里间睡下了，家伟还在台灯下查阅资料。

家伟边看书边问："怎么这么晚才回来，都十一点了。"

罗西懒懒地说："今天剧组的主创人员都差不多聚齐了，就算开机饭吧。"

家伟："你就老老实实坐你的办公室有多好，张张罗罗地搞什么电视剧，编、导、演你能干什么？偏往那里搅和。家里现在忙得一塌糊涂。我们这个项目已进入了收尾……"

罗西打断了他的话："就你有工作？就你的事儿是事儿？家里现在是忙，可这一家子人呢，你干吗非得盯着我呀？"

家伟回头一看罗西："你怎么喝成这德行？"

罗西："我就喝了一点儿。不喝不行，人家导演大老远来的，举着酒杯，你不喝人家这杯就不放下。你喝不喝？"

家伟生气地说:"你再喝成这样儿就别回来。"

罗西提高了嗓门儿:"这是我的家!"

乔大娘从里间出来,"家伟呀,深更半夜的,你耍什么威风?罗西呀,我给你弄点醋解解酒。"

家伟:"妈,你赶紧进屋歇着吧,不用管。"

乔大娘:"你有话等她醒了酒再说,这五更半夜的吵什么呀?"

罗西:"谁说我喝醉了?"

家伟:"我说你喝醉了!你看看你,红头涨脸,晃晃荡荡的,都什么样儿了?家里这么忙,孩子你总得管管吧?妈今天下午去学校接落落,让自行车撞了,你知道不?"

罗西:"也不是我撞的,你跟我火什么?"

家伟:"你早点回来接了孩子再走不就没事儿了?"

罗西:"那你干啥去了?"

乔大娘火了:"家伟呀,你还有完没完了?我让车撞了,那怨我自个儿,你朝罗西使什么劲儿?怎么不讲理了呢?"

家伟见母亲发火了,便不再作声,坐到写字台前看书去了。

乔大娘从厨房端着碗出来:"罗西呀,来,我给你冲了点糖醋水,你喝点儿,这东西解酒,要不介,你明天得头痛。"

罗西不耐烦地:"我没醉,喝这干啥。"

家伟:"你就多余管她。"

乔大娘端着碗为难地看看罗西,又看看家伟。

乔佳丽的宿舍　　夜　　内

佳丽的宿舍,房间放着两张床,布置得干净整洁。

佳丽端着一个大洗衣盆从门外进来，盆里装了半盆水。她将暖瓶里的水都倒进了盆里，然后往里撒洗衣粉，慢慢搅和着，目光忧愁而沉重。

佳丽站起身，从褥子底下用力抽出一条花格毯子，浸到大盆里。她长长地叹了口气，开始洗毯子。

突然有人敲门喊着："乔佳丽，你的信。"说着从门缝给塞了进来。

"谢谢你。"佳丽隔着门喊了一声。

佳丽从地上捡起信，一看航空信封，脸色一变。

台灯下，愁眉不展的佳丽打开了来信。

信是从美国写来的。

佳丽：

你好吧？

天凉了，我又穿上了你为我织的那件毛衣，一股浓浓的思念缠绕着我。

……

前几天，接到克力的来信，说你即将拿到博士学位，不知你是否有意来美国做博士后，我可以全力帮助你。

……

你一直不肯回信，不肯原谅我，我何尝能原谅自己，这些年，我默默地品尝着自己酿的这杯苦酒。

……

我是一条迷航的小船，所有方向的风都变成了逆风

……

咚咚咚，有人敲门。佳丽将信收起来："哪位？"

门外有人回答："请问乔佳丽在吗？"

佳丽开门。门外站着一位西装革履、风度翩翩的男青年。

佳丽："克力，好久不见了。快请进吧。"

邹克力进屋，打量着佳丽："我说老同学，你的气色不太好。"

佳丽："是吗？可能休息不好的关系。"

邹克力："你好像瘦多了。"

佳丽："准确地说是老了。"

邹克力点点头："岁月不饶人呀。"

佳丽："听咱们同学说你搞了个公司，生意好吗？"

邹克力："我国外有个亲属，我以他的名义搞了个公司，做点电子仪器生意，最近我把公司靠到了一个大公司上。"

佳丽："很忙吧？怎么想起来到我这儿坐坐？"

邹克力："我应该来坐坐了。听说你父亲病了，我不知能不能帮你做点什么？"

佳丽轻轻地摇摇头："谢谢你，暂时还不需要。"她又问，"你怎么知道我父亲病了？是不是潘聪的母亲告诉你的？她是我父亲的主治医生。"

邹克力："佳丽，你最近有潘聪的消息吗？"

佳丽脸色一冷："我不想谈他。"

邹克力："事实上，他一直不肯忘记你，他是爱你的。"

佳丽："可我恨他，我一直在努力地忘掉他。"

邹克力："你知道吗？他最近和妻子分居了。"

佳丽一愣："分居了？"

邹克力："潘聪当时和你分手，实在是压力太大了。你知道吗？很小的时候，他父亲就抛弃了他们母子俩，他妈妈憋着口气，一个人将他带大，铁了心要把儿子培养成才。再说，他妈妈在美国的那位老同学的女儿条件也不错，所以他妈妈坚决……"

佳丽："我知道，和潘聪分手之前，他妈妈找过我一次，我们谈得很坦率，也很冲动。她以母亲的名义要求我离开她的儿子，她觉得她有这个权力。"

邹克力："这与她特殊的生活经历有关。她把儿子当成了私有财产，结果造成了你与潘聪的悲剧。"

佳丽："这笔账，不能全记在他母亲头上，是潘聪为了自己的前途，选择了美国、美国的岳父、美国的她。"

邹克力："他为自己这错误的选择付出了沉重的代价。他到美国以后，没有钱，找不到好的学校，拼命打工，得了肝炎，身体不行了，书也没法念了，又找不到太好的工作，很快就开始挨那女人家的白眼了。我曾劝他回来，可他不肯，也许怕他妈妈难过，也许回来也未必有什么好的结果。"

佳丽："那他母亲不知道他的处境吗？"

邹克力："潘聪从不和他妈妈说这些，包括最近分居的事儿。"

肿瘤医院走廊　　日　　内
医院三疗区，高医生查房出来，在走廊遇上了乔师傅。
高医生："乔师傅，我问问你，你看病是公费医疗吗？"
乔师傅："是公费医疗，可厂子里没钱，往哪公费去？"
高医生点点头："噢。"
乔师傅："唉，高医生，你不是有啥事儿呀？"

高医生："我想给你做一个核磁共振检查。"

乔师傅："行，你看着该咋治就咋治。"

高医生："可这个检查费用比较高，得一千块钱呢："

乔师傅："咋这么贵？这是非做不可的？"

高医生："不。不做也行，但做一个好，有利于进一步确诊。"

乔师傅："那要不做也行，我就不做了，反正住这几天院，我也看出点眉目了，跑不了得挨一刀了。"

高医生："那我就不给你安排了。"

高医生刚要走，被乔师傅喊住了："高医生，这事儿别跟我家里人说。"

高医生点点头。

高医生办公室　　　日　　　内

高医生正在办公室和家伟、家男谈乔师傅的病情。

高医生指着一些报告单："……所以，从目前进行的几项检查看，需要马上转入外科，进行手术治疗。先得切除病灶，然后再根据病理分析，研究具体治疗方案。"

家伟："高医生，这个肿瘤是良性还是恶性？"

高医生："现在不能下结论。"

家男一听，忙道："那要转外科，现在就过去呗，正好人都在这儿。"

高医生："我得联系一下。"说着抓起电话，拨通。"喂，肖主任，你好，我三疗区老高啊，我这儿有一个病人，从几项检查结果看，需要马上转入外科……噢，噢，估计得等多长时间……好好，谢谢。"

高医生放下电话："外科没有床，最近一段肖主任的手术安排得很满。过两天吧，一有床位马上通知你们。"

家伟："那麻烦高医生了。"

家男："高医生，谢谢您了。"

高医生："不客气。"

高医生送走家男和家伟，到护士办公室吩咐了几句，再回到办公室里时，佳丽在等她。

高医生："有事吗？关于你父亲的病情和治疗措施我已经和你们家人谈了。"

佳丽："我想问问我父亲这个瘤恶性的可能有多大？"

高医生很冷静地："不知道。"

佳丽直视着高医生脱口而出："不，你一定知道，你是全院最出色的医生。你有几十年的临床经验，你肯定知道。"

高医生："这是科学……我不能……"

佳丽打断了她的话，固执地说："你应该告诉我。"

高医生望着佳丽，略沉默了一下，慢慢地说："从检查的结果看，很不乐观，你们要有充分的思想准备。"

佳丽强忍住眼中的泪，转身出了办公室。

肿瘤医院院内　　　日　　　外

佳丽流着泪走出住院部大楼。

高医生办公室　　　日　　　内

住院部楼上，高医生站在窗前，望着楼下的佳丽拖着沉沉的脚步离去，耳边响起儿子潘聪的话："妈妈，佳丽是我所遇到的最好的女孩儿，她又聪明又漂亮，纯洁善良，大家都喜欢她，可怎么偏偏就你不肯接受她？妈妈，如果我出国，我也许会得到你希望我得到的一切，但我永远不会得到像佳丽这样好的女孩儿。"

高医生的目光又落在桌角儿子那张照片上。

4号病房　　日　　内

乔师傅已住上了刘大爷的邻床。

大刘准备给父亲吃药，一拿暖瓶没水了。正要去打水，被乔师傅拦住。

乔师傅："热水房的水还得一会儿能开，我这暖瓶的水还有不少呢，你先用。"

大刘："谢谢乔大叔。"说着给父亲倒了杯水。

刘大爷接过药，边吃药边对儿子说："这几天没少麻烦你乔大叔，你不在这儿的时候，打饭、倒水，全是你乔大叔忙前忙后的，人家也是个病人哪。"

大刘感激地："乔大叔，太谢谢您了，我这几天……"

乔师傅打断了他的话："我知道你这几天忙，该忙啥忙啥去，我这虽说有病，可这不也跟个好人似的，闲着也是闲着，和你爸唠唠嗑儿，这心里还亮堂点儿。"

刘大爷："我们老哥俩挺对撇子。"

大刘："我也觉得我爸爸这几天话多不少。"

说着大家都笑了。

家男推门进来，冲大伙儿点点头，便道："爸，今天怎么样？"

乔师傅："还那样。"他一见家男脸子就冷了。

家男："咳血多不？"

乔师傅："还那样。"

家男："大夫没再给用啥药？"

乔师傅："还那样。"

家男偷眼看看父亲的脸色，笑了："你是不是等着急了？"

乔师傅眼睛一瞪："光说不急，能不急吗？谁有钱没地方花了，上这儿来耗着。你甭净在我这儿问些没用的，赶紧去找找高医生啊、肖主任哪，合计合计什么时候能倒出床来。"

家男瞅瞅父亲："我刚从高医生那儿过来，高医生今天还给催了催，肖主任那边说还得等几天。"

乔师傅："这都干等五天了，还等几天？明个儿出院吧，回家等去。"

家男见父亲发火也不敢吱声，闷闷地坐在一边。

刘大爷："老哥儿，你听我一句话，别冲孩子使劲儿，这医院不是自己家开的，哪能咱说咋的就咋的呀？别着急，顶多再等五天。"

乔师傅气呼呼地："我一天儿也不等，在这儿花钱、闹心、吃不好、睡不消停，没病都得等出病来。家男，你去跟高医生说，我要出院。"

家男在一边赔着笑："爸，你先别急，这事儿我得和大伙儿商量商量，好不容易住进来的。爸，你说咱这要在家等不更没头儿了。"

乔师傅："这叫什么治病？嗯？干巴愣儿把我撂这儿了。这都来多少天了？翻过来掉过去地查了个六门到底，归齐了查出个啥了？问谁谁忽忽悠悠的。整不明白了，又往外科打发。"

家男："这事儿吃不准谁敢瞎说？"

乔师傅："有什么吃不准的？顶了天儿我挨一刀呗，还能咋的？那边没床，咱不是不能等，可等多长时间你给个痛快话呀。这么个等法谁受得了？回去告诉你哥，来一趟，我有话。"

家男笑道："行。让他来一趟。我回去就告诉他，爸让你去领赏。"

屋里的人都笑了，气氛缓和了一些，大刘想了想，抬起头问："乔大叔，你们去没去找找肖主任？"

家男："找了，没床，他也没办法。"

大刘："依我看你们就在这干等，也没个头儿，赶紧得去找找肖主任，给他送点礼，马上就会给你解决。"

家男："他没有床，你送也自送，再说咱跟他也说不上话，咋送？不认不识的，人家也不能要哇。"

大刘笑了："你太没有经验了，我实话告诉你，我那天背我父亲去看病之前，还没见过肖主任呢。"

乔师傅："可你有条子呀。"

大刘："我那是什么条子？你没看他拿着信封抽了半截儿再就没往外抽。我那信封里一个字也没写，就是二百元钱，有人告诉我，他这人吃红包，这个好使。"

乔师傅一听惊得目瞪口呆："我的天啊！还好么的？这不做损吗？这一个个病得东倒西歪的，你怎么下得眼儿要那钱？嗯？就算是求到你门下了，你不是大夫吗？这不是医院吗？咋一点儿人肠子不长？别人说这事儿我还不大信呢，这号人怎么还让他当医生、当主任！"

家男："你小点声儿，别让人听着。"

乔师傅："听着怕啥？当他面儿我都敢骂他，不得好死！你刘大爷病这样了，送哪个医院不得给收着。"

刘大爷："兄弟，你犯不上为这个生气，我病了十多年了，什么医院没住过？什么样大夫没见过？这还不小菜一碟儿！那年好多地方流行甲肝，我也摊上了，孩子把我背医院去了，挺痛快就住上院了，可住上了不给我用药。人家说啥呢？医院是周一、周五下药方，我周六住进去的，方下完了，没有药，得等到下周一才能有我的药。"

乔师傅眼睛一瞪："这是什么规矩！"

刘大爷："你听我说呀，我儿子一看不行，就去找大夫，找到了科主任，磨了半天，也没好使，有人就告诉我们得送点礼，可送啥呢？那个时候还不兴给钱呢，当时正赶上年底，单位给了两本挂历，我儿子就把挂历送医生办公室去了。"

大刘："我送完挂历到楼下打了个电话，回来一看，我爸爸的吊瓶挂上了！"

家男笑了："你这挂历的临床效果还真不错。"

大刘："你算算，两本挂历几个钱？他早点给咱用上药，早治好病，少遭点罪，不就都找回来了吗？咱为的是啥？"

家男："也是呀。"

乔师傅："就这大夫，不浇油就不转转，还能给你治好病？我就不信。"

大刘："乔大叔，您千万别较这个真儿，肖主任是这医院最好的一把刀，不管人品怎么样，上了手术台可是一点儿不含糊。不少难度很大的手术都做得挺成功，那你真要做手术的话，可得请个好人儿，万一做不好，后悔都来不及了。你这是赶上时候了，下个月肖主任就出国进修去了，两年，你找都没地方找去。"

乔师傅:"那号大夫是得找个地方好好修炼修炼。"

家男:"大刘,你说我们这要送得送多少?"

大刘:"我当时只是想让他帮助收入院,给了二百,你这得请人家主刀做手术,得个千八百的,损到家也得这个数。"

乔大爷一愣:"快拉倒吧,别花这大头钱了,看他让我等到啥时候?反正这病得给我治。"

乔家男家　　日　　内

家男正在家做午饭,心兰下班回来了。

家男忙笑道:"哟,我媳妇回来了,赶紧上床,歇歇,歇歇。辛苦了。"

心兰故意瞪了他一眼:"咱受不得虚头巴脑的这一套,你来点儿实惠的,饭做好没?"

家男:"哟,真对不住了,媳妇儿,我也刚进屋,不过水已经烧上了,中午吃炸酱面吧。请稍候。"

心兰:"那我可真上床了,一上午四节课喊下来,真有点累儿。"

家男:"肯定累,上次你回家,我给你代课那时候,一上午四节课下来,腿都站酸了。我都累,你能不累吗?"

心兰:"又来虚的。我告诉你,你们班有那么几个学生,也不知是笨哪,还是基础差,怎么干讲不会呢?你怎么给教的?赶明个儿得给好好补补,我看他们几个要落下,这学期咱们的进度挺快。"

家男:"那几个学生我心里有数。钱锋是后门上来的自费生,那小子是不行,秦刚和林小英整天谈恋爱,也不学习呀,我说他们多少回了，还那样。你甭理他们，等期末的，我都让他们不及格，叫他们家长来学校领卷子。"

心兰："越说越没边儿了。折腾家长有什么用？养着这样孩子就是龙叫唤也白扯，咱还是尽力而为吧，出了校门，好歹也是个中专生，别弄得啥也不是。"

家男："怪不得年年你当先进，我就轮不着呢。我媳妇的确……"

心兰："水都开了，听见没？"

家男忙笑着："你饿了吧？我赶紧下面。"

心兰起身："我做酱。"

家男："算了，这小厨房，咱俩都挤进去了，邻居家还做不做饭了？"

心兰："他们不还没回来吗？我在门口监工，省得你瞎对付。"

家男在厨房下面条，心兰倚在门边剥葱。

心兰："你今天去看爸怎么样？啥时候转科？"

家男："唉，没床，等着呢。爸着急了，这两天就不给我好脸儿，今个儿又跟我火一通。"

心兰："那你没问问高医生，还得等多少天？"

家男："高医生也天天给问，没用，她管不着那段儿，人家说了，肖主任挺认红包。"

心兰："我今天在教研室讲起咱爸的病，李老师说了一嘴，要做手术这主刀医生你可得上礼。"

家男皱着眉头："咱不明白行情，都说得送礼，我今个儿一直在捉摸，肖主任那儿早晚得送，大刘说他吃这个，我干脆先送上这个红包就利索了。只要爸顺顺当当把手术做了，几百块钱算什么？"

心兰："也是呀，这开胸手术可不能大意呀。"

家男："咱手里还有多少钱了？"

心兰："得用多少？"

家男："大刘说求人家主刀，起码得个千八百的。"

心兰："咱手里好像没那些，年初我说咱先别买电视，你偏不听，攒这几个钱都进去了。"

家男："那时候谁知道爸能病这样？再说了，这年月家里没个电视真觉得耳朵背。"

心兰："以后咱俩这伙食费得省点儿，咱爸要做手术，营养得给跟上去。"

家男："媳妇儿，有你这句话，我这辈子不吃肉都认。唉，你进屋躲躲，我要爆锅。"

心兰进屋，开始从兜里、柜里翻钱。

心兰数着钱。

家男端饭进来，"钱够不？"

心兰皱着眉道："总共七百八十块钱。"

家男："至少得凑上八百呀？"

心兰："对了，给我妈寄的那五十我还没邮出去呢，先不寄了。加上那五十，咱们就安排开了。"说着就去拿。

家男急忙拦住："别，你们家那钱得寄，农村不像市里，老头儿老太太年龄都大了，哪儿挣钱去？全指你补贴点零花儿呢。"

心兰从填好的汇款单里抽出钱："一个月、两个月不寄钱，我哥我嫂子也不能说啥，爹妈要不生我，他们不照样也得养老送终。"

家男："说是这么说，我觉得咱一个月寄点钱去，老头儿老太太在你哥嫂家也仗义。这个月咱拿不出五十，先寄二十，以后补上。"

心兰："我说不用就不用，凡事也得有个轻重缓急呀。"

两个人说着坐下来吃饭。

家男："媳妇儿，我告诉你，我当初找你，就冲你这心眼好。在学校时，就凭哥们儿这形象多少人追我？光咱班几个？"

心兰："吹什么呀？一个教室坐了四五年，谁不知道谁呀？"

家男："怎么叫吹呀？不说别人，就咱班挺漂亮的那个女生。"

心兰："哪个？"

家男："那个根号3。"

心兰："谁是根号3？"

家男："你真白念回数学系，这3的平方根是多少？1.73米，怎么样，那大个儿挺打人吧。哥们儿愣没理她！我真跟她过，三天得打黄了。"

心兰："你说我为啥找你呀？"

家男："为啥？"

心兰："因为你脾气不好，敢打架。"

家男："嗯，可我这两条'优点'也不当日子过呀。你要找个别人，不至于混到这地步，穷教员一个，租个小屋，连个孩子都不敢生。"

心兰："头些日子还说想要个孩子呢？"

家男："是呀，老大不小了。可现在不行了，过一段再说。"

心兰看看家男，叹了口气。

宾馆大院　　日　　外
大刚开车驶进宾馆大院。他下车后朝楼内走去。
大刚被身穿制服的门卫拦住。
门卫："请问先生，你住哪个房间。"
大刚："我是来找《风流爷们儿》剧组的人。"
门卫："往里走。"

拍摄现场　　日　　内
一对青年男女正在床上接吻，毛巾被盖到肩以下。
导演："好，好，再热烈一点儿。"
门开个缝儿，大刚进来了。人们都全神贯注地拍戏，没人注意到他。
导演："镜头往前推，再推……"
突然，大刚暴喝一声，冲上前去，一把拎起如痴如醉的男演员扔到床下，这时我们才发现男女主演都穿着长裤。
大刚拎起抖成一团的小娟，"你们原来拍这个破戏，还不让人进来。"
导演："你是什么人？你干什么？"
大刚："我干什么？我砸了你这个破组！"
男演员："你这人怎么这么野蛮？"
大刚："你再说一句我揍扁了你个兔崽子。我告诉你，你再敢动我老婆一个手指头，我活劈了你。"
男演员："你冲我撒什么野？这戏是导演导的。"

大刚回头:"哪个是这王八蛋导演?"

导演:"我说你说话嘴干净点儿,文小娟是与我们签了合同的演员,她上这个戏你也是同意的。"

大刚:"放屁!你们那个剧本我都看过,根本没这内容,你找残废,拿我老婆开涮。"

导演也火了:"这是制片让加的戏,与我有什么关系?"

大刚:"制片在哪儿?小娟,是不是那个罗北?"

小娟见大刚一脸凶气,吓得直往一边躲,被大刚一把拽住,他抄起根铁条:"罗北在哪儿?"

小娟一把拽住大刚:"你发什么疯?我跟你回家还不行吗?"

宾馆走廊　　　日　　　内

场务慌慌张张地在门外迎住急急忙忙赶来的罗北。

场务:"罗老板,文小娟的丈夫闹剧组来了,正拎根铁条找你算账呢。"

罗北一听,忙喊:"武师,快,咱们那几个武戏演员呢?"

几个身材魁伟的武师着戏装过来了。

罗北:"今天这个金大刚要是敢动手,你们就给我把他撂倒。"

武师:"你还是躲躲吧,这仗能不打还是不打好,一出手准得见血。"

罗北:"不要怕,这仗只要打到公安局去,我准能赢。"

正说着,大刚骂骂咧咧地过来了,吓得罗北一闪身躲进了厕所。

金大刚家　　日　　内

小娟蒙着大被躺在床上，大刚气呼呼地坐在沙发上。

大刚："结婚这么多年，什么事儿不依着你？你不愿意当幼儿园老师，非去歌厅唱歌，我是不愿意，那歌厅是什么地方？正经人谁上那儿去？可你愿意，依你。你说要唱歌，身体也不好，先不要孩子，我这三十岁的人了，我说过二话吗？依你。你妈临死的时候，手拉手把你交给了我，话都说不清了，连告诉我三遍照顾好你们姐妹俩，我答应了。我答应了，就得做！你今天就不再是我老婆了，你也得正正经经地给我做人。"

小娟猛地坐起来，哭着喊道："你别说了行不行？我欠你的，我爸爸欠你的，我妈妈也欠你的，我们全家都欠你的。我们文家记得你的大恩大德，可我们欠得太多了，还不起了，我也受够了，我今天就把命给你，了了这份债，我也好去见我爹妈。"说着跳下地发疯似的抓起抽屉里的剪刀。

大刚吓得一步冲过去，用力夺剪刀："你干什么？"

小娟吼着："我这么活着有什么意思？"

咚咚咚，有人敲门。

大刚趁机夺下剪刀，小娟哭着上床蒙上了大被。

大刚开门，是剧组的剧务来了。

大刚手拎着剪刀，一脸怒气："你来干什么？"

剧务吓了一跳，看着大刚手里的剪刀，勉强堆出一脸笑："您别误会，我是受制片的委托，有些事情和您谈谈。"

大刚："还有什么好谈的？"

剧务站在门口，讪讪地："今天下午导演和制片商量了一下，觉得文小娟演女一号不太合适。小娟呢，比较文静，性格脆弱，不太适合演那个风骚的姨太，想给她换女二号。这个角色没有粉色儿，是个青年学生，戏很文明，就这么个意思，和你商量商量，成不成您给个态度，那边剧组等着呢。"

大刚打量了一下剧务，冷冷地："这是小娟的事儿，你跟她说去。"说着一闪身让剧务进了屋。

罗主任家　　　夜　　　内

晚饭后，罗主任一家人坐在客厅里聊着。刘嫂给大伙儿沏上茶。

罗西："爸爸，你这次回来，气色好多了。"

罗主任："我自己感觉也不错，能有二十多天头不痛了。"

罗北："爸爸，等你离休以后，让市里给你在珠海买套房子，保证你寿比南山。"

罗主任："你看市里谁在珠海买房子了？我凭什么？"

罗母："咳，老罗，罗北也是说笑话。"

罗主任："哎，我正想问问你，这些日子你都干啥啦？"

罗北："我嘛，闲着也没事儿，筹备拍个戏，小戏，上下集盒式带。"

罗主任："是写什么的？"

罗北："这个戏是写三十年代旧中国一个封建大家庭里发生的故事，写在新思潮的冲击下，一个腐朽没落的封建家庭的崩溃瓦解。"

罗主任："这个立意倒是不错。叫什么名字？"

罗北忙道："名字还没最后定，起了几个都不满意，这名字既要有艺术性，还得有点儿商业性，这矛盾不好解决。"

罗主任马上说道："艺术性和商业性不是一对对立的矛盾，没有艺术性的东西，能有什么商业性？"

门铃响了，刘嫂去开门。家伟来了。

罗母："家伟，还没吃饭吧？刘嫂，给家伟弄点吃的。"

家伟："刘嫂，你不用忙，我吃过了。"

罗西："哪儿吃的？"

家伟坐到沙发上："刚才去招待所看看航天部来的领导，一起吃的。"

罗父："哦，对了，你给他们航天部搞的那个课题怎么样了？"

家伟："正在收尾，他们这次来就是为这个。"

罗北："姐夫，你能不能给我讲讲你们到底研究个什么东西？你这一干就是几年哪。"

罗父："家伟，别理他，到罗北耳朵里的东西，一律都变成马路新闻了。"

家伟笑了："没关系，我说的他能听懂的报上都有，真要说到泄露秘密的那个份儿上，他就听不懂了。"

罗北笑道："姐夫，讽刺你小舅子没文化！"

众人笑了。

家伟："爸，有个事儿，我想请您帮帮忙，您看一下，如果不大好办就算了，千万别为难。"

罗父："什么事儿，你说吧。"

家伟有些为难地说："是这样的，我父亲病了……"

罗母："对了，听罗西说了，现在怎么样了？确诊没？"

家伟："还没最后确诊，现在住在肿瘤医院，大夫说需要马上手术，可肿瘤医院外科床位很紧张，一时安排不了。这已经等了好几天了……"

罗母："哦，你是说要找找人，快点安排手术。可老罗，咱们和肿瘤医院从没打过交道。你别急，这两天给你找找人，看看……"

罗父打断了罗母："你让家伟把话说完。"

家伟："这是一方面。另外，我这几天四处跑跑，人家都说咱们省数医科大学附属医院的胸外科最好，我想给我父亲往那儿联系一下。给父亲做这么大个手术，我心里一点儿底也没有。"

罗父："医院里我没有能直接说上话的人，你别急，我给你打个电话。罗西，把号码簿给我。"

罗父查到一个电话号码，抄起电话。

罗父："喂，是李厅长家吗？哟，老李，我是老罗……刚回来，感觉挺好，我准备休息个一两天就上班了，身体没太大问题，谢谢你。老李呀，我这儿有点事儿，请你务必帮帮忙。我老亲家最近发现肺长了个瘤儿，经过检查，医生说需要马上手术，你说咱们市哪家医院的胸外科最好？……噢，是吗？还是医大附属医院……是吗？汤教授？那你能不能给安排一下呢？嗯……嗯。那好，谢谢了。"罗父放下电话，对家伟说："这卫生厅的李厅长我还比较熟，他说医大胸外科呀是全省的先进科室，科主任汤教授在全国都很有影响。李厅长马上和医大医院的王院长联系一下，明天上午给我回电话。"

家伟一听非常高兴："爸，这太谢谢您了，要是能由汤教授主刀，可太理想了。"

罗北笑道："姐夫，你这面子可真大。上回我那个哥们儿王超他父亲病了，我让爸爸求求李伯伯，死活不给我打这个电话。"

家伟很不好意思地："我、我也知道，爸凡事不愿意求人，尤其这些走后门……"

罗主任打断了家伟的话："罗北，你姐夫认识我十多年了，这是第一次求我帮帮他的忙，若不是他父亲处在这个关口上，他不会张嘴的，这是人命关天的事儿，和你那一样吗？那王超他父亲级别不够，硬要进干部病房，你让我怎么和人家说？我告诉你，以后这事儿，你别来找我。"

罗母忙打圆场："老罗啊，这不都闲聊着吗，怎么说着说着就来火了？"

罗北站起身，自嘲地："我怎么一脚一个地雷呀。"说完转身进屋了。

罗母："老罗啊，这孩子都大了，不能像小时候那样，得损就损一顿。"

罗主任："就你总护着他。不学无术，不务正业，终有一天你得自食其果。"

家伟见岳父、岳母都有些动气，便站起身："爸，妈，那我就先走了，有点材料我今晚得整理出来，部里的领导明天等着拿走。改天再来看你们。"

罗父："我们这儿挺好的，你忙你的去吧。"

罗母："给你父母代个好，休息个一两天，我们去看看你父亲。"

家伟："好，谢谢。"

肿瘤医院走廊　　日　　内

家男焦急地从病理室的门缝儿往里看看，肖主任正在和几个医生说着什么。

家男在门外等着，一只手插在衣兜里，似乎正在思考着什么。

突然，肖主任从屋里出来了，家男一愣神儿，刚想上前，却又犹豫了。

肖主任急匆匆走去。

望着肖主任离去的背影，家男一咬牙追了上去。

家男："肖主任——肖主任。"

肖主任停住步，回头看着家男。

家男快步跑过来："肖主任，我父亲就是住在三疗区的乔贵义，高医生和您说过的。"

肖主任马上反应过来："哦，我知道那个患者。可现在外科没有床哇。"他说着又继续往前走。

家男笑着跟上："肖主任，这事真就得拜托您了。"他从兜里掏出一个信封，塞给肖主任，"肖主任，就这么点意思……"

肖主任忙挡住："别别别。这干吗儿……"

家男："肖主任，您、您千万别客气。"

肖主任："这不是客气。我这几天的确解决不了。实在是挤不进去。"他硬将信封塞给了家男。

家男又把钱塞给了肖主任："肖主任，不看病我们还不能交个朋友吗？你拿着，哪天有闲工夫咱们喝酒去，好不好？咱们来日方长。"

肖主任："不是这么回事儿。这钱我绝对不能要。"

家男："肖主任，您瞧不起我是不是？"

肖主住也急了："咳，我说话你不明白是咋的？我办不了这事儿，就不能收这钱。"他说着硬把钱塞了回来，急忙忙走去。

家男："肖主任——"

家男手拿着信封，望着离去的肖主任发愁。突然，他不甘心地追了上去……

肖主任办公室　　　日　　　内

肖主任正在办公室写字，有人敲门。他未抬头，喊了一声："请进。"

来人推门未推开。

肖主任只好走过去，费了半天劲儿，才把门打开。

家男进来了，他看看门锁："肖主任，你这门锁不太好使？"

肖主任："可不是，坏了快一个月了。怎么着，你还有啥事儿？"

家男仍看着锁头："肖主任，过一会儿，我让我爸来给你修修。"

肖主任："不用，我和后勤打招呼了。"

家男笑了："这您就别客气了，您不知道，我爸摆弄了一辈子锁头，三疗区护士办公室的锁好像也是这毛病，他几下就给修好了。"

肖主任："这种事儿怎么好麻烦患者。"

家男笑道："没关系，反正待着也没事儿，他正闲得难受呢，给他找点事儿干，省得他总冲我发脾气。肖主任——"他说着又掏出了那个信封，"说实在的，这是我爸爸的一点儿意思。"

肖主任："谁的意思也不行。"

"肖主任，你请的人来了。"一护士进屋道。

家男一回头，见进来了几位医生，忙退出去了。

肿瘤医院走廊　　日　　内

家男十分为难地在楼梯口踱来踱去，不时探头探脑地看看走廊。

突然他听到了哗啦哗啦开锁头的声音，忙伸头一看，见肖主任终于打开了那把不太好使的锁，出来了。

肿瘤医院厕所　　日　　内

肖主任进了厕所，家男忙跟了去。

肖主任上完厕所，正在洗手，家男进来了。

家男假装不期而遇："哟，肖主任。您在这儿。肖主任，我知道，现在您这病人满着，我父亲一半天转不过来，但是——"他说着又从兜里掏出了那个信封，"您不知道，我父亲这人脾气贼拉倔，您要不把这个收下，他就会觉得您是不想给他治病，心不落底，不落底就捉摸事，就上火，我真怕他折腾出病来。肖主任，我这也是让我爸弄得没办法才来麻烦您的，您好歹把这个留下，就算帮我一个忙好不好？肖主任，您这什么时候腾出了床，我们什么时候再进来，绝不难为您，行不？"

肖主任无奈地接过钱："你先回去吧，我安排一下给你电话。"

家男立时高兴地："拜托您了。"

第四集

肖主任办公室　　日　内

乔师傅正在外科肖主任办公室修门锁。家男站在一边。

乔师傅一边修锁一边说："现在这人可真能糊弄，这么糟烂的锁还能往门上安？"

家男："我看这锁还如你们厂生产的那玩意儿。"

乔师傅："差远了。"他修好了锁头。

"爸。"家伟急忙赶来，一头大汗。

家男笑道："哥，看，爸学雷锋呢。"

家伟："爸，我跟你说个事儿。"

外科病房　　日　内

乔师傅坐在病房里新加的折叠床上，气呼呼地："你说这个不赶点儿，费多大劲儿才折腾进来，那面又联系成了。"

乔大娘："我说咱得转院。人家那边是全国都有名儿的教授，

准比这个姓肖的强。这是借亲家光了，要不然能轮上教授给你
开刀？"

家伟"爸，妈说得对，你做的是个大手术，咱们还是哪儿
条件好在哪儿做。"

乔师傅回头瞅瞅家男："那、那咱花那八百块钱咋整？"

家男笑了："咳，爸，你别太小心眼儿了，你不在这儿住院了，
人家自然就把钱还给你了。"

乔师傅："那号人我见过，把钱看得比爹妈还亲，进他兜里
的钱，你还想再掏出来？做梦！"

家男："爸，肖主任绝对是个明白人，这点事摆不平，能当
科主任？早就让人给告下来了。"

家伟："家男，你先去和肖主任说一声，咱们要转院，问问
他这出院手续怎么个办法？抓紧时间，咱们上午争取转过去。"

家男："行，我这就去。"

肖主任办公室　　　日　　　内

家男敲门进来，肖主任正低头写着什么？他抬头看了一眼：
"什么事？"又继续写着。

家男："肖主任，是这样的，你看我父亲这个病真给你添了
不少麻烦，床位这么紧张，还把我父亲转过来了。真是谢谢你呀。"

肖主任边写病历边说："床位是紧张，不然不会让你们等那
么多天。这你都看着了，哪个屋都满的，别着急，过几天就有
出院的，我尽快给你父亲安排床位……"

家男："不，我是说、我的意思是说，现在从我父亲的病情
看需要马上手术，可一时咱们这还安排不上……"

肖主任停住了笔，抬头道："我既然收了病人，我就要对病人负责到底。在可能的情况下，我会尽早安排这个手术的，但你要给我点时间。你父亲还得再做几项检查……"

家男："不，是这么回事儿，肖主任，这几天不是等着转外科也没信儿吗？我们全家都很着急，我大哥昨天联系了医大医院，你说他也不先和我打个招呼，今个儿一大早就去医大医院把入院手续办了，押金都交了，你说这边吧，麻烦着你，费这么大劲儿给安排了……"

肖主任："噢，你的意思是要转院吧？"

家男不好意思地："肖主任，你说我们刚进来又要出去，真不好意思。"

可肖主任并不介意："这无所谓，完全可以。我现在就给你填个单，今天就不收你们的住院费了，明天你们就可以来结账。"

家男："谢谢肖主任。"

肖主任说话间已经很痛快地开好单子，盖了个戳儿，递给了家男："拿这个交给住院处就可以了。"

家男接过："谢谢，再没别的事儿了？"

肖主任："没有了，你赶快办去吧。"说着又忙着去接电话。

家男犹豫了一下，还是出了门。

外科病房　　日　　内

乔师傅、乔大娘和家伟正在病房整理东西。

乔师傅咳了几声。

家伟："爸，你别跟着忙了，我和妈一会儿就收拾好了。"

乔师傅："家伟，见到你老丈人，替我谢谢人家。人家刚回来，就为我操心。"

乔大娘："是呀，虽说是做了十来年亲家，可还没见过面儿呢，等你爸好了，咱得去看看老亲家。"

家男进来了，"哥，肖主任同意咱们出院。"

家伟接过单子："没不高兴啊？"

家男："没，挺痛快的。"

乔师傅："那钱他还给咱没有？"

家男："他压根儿没提这事儿。"

乔师傅急了："他不提你提呀。"

乔大娘："我说呀，没准儿肖主任一忙活儿，把咱给他钱的事儿忘了。"

乔师傅："忘什么忘？那就是不想给咱们了。"

乔大娘："照理说没给咱治病，这钱他倒真是应该还给咱才是，做人不能没良心呀。"

乔师傅："他要有良心这钱就不能收！不行，家男，你再去一趟，把这话给肖主任过去。"

家男犯难地："哥，你说，这钱咋要？一早晨，堵着门口，给人家塞红包，人家不要，非给人家，跟个孙子似的求人家，好歹人家给了咱个面子，硬加张床，让咱过来了。人家也是办事的人。可这一转身的工夫，不用人家了，就管人家要钱，怎么开这口？"

乔师傅："你不把钱要回来，我就不转院。什么少？八百块哪！"说着，气得又咳了起来。

家伟："爸，你先别火，让家男想想，怎么去和人家说，也不能进屋就要钱哪，人家面子上也下不来。我去住院处，把租的这暖瓶和盆退了。"

家男："哥，还是我去吧。"

乔师傅："让你哥去，你办你的事儿。"

家伟出去了，家男愁眉苦脸地往床上一坐。

乔师傅气得摸摸索索地掏出来半截儿烟头儿，叼在嘴上，四处找火柴。"你不去要，我去要。"

家男一看急了："爸，你、你怎么还抽啊？得，我现在就去给你要，行了吧？只要你把这个烟蒂把扔了，我立马就去。"

乔大娘一把抢回烟头："你不要命啦。光你心疼钱，孩子不也着急吗？"

乔师傅抢下烟头，但没抽也没扔，他放到了兜里。

肿瘤医院走廊　　日　　内

家男出了病房门，刚好见肖主任进办公室，他一抬腿儿又站住了。想了想，躲在拐角处望着窗外犯愁。

家伟从楼下上来，见家男站在这儿："家男。"

家男："哥，爸让我去要钱，我若不去要，他又要抽烟，又要自己去要，你说咋办？"

家伟想了想："这样吧，你再去肖主任那儿一趟，问问咱们在这儿做的 CT 检查的片子可不可以带出去，做个参考。"

家男："对，接着说做个 CT 得不少钱，我们这钱也挺紧的。"

他边说着拉家伟就往回走。迎面却碰上了肖主任。

肖主任："我正要找你。"他说着从兜里掏出个信封给家男，"这个给你。"

家男一看忙说："不不不，肖主任，您别这样，这是我们一点儿意思。"

肖主任："我无功不受禄，拿回去吧。"

家伟："肖主任，我父亲拍的 CT 片子可不可以带走。我想……"

肖主任打断了家伟的话："可以借，我给你写个借条，到片库交十元钱押金就可以带走。"说话间便把借条写好了，交给家伟。

家伟："谢谢肖主任。"

肖主任："别客气，有事吱声，那边患者等着呢，我就不送你们了。"说着匆匆走了。

家伟看着家男手里的信封，一脸苦笑。

家男："我说过，这小子绝对是个明白人，你说咱爸……"他苦笑着摇摇头。

外科病房　　日　　内

家男和家伟、乔大娘已经把东西收拾好了。

家男："爸，差不多了，走吧。"

乔师傅："你结账去呀！"

家男："咱这账得明天才能给算出来。"

乔师傅："那咱转院那边儿不还得交押金吗？"

家伟："爸，这些你就别操心了，我都安排好了。"

突然，病房门推开了，进来了三个人，他们是乔师傅工厂的几位老工人。

王叔一步跨过来："老乔。"

乔师傅高兴地说："老王，哎哟哟，你们都来了。快，坐下，坐下，啥时候到的？"

王叔："今早儿刚到，来半天了，在门口没上来。看那老头够邪乎的，非让我们等到十点，大夫检查完病房才让上来。这还照顾我们大老远来的。"

乔师傅："这大地方的医院规矩多去了。怎么样？家里那边都挺好吧。"

王叔："都挺好，就是惦记着你这病咋样了。"

乔师傅："到底是咋回事，还没最后确诊。反正是这一刀躲不过了。"

王叔："咳，你说这不是天上掉下来个祸？苦这么多年，刚刚得好。"

乔师傅："啥也别说了，他王叔，命定八尺，难求一丈。"

老工人张师傅："话可别这么说。咱厂这些人数你命好。四个孩子亮亮堂堂地都上了大学。"

老工人宫师傅："别说咱厂，就是咱县谁比得了？县长也不行啊！他就是最有钱的那人家也没个念博士的孩子。还得你老乔。你老乔的孩子个个成啊。你这不是让人瞅着眼蓝吗？啊？当初真该让你多生几个。"

乔师傅也跟着笑了，"也是，想起这些孩子心里也敞亮不少。"

乔大娘看着张师傅突然想起来："可真的，你那老儿媳妇生了没有？"

张师傅笑了："生了。"

乔大娘："丫头小子？"

张师傅大嘴一咧"大胖小子。"

乔师傅："好，小子好！老张，你终于得了个孙子！我回去得喝你的喜酒。"

张师傅："好，这可不易，四个儿子好歹给我生了个孙子。"

乔大娘："你看看人家张师傅盼啥来啥，多有福，他张大娘乐坏了吧！"

张师傅："咳，这人哪，都发贱，你说一个小孙子，咱能借上什么光？都这把子年纪了，还真指他啥呀？全白扯。这一落地儿，你就得给他出牛马力。可你说怪不？他还就从心里乐意呢！哈哈哈，我这老伴伺候月子，别的不说，一进屋你看吧，这大锅小锅摆了一地呀，哈哈。"

乔师傅也笑着："老张啊，这就是老人哪！像咱这样的，生儿育女这一关过了，人也老了，也干不了啥别的，可这过日子，总得有个念想，弄个小孙子在身前身后转悠，它是个乐子。"

家伟见几个人聊起来便滔滔不绝，忍不住插嘴道："爸，咱们边走边聊吧，再晚了，上午住不进去了。"

乔师傅："不忙，让你王叔他们歇歇脚。"

王叔："这是要去哪儿呀？大包小包的。"

乔师傅："转院。这不是要开刀吗？人家说医大医院比这儿好，孩子们就给我转过去了。"

张师傅："那快走吧，别耽误了正事儿，咱们这嗑儿以后再唠。"

王叔："老乔。"他从兜里掏出个包儿，"听说你得做手术，大伙都挺着急，可路太远了，也来不了，你说咋整？后来大伙一合计，凑了点钱，一共九百三十块，这点钱虽然不好干啥，多少是这么个意思，你留下，补养补养。"

乔师傅："他王叔，这可不行。这怎么好麻烦大伙呢？厂里开不出工资来，日子都挺紧的。大伙儿的心意我领了……"

张师傅："乔师傅，紧不紧不差这点儿，这不是要治病吗？平时大伙麻烦你的时候怎么说了？"

王叔："老乔，咱们厂长为你的事儿真犯愁，厂里实在没钱，外面欠人家一大扒拉饥荒，人家跟屁股管咱要，连咱厂的账号都让银行给封了。临走时，厂长就和我们几个合计，寻思半天，咱厂除了那些卖不出去的锁头再也没啥了，最后说这么着吧，把咱厂的防盗锁扛来两箱，给你了，看能不能在这市里卖了，换几个医药费。"

乔师傅叹了口气："这厂长也是逼急眼了。"

乔大娘："回去替我们谢谢大伙。"

王叔掏出个单子："锁头让我们在车站寄存了，这是存单，"他递给家男，"你抽工夫去取回来吧。这市里商店多，问问他们要不要？"

家男接过单子："这锁多少钱一把？"

宫师傅："俺厂这锁出厂价二十五块，一箱是五十把。卖多少钱都行，卖完了咱再给你送。"

王叔："那咱就快走吧，正好，我们几个给你送去。"

乔师傅："不用。家伟，领你王叔他们到家里歇歇去。"

王叔："老乔，你别为我们操心了，我们还得赶下午三点的车往回返，车票都买好了。"

乔师傅很诚恳地："老王啊，你听我说，一看见你们哪，我这心里热乎拉的，这老远你们折腾来了，不吃口饭就走，我这心里不得劲儿呀。管好管坏，你们到家里去，歇歇脚。"

乔大娘："他王叔，老乔这脾气你也知道，你们就这么走了，他得半个月睡不着觉。"

乔家伟家　　日　　内

家伟和几位师傅围坐在餐桌边，气氛很沉闷。

家伟端起酒杯："来，王叔、张叔、宫叔，谢谢你们大老远来看我爸，我代表我爸，敬你们一杯。"

王叔一挡："不喝酒，一会儿还坐车呢。"

家伟："少喝点儿怎么样？"

王叔："我不愿意喝闷酒。家伟呀，你给我透个实底，你爸到底是不是癌？"

家伟放下酒杯："从拍的片子看像，可从咳出的痰里、血里和气管镜检查都没发现癌细胞，还下不了结论。"

王叔："不管啥病，你小子得给我治好它。"

家伟："嗯。"

宫师傅："有啥难处，你吱声，我们能帮上的一定帮你。"

家伟："嗯。"

张师傅："你爸这人好啊，这一辈子为了你们，啥都豁上了，吃多少苦？可不能亏了他。"

家伟："嗯。"

王叔："认识他这么多年。就没看见他穿过一双像样的鞋。这些年，大伙生活都好点了，都买双皮鞋穿，就他不买，说穿那玩意儿板脚。其实他是不舍得那钱。"

张师傅："那时候，你们都小，家里粮不够吃，天天中午你爸你妈带饭就是几个土豆加大葱大酱。吃得直坏肚子，还不敢让家里人知道？你爸那胃病就这么做下的。"

家伟吃惊地抬起头："有这事儿？"

这时罗西开门回来了。

家伟对大伙说："这是我爱人罗西。"

几位老师傅忙站起来。

家伟忙让大伙坐了："这是从老家来的爸的老朋友。"说完把几位老师傅一一介绍给罗西。

王叔："这刚下班，饿了吧？来一块吃吧。"

罗西："你们先吃吧，我还有事儿。家伟，你来一下。"

家伟跟着罗西到了另一个房间。

罗西悄声道："我和妈妈跑了一上午。"

家伟："啥事儿？"

罗西从兜里掏出一张表格："给你们研究所拨了一个去美国进修的名额。"

家伟："喂呀，你神通不小哇。"他接过表格，看了看，皱皱眉，"你弄这个干吗？给我呀？"

罗西瞪了他一眼："不给你给谁？赶紧把表填了，下午人家就要。"

家伟："这么大个事你怎么不先和我商量一下？"

罗西："这还商量什么？弄来名额就去，弄不来就不去呗。我也没把握能不能搞来。"

家伟抖动着手中的表格："这计算机和我的专业根本不对口，我进修这玩意儿干嘛？再说你看看这学校，从来没听说过，肯定不是太好的学校。花那么多外汇去念，真还不如在国内的名牌大学读几年。"

罗西不悦地："我说你这人有毛病是怎么着，为这几个名额都要打破头了，专业不对口能咋的？出去再说呗。好容易给你争来，还挑肥拣瘦的。"

家伟："我根本就不屑于去争，是你自作主张。"，

罗西："我和你还有没有理可讲了？我这腿都差点跑断了，求人说好话，给人家许愿，就差没磕头了，你不领情也就罢了，反倒落一身不是。我为谁？还不是为了你？"

家伟也火了："我可领不起这份情。你是为了有一个能出国留洋的丈夫，而根本就没有考虑你的丈夫出国合不合适。你知不知道放弃了专业对我意味着什么？你怎么浮到这份儿上了？我爸马上要上手术台，我哪来那闲心出国？"

罗西气得眼泪汪汪："乔家伟，你太过分了！今天家里有客人，我不跟你吵。"她说着转身走了。

罗西气冲冲地走了，几位师傅面面相觑，不知发生了什么事儿。

家伟走过来，堆出一脸笑，"快点吃吧，一会儿都凉了。"

张师傅眼上眼下地打量着家伟："家伟呀。"

家伟："什么事儿？"

张师傅："你媳妇儿对你爸妈咋样？"

家伟："还行吧。"

张师傅："两口子的事儿，该忍的忍，该压的压，就一条你记住了，不能让你爹妈犯难。"

家伟："嗯。"

医大胸外科病房　　　日　　　内

胸外科 5 号病房，房间不大，只能放下两张床。里面住着乔师傅和另外一位五十多岁的男子。

护士轻轻推门进来："1 床。"

乔师傅："哎。"

护士手里拿了一叠单子和几个小塑料杯，一个个交给乔师傅："明早留痰、留尿，明天早晨空腹，护士来采血，明天上午要做心电、胸片还有几项检查都争取做出来，你就在屋等着，我们随时来叫你。"

乔师傅："好好。"

护士："另外，这几项检查结果出来了，准备马上给你做胸穿，家属来时请到医生办公室去一下。"

乔师傅："好好，谢谢你。"

等护士走后，乔师傅拿着那叠单子对同屋的人说："梁厂长，你看看我怎么一下子得做这么多检查呀？"

梁厂长接过单子看了看笑了："乔师傅，你这是找人了，没有关系，你这些检查最快得两个星期。"

乔师傅笑了笑，没答话。

梁厂长："定没定谁给你做手术？"

乔师傅："这还说不准，听说汤教授做得好，谁知道能不能给咱做？"

梁厂长："你赶快找人，这汤教授是厉害，全国有名。我就是汤教授主刀。"

乔师傅："是呀？等我那大小子来了，我催催他。唉，梁厂长，你这手术安排在哪天？"

梁厂长："周五，他们就周二、周五做。"

乔师傅："噢，这手术不是天天都能做？"

街上　　日　　外

家男和心兰骑着自行车迎面过来。家男车前面挂着装饭盒的大兜子，后面带着一个大纸盒箱，心兰的车后面也带了一箱。

心兰："家男，咱爸他们厂以前效益不还挺好吗？怎么一下子穷这样了？"

家男："我家那山区，交通不方便，经济发展特慢，现在这市场变化这么快，这还是多少年的老式产品呢。"

心兰："这锁性能、质量怎么样？"

家男："肯定不怎么样。"

心兰："那咱往哪儿处理？"

家男："这一带好像有挺大一个五金商店，你知道在哪儿不？"

心兰："我上哪儿知道去？"

家男："从这拐过去看看。"

五金商店门口　　日　　外

五金商店门口，家男停下自行车，对心兰说："你先在这儿看着，我进去看看。"

五金商店　　日　　内

家男来到商店里卖锁头的柜台，认真地看着各种各样的锁头。

售货员热情地问："请问您要买哪一种锁头？"

家男："有没有铁松牌防盗锁？"

售货员："头几年进过，这两年卖不动了，那种锁还不如这种性能好。"他说着拿出一把防盗锁放在柜台上，"34.80元，比铁松牌的还便宜一块钱。"

家男并不看那把锁头，他试探着问："那如果便宜一些儿，你们能不能进点儿铁松牌防盗锁。"

售货员："您什么意思？"

家男："这么回事，这个锁厂的一个工人在这儿治病，厂里拿不出医药费，拿来了些锁头，想卖出去，换几个医药费。"

售货员："进货是肯定不能进了。如果代销也不是绝对不可以，可你们这是急着用钱，东西放这肯定得压在这儿，所以，我劝你还是先到别地方去看看。"

家男："那打扰您了。"

售货员："不客气。"

家男出了商店门，心兰满怀希望地问："他们要不要？"

家男摇摇头，"走，再去日杂商店看看。"

说罢，两个人又骑上了自行车。

日杂商店　　日　　内

家男在锁头柜台还真发现了铁松牌防盗锁。价格：36.50元。他非常高兴，忙问卖锁的售货员："老师傅，这铁松牌防盗锁好卖吗？"

老师傅摇摇头，"越来越卖不动了。"

家男："那这锁到底差在哪儿？"

老师傅："保险性能不行。这老式的，都不认了。"

家男："价格便宜些，你能不能进点儿，可以低于出厂价。"

老师傅："我们还压一些货呢，你若要，我也不高于出厂价给你。"

家男苦笑着摇摇头，走出商店门。

日杂商店门口　　日　外

心兰担心地："还不行啊？"

家男一脚踹起车梯子："走，饿了，回家吃饭去。"

心兰："再上那边儿的商店问问。"

家男："先回家吧，完了再说，我就不信咱爸做的锁头真就臭这大街上了。"

医大胸外科病房　　日　内

乔师傅正躺在床上和梁厂长、梁厂长爱人唠嗑儿呢。

梁姨："做这开胸的大手术，时间长，一早晨进去，中午等大夫、护士出来，一般都过了饭时了。所以，这顿饭咱得请。这事都是单位出面张罗。"

梁厂长："那当然得单位出面，病人才下手术台，家属谁能领你吃饭去。"

乔师傅："那刚做完手术，大夫、护士更不能走哇，万一有啥事儿……"

梁厂长："他们会安排好的，人家比咱明白，放心吧。"

门开了，罗西进来："爸，我爸爸妈妈来看看你。"

乔师傅"哟"一声，忙下地，这时罗主任、罗母和王秘书已经进来了。

罗主任上前握住乔师傅的手："我是老罗，你快坐下，别客气。"

乔师傅："呀，亲家，咱这还头一回见面呢。"

罗母上前握手："老乔，你好。"

乔师傅："好，好，你们都这么忙还来看我。"

梁姨忙把屋里的两个凳子搬过来，请客人坐。

乔师傅不知怎么招待客人好，搓着手："我这儿也没个烟，就吃点水果吧。"

罗主任："你别忙。"

乔师傅："听家伟说，你身体见好？"

罗主任笑了："嗯，头不疼了，有时还晕。血压基本稳定了。老乔啊，刚才这个医院的王院长陪我们一起过来的，他和汤教授已经谈好了，由他亲自主刀，你就放心吧。"

乔师傅："这可太谢谢你了，你自个儿还有病，一个劲儿给你添麻烦。"

罗母："这叫什么麻烦，就说句话呗。"

王秘书拎了个兜子："乔伯伯，这是罗主任他们送你的补品，这是盒西洋参，你问问医生，怎么个吃法儿？"

乔师傅："这、这……"

咖啡厅　　夜　　内

咖啡厅，精美的茶几上放着一支红色的玫瑰花。旁边坐着罗北和小娟。小娟着装入时，云鬓高卧，轻妆淡抹，风韵无穷。

罗北贪婪地看着，有点如痴如醉。

罗北："你还让我等多久？"

小娟瞅了一眼罗北，低头喝咖啡。

罗北："回答我。"

小娟愁眉紧锁，半晌才沉沉地说："我真想离婚，马上就想离。"

罗北："我就要这句话。"

小娟："可是我没法儿离。"

罗北："没有爱情的婚姻，是痛苦的无期徒刑。我要彻底解放你。"

小娟轻轻摇摇头："谁也救不了我。"

罗北："你到底顾虑些什么？你是不是怕金大刚？这种糙人，就会虚张声势，外强中干，你就跟他拜拜，他敢一刀宰了你？"

小娟："他若真给我一刀倒也痛快，可是他不会的，无论我怎么样对不起他，都不会的。我可以肯定。可我不敢保证他会不会一刀宰了你。"

罗北一愣，转而又笑了："只要你嫁给我，我宁肯死个花下风流。可遗憾的是，你不是不敢离婚，而是不肯离婚，对吧？"

小娟低头不语。

罗北："你到底顾虑些什么？"

小娟："说了你也不会懂。"

罗北："不见得。"

小娟慢慢呷了口咖啡："我十四岁那年，妹妹十一岁，爸爸因工受了重伤。手术后，命是保住了，可人却瘫在了床上。我和妹妹都小，妈妈身体又不好，说真的，连送爸爸上趟医院都很困难，我爸爸又高又胖，我们娘仨都弄不动他。那时候，正好大刚从部队转业回来了，他和我家住邻居，知道了我们家的难处，就主动来帮我们。爸爸上医院，楼上楼下的，全靠他背，他是司机，只要需要用车，他总会想办法找车来。为了我父亲，他四处寻医找药，吃了许多辛苦。五年，整整五年，父亲去世了，还没等我们缓过气来，妈妈又病倒了。当时，我正在外地的幼儿师范上学，妹妹正在上高中，没有人照顾妈妈，我想退学，可大刚说什么也不让，硬逼着我回了学校，由他来照料妈妈。妈妈胃口不好，不想吃东西，大刚就用绿豆、红小豆、大米、小米什么的熬八宝粥给妈妈吃……"

罗北打断小娟的话："我明白了，因为金大刚对你们家有恩，你就变驴变马来还他，可事实上你并不爱他，这样对你不公平，你爹妈若地下有知，他们会像我一样心疼你的。小娟，你在浪费自己的青春。"

小娟："说你不懂，你真的就不懂。咳，你怎么会懂。你懂得一个十四的女孩儿面对拖拖不动、背背不起来的父亲，想的是什么吗？你知道我当初决定退学时是什么心情吗？你体味过叫天天不应、叫地地不灵吗？大刚他替我和妹妹养老送终，你懂什么叫养老送终吗？……"

罗北不耐烦地："算了算了，不说这个。换个话题，换个话题。"他喝干了杯中的咖啡："小娟，你说我为什么带你来这个咖啡厅？"

小娟摇摇头。

罗北："告诉你，这个小咖啡厅原来是我开的。"

小娟一愣："你开的？"

　　罗北："我的一个朋友，给我搞了点贷款，开业没几天，就有人告我爸，老头子勒令我把这个咖啡厅兑出去，还了贷款。说实在的，我爸爸要不当官儿，我早就是大款了。"

　　小娟："你爸爸要不当官儿，谁贷款给你呀？"

　　罗北笑了："呵呵，深刻，深刻。"

　　这时，张军进来了，罗北忙打招呼。

　　张军："对不起，两位久等了。"

　　罗北："怎么，听说你对拍的样片不太满意？"

　　张军："你整得也太'水'了。都拍快二百个镜头了，还没内容呢。"

　　罗北："那几场武戏挺热闹，演员真玩命。"

　　张军："我不是说那些。"

　　罗北："你说床上戏？拍了呀。"

　　张军："那叫啥？这镜头谁不能拍？"

　　罗北："那你要怎么着儿？"

　　张军："老爷子逛妓院这场戏，这妓女你得让她来个裸体的，全裸。"

　　罗北："这全裸怕是不行。"

　　张军："让导演把画面处理一下，这很好办。还有，大儿子后妈侃姨太那场戏，太文了，光调情不行，得上床，这是乱伦，更刺激。"

　　小娟："这床上戏太过分了不行。"

　　张军："没什么不行的。只要照我说的拍，我保证你发行没问题，你就像现在这么拍下去，准砸！"

　　罗北有些犯愁，想了想："这么着吧，你把你的想法直接和导演谈谈，看他能落实多少。"

医大医院大院门口　　　日　　外

乔师傅站在紧关着的铁栅栏门里，向外张望，目光忧郁而沉重。春寒料峭，他觉出了些凉意。

突然，他眉头一挑。远处，乔大娘怀抱着个兜子过来了。她看见了乔师傅，想快步穿过马路，却又被疾驶的车辆吓得退了回去。

乔师傅急喊："看着点车。"

乔大娘终于过了马路，跑了过来，"你是不饿了？"

乔师傅："你急什么？又不是三岁孩子，早一会儿晚一会儿能咋的？"

乔大娘隔着铁门往里递兜子："你站这儿干什么？风硬啊，别感冒了，快点拿去吃吧，一会儿该凉了，往后，你隔一会儿出来看看就行。"

乔师傅没接兜子，递给乔大娘一个卡片："你进来吧，咱有证了。"

乔大娘："不是不同意给咱证吗？这咋弄的。"

乔师傅："亲家来了，和亲家一块来的一个王秘书去给要的。"

乔大娘："哟，亲家来了。啧啧，没见着。"

乔大娘和乔师傅往楼里走，一阵风吹来，乔师傅看看乔大娘穿的棉袄："你咋出这么多的汗？天暖和了，也没带件相应的衣裳。"

乔大娘："不热，我这是走得有点儿急。"

乔师傅："你走来的？没坐车？"

乔大娘："坐啥车，蹩脚。上车就八毛钱，说什么联运。来回一块六，一天光车费就好几块，花那冤枉钱干啥。我这也当溜达了。"

乔师傅和乔大娘边说边进了楼。

医大胸外科病房　　日　　内

乔师傅和乔大娘一进病房，梁厂长爱人就笑了，"我说老乔，这两天看阵势我就知道你准是走后门儿，敢情你老亲家是罗主任哪。"

乔师傅有些不好意思："这求到亲家门下，也是实在没办法了，虽说做了这些年亲家，你看着了，这还头一回见面。"

乔大娘："他梁姨呀，要不叫有病，哪能给人添这麻烦。"她说着忙给乔师傅弄饭吃。

护士推门招呼道："2床，电话。"

梁姨出去了。

这时佳丽进来了，夹着一个大包儿。

乔大娘："你咋进来的？"

佳丽指指胸前戴的校徽，笑道："我现在是医科大学研究生。"

乔师傅："戴这个那老头儿就让你进了？"

佳丽："啊。爸，我给你买了点酱牛肉，你尝尝，可能咸点儿。"

乔师傅："上回买的刚吃没。"

乔大娘："你弄这一大包子啥玩意儿？"

佳丽打开包儿，拿出一条花格毯子："我看爸这褥子挺薄的，再铺点儿。"

乔师傅:"你痛快给我拿回去,昨天家伟拿来一条毯子,让护士长给训了一通,拿回去了,咱老实儿地住院,别惹人家不高兴。"

佳丽:"你凳子上坐坐,我把毯子给你铺上,床单一罩,她看不出来。半夜凉,你又睡不惯床,多铺点儿。"说着就去铺床。

乔大娘:"佳丽说得对,你那胃睡凉炕就疼,这时候可别把老病勾起来。"她帮佳丽很快就铺好了床。

乔师傅坐下吃饭了,佳丽又掏出一件呢子上衣:"妈,天热了,你总捂着棉袄该上火了,我这呢子外套大小、颜色你穿都行。"

这时,梁姨推门进来了,进屋就开骂:"这都是些什么东西?良心都让狗吃了。"

乔大娘一愣:"他梁姨,出啥事儿了?"

梁姨:"老乔,我们老梁出去时,没说啥时候回来?"

乔师傅:"他就说要出去喝碗豆腐脑,一会儿就回来。"

梁姨:"你说气人不?老梁病这样了,马上要上手术台了,厂里倒来个管事儿的人哪,这个也忙,那个也忙。不来人,也罢,谁也不是咱干儿子,钱上别卡我们哪,这个得自费,那个不能报销。你就是不报销,也先把钱给我垫上吧?这也不行。"

乔师傅:"他梁姨,你也别生气,厂子里也是生产不景气。"

梁姨:"不是生产不景气,是人不景气,是看我们老梁长拳头大个瘤子,没几天活头了,用不着你了。平时我们老梁别说住院手术,就是感冒几天你看我们家那人……哼,我们老梁当这么多年厂长,什么时候让他们自己掏钱吃过药?前年李副厂长让车撞了,我们老梁上医院,掏出张支票往那儿一拍,和大夫说：需要多少钱你们自己填，只要把人给我保住了。反过来，轮到我们老梁了……"她说着气得泪水汪汪。

乔大娘："他梁姨，你呀，消消气。"

梁姨："人哪，别看平时虚头巴脑的，没用，你得看他用不着你的时候对你啥样。哼，我非置这口气不可，你看着。"

某大学学生宿舍　　夜　　外

晚上，愁眉不展的佳冰从宿舍楼出来，突听有人喊她："佳冰。"

佳冰回头，眼睛一亮："蒲老师，是你？"

蒲亚夫："你去哪儿？"

佳冰可怜兮兮地："我也不知道，我想去我大哥家，或者是二哥家，或者是姐姐那儿。"

蒲亚夫打量着她："出了什么事？"

佳冰："蒲老师，明天我爸爸做胸部穿刺，我害怕。我不知道为什么，一想这事儿就浑身发抖，就想哭。"

蒲亚夫："你太紧张了。走吧，无论你上谁家，我都可以送你一段。"

佳冰："蒲老师，你怎么到这儿来了？"

蒲亚夫："嗯……我去一位老师那儿，顺便来看看你。哪承想，你像个吓破胆的兔子，走吧。"

他们一起沿着月光下的林荫走去。

佳冰："蒲老师，我真的、真的很害怕。"

蒲亚夫："佳冰，你已经是大学生了，要勇敢地面对现实，当不幸来临的时候，要坚强地挺过去。现在你家里人的精神负担都很重，你要自己照顾好自己，不能再给他们增加负担，知道吗？"

佳冰："知道，可就是控制不住自己。"

蒲亚夫："我给你讲一个女作家的故事，你看她是怎样面对亲人所遇到的不幸的。好不好？"

佳冰："好。谢谢你，蒲老师，说真的，我一看见你就不心惊胆战的了。"

蒲亚夫看着佳冰笑了："是吗？"

乔家伟家　　夜　　内

晚上，家伟正在家查资料，床上、桌上、地上都是书刊。他边查边记着什么。

乔大娘坐在一边，给落落钉扣儿。她抬起头，忧郁的目光静静地看着儿子。

家伟仍在埋头查资料："妈，你早点儿睡吧，忙一天了。"

乔大娘："睡不着，寻思啥都犯愁。明天就给你爸穿刺，这一穿刺是不是就能有结果？"

家伟："也不一定。妈，你比来时瘦多了，别净往那坏地方想，爸就要做手术了，你可别再病了。"

乔大娘："我知道，我能顶住。我哪能在这个时候再添乱呢。可我呀，真就是害怕，一宿一宿地睡不着觉。家伟，你说你爸能不能是那不好的病？"

家伟："不会的，不像。如果是，都做这么多项检查了，早该有结果了。放心吧。"

乔大娘："我看你爸也不像，真格了，老天就这么不长眼？

让你爸苦了一辈子，这刚刚得好就让他得那病？不能，你爸这人脾气不太好，可从来不干伤天害理的事儿，他应该有个好报应。"

家伟："妈，我爸穿多大号鞋？"

乔大娘："42 号，干啥？"

家伟："我问问。"

第五集

医大胸外科 500 号病房　　日　　内

500 号病房是苏醒室，这里的几张病床上都是从手术台上下来不到一周的患者，在这里接受特殊护理。

病房里静悄悄的，一个患者手拿着一个冒白烟的管子大口吸着。

乔师傅推开 500 号病房的门，探头看了看，又马上缩回去，关上门。

护士马上走出去："你有事吗？"

乔师傅："没、没啥事儿？"

护士脸色一冷："这是无菌病房，没啥事儿离这儿远点。"说罢转身回去，关严了门。

乔师傅讪讪地站在门口，他皱着眉望着静悄悄的走廊。

医大胸外科病房　　日　　内

乔师傅一进病房门，见一小护士正在端着医疗盘往外走。

小护士："1床，上哪儿去了？等了你半天了。来，采耳血。"

乔师傅："姑娘，这又采血是要干啥？"

小护士："化验血型，以前化验过吗？"

乔师傅："没，好么样儿的谁没事儿化验那玩意儿？"

小护士递过体温计："来，量量体温。"

乔师傅把体温计夹在腋下："姑娘，梁厂长这手术怎么还没完哪？"

小护士："这是开胸的大手术，哪能那么快？"

乔师傅："早晨八点就进去了，快四个小时了，怎么还不出来？"

小护士："如果顺利的话，十二点左右差不多能出来。量完了把体温计放桌上，我一会儿来取。"

小护士边说着边采完了血，转身走了。

乔师傅焦急地看看表，夹着体温计又想出去，一开门却停住了，他把体温计抽出来，往桌子上一搁，转身出去了。

医大胸外科走廊　　日　　内

乔师傅在门口遇上个胸上插着根排气管的病友。

病友："你屋那个2床还没出来？"

乔师傅摇摇头："护士说顺利的话十二点左右差不多能出来，这十二点都过了，可别出什么差头儿。"

病友："2床那个瘤子挺大，估计这手术得麻烦点儿。"

乔师傅："我再去 500 号看看。"

病友："不用，推车一回来这就能听着。"

突然背后小护士拿着体温计过来了："1 床，你这体温怎么才 35 度？怎么夹的？"

乔师傅："我、我这……"他正想解释什么，突然他听到了推车的响声，"呀，是不是梁厂长回来了？"说着也不顾小护士了，转身和病友向 500 号奔去。

医大胸外科 500 号病房　　日　　内

梁厂长已经被抬到床上，医生和护士正在紧张地忙碌着。门口站着一些人。

乔师傅和病友赶来。

梁姨看到乔师傅，忙道："老乔，我们老梁……"她看了一眼身边的李副厂长，说道，"不是癌，不是癌呀。"她说着发红的眼睛又流出泪来。

乔师傅一愣："真的？这可不大离儿！这可不大离儿，这就好了，这就不怕了。"他一高兴，也不知说什么好。

汤教授从苏醒室出来，梁姨迎上去，紧握住汤教授的手："汤教授，谢谢你了。"

汤教授："不客气。"

一位中年人走上前来，他是梁厂长单位的李副厂长："汤教授，非常感谢您和您的同事们为我们梁厂长成功地做了这一手术，您不只是救活了一个人，也是救了我们一个厂呀，我们厂全靠他呀，为了表示我们的一点谢意，准备了点儿简单的午餐，您千万别客气。"

汤教授："很抱歉，中午我要去看一个病人，车在楼下等我呢，实在没时间。"

汤教授走了，李副厂长对梁姨说："怎么办？汤教授去不了？"

梁姨不悦地："李厂长，上手术台连医生带护士的十来个人呢，赶紧请啊。一会儿人都走了。"

李副厂长："对对。"

李副厂长边答应边进了医生办公室，梁姨狠狠地瞪了他一眼，然后悄悄将 500 号的门推开个小缝儿。一个护士把一句"病人一切正常,请不要打扰"从门缝儿扔了出来,然后把门关上了。

乔师傅焦急地问："他梁姨，你看着没？"

梁姨："还没醒过来呢。"

医大胸外科病房　　日　　内

下午探视时间，乔师傅和乔大娘正坐在病房里聊天，家男坐一边削苹果皮。

乔师傅："你削了你吃，我可嫌酸。"

家男："你尝尝，一点儿不酸。"

乔师傅："不酸我也不吃。"

"不吃给我。"突然佳冰进来了，身后跟着佳丽。佳冰笑嘻嘻地："感觉怎么样？爸。"

乔师傅："我挺好。你怎么又来了？是不是又逃课了？"

佳冰接过家男递过的苹果："逃什么课呀？下午自习。"

佳丽把一个兜子递给父亲："爸，这是炒花生和煮好的鸡胗。"

乔师傅："我要吃啥就让你妈买了，你别乱花钱了，就你那点研究生补助费，把自己肚子划拉饱就不错了。"

佳冰望着梁厂长床上那堆积如山的水果、罐头、各种补品："哎，爸，梁厂长这是要开小卖店咋的？"

乔大娘拍了她一巴掌："小声点儿，让人听着。"

乔师傅："手术前，没几个人来，这不，听说梁厂长切出的那个东西不是癌，这送礼的人哪，呼呼上来了。"

家男说道："这个厂长岁数不算大，人也挺有能耐，好了病正经能干几年，这些人看他还有用。"

佳丽："哟，爸，梁厂长不是癌？那可太好了，我一直为他担心呢。"

佳冰乐了："哎，他那么大瘤都不是癌，爸，你这更没问题了。"

乔师傅："是不是癌，可不在这瘤大小。"

乔大娘："看脸色儿梁厂长可不如你爸，是不是？你看他那脸黄皮蜡瘦的，咳嗽一次得折腾一个多小时。一顿吃那一口猫食儿。你爸哪像他那样儿了？"

佳丽："哎，爸，我和你说过没，我的导师他爱人去年吐血，医院说她得了食道癌，结果去北京做的手术，打开一看，根本不是癌，就是食道静脉曲张，把他们一家人都吓坏了。现在，啥事儿没有了。"

家男："最逗的是我们家对门的邻居，他有个爷爷，七十多了，医生说得了肾癌，老爷子一听非让孙男弟女给他准备寿装，要不然就不住院，结果花了好几百块把寿装准备好了，老爷子偷偷摸摸穿上了，喝了一瓶子安眠药，板板正正躺哪儿了，幸亏发现得早，送医院一顿抢救，人是过来了，那套毛料衣服造完蛋了。等做了手术一看，根本不是癌，气得老爷子天天坐大马路上骂：'奶奶的，瞎那套衣裳了。'"

乔师傅也忍不住笑了："你要到这医院看，这事儿就更多了。"

乔大娘："我看也是，哪有那么多癌？现在这大夫，看着个影儿，就说是癌，把人家吓得跟没魂了似的，赶紧治吧，归齐了，还不是。不是更好，你还能把人家大夫怎么着？"

佳冰："妈呀，你可小点儿声吧，这让大夫听见了，还不把你撵出去？"

乔大娘："听见怎么的？梁厂长这个不就吓唬人家一下吗。"

家男立刻接上来："就是呀，要不，这堆东西不早就送上来了。"

大家说说笑笑，连乔师傅的情绪也格外的好。梁厂长排除了癌症，对他精神上的鼓舞的确很大。

梁姨进来了："哟，都来了。"

佳冰："梁姨，祝贺你，梁叔叔平安无事。"

梁姨叹了口气："谢谢你。乔师傅，你这肯定也没问题，放心吧。"说完拿了几罐营养品递过来，塞给家男："乔师傅，这个给你。"

乔师傅："可别介，你赶快留着，给梁厂长补补身子。"

梁姨："他哪吃得了这么多？吃吧，我们家这几个月，这玩意儿少不了。老梁这一病，我把这一圈儿人都看透了。"

乔大娘不好意思地："他梁姨，他爸这什么都有。家男，快给拿过去。"

梁姨："都是病人，客气什么？"

家男："这样吧，梁姨，我们留一个罐头，那些你先放这儿吧。"

护士招呼2号家属，梁姨出去了。

家男把罐头举到乔师傅跟前："爸，你看这是什么罐头？草莓，我怎么没看着哪有卖的？"

佳冰："我说你怎么接过来就不撒手了。"

乔大娘："你爸最喜欢吃这玩意儿。"

乔师傅不悦地："你眼皮下浅地留人家这么个罐头干什么？"

家男一看爸爸不太高兴，马上说："爸，等梁厂长出院时，我买点东西送他，不就替你还上了？我主要是看这个东西市面上没见过。再说，梁姨是真心送咱，你也别太不给面子了。"

乔师傅："我是说人家也是个病人。"

家男："病人？梁厂长要把这些东西都造进去，还不得造个胃切除？咱们就算实行点人道主义援助吧。"说着把罐头启开了，"来，爸，尝尝，要好吃，明天，咱多买几个。"

乔师傅尝尝，皱皱眉："这哪还是草莓了？嗯，也多少有点草莓味儿，你们尝尝，照咱家那新鲜草莓这味儿可差远了。"

家男笑道："你别这么比呀，你照那冻茄子、酸黄瓜、烂白菜帮子味儿比比试试。"

医大胸外科走廊　　日　　内

家伟急匆匆从楼上下来，在楼梯口迎面遇上汤教授。

汤教授："哎，我正要找你。"

家伟:"汤教授,有什么事吗?"

汤教授:"你到我办公室来一下。"

家伟:"好的。"

医大汤教授办公室 日 内

汤教授领家伟进了办公室:"来来,你坐这儿。我给你介绍一下你父亲的病情。"

家伟坐在汤教授的对面,十分紧张地注视着他。

汤教授:"你父亲做的胸穿,病理结果出来了。"

家伟马上问:"怎么样?"

汤教授一字一句地:"已经发现了癌细胞。"

家伟尽管有充分的思想准备,仍是呼地站了起来:"真的?"

汤教授:"你冷静点儿,听我说,你请坐,请坐下。"

家伟一下子瘫坐在椅子上:"汤教授,您……您一定要想办法救救我的父亲,他、他……"

汤教授:"你不要太紧张,虽然发现了癌细胞,给治疗带来了很大的困难,但现在看比较乐观的是这个肿瘤的位置长得比较好,在右边的肺叶上,可以做手术。目前最积极的治疗手段是立即切除病灶,然后再配合其他治疗方法,可以控制病情,所以不是一点希望也没有的。"

家伟:"汤教授,根据你的经验,像我父亲这种情况还能维持多长时间?"

汤教授:"这不好说,要看肿瘤的恶性程度、患者自身免疫能力以及医疗条件等诸多方面的因素。"

家伟努力地平静着自己:"汤教授,什么时间安排手术?"

汤教授："下周。如果家属同意手术的话，请在这里签字。"
他说着递上个单子。

家伟接过单子填了几个空格，然后用颤抖的笔签了字。他
站起身拿着单子："汤教授，一切都拜托您了。"说完向汤教授
深深地点点头，转身就走。

汤教授："等等，请把你手里的单子留给我。"

家伟："哦，对不起。"

家伟冲出汤教授的办公室，向病房走去，刚走几步，又猛
地折了回来。

医大楼梯口　　　　日　　　内

楼梯口拐角处，痛苦不堪的家伟靠在窗边，面向窗外，望
着远处的楼群，大滴大滴的泪流了出来……

梁姨捧着个饭盒从楼下上来，看到家伟，停住了。她走过去，
轻声叫道："家伟。"

家伟擦擦泪，回过头，"哦，梁姨。"

梁姨担心地问："家伟，胸穿结果出来了？"

家伟点点头。

梁姨都明白了："唉，摊上了，没办法。刚强点儿，咋的也
得顶过去呀。"

家伟懵头懵脑地："梁姨，你说我爸会不会像梁叔那样手术
后再排除了？有这种可能吧？"

梁姨看着家伟，语气沉重地说："你梁叔也是那病，汤教授
说了，最多挺三个月。"

家伟愣住了："没排除哇？"

梁姨恨恨地："梁姨这也是让那帮小人逼的。这不，人还没出苏醒室呢，那边去外地疗养的房间都订好了。别跟旁人说。"

医大胸外科病房　　　日　　　内

乔师傅病房，一家人嘻嘻哈哈地说笑着。

乔师傅："瞅这样，你二姑家种地的时候，我和你妈咋也回走了。"

佳冰："急什么，你得好好恢复恢复，最起码也得等到放假呀。我和姐、二哥、二嫂全没事儿了，我们大伙送你回家多好哇。"

乔大娘："你爸是惦记着你奶奶。"

佳丽把桌子上的果皮收起来，出门扔到水房，家男赶紧跟了出来。

家男："姐，我和你说个事儿，咱爸那个胸穿的病理可能出来了，你去问问医生呗。"

佳丽忧郁的目光瞅瞅家男："你也怕？唉！刚才来的时候，路过医生办公室，我就没敢敲门。"

家男："我看问题不大。姐，要不……"

佳丽和家男往前走去，迎面遇上了家伟。

家男："哥，正好你来了，我们想去问问胸穿的病理出来没有？"

家伟沉沉地低下了头，轻声道："已经出来了。"

家男一见家伟这种神情，紧张地："哥，真有事儿呀？"

家伟："先别告诉妈、爸和小妹，等做完手术再说。"

"我的天哪！"家男痛苦地一拳擂在墙上，"世上的百病爸不得，非得这病！哥，你说这可咋整啊？"

佳丽捂着脸跑开了。

街上　　日　　外

摄制组正在一条僻静的街上准备拍汽车撞人的戏。现场一片忙碌。

武师和罗西正在争吵。

武师被导演等人拉到一边，罗西气个花枝乱颤，这时罗北和张军等人也跑了过来。

罗西对罗北道："我就没见过这么野蛮的人，吊车不能等太长时间，我让他抓紧点儿，张嘴就骂人，还讲不讲理了？痛快让他滚。"

罗北："你瞎吵吵什么？他滚了你去撞汽车？"

罗西："我就是不拍这戏，也不能让他这么骂我。"

罗北："这都是些亡命徒，你跟他较什么劲……"

突然，罗西腰间的BP机响了，她低头一看："是妈妈的传呼。"

罗北："你赶紧找个地方打个电话回去，这边的事儿我来处理。"

罗西气呼呼地："那吊车到点就得走。"

罗北："咳，一会儿塞给司机点币子，让他找个理由挡一挡不就结了吗？这算个什么事？大吵大嚷的。"

罗西走到一家公用电话亭，拨通了电话。

罗西："喂，刘嫂，我是罗西。刚才家里谁传罗北？哦，那我妈妈在吗？请她接电话……妈妈，你找罗北还是找我？什么事？"

电话："是这样，家伟刚才来个电话找你，让你抽时间回家一趟，商量一下他父亲手术的事儿。"

罗西："刚才他传罗北了。估计就找我，我没回电话。妈妈，我太忙了，都乱成粥了，实在走不开。他再给你挂电话，你就说没找到我。他们家那摊子事儿我真顾不过来了，那么一大家子人，干吗总拎着我呀？我都要累死了……"

乔家伟家　　　日　　　内

家伟、家男、佳丽、佳冰和心兰正在家伟家商量父亲手术的事。

家伟："这样一来，明天我和咱妈就可以按规定正常进去，你们也都有办法混进去，谁万一要被医院的门卫挡住了，赶快和里面取得联系，咱们再想办法，现在是罗西明天怎么让她进这医院大门呢？"

家冰："哎，大哥，明个儿大嫂有没有时间去呀？这可多少天没见着她的影儿了。"

家伟："她这一段剧组开机了，的确是忙。"

家冰："再忙，爸明个儿上手术台了，怎么着也得抽空问问吧。"

家伟："她知道爸明天手术，肯定会去的。"

家冰："大嫂那么有神通，一个医院大门儿有什么进不去的？这点儿事不用咱们操心。"

佳丽："咱们还是抓紧时间研究研究下一个问题吧，明天需要带什么东西，佳冰你记一下。"

家伟忙掏出笔："我来记。人家说明天爸醒过来以后，会觉得口干，医生说可以喝点饮料。"

家男："这个我准备。"

佳丽："爸不喜欢味太浓的饮料。"

家男："我知道。"

心兰："饮料的汽儿也不能太大，万一爸喝进去了再一打嗝儿，这刀口能受得了吗？"

家男："对，对。那就买像椰奶什么的，行吧？我去商店时好好看看都有啥再说。"

佳冰："我看梁厂长哪嘴唇干爆皮了，梁姨给他抹了些香油。"

家男："爸最烦香油味儿，不行。"

佳冰："那就抹点豆油，不过得烧开了，不然那豆腥味也够难闻的。"

家伟一边记着一边说："这个行，我负责。另外，屋里晚上挺冷，咱们得准备个热水袋。我这儿有。"

家男："那还得再拿个暖瓶，灌水袋一个暖瓶水就紧张了，下午四点就没开水了。"

家伟："那就拿我家这个暖瓶。"

佳丽："拿我那个吧，你这家里还得用。"

家伟一边记着一边想："明天爸吃的、用的……对，把吐痰的纸多准备点儿。"

佳丽："这个我准备，得弄点儿消毒的餐巾纸。"

家伟："对，关于明天爸吃喝用的，谁想起什么再随时补充，下面咱们再商量商量护理问题。"

家男："晚上我负责。"

家伟："那你得和学校请个假。"

家男："假我早请了，我们领导说了，只要心兰能给我代课就行。"

佳丽："心兰，那就得让你受累了。"

心兰："姐，啥时候了，还说这个。除了上午上课时间，我也可以去护理。"

家伟："我看这样，从明天开始，我和家男主要负责晚上，佳丽和佳冰主要负责下午，咱妈和我主要负责上午。咱们几个来回跑，妈这几天就住在医院，在爸那张 1 号床休息就行。"

家男："你单位忙，上午还是我和妈吧。"

佳丽："爸头几天住苏醒室，那无菌病房根本不能让咱们进去，吃喝拉撒一切由护理员包管，咱们插不上手。"

家男："那白天晚上也得有人看着。我发现有的护理员也挺刁，有时态度也挺恶劣，呵斥患者，要是知道咱家属在门外站着，她们也不敢太难为咱爸了。说实在的，爸都那样了，真有谁敢跟咱爸过不去……"他说着竟有些来火了，被心兰捅了一下。

心兰："没看过还有比你更虎的人。"

家伟："家男，你还真得注意点儿这事儿，动不动就想和谁干一仗。其实，一般人家也都会尽心尽力的，护理的是什么样的患者她们知道，万一有什么不对的地方，只要不造成什么后果，不要太计较。"

佳冰："是呀，二哥，咱爸捏在人家手里呢，一般咱别吭声。可话说回来，真要有哪个敢难为咱爸的，二哥，我告诉你，不用你说……"她说着站了起来。

家伟一把将她按到椅子上："你坐下吧，这回你二嫂看着了，谁比你二哥更虎。"

佳冰嘴一撇："哼。"

家伟："人家医院现在正准备怎么给咱爸治病，救爸的命，你们是准备着什么时候跟人家干仗，说不过去了吧？"

家男："哥，不是这个意思。你不知道，有时候真气人，梁厂长手术第三天，这左手不能动，刀口在左侧呀，右手扎着吊瓶呢，让护理员给连擦了几口痰，护理员就有点嫌烦了，嘟囔了一句什么，把梁厂长气得差点晕过去，死活不住500号了，科主任和主治医都来了。护理员让护士长训得跟个王八蛋似的。"

家伟："有问题当然还是要解决，咱们护理的主要任务是爸万一有什么紧急情况，咱们家得有人在跟前呀；在恢复过程中，需要什么东西，该咱家属准备的，就得马上给递上去。有什么事儿只要咱们可以办的，就不用人家，咱们配合医院把爸爸照顾得更好。"

家男："这对。其实，对于医院来说，最好的配合是家属都离苏醒室远点儿。"

家伟笑了："远点儿可以，别影响人家工作，但最远不能超过五米，而且过一会儿就趴门缝儿看看，若是万一有啥事儿呢？"

家男也笑了："若由此挨护士骂的时候，可以到五米以外躲躲。"

家伟："那也不能太远了，最好不要超过十米，起码保证爸要招呼咱们的时候得听着。"

佳冰哼了一声："我算看明白了，大哥你呀，表面上说得好听，其实你心里比谁都怕人家屈着咱爸。二嫂，知道了吧？咱家有比我还虎的呢。"

心兰苦笑着："小妹，不管啥时候，你是一点儿亏也不能吃。"

佳丽拍了佳冰一下："还有心思瞎闹！咱们还得把爸吃饭的事儿安排一下。头几天得吃点稀的、软乎的、有营养的。"

家伟："家男若上午在医院护理，这三顿我都可以管。"

佳丽："那不行，你还得照顾孩子呢。"

家伟："孩子罗西可以管。"

心兰："这不要紧，我也可以送。哎，你们说医生护士下了手术台，就大晌午了，人家都请顿饭，咱们咋办？"

家伟："头几天梁厂长请客时我就琢磨了，人家是单位出面，咱这单位也没个人，你说爸刚下手术台，还没醒过来呢，咱几个谁能把爸扔那儿，领大夫去吃饭？"

佳冰："要是非得有人去，就让大嫂去。她和单位人差不多。"

佳丽拍了佳冰一下："你老实点儿。"

家男："我说，不如买点熟食，给大夫送去，他们若收了，咱们心思尽到了，人家这一上午也不容易。他们要不收，给咱送回来了，咱这心思也尽到了。怎么样？"

家伟想想："我看这样也行。"

佳丽："今天就得买好了，我去买。"

佳冰："这熟食可别买小贩的，到大副食店买，买点好的，人家医生讲究这个。"

家伟站起来："好，我现在给爸妈送饭去，我做了不少。你们自己收拾吃吧，吃完了，谁该准备什么赶紧办，办完还回到这儿，晚间咱们商量商量，好不好？"

佳冰："那我没啥事儿，我去医院陪咱爸唠嗑儿去，爸今个儿肯定心特乱。"

家伟："医院那边有我，你呀，先在这儿看家，要不他们买东西回来了进不了屋。再一个，大哥求你点事儿行不行？"

佳冰："什么事儿？"

家伟："落落今天下午三点就放学，你去接她一下好不好？学校门口的大马路车太多，我不放心。要是罗西回来了，你交代给她就行了。怎么样？"

佳冰不悦地："哼，我要不给你接孩子，去医院爸也得把我撵回来。得，我今儿下午的任务就是看孩子、做饭。明早不让爸吃饭，今晚得给爸做点儿好吃的，晚上我去送饭。"

家伟："小妹，辛苦你了。给，这是房门钥匙。"

乔家伟家　　日　　内

家伟家，人都走了。

佳冰从厨房出来，看看表，两点半了。她急忙穿上鞋，刚想出去，又脱了鞋，转了回来，到电话机边抓起号码簿翻着。

佳冰拨通了电话。

佳冰："请问，是罗西的父母家吗？噢，那您是……噢，是刘嫂，你好，我姓乔，罗西是我大嫂。嗯，对，刘嫂，我想找我大嫂，不在呀？我的天，去哪儿了？一天也找不到，传呼也传不着。"

罗主任家　　日　　内

刘嫂一手拿着抹布擦茶几，一手拿着电话："这几天她也没回这边来。对，上午她来过一个电话……几点哪？帮十一点吧。对……那不知道，好像她妈妈传呼她的。你等着，她妈妈回来了。"

刘嫂叫刚进屋的罗母接电话。

罗母拿起电话："喂？哪里？噢，你好，你好。噢，找罗西呀，今天上午你哥来电话，我上午也打了几次，始终没联系上她。嗯……她呀，忙得不可开交，哪有时间给家里挂电话呀？"

刘嫂正在整理房间，一听罗母这么说，吓得赶紧躲出去了。

乔家伟家　　日　　内

佳冰皱着眉，气呼呼地："阿姨呀，如果大嫂再来电话，请你转告她，我爸爸明天做手术的事儿，我们负责，不用她，只是明天早晨六点半以后，落落吃饭上学的事儿由她负责。再见。"佳冰啪地摔了电话，坐在沙发上生气。

街上　　夜　　外

空中一轮苍白的月。

佳冰搀着母亲，从医院走出来。

佳冰："一听就能听出来，她妈也是官场上混出来的，撒谎都不打褶儿。"

乔大娘忙道："我可跟你说，这事儿就到这儿了，别跟你爸说，他听了生气。"

佳冰："我知道。"

乔大娘："也别跟你大哥说。"

佳冰："不跟他说跟谁说？"

乔大娘："谁也不能说。你要跟你大哥说了，他非得问你大嫂不可，弄得大伙儿脸上都过不去。再说，你爸住院，不全亏你大嫂她爸妈帮忙啊？人家对咱有恩，咱得记得，该报答人家的时候，就得报答人家，不能因为一点小事就翻脸，那还叫啥人了？你说，今个儿这事儿，你要就叫个真儿，就算人家给你赔个不是，你还赢着啥了是咋的？这亲家以后还怎么处？再讲话了，你也得替刘嫂想想，给人家当保姆这活儿不容易干，这多一句嘴就惹个祸，让罗家知道了，她担待得起吗？"

佳冰："哼，她最好别惹我。"

乔大娘："我告诉你，为这么点小事儿，不能跟你大嫂别扭。咱现在愁都愁不过来呢，哪有这闲心？"

佳冰扶着母亲走进了沉沉的夜。

医大胸外科病房　　日　　内

乔师傅病房，家伟、家男、佳丽和乔大娘围着乔师傅。

乔大娘把一条热毛巾递给乔师傅："把手擦擦。"

乔师傅："不用，这才洗多一会儿。"

家男："爸，你在地上走一早晨了，上床躺会儿歇歇吧。"

乔师傅："不管事儿，活动活动。"

佳丽："爸，你觉得饿不？"

乔师傅："不饿，昨晚佳冰送来的那茄盒儿，油太大了，我有点儿吃多了。"

这时佳冰和心兰也来了。

心兰："爸，感觉怎么样？"

乔师傅："没事儿，挺好。"

护士推门进来，口气很和蔼地说："1床，怎么来这么多人？一会儿护士长来又该训我们了，你们没啥事儿的就先到手术室外面等着吧，行不行？"

家伟："行行行。我们马上就走。"

护士出去以后，几个孩子眼巴巴地看着父亲，谁也不动。

乔大娘说："我和家伟、家男在这儿，你们几个先到手术室那去。快走吧，别让人家再说咱。"

乔师傅："对，你们快去吧，我这啥事儿没有。"

佳丽："爸，那、那我们先过去。"

佳冰眼圈一红："爸，你、你别怕……"

"佳冰"，家伟立刻打断了佳冰的话，他给佳丽递个眼色，"你们快走吧。"

佳冰跟着佳丽和心兰走了，可她却把一大早装在每个人心里的却又都不敢说出口的一个"怕"字扔了出来。

乔师傅不安地坐在床上，用手摸摸兜儿，问乔大娘："我那件蓝上衣呢？"

乔大娘："枕头底下呢。"

乔师傅从枕头底下抽出蓝上衣，掏掏里面的兜，然后穿上。

家男："爸，你冷咋的？"

乔师傅："不冷，我上趟厕所。"

乔大娘："你不才去了吗？"

乔师傅："我再去一趟。"说着便出了病房。

家伟和家男不约而同地跟了出去。

医院厕所　　日　　内

家伟和家男站在男厕所门外，厕所门开着，挡个半截白门帘。

家伟："爸挺紧张。"

家男："能不紧张吗？咳，我这腿都直哆嗦。"

家伟："哎？给妈准备的救心丸带了吗？"

家男："带了，在佳丽那儿。哥，爸怎么进去这么长时间还不出来？"

家伟："进去看看，别有啥事儿。"

"啊？"家男一掀门帘，脸色猛地一变，没等他说话，便让家伟把他拉到了一边儿。

厕所里，乔师傅正面对窗户，抽着他几次想抽都没抽的那半截烟头儿。

厕所门外，家男哭咧咧地："这怎么还抽哇？命都要抽没了！"

家伟："爸这是太紧张了，他是想稳定稳定情绪，让他抽完吧。我在这儿看着，你快去弄杯茶水，一会儿让爸好好漱漱口。"

家男走后，乔师傅从厕所出来了，他的确平静了许多，见家伟站在这儿，便走过去。

乔师傅："家伟呀，爸一会儿就做手术了，有件事我得交代给你。"

家伟："什么事儿？爸你说吧。"

乔师傅："家伟，万一爸要下不了手术台……"

家伟："爸，不会的。"

乔师傅："家伟，你听着，万一爸没顶住，你奶奶和你妈就交给你们四个了。你是老大，你得管。"

家伟强忍着泪水："爸，你放心，我肯定管。爸，你别太担心，汤教授说了，你这个手术不会有什么危险。梁厂长手术难度那么大，不也挺顺利吗？"

医大胸外科病房　　日　　内

护士把手术室的车推进乔师傅病房。

护士："1床，请上车吧。"

乔师傅："不用车，我自己能走。"

护士："行吗？"

乔师傅："行！"

护士把车推走了。

家伟和家男去扶父亲，被他挡开了，他站起来，自己走出了病房。

家伟和家男一左一右护送父亲，乔大娘快步跟在后面，偷偷地擦把泪儿。

手术室门口　　日　　内

佳丽、佳冰和心兰等在手术室门外。

罗西急忙忙来了："爸进去没？"

心兰："还没呢。"

佳丽突然道："爸来了。"

走廊里，乔师傅大步流星地走来，步子很慌乱。众人忙迎上去。

佳冰拽着父亲的胳膊："爸，我们都在这儿等你。"

乔师傅："好，好。你们放心，我没事儿。"他说着便往手术室走。突然，他回过头来，挨个看看。

乔师傅："你妈呢？"

家伟忙道："妈，爸找你，快来。"

乔大娘边擦眼泪边从后面跑了几步赶来了。

乔师傅："他妈，我进去了。没事儿，你别担心。"

乔大娘："哎，他爸，你好好的。"

乔师傅一扭头进了手术室。

门，啪的一声关上了。

众人顿时泪如泉涌。

第六集

手术室门外　　日　　内

乔家人坐在手术室外靠墙的两排长椅上，在痛苦中等待着，等得心惊胆战，等得肝肠寸断。

不断有医护人员匆匆忙忙地出入手术室。一切显得紧张而有秩序。

乔大娘的眼睛紧盯着所有出出进进的医护人员。终于，她担心地问："家伟，你爸这手术真是汤教授给做吗？"

家伟："是呀。"

乔大娘："那你爸都进去这半天了，汤教授咋还没进去？"

家伟："可能爸得先做些准备工作吧，汤教授不用进去那么早。"

乔大娘不放心地："可别再变了。"

家伟："妈，不会的，若有变化，人家能先跟咱打招呼。"

乔大娘："对，对。"她似乎放心点儿了。突然，她又小声道，

"来了，汤教授来了。"

汤教授快步走来。

乔家人全站起来，乔大娘想说什么，可嘴角抖着，硬是没张开。

家伟和佳丽扶着母亲冲汤教授点点头。

汤教授和乔家人摆了一下手，径直进了手术室。

乔大娘呆呆地望着紧闭的手术室大门，泪水又涌了出来："刚才我想和汤教授嘱咐两句，又没敢说，怕人家烦。"

家伟："妈，你太紧张了，你手都冰凉了。"

佳丽："妈，你要是试着心脏不行，就赶紧说，我带着药呢。"

乔大娘："我没事儿，你们不用管我。"

手术室门上方的红灯亮了。

家男腾地站了起来，脱口说道："开始了。"

乔家人的心猛地提了起来，紧盯着那盏红灯。

一片难耐的寂静。

佳丽低头看了一下表。

突然一阵"嘀嘀嘀，嘀嘀嘀"的响声，把极度紧张的乔家人吓了一跳。是罗西腰间的 BP 机响了。

家伟皱着眉头瞅了罗西一眼。

罗西看了一下传呼的号码，起身出去了。

这时，从走廊的拐角飞快地推过一台平板车，上面躺着个人。

医护人员神色紧张地将车子推入手术室。后面跟来的人趴在门口，从门缝往里望。

突然，一个男护士打开门："曹华家属，哪位是曹华家属？"

一个工人打扮、老实巴交的中年人魂不附体地走上前："我，我是。"

男护士拿着个本子，表情严肃地说："患者由于禁食时间不足，手术使用麻药后可能引起呕吐，如果呕吐物堵塞气管，造成窒息死亡，医院不负责任，请在这里签字。"

曹华的家属吓得说不出话，哆哆嗦嗦地签了字，人便一下子瘫到了地上，马上被人背走了。

乔大娘被吓坏了："佳丽，你、你给我点儿药。"

佳丽忙把救心丸塞到母亲嘴里："妈，休息一下，你还是到那边等吧。"

医生办公室　　日　　内

罗西在医生办公室打电话："喂，哪一位传 741？"

电话里一个娇滴滴的声音："是我呼 741，可这是罗北的传呼号哇。"

罗西："我是罗北的姐姐，你有什么事我可以给你转告一声。"

电话："噢，是这样的，头几天罗北说想让我去剧组出个群众。"

罗西："你贵姓？啊，王冬冬。我知道了，需要你去剧组的时候，让罗北给你挂电话。再见。"

医大医院楼梯口　　日　　内

楼梯口，心兰和佳冰扶着乔大娘缓缓走来，走到楼梯口的长椅边。

心兰："妈，就坐这儿吧，这安静点儿，不跟他们担惊受怕，要是爸那边有啥事儿，咱马上就能过去，行不？"

乔大娘："行。"

佳冰："妈，你靠着我躺一会儿吧。"

乔大娘："不用。佳冰，我看刚才推进去的那个人是个半大小子，你没听说是啥病？"

佳冰："好像是让车撞了。"

乔大娘："你说谁家爹妈摊上这事可咋整？你们往后上街可得前后长点眼睛。"

心兰："那是。"

说话间罗西从走廊另一头走来，急匆匆地向手术室走去，没看见这边的乔大娘。

手术室门外　　日　　内

家伟、家男、佳丽、罗西坐在长椅上等着。家男忍不住又站了起来，趴在门上从门缝儿往里望。他看见一个护士在打电话。并听那护士连叫："血库、血库，我是第七手术室，患者血管出血，我们现在急需 600ccB 型血浆……"

家男吓得忙回身对家人说："我听护士向血库要 600ccB 型血，是不是给爸要的？"

佳丽："不会，爸的血浆早就准备好了。可能是给被车撞的那个人要的。"

家男："别是爸的手术再出现点什么特殊情况，爸可是 B 型血呀。"

家伟一听心里也没底儿了："那，怎么能问问？"

正说着，一个护士从走廊跑过来，双手抱着一个包儿。

家男忙迎上去："同志，这是给哪个患者准备的血浆？"

护士摇摇头："不知道。"她说着跑进了手术室。

家男在后面追了一句："同志，您给问问呗。"

家男对家伟说："一会儿等她出来时咱们再问问。"

佳丽："不会是爸的吧。你看梁厂长做了一个手术才用了800cc 血浆。我不了解情况，但我觉得做爸这个手术起码要准备 1000cc 血浆。这一下子就要 600cc，爸用得了那么多吗？肯定是给别人要的。"

佳丽说完，大家也觉得有些道理，似乎不那么紧张了。可没等大家坐到椅子上，那位送血浆的护士出来了。

家男忙迎上去："同志，这血浆是给哪个患者用的？"

护士："姓乔的患者。"

家男一愣："同志，我爸怎么了？"

护士："好像是血管破裂，正在止血呢。"

家伟："有危险吗？"

护士摇摇头："我没问。"她说完便径自走了。

乔家人一下子紧张得不知如何是好。家男急得在门口团团转。恨不得冲进手术室去。

佳丽把给母亲准备的救心丸塞进嘴里几粒，无力地靠在墙上，任泪水哗哗地淌。

罗西扶着惊恐不安的家伟坐到椅子上："你别太紧张了，我看不会有什么危险，汤教授很有经验，连一个血管出血还处理不了吗？"

家伟稳定了一下自己的情绪："千万别有什么事儿，千万别有什么事。"突然他看见乔大娘和佳冰、心兰过来了：忙说，"咱妈来了，别告诉她，家男、佳丽，你们快都坐下。"

乔大娘在孩子的搀扶下，泪眼汪汪走了过来。

家伟："妈，你怎么过来了？在那边等着呗。"

乔大娘："我惦记着你爸，里面有点信儿没？"

家伟："没、没有。"

乔大娘抬眼见佳丽："佳丽，你那脸怎么煞白呀？"

佳丽："我没事儿。妈，你到外面走走吧。"

乔大娘："不，我在这儿等着，心里踏实点儿。"

家男："心兰，你和佳冰陪妈到外面等等吧，咱家这么多人挤在这儿，别的患者家属连坐的地方都没有。再说，妈在哪儿等还不都一样，省得在这儿跟别人担惊受怕。"他说着直给心兰和佳冰使眼色。

在众人的劝说下，乔大娘又走了。

家男见母亲走了，问家伟："哥，你说万一有什么事儿，大夫是不是会立刻通知咱们哪？"

家伟："应该是这样。"

家男："那里面没动静呀，不会有什么大危险吧？"

家伟："等等看吧。这肯定是哪根大血管出血了，要不然用得了那么多血浆吗？"

几个人目不转睛地盯着手术室的门。

痛苦、焦灼。每一根神经都绷得紧紧的。

突然，罗西腰间的 BP 机"嘀嘀嘀"地响了，又把大家吓了一跳。

家伟火了，指着罗西道："要不你把那玩意儿关了，要不你离这远点儿，我烦这动静。"

罗西看着焦头烂额的家伟，没说什么，极不情愿地关了BP机。

家男也皱着眉头斜了她一眼。

突然，一位医生推开手术室的门，严肃地问道："乔贵义的家属在吗？"

家伟、家男、佳丽一刹时吓懵了，连罗西也怔住了。

一时间竟没有人答话。

医生又重复问了一次："乔贵义的家属在吗？"

家伟首先清醒过来了："在，在。大夫，什么事儿？"

医生："是这样的，有个事儿得和你说明一下……"

家男一听，咚的一声跌坐在椅子上。

佳丽惊恐地看着医生。

罗西也焦急地："医生，到底出了什么事儿？"

家伟："我爸爸怎么了？"

医生摆摆手："没什么事，一切还都正常。"

家男腾地跳了起来："刚才不是说血管出血了吗？"

医生："哦，不要紧。这个肿瘤的位置长得不太理想，遇到点儿小麻烦，血已经止住了，请不必担心，现在一切都很顺利。我要说的是一会儿病灶切出来后，如果快病理检查是恶性，你们做不做那个免疫，这个免疫……"

家男没等医生说完马上表态："我们知道，做。"

医生："这个免疫很贵，公费医疗不报销……"

家男："那也做。"

医生："决定做了，有两种，一种是一千五百元的，一种是四千元的，做哪种？"

家伟、家男、佳丽几乎是同时说道："四千元的。"

医生："好，就做四千元的，三天之内把钱交到住院处。"他说罢回去了。

家男一边擦着汗一边喘着粗气："我的妈呀，可吓死我了，这没事儿就好，没事就好哇。"

罗西不解地问家伟："刚才医生说的免疫是怎么回事？怎么要那么多钱？"

家伟低头没吱声。家男在一边道："就是把病灶拿出来后，如果是恶性的，就将这种东西输进羊的身上，过一段时间后，把羊血抽出来，提取出一种抗体，再给病人注射，可以抗癌。"

佳丽也似乎缓过来一些了，她轻声道："咱们明天就得筹备钱哪，别交晚了，人家再不给咱们做了。"

家伟："钱由我负责。"

家男："我拿两千。"

家伟："你上哪儿弄钱去？"

家男："管单位借。"

佳丽："我还有一千。家男，你们单位太穷，不能一下子管人家借那么多钱。"

罗西："这种免疫效果好吗？"

家伟："医生说还可以，我看理论上通得过。"

罗西："现在医院也是想办法挣钱。这免疫也未见得有什么大用，应该好好了解一下再说。"

家伟："这些日子你没来医院，我都了解过了。我没指望它有什么大用，但有小用也好啊。"

罗西："什么药都可以治病，我是说你花这些钱值不值？"

家伟立即斩钉截铁地以不容商量的语气说："值！"

罗西无话。

拍摄现场 日 内

一套老式住宅内，罗北正焦急地挂电话："喂，寻呼台，请呼 741，我电话 648302，罗北。对，刚才我呼过一次，可她没回电话，什么？关机了？"他气呼呼地放下电话，对身边的剧务说："我姐姐怎么关机了？就怕有事儿找不着她才让她带着 BP 机，她还给关了，真急人。"

剧务："那她不回来，咱们也取不出钱哪。今天下午银行关门了。"

罗北："能不能再和那边商量一下，咱也黄不了他们的。"

剧务："没门儿，那地方不交钱绝不可能让摄制组进去。"

罗北："赶紧去医院找我姐姐，今天上午无论如何也得把钱取出来。"

手术室门外 日 内

乔大娘一家人仍在手术室外面守候着。

乔大娘焦急地看看表："眼看快晌午了，你爸怎么还不出来？"

家伟："妈，你别着急，最早也得十二点。"

这时，汤教授从手术室出来了，乔家人立刻围了上去。

"汤教授，我爸爸怎么样？"

汤教授："手术比较顺利，现在正在缝合，一会儿就结束了。"

乔大娘："汤教授，我们全家谢谢你了。"

汤教授："不客气。"

乔大娘："汤教授，我们老头子这到底切出来个啥呀？"

汤教授瞅瞅乔大娘："等病理化验吧。"

家伟忙打岔："妈，汤教授很累了，让他赶快去休息吧。"

罗主任家　　　日　　　内

王秘书把罗主任送了回来。进屋后，罗主任便坐到沙发上，王秘书赶紧倒茶。

罗母进来，见状忙问："老罗，怎么不舒服？"

罗主任接过王秘书递过来的杯子，边喝边说："开了一上午的会，头有些胀。小王，这里没事儿了，你回去吧。"

王秘书："用不用请医生？"

罗主任："不用。你去吧，我休息一下就好了。你下午把那个材料整理好。"

王秘书："没问题，您放心休息。"

王秘书走后，罗母便开始数落："你呀，从现在开始，就老老实实在家待着吧。你再不注意，非犯病不可。你头晕，就是昨晚看材料看的，催你四回你还不睡觉，年龄大了，不比那些年轻人……"

罗主任打断她的话："罗西来电话没有？也不知她公公的手术做得怎么样了？"

罗母递过药来："没消息。我说你呀，别想那么多了，想想你自己吧，你现在的任务就是马上吃饭，吃完饭药劲儿也上来了，赶快睡一觉，休息好了，你这些症状也就自然消失了。"

手术室门外　　日　　内

乔家人仍在手术室门外不安地等候着。

手术室门上方的红灯灭了。

终于，医护人员将乔师傅推了出来。乔家人立刻围了上去。

家伟从护士手里接过推车把手。

护士："我推吧。"

家伟望着父亲，强忍悲痛紧紧地握着把手："我来。"

护士："千万小心。"

家男接过医生手里的吊瓶，心痛地望着父亲那毫无血色的脸。

家伟推着父亲小心翼翼地走向电梯。医护人员和乔家人在旁边护送。

乔师傅还未苏醒。

电梯口，电梯门迅速打开，家伟、家男及医护人员护送乔师傅上了电梯。

电梯门慢慢关合，这时，从里面传来了乔师傅长长的呻吟声。

佳丽和佳冰突然转身拼命地往楼上跑去。

胸外科 500 号病房　　夜　　内

苏醒室门口，夜深人静。

家男披着大衣守候在门口。家伟走了过来。

家男："妈睡了没？"

家伟："睡了。爸怎么样？"

家男："哥，爸肯定疼得厉害，现在还没睡。"

家伟担心地扒门缝往里看，乔师傅正瞅着门呢，见家伟扒门缝便闭了一下眼睛，这是在叫家伟。家伟见值班的小护士趴在桌子上睡着了，便忙蹑手蹑脚地进去了，悄悄地："爸，感觉怎么样？"

乔师傅艰难地说："有尿。"

家伟忙把小便器拿来放进乔师傅的被里悄声问："爸，疼厉害了？"

乔师傅皱皱眉没吭声。

家伟看看父亲心痛地："爸，实在顶不住，就打一针杜冷丁吧。"

乔师傅想了想："那也好。能给打吗？"

家伟："我去问问。"他拿着接完尿的小便器，轻轻走到门口，交给门外的家男。看着已睡着的小护士，有些为难，但还是小声地叫道："同志，同志。"

小护士醒来："怎么了？"

家伟："我父亲痛得厉害，您看能不能打一针杜冷丁？"

小护士揉揉眼睛打着哈欠说："疼是肯定得疼，但只要能坚持最好别打，患者这时候打多这药，影响他恢复。"她说着站起来，走到乔师傅床边，问道，"怎么样？不打针行不行？能坚持还是不打好。咱们这药是有，也不是不给你用，你自己把握。"

乔师傅听护士这样一说，又咬咬牙，艰难地说："那我就再挺挺，试试。先给我点水喝。"

"试试什么呀？"家男急了，从门口伸进脑袋，"爸，你都折腾半宿了，打一针，争取睡一会儿吧，这不能硬挺啊。"

家伟打开一罐饮料，捅进吸管，送到父亲嘴边儿："爸，我看今晚先打一针吧，明天不能这么疼了，咱们能顶就顶着，行不？"

乔师傅看看儿子，无奈地说："那也好。"

乔佳丽宿舍　　夜　　内

这是一个两个人的宿舍，同屋的人出去了。佳丽闩上门，从床底下拽出电饭锅。用水涮了涮，把一条收拾干净的甲鱼放到锅里，添上水盖好，然后，插上电源。做完这一切以后，她便拿本书，坐在床上看起来。

突然，灯灭了，屋里变得漆黑。

佳丽忙找出手电筒，出了门。

走廊里，佳丽拉开电闸，重新换上了电阻丝，然后推上电闸。

一片光明。

佳丽走回屋，刚坐下，灯又灭了。

佳丽重重地叹了口气，刚拿起手电筒想出门，忽听外面有人骂起来：

"谁那么缺德？又鼓捣电炉子。"

"真是的，看不看书了？"。

佳丽一听，无奈地坐到床上。

咚咚咚，有人敲门。

佳丽慌忙地将电饭煲的电源拔了下来，然后问："谁呀？"

"我，邹克力。"

佳丽打开门："请进吧。"

这时有人修好了电阻丝，灯又亮了。

邹克力进屋后，佳丽忙关上门，问邹克力："你说怎么办？

我一用电饭锅，那边的电阻丝就爆。"

邹克力："你还没吃饭？走，咱们出去吃点儿算了。"

佳丽："我吃了，这是给我爸煮的甲鱼汤。"

邹克力："呀，那这样吧，拿我家做去。"

佳丽："不不不，那么远，太麻烦了。"

邹克力："不远，我又搞了一套房子，离这儿挺近的。"

佳丽："又搞了一套？那你现在有几处房子了？"

邹克力："三处。"

佳丽一笑："真有你的。"

邹克力看着电饭锅叹了口气："说真的，佳丽，你也应该有个家了。"

佳丽："别说这没用的。"

邹克力："我说的是真话。"

佳丽脸一冷："我没心思听，以后你再别和我提这事儿。"

邹克力宽厚地笑笑："不谈就不谈，这样吧，把锅端到肖老师家去。"

佳丽："不不不，那多不好意思。"

邹克力："我去，我和肖老师特熟。"

佳丽："算了，先放这儿吧，晚上熄灯以后，我再煮。"

邹克力："那你得煮到半夜。"

佳丽："没关系。"

邹克力："佳丽，你父亲现在怎么样？"

佳丽愁眉不展地说："刀口疼得厉害，排痰也比较困难，医生说再过两天能好点儿。"

邹克力："肿瘤是恶性的？"

佳丽的目光沉沉地落在地上："恶性的。"

邹克力："佳丽，你可要挺住啊。"

佳丽："我知道。"

邹克力："我去潘聪妈妈家了，潘聪来信，让我去看看他妈妈。他妈妈说你爸爸长的肿瘤估计是恶性的。如果是的话，手术以后，恢复一段。可以到她们那去打化疗。"

佳丽抬眼问邹克力："你去求她了？"

邹克力："不，是她主动说的。其实，她内心也觉得欠你许多。"

佳丽："所以她想为我做点什么，想偿还些什么？是吗？遗憾的是，这些都是徒劳的。"

邹克力："什么意思？"

佳丽："感情的债，是一笔永远无法偿还的债，所以人世上积下的最多的债就是这情债。"

邹克力笑了："佳丽，你的冷漠已经具有了一定的理论深度。"

"我不想跟你论辩。不过，我只是想你能不能在夜深人静时，在回首往事之后，试着去谅解一些你不肯谅解的事……"

佳丽："你是说，让我实实在在地做梦……当然，夜深人静时，可以做许许多多的梦。"

胸外科 500 号病房　　　日　　　内

早晨，苏醒室门外，乔大娘端着一碗小米粥和一碗肉汤对护理员说："姑娘，我去喂吧。"

护理员："不行。一律我们喂饭。"她伸手接过饭碗。

　　乔大娘不放心地："我们这老头子是个急性子，狼吞虎咽惯了，再说，你喂他，他不好意思……"

　　护理员瞧了瞧乔大娘："你要实在不放心，就自己进去喂，不过你快点出来。"

医大医院楼梯　　　日　　内

　　医院楼梯口，佳冰急匆匆走上楼来，她直奔苏醒室，见门口没人便轻手轻脚地走近前去。

胸外科 500 号病房　　　日　　内

　　佳冰悄悄将门推开个小缝儿，往里看。

　　乔师傅正拿个管子，对着嘴，大口吸着管子里喷出的白雾。吸了几口，便放下了。他咳了口痰，似乎有些累了，歇了歇，突然，他左手拽着一条绑在床头的白纱布带子，试着用了用力，一使劲儿，竟慢慢地坐了起来。

　　佳冰惊叫道："呀，爸，你能坐起来了！"

　　"谁呀？这是谁呀？你哪儿的？"护士长从隔壁的办公室出来就不让了，板着脸："喊什么？这自由市场呀？你怎么进来的？你们家一天多少人糊在这儿……"

　　乔师傅很担心地望着门外。

　　佳冰吓得退了两步，见护士长不肯善罢，干脆转身溜了。

医大医院走廊　　　日　　内

　　佳冰跑到走廊的拐角处，赶紧一躲，险些撞着一个人，抬头一看，是二哥家男。

家男："怎么样？挨咬了吧？"

佳冰生气地："去你的，哼！要不是我老爹捏在她手里，我乔佳冰容她那个妇女？哼！"

家男："早晨妈进去喂饭，让她斥儿一顿了，斥儿完了妈，又损护理员，吵吵一早晨。"

佳冰："二哥，爸能坐起来了，我可真没想到。"

家男："爸恢复得挺快。"

佳冰："爸原来身体好啊。"

家男："啥人折腾这一下子也够呛。"

佳冰："我看着爸，你睡一觉去吧。"

家男："不用，你又没上课？"

佳冰："上午是心理学和当代文学，晚上回去抄抄笔记就行了。"

家男："你待在这儿，我过去看看爸，有没有啥事儿。"

佳冰："等一会儿吧，这时候过去，也不怕让护士长咬着。"

家男："我慢慢在门口走过去，碍不着她事儿，她管我干吗？其实，你说她不知道咱们都躲在这儿吗？知道。你别弄过分了，她也让你过得去。你刚才喊那一嗓子，我在这儿都听见了，就知道你准得挨屁呲。"

佳冰："去你的。"

家男不紧不慢地向苏醒室走去。

宾馆走廊　　日　　内

宾馆走廊，副导演心急火燎地说："老板，你说的那个演员到底能来不能来？导演找我要人呢，我半天不敢朝他面儿了。

这现场可都快布置好了。"

罗北："说是能来呀，哎，可是到点儿了，该来了，我打电话问问。"说着急忙忙朝一个房间走去。

房间里，导演正在写分镜头，罗北进屋便拨电话。

罗北："喂，老于吗？我罗北呀，我告诉你，我现在拍戏的现场都布置好了，可就等你的人哪，你千万别给我掉了链子。"

罗北听着电话，突然眉头一扬："什么，已经来了，还没到哇。行行行，老于，谢谢你啦。"他说着放下电话，喜滋滋地对导演说，"妥啦，导演，我找的人已经坐车来了，剩下的全看你的啦。"

导演："这戏，只要你能找来演员，我就能给你拍出花儿来。"

"咚咚咚"，有人敲门。

"请进。"

来人是一位六十多岁、面容消瘦的老头儿。他便是剧中扮"老爷子"的演员。

导演："哟，老爷子，什么事儿？"

老爷子往沙发上一坐："导演，我今年都六十五了，儿孙满堂啊。"

导演："怎么着儿？"

老爷子："刚才副导演说这场床上戏，让我也得光着？导演，我都这一把年纪了，你好歹也得赏我点衣服穿吧？再说，你看我这身板，跟条刀鱼似的，光着露着也不好看哪，你说是不是？这不像你们年轻人……"

没等老爷子说完，导演和罗北已经笑得直不起腰来了。

导演笑够了："这么办吧，老爷子，一会儿让服装师用最花哨儿的布给你做个大裤衩子。行吧？"

老爷子："这上身、上身我也得弄点啥，我得再披个浴巾。"

导演："披浴巾干吗？没戏没戏。"

老爷子边往外走边说："说好了，导演，披浴巾。"

剧组化妆间　　日　　内

化妆间，其实这就是化妆师住的房间。一个胖得滚圆、打扮得妖冶而又俗气得像座土楼似的女人正在化妆，剧组的人有事没事都溜过去看看。

宾馆走廊　　日　　内

门外不远处，罗西和罗北正和导演商量着。

这时外面有人喊罗北，罗北忙出去了。

王超和小娟来了。

小娟病恹恹的样子，更显得娇柔可爱。

罗北："小娟，好些了吗？"

小娟："好多了，我这老胃病了，没关系，吃点药，休息休息就好了。"

罗北："可把我吓坏了，王超，辛苦你了，把小娟接来。"

王超："没啥事儿我就回去了，那边我还有点事儿。"

罗北："唉，别走，一会儿我们拍一场床上戏，绝对有看头。唉！"罗北指着前面走向厕所去的化了一半妆的"土楼"悄声说，"就那个胖妞儿，全裸！"

王超皱着眉头："我怎么瞅她有点面熟？"待那女人走进厕所，他又问道，"这人哪弄来的？干什么的？"

罗北："怎么？你认识？"

王超："弄不好可能是我们抓过的婊子。罗北，你可别乱整，真弄个婊子拍戏非出事儿不可，等一会儿我给你审审。"

罗北一听："我的祖宗，你该忙啥忙啥去吧，这个人我都调查过了，政审条件参军都行。去吧去吧，警察当得不怎么着，这职业病还不轻呢。"

王超："真的，罗北，这人我特眼熟？"

罗北："眼熟怎么着？你还能给人抓进去？犯你哪儿条了？去去去，别在这儿影响我干事业。"他说着送王超出去了。

"罗北。"院子里一个着装入时的姑娘浪声浪气地在喊。

小娟悄声问罗北："那是谁呀？"

罗北："王冬冬。"

小娟酸酸地一撇嘴："我在家才躺了一天，你又新认识了不少人哪。"

突然，副导演气喘吁吁地跑进来："罗老板，你快去吧。"

罗北："怎么了？"

副导演："老爷子和导演在那边吵起来了，死活不拍这戏了。你快去看看吧。"

拍摄现场　　日　　内

拍摄现场，罗西和罗北跟着副导演匆匆赶来。

只见老爷子穿着一个用花枕巾做的粉红色的裤衩子，身上搭条浴巾正和导演气势汹汹地吵着呢，旁边围了许多人。

导演见罗北来了，一摆手："得，老爷子，老板来了，有话你跟他说去。"

老爷子转向罗北和罗西："今天这场戏，男的和女的分开拍完全可以，到时候你们一剪接，不就弄一块去了吗。"

导演："可有的戏不是剪的事呀。"

老爷子："我说披个浴巾，你死活不让，我豁上了，就不披，可非让我把一个光腚娘们抱床上去，我怎么抱？我这老脸还见不见人了。这上了床还不算，还乱鼓捣……"

罗北忙拦住老爷子的话头："老爷子，老爷子，来来来，来来来，咱们谈谈。"他说着把老爷子拽到了一边。

罗北："老爷子，您消消气，今儿个这事儿，都怪导演事先没跟您把戏商量好，老爷子，您别太认真了，这不是演戏吗？"

老爷子："我演了好几十年的戏，没演过这戏。我戏可以不演，人不能不做。"

罗北："老爷子，为拍这场戏费了多大的力您也是知道的，您看，全都准备好了。好歹您给个面子，怎么样，老爷子？"

老爷子："不分开拍，我坚决不拍。"

罗北打量了一下老爷子，又道："老爷子，事到如今，这戏是怎么着也得拍了，这么着吧，就拍这场戏，要多少钱，你开个价吧？"

老爷子一听更火了："噢？你以为我是为了钱哪？我告诉你，你就给我座金山，我也不能给你拍。"

罗北也有些火了："老爷子，我们可是签了合同的，你要是现在拒拍，一切损失可得由你赔偿。"

老爷子："放屁！我签那合同上有这条吗？那剧本写这个了吗？多好个本子，让你们拍的，越拍越不着调！"

罗北恼了："老爷子，你闹也闹了，我忍也忍了，你今天说句痛快话，你到底想怎么着？"

老爷子："这个戏这么拍，我不能拍。"

罗北强硬地："不拍也得拍，你说了不算。"

老爷子："我就不拍，能把我怎么着？"

罗北："不拍你就给我滚蛋！"

老爷子："好你个兔崽子，你敢骂我。"说着扑上去，要揍罗北，被赶过来的人们拉开了。老爷子气得哆哆嗦嗦的，扭身就往外走，可突然发现自己只穿个大花裤衩忙回来取衣服，他指着罗北："我告诉你，姓罗的，我告你去！"

罗北："愿意哪儿告哪儿告去，不知道地方我拿车送你去。我也告诉你，我罗北就不怕打官司！"

老爷子骂骂咧咧地走了。

第七集

乔家伟家　　　日　　　内

罗西把饺子馅拌好，又揪了一块面在面板上揉了起来，她冲另一个屋喊："家伟，开始包了。"

家伟放下手里的书，忙赶了出来："嚯，你动作挺快呀，都弄好了，我洗洗手去。"

罗西飞快地把面揉成长条。

家伟拿着擀面杖进屋来："你们摄制组到底出了什么事？怎么还给停了？"

罗西："演员闹事儿，闹完事儿就去告状，告得上面来查我们了。"

家伟："这么说这事儿还挺严重啊？"

罗西："没啥事儿，停两天，做做样子，整顿整顿，就那么回事，戏怎么着也得拍呀，那么多钱都花了。"

家伟："那你们摄制组没啥大问题？"

罗西："现在要解决的不是摄制组的问题，是检查组的问题，罗北应付着呢，无非是花点铺路钱呗。"

家伟："你们那事儿我就不懂，没什么问题，还应付什么检查组？"

罗西："不懂就别操心，快点包饺子，眼瞅该送饭了。"

家伟和罗西包起饺子来。

家伟一边擀着饺子皮一边说："爸这回有病，这钱真挺紧张了，爸他们厂送来的那些锁头，得想办法联系联系卖出去，你有没有什么门路？"

罗西想了想："我呀？一下子还真想不出谁能帮这个忙。"

家伟："家男去了几个商店都不要，推给小贩，小贩也不要。"

罗西："那人家能要吗？这锁头早倒牌子了，卖给谁去，没人买谁敢进货？哎，我看像那建筑队什么的，没准儿能要。他们盖完房子，起码房门得安把锁吧？便宜点给他们算了。"

家伟："你说这办法还真可以试试。"

"叮咚"，有人按门铃，家伟忙去开门，是佳冰来了。

家伟："小妹，放学了？"

佳冰边换鞋边说："没事了，你做什么好吃的了？我给爸送饭去。"

家伟："你自己看看吧。"

佳冰一进屋，见是包饺子，高兴地："呀，包饺子，太好了。爸最愿意吃饺子。"她用筷子夹起点饺馅儿闻闻，"嗯，味道不错。"说完又夹了一点儿，尝尝，"咦？大嫂，你又往馅里放糖了，爸最烦这甜丝丝的味儿。淡了，绝对淡了，爸口重。"

家伟："爸吃太咸了咳嗽。"

佳冰："你干吗非弄得太咸哪，按正常口味调呗。你让爸觉得淡了，一边吃一边使劲儿蘸酱油，更咸。"

家伟也尝尝饺馅："可也是淡点儿，那就再少加点盐。罗西，我跟你说过爸不愿意让往菜里放糖。"

罗西不高兴地："我就放了一点点。"

这时佳冰从厨房舀了一匙盐倒到馅子里，使劲搅和起来。她见家伟擀皮儿的时候颇用力，便用手指捅了捅面团，又嚷起来："哎？哥，这面怎么和这么硬？这太硬了，你不知道爸愿意吃软面饺子？再说这么硬的皮儿，爸吃了也不好消化啊。"

罗西："那面太软了，送到医院饺子不都坨了吗？"

佳冰："你煮熟稍晾一晾再装饭盒不就行了吗？"

罗西："那也得这么着儿了，这面也不能再往里揉水了。"

佳冰："不行，这些面留着你们包，给爸包饺子的面得重和点儿。"

罗西："那你和去吧。"

佳冰挽起袖子就进厨房去了。

罗西包着饺子越寻思越来气，最后把手里的饺子皮儿一摔，对家伟说："你和佳冰先包吧，我妈妈那有点事儿，我得去看看。"说着擦了擦手，就去穿衣服。

家伟瞅瞅她："罗西，为这点小事儿，还值得把你气走了？"

罗西："我生什么气呀？反正我整不好，你们就看着做吧。我办我的事儿去。"

家伟："罗西，你是大嫂，小妹还是个孩子，你何必呢？"

罗西："我说我家有事儿，天天就兴你们家有事儿，我们家就不能有点事儿？我爸爸也病着呢。"

家伟也火了："罗西，咱们就事儿论事儿，别扯得太多了好不好？今天这面你本来就和硬了嘛。"

罗西一边往外走一边道："我就没个对的地方。"说着摔门走了。

佳冰和好面，端着盆从厨房出来："和好了，看看我这面，这才是包饺子的面。"她进屋见只有家伟一个人在包饺子，"哟，大嫂呢？"

家伟："她家有事儿，回去看看。"

佳冰的眼珠转了转："她家有事儿？是不是不高兴了？哼，小心眼儿。"

家伟："不是，她家是有事儿。"

佳冰："撒谎，哼。"

家伟："你要再啰嗦一会儿，爸就吃不上了。"

正说着，电话铃响了，家伟忙去接电话。

家伟："喂，哪里？对，我是……哦。是爸呀，我没听出来……找罗西呀……哦，她已经回家了，才从这儿走的，爸，家里有什么事儿吗？用不用我过去？……哦，哦？"

家伟皱着眉头，慢慢放下电话。

佳冰瞪着眼睛："原来她家真有事儿。"

家伟："她家好像出什么事儿了，她爸爸很生气，'罗西呢，让她马上回来见我！'"

佳冰："那能出啥事儿？"

罗主任家　　　日　　　内

罗主任正在家发脾气，罗母急得不知如何是好，罗北垂头丧气地坐在沙发里。

罗主任："你说，谁让你去找你严伯伯集资？你凭什么去找严伯伯？就因为你爸爸救过人家的命，是不是？你想想，这好几十年了，你爸爸大大小小遇到多少坎坷，多少挫折，多少个难，什么时候去找过你严伯伯？可是你去了！打着我的旗号去了！"

罗母："老罗啊，有话你慢慢说，慢慢说。"

罗主任指着罗北："你知不知道，严伯伯他儿子给你的钱，根本不是他公司的钱，是他自己的钱！"

罗北一听。惊呆了："什么？他自己的钱？绝对不可能。我从他们公司账号上取的钱，怎么会是他自己的钱？"

罗父："他们公司的广告费早都一次性拨给中央电视台了，而且明文规定不增加费用，可偏偏去集资的是你。给也不是，不给也不是，你让人家犯多大的难？最后只好自己掏腰包以公司的名义给了你。你说说你和街上那些拦路抢劫的歹徒有什么两样？"

罗母："老罗，话说重了。"

罗父："重什么？他比那歹徒还凶！人家那严经理真遇上歹徒，可以掏出钱来，也可以不掏这钱，可遇上你罗北，不掏也得掏，掏还不能明掏，你都把人逼到这份儿了。"

罗北："我、我真不知道是他个人的钱，不然，我罗北再不是东西，也不能要他这钱哪。这个严大哥，也真够愚的，没经费你说一声就完了呗，都是公平交易，你出钱，我也不白要你的，我给你带广告，宣传你的产品，你不做就算了，好多厂家还找我给做呢。"

罗母："老罗呀，你消消火儿，这个事儿是罗北不对，可罗北刚才说的话也的确是真话，他要知道那是个人的钱，不会要的。再说，他罗北当时也是想为他们公司做广告，不是白花这钱……"

罗父："怎么不是白花这钱？做什么广告？他拍的那是什么戏？唬得了别人唬得了我吗？每次我一说罗北，你总得出来挡驾，为他开脱，为他辩护。孩子都让你惯成什么样了？还护着他？"

罗母见罗主任怒不可遏，也有些怕了，嘟囔着："冲我发什么火呀？我劝劝你，还不是怕你气犯病。"

门口。刘嫂正要出去倒垃圾，一开门，罗西来了。

刘嫂忙小声道："他大姐，你快躲躲吧，你爸发火了，正训你弟呢，刚才还往你家打电话，要找你算账呢。"

罗西悄悄走进来后，便躲到保姆的房间里，偷偷听着外面的动静。

客厅里，罗主任仍不依不饶地训着罗北。

罗主任："你狗胆包天，竟然还找个婊子拍床上戏，你知不知道？你这么干影响有多坏？"

罗北："爸爸，这拍戏的钱是我张罗的，可这戏怎么拍得听导演的，是导演要强化这场戏，临开拍之前我真不知道这事儿，不光我不知道，连演员本人都不知道。临开拍了，导演一说戏，演员不干了，闹起来了，你说我有啥办法？再说那个女演员是别人找来的，演员这事不归我管。就现在我都不知道她叫啥名，谁知道她是个婊子呀。"

罗主任："罗北，你休想把责任推得一干二净，我告诉你……"他突然觉得一阵眩晕，不由地将头靠在沙发上。

罗母吓得惊叫着："老罗，老罗，你、你用不用上医院。"

罗西听母亲一喊，也忙出来躲在门外偷偷往里看。

罗主任气呼呼地一把推开了罗母："罗北，我今天不和你多啰唆，你立即解散剧组，退回赞助款，拍黄色镜头的事件写出书面检查送交扫黄办公室，等候处理。今天晚上无论如何把罗西给我找来，明天就让她回单位上班去。"

罗西一听吓得往门后一躲。

罗主任说着晃晃荡荡站起来，回自己的房间去了，罗母忙跟了过去。

罗主任出去后，罗西才进来。

罗北："老头子今天铁了心肠要大义灭亲，怎么办吧？"

罗西："怎么办剧组也不能散，好歹也得把戏拍完了。"

罗北："还想拍？状都给我告到省委了。这是上面下令查我。"

罗西："这么说那老爷子还真有点背景，这状告得够凶的。"

罗北："其实老爷子啥门子也没有，现在是别有用心的人借这个事儿大做文章，查的是我罗北，整的是爸爸。"

罗西："谁这么阴哪？"

这时，罗母从卧室过来了。

罗西："爸爸怎么样了？"

罗母："头疼得厉害，我让他去医院他不同意，服了点儿药，休息一会儿看看吧。你爸爸能有两个多月头不疼了，他能恢复到这程度不容易，费了多大的劲？可你们硬是把他气犯病了。"

罗西瞅瞅罗北："妈妈，爸爸说没说这事儿到底是谁在背后捣鬼？"

罗母没吭声。

罗北自言自语地："这事到底坏在什么人那儿？"

罗母小声斥责："就坏在你这儿。"

罗北："妈妈，你别净学我爸爸。动不动就瞪眼睛，这不能解决问题。"

罗西："妈妈，你得帮我们想想办法，这部戏已经投进去这么多钱了。现在要把戏停了，这窟窿怎么堵啊！"

罗母生气地："钱的问题是小问题，目前的大问题是怎么样去挽回影响。"说完起身进卧室了。

罗北："这老爹老妈怎么到了关键时刻都一色儿行政命令。"

罗西："罗北，我看妈妈说的有道理，咱们不能因小失大，爸爸的年龄还不算大，还可以勉强干几年，如果因为咱们做儿女的惹的麻烦影响了爸爸，也说不过去。"

罗北不服："哼，影响谁呀？他要不当那个官，检查组能这么查我？这算个什么大不了的事儿？分明是爸爸得罪了人，我当替罪羊。哼，官场上没混过，可当了这么多年可爱的干部子弟，我多少也明白点儿。"

罗西："我们确实是让人抓住把柄了嘛，得想个办法。"

罗北："没什么办法可想，我今个儿只能认栽了。放屁崩掉了二门牙。"

罗西："戏不拍了，花的那些钱不全赔了吗？"

罗北："赔去呗，反正也不是我的钱。"

罗西："可怎么向赞助单位交差呀？"

罗北："那就对不起了，公事公办吧。谁往外折腾的赞助款，谁自个儿擦屁股去，当初怎么拿的回扣呢。"

罗西："弄不好，人家要和我们打官司的。"

罗北："打吧，谁给我停的戏让他们找谁去。"

街上　　日　　外

家伟和家男骑着自行车，一人带着一箱锁头，从大街上匆匆而来。

建筑工程队　　日　　内

家伟和家男一人扛着一箱锁头从某建筑工程队办公楼楼下上来了。他们走到"建筑材料处"门口停下了。

家伟回头看看家男，家男点点头，上前敲门。

"请进。"里面有人应，家伟进去了。

屋里一位中年男子正在看材料，抬头见来个陌生人，便问："你有什么事？"

家伟笑着点点头："对不起，打扰一下。我们这有两箱防盗锁，想问问咱们这建筑队要不要，如果要的话，价钱好商量。"

中年人看看锁头："这是你们厂生产的锁头？"

家伟："不是，是厂家送的。"

中年人："送你们的？"

家伟："对。"

中年人："哪个单位的？"

"我……"家伟刚想说却又停住了，家男抢过话头："我是师范学校的。"

中年人看看家伟和家男，拨了一个电话："老李，有两个人来卖锁头，你过来一下。"他放下电话，又道，"这锁头倒还可以。"

家男一听。忙道："对，说真话，这锁头看上去外形不是那么漂亮，但性能不错，很实用。"

中年男子："好是挺好，可惜我们用不上。"

家男："你们盖房子总是得安锁头吧？"

中年男子："我们安那锁头，只是那么个意思，到用户手里全都得换，根本没必要安这么好的锁头，花大头钱。"

家男："我可以很便宜给你们。"

中年男子笑了："我们现在用的锁头三块二一把进的，你能便宜到多少？"

"就你们两个卖锁头哇？"

家伟和家男一回头，见身后进来一位穿制服的保安人员。他说话间很严肃地审视着乔家兄弟。

保安人员："有工作证吗？"

家伟一愣，但却马上把工作证从上衣兜里掏了出来。

家男一把抢过工作证，他不客气地问保安人员："你什么意思？怀疑我们是不是？我们有所有的手续。都在这儿，你看好了。"他说着掏出几张单据，"赶紧看，别耽误我们的事儿。"

保安人员接过单据，不满地看看家男。

家男冲着中年人："犯得着扯这个吗？"

家伟忙拦住家男："家男，快走吧，说这干啥？"

保安人员看不出什么问题，把单据还给家男："这锁头来源是哪儿？"

家男气呼呼地："那箱子上不写着吗？看不着哇？"

保安人员让家男气火了："我是问怎么到你们手的？"

家男眼睛一瞪："偷的！你告去吧！"说着扛起锁头箱子，一踢门出去了。

"家男。"家伟忙跟了出去。

保安人员将想追出去，却又停住了，他转身问中年人："没啥问题，叫我干啥？"

中年人："头些日子五金商店仓库被盗，我还寻思……"

建筑工程队楼下　　日　　外

家男和家伟扛着锁头箱子走到自行车旁将箱子放到自行车上。

家男怒气未消："哥，这事你掏什么工作证？不怕让人笑话，还副研究员呢。"

家伟："那他不是要吗。"

家男："这不有我吗？"

两人说着推自行车走出了院门，上了大道。

市场　　日　　外

兄弟二人上了自行车，前面是一个热热闹闹的大市场，卖衣帽、日用品、瓜果的摊床挤满了半条街。

家伟突然问家男："咱们上市场卖卖怎么样？"

家男："我也正捉摸呢，卖一把是一把呀。"说着率先进了市场。

市场，家伟和家男终于在拥挤的地摊间找到了一小块空地儿。家伟把自行车放到一边儿，家男把箱子放到空地上，拿出两把锁头放在上面。

旁边是个卖皮鞋的小伙子，小伙子嫌家男离他太近了，让他往边上挪挪，家男只好把箱子往一边搬了一步远。

"同志，你这是卖锁头吧？"

家男正低头搬箱子："对，很便宜呀，出厂价，你看看吧。"他说着拿把锁头递过去，却突然怔住了，问话的竟是位女税务员。

女税务员："你这得上税。"

家男："我刚来，不信你问问他们。"

女税务员："我看见你刚来了，交税吧。"

家男："我还一把锁也没卖呢？"

女税务员："我不管你卖没卖，你只要站在这个地方卖，就得交税。两元。"她说着刷地撕了张税单。

家男："那你得等我卖出钱来再交吧。"

女税务员执法如山："不行，马上交钱，请不要影响我们的工作。"家男无奈，只好从兜里掏出两块钱交给女税务员。

打发走税务员，家男似乎觉得有点累，他把摞在一起的两个箱子搬下一个，回头对家伟说："哥，坐着歇歇。"

家伟望着来来往往的人流："家男，你看过来的那人是不是大刘？"

家男一看："是，大刘——"

家伟想拦住家男，可为时已晚，大刘已经看见他们了。

大刘下了自行车，快步过来："哟，是你们呀？这干吗儿？"

家男大大咧咧地："我爸他们厂没钱，送两箱锁头来。"

大刘点点头："哦，那这得赶紧弄出去呀，乔大叔怎么样了？"

家伟："手术以后恢复得挺好，现在都可以下地走路了。"

大刘："我爸爸让我去看看乔大叔，可我这一天忙得连我这一个人儿的饭都吃不上，实在是没倒出时间来。那天给你们挂了个电话。"

家男："这你别客气，我爸这一病，我们这一大家人都忙得团团转，你那就一个人，更打不开点儿了。告诉刘大爷，我爸挺好，谢谢他还惦记着。哎，真的，刘大爷怎么样了？"

提起父亲，大刘皱着眉摇摇头："维持吧。他那肿瘤不大，可长在肺门上，不能手术，也没啥办法，先放疗吧。"

家男："那还吃点什么药？"

大刘："中药，这不昨天医生又下一个方儿，有两味药配不齐，我跑了好几家中药店才买着一味，另一味莱菔子还是没买着。药店一般不缺这药，可你赶上他没有，不急死你？"

家伟瞅瞅大刘："你缺一味什么？"

大刘："莱菔子。"

家伟："这个莱菔子就是萝卜籽，你上卖菜籽的地方看看有没有？"

大刘一听乐了："啊？原来是萝卜籽呀！好，我去看看，谢谢你，我得赶紧走了，配齐了，今晚就给我爸喝上。请给乔大叔带好。"

家男："哎，慢骑，有事儿忙不过来你吱声。"

大刘："好哇。"他骑车走了。

家男望着离去的大刘，叹了口气，对家伟说："也真够大刘戗的。"

家伟和家男坐锁箱子上犯愁，市场上人来人往可没有一个人问问这锁头的。

"哟，乔家伟。"

家伟一愣，肩膀被人重重地拍了一下："哟，是于师傅。"

于师傅六十多岁，红光满面。他笑道："怎么？你也下海了？好哇，你这是想明白了，现在这知识分子呀，一点点儿地都开窍了。"

家伟满脸通红，他不好意思地："我、我这叫什么下海，这就是……"

于师傅："咳，一点点来嘛，先倒腾点零头碎脑的，有了资金再折腾大的。我现在就这样，最近我折腾旧钢琴赚了点儿，以后有功夫咱爷俩儿再细唠，我那边有点事儿。"

送走于师傅，家男问道："哥，那人哪儿的？"

家伟："我们所退休的老工人。"

家男："呀，哥，我说你快回去吧，这要传到你们所里多不好。不在家研究你的课题，出来卖锁头！"

家伟："不要紧。"

家男："走吧，别不要紧了。乔博士，多少也得给自己留点面子吧。"

家伟苦笑着："无所谓。"

"这是卖锁头吧？"一个老太太走了过来。

家伟："对，大娘，你看看，这锁头……"话说一半家伟噎住了。老太太戴着红袖标，手拿一本收据："交卫生费，两块。"

家伟："我来这儿一分钱还没卖呢，就交了两块钱税。怎么还交？"

老太太："这是卫生费，都得交。"

家男来气了，低着头看看表，快到中午了。便说：“得，我不卖了行不行？”

老太太：“那你赶快搬走，如果我再在市场上看见你们卖锁要罚款。”

家伟和家男把锁箱子装上自行车，推着走了。

他俩垂头丧气地走出市场，正想上车往家骑，突然有人在招呼他：“喂，姐夫——”

家伟循着声音望去，见原来是罗北从车上下来了。

家伟：“呦，罗北，上街呀。”

罗北：“来买点东西。怎么样？听我姐说，乔大叔恢复得挺好。”

家伟：“还行。”

罗北：“出院没？”

家伟：“没，刀口有个地方没太长好，得再住几天。”

罗北见他们推着两个大箱：“哟，你这折腾什么呢？用不用我车给你送一趟。”

“不用，不用。”家伟拍拍那两箱锁头叹了口气，“唉，你说，我爸这不住院了吗，他们厂实在没钱了，送来两箱锁头，让我们卖出点医药费，可这锁头就臭街了，问谁谁不要……”

罗北：“这锁头多少钱一把？”

家男：“市场价三十六块多，出厂价二十五。”

罗北眼珠一转，想了想：“一共多少把？”

家男：“送来一百把，都在这儿呢。”

罗北：“如果你们十五块钱一把肯出手就都交给我吧。”

家男觉得有些低，可又实在是折腾不起了，“行吧。”

罗北从兜里掏出钱，数出一千五百块，递给家伟。

家伟忙道："别别别，这急什么，等你处理出去再给我钱。"

罗北："喊，拿着，拿着吧，这事儿不用你管了。来，弄车上去。"

家男和罗北把锁头搬上了车。

家伟："你往哪儿折腾这些玩意儿？"

罗北："有地方。"

家男："整不出去你再给我们送回来。"

罗北嘴一撇："笑话儿，麻烦不？"

家伟笑着拍了拍罗北的肩膀："那就都交给你了。"

蒲亚夫家　　　日　　　内

佳冰急匆匆上楼来，轻轻敲门。

蒲亚夫开门，笑道："快进来，快进来。"待佳冰进屋后，又问道，"刚才来电话说要告诉我什么好消息呀？"

佳冰兴高采烈地从兜里掏出一封信："蒲老师，编辑部来了信，准备下期用我那组散文，还让我再写几篇。他们挺喜欢的。"

蒲亚夫也高兴地拿过信，一边看一边说："太好了，应该庆祝庆祝对不对？走，我请你喝一杯去。"

佳冰："去哪儿？"

蒲亚夫："走吧。"

星光咖啡厅　　　日　　　内

一团幽暗黄晕的烛光在小圆桌上跳跃着。

蒲亚夫和佳冰对坐着。

　　佳冰小口地品着杯中的饮料，她不由得抬起一双美丽的眼去看蒲亚夫，看得专注、看得深情。

　　蒲亚夫似乎感觉到了这双眼睛，他只是在看那杯中的酒，看得迷惘，看得焦灼，终于，他抬起了眼。

　　他们相视一笑，无话。

　　佳冰举起杯，轻轻道："谢谢你，蒲老师。"

　　蒲亚夫淡淡一笑："是你自己努力的结果，不必去谢别人。"

　　佳冰："我不光指这几篇作品。我该谢你的有许多。的确，你无法知道你给了我多大的力量。因为你不知道你在我心中的位置有多重要……"她突然咬住了话头，目光有些慌乱。

　　蒲亚夫审视着佳冰，低声道："我是不是打扰了你？"

　　佳冰真诚地："是我为你而战栗。"

　　蒲亚夫："我该悄悄地离去。"

　　佳冰："带走我永远的梦。"

　　蒲亚夫："你比我坦诚。"

　　佳冰："因为我年轻。"

　　蒲亚夫："我会让你失望。"

　　佳冰："我不曾希望过什么。"

　　蒲亚夫举起杯，佳冰也举起杯。

　　他们相视一笑。

　　突然，有人从他们身边走过时，拍了浦亚夫的肩膀一下："哟，姨夫。"

　　蒲亚夫一怔："哟，小吉，你也来了。"

　　小吉："姨夫，你调转的事儿怎么样了？"

　　蒲亚夫："正在联系。"

小吉："我姨头几天和我妈通个电话，好像挺着急的，你抓紧点儿。"他说着瞅瞅佳冰，"姨夫，对不起，打扰你们了。"

蒲亚夫忙道："没关系，这是我一位作者。"

佳冰伸出手去："您好，乔佳冰。蒲老师的学生。"

小吉淡淡地："您好。"他点点头走了。

佳冰望着小吉出了门，有些紧张地说："他刚才一直在看着我们，你没注意啊。"

蒲亚夫："我只注意了你。"

乔家伟家　　日　　内

家伟从厨房出来，擦擦手，又忙着坐到写字台前，埋头查阅着资料。

突然，电话铃响了，家伟忙去接电话："喂，哪里？我是家伟，噢，你好，什么事？哦，爸头疼得厉害，要去医院，找罗西？罗西去单位了……她没回来呀，那上哪儿了呢？这样吧，妈，你先别急，我安排一下，马上过去。"家伟放下电话，忙又拨通了一个电话，没人接，他又拨了一个电话。

家伟："喂，请找一下乔佳丽好吗？我是她哥哥，有点急事。好好，麻烦你了……喂，佳丽呀，刚才罗西她妈妈来个电话，说她爸爸病了，要上医院，家里没人，我得去看看，你去替我接一下落落，饭做好了，在电饭锅里，鱼汤也熬好了，我若回来晚了，你给爸把饭送去。对，开门的钥匙放在门口的纸盒箱子下面。就这样。"他放下电话，急匆匆穿上衣服下楼去了。

罗主任家　　日　　内

王秘书匆匆赶来，对焦急万分的罗母说："车来了，咱们走吧。"

罗母和王秘书进了卧室，罗主任正躺在床上，一只手用力地捏着两边的太阳穴。

罗母："老罗，车来了，去医院吧。"

王秘书上前慢慢地扶起罗主任，见他疼得头晕目眩："罗主任，我来背你吧。"

罗主任看看王秘书，摆摆手："不用，我能走。"他努力地站起来，几乎是靠在王秘书身上，向外走去。

这时，家伟赶来了，一见岳父病成这样，二话没说，背起来就走。

罗主任将头无力地靠在家伟的背上。

罗母跟在后面："你说，这家里有点事儿，找谁谁不在，这罗北，也不知哪儿去了，传呼都呼不着他。"

咖啡馆　　日　　内

泛着白沫的啤酒杯和一个装着红酒的杯子碰到一起，是罗北和小娟在对饮。

罗北："嫁给我。"

小娟一双忧郁的眼望着罗北。

罗北："你今天领出离婚证，明天咱们就去领结婚证。"

小娟："罗北，你知道……"

罗北打断了她的话："我什么都不想知道，我只有一句话：

非你不娶。"

小娟慢慢地低下了那双美丽的眼。

罗北，两只手托起了她那俏丽的下巴："天底下再没有比爱情的责罚更痛苦的，也没有比服侍它更快乐的。现在戏也不拍了，我们得坐下来。用点时间用点心思，谈谈我们的事了。"

小娟无奈地："等以后再说吧。"

罗北："不，我不等。"

小娟："给我点时间。"

罗北固执地："时间解决不了这个问题。"

小娟："我已经决定搬回家和我妹妹一起住了。"

罗北眉头一扬："真的？"他打了一个手势，小姐过来。

小姐："请问先生，您需要点什么。"

罗北指指酒："再来一瓶，还要……"突然他愣了一下，迎面走过来两个年轻的小伙子。

那两个人神情严肃地向罗北径直走来。

罗北忙起身，笑着迎上去："哟，二位，来来来，坐坐。请坐，喝一杯。"

来人将手一摆："不必客气，罗老板，我们师父请你去一趟。"

罗北："好好，我这有点事儿。谈完就走。"

来人："那好，你先谈着，我们在这边等你。半小时以后咱们走人可以吧。"

那两个人说着走到门边的一个空座上坐了下来。小姐上前接待，两个人摇摇头，这边罗北又回到了座上。

小娟小声问："他俩怎么还没走？"

罗北："没给片酬能走吗？"

小娟："戏都停了还给什么片酬？"

罗北："这帮替身演员都是些玩儿命的主儿，可不像那些人那么好打发。我关了 BP 机，就是怕他们呼我。可他们竟然找到这儿来了。看来，这笔账不结了，恐怕得有点儿麻烦。"

小娟："那你打算怎么办？"

罗北："去吧，躲是躲不掉了，我只是想拖几天再谈。"

小娟："你得给他们多少钱？"

罗北瞅瞅小娟，没说话，突然嗤地笑了，他一口干了杯中的酒："走人。"

罗北拥着小娟从咖啡馆出来，走到门口，来的两个人立即跟上紧随其后。

罗北招呼了辆出租车，把小娟送走了，回头问两个来人："去哪儿？"

来人带着罗北走向一辆停在路边的面包车："七马路旅店。"

罗北："车从红旗大路绕一下，我得取点东西。"

七马路旅店　　日　　内

罗北在 104 房间门口站住了。后面的两个人每人扛了一个箱子。

三人推门进屋："师傅，他来了。"

这个被叫做师傅的，就是那天在拍摄现场和罗西吵了起来的那个武师。

武师端坐在床上："罗老板，你可真不太好找哇，请坐吧。"

罗北一屁股坐到了椅子上："袁师傅，我这两天，就在跑你们的事儿呢，你知道……"

武师："罗老板，咱们闲话少说，我不管你遇到了多大的麻烦，酬金你必须得付，我们怎么拍的戏你也看见了，按照要求，我们完成全剧三分之一的特技动作，所以，你最低应该付我们三千块钱。"

罗北："袁师傅，这个事儿按规定……"

武师厉声道："打住！你要想拿我们几个粗人开涮，你可是找残废。"

罗北："啧啧啧，袁师傅，您误会我了，别人就那么的了，可你们几个武戏演员不能这么就算了，你们付出了多少我心里有数，人怎么着也还得有点良心吧。说实在的，我这几天为你们的酬金急得团团转，实在没招儿了，去找我一个朋友，他见我挺难，给我弄了两箱防盗锁。袁师傅，这种防盗锁是老牌子，性能挺好，商店卖三十六块多，不信您立马拨个电话问问，这两箱锁就是三千六百多块，我拿来了，袁师傅，剧组这一停，我罗北实实在在是栽了，我今儿个若不解散剧组，我家老爷子能把我活劈了。可我罗北还是罗北，我青山依然在。来日方长，下一部戏我已经开始筹备，如果各位朋友瞧得起我，咱们还可以继续合作，这部戏的损失我下部戏给你们找回来，怎么样？"

罗北在滔滔不绝地讲着，武师的表情也由气愤转为无奈。

武师："我听说留了一部分钱，做善后处理用。"

罗北苦笑着："袁师傅，那两个钱很少，也不归我管了。"

武师："给你们这野台班子干活儿，随时都得准备挨涮。这回好，我们家厕所都防盗了。"

第八集

物理研究所　　日　　内

家伟在计算机房紧张地工作着，方远航和其他几个人也在忙碌着。

电话铃响了，方远航接电话："是的。好，好。"她放下电话，"乔老师，李所长让你到他办公室去一下。"

"知道了。"家伟又吩咐了身边的助手几句，便起身走了。

所长办公室，家伟敲门进来。

家伟："李所长，你找我。"

李所长，满头银发的高级知识分子："来来来，坐坐坐。怎么样，你父亲出院了吧？"

家伟："出院了。"

李所长："我这开会才回来，也没能去看看你父亲。"

家伟："不用了，都挺好的。"

李所长："出院以后还得在这儿休养一段吧？"

家伟："嗯，在这儿恢复一下，然后马上得打化疗，我爸想早点回老家去，可这个状况也不能让他走哇。"

李所长："现在住在你家？"

家伟："是的。"

李所长想了想："家伟呀，所里也知道你现在家里脱离不开，但是有这么一个事儿，和你商量下，航天部要给你搞的这个新型 F2 开科学鉴定会。在这之前有个筹备会，这个项目是你主持搞的，非你不可，可两个会加起来时间挺长的……"

家伟："你是问我可不可以去北京开会？"

李所长："你能脱离开吗？"

家伟："可以。"

李所长："有什么困难所里可以帮助你解决。"

家伟："没什么事儿。"

李所长笑了："那好，家伟，21 号开会，20 号报到，给你订的 19 号去北京的卧铺。"

家伟："没问题，可以。李所长，我们的几份报告今天上午都能整理出来，下班时给你送过来，你看一下。"

李所长："好，你们辛苦。"

罗主任家　　日　　内

罗主任家，罗北一边给窗台上的花儿浇水，一边探头探脑地往窗外看，竟把水洒了一地。

罗母坐在沙发上织毛衣，她觉得儿子像有什么事儿。

罗北到别的屋转了转，又回来了，他看看表，焦急地看着窗外。

罗母："你总探头探脑地往外看什么？好像一会儿要来警车了似的。让你爸爸看见你这魂不守舍的德行，又得生气。"

罗北："嗻！"他一边望着窗外一边说，"我爸爸，也不掂量掂量自个儿那身板儿，就凭那二百好几的血压，还动不动就发脾气，万一气出个脑溢血，落个偏瘫，我这后半辈子可有活儿干了。"

罗母："早晚你得把他气死。"

罗北："可别，我爸爸怎么死我都没意见，就是别气死，我背上这黑锅，这辈子就甭想娶上媳妇了。"

罗母："哼，你罗北打光棍那天，这世上的女人都得死绝了，就没见过你这么能将就的。"

罗北斜眼瞅瞅母亲："什么意思？"

罗母："那个什么小娟是怎么回事儿？"

罗北："小娟？我的一个朋友。"

罗母："朋友？什么朋友？"

罗北："妇女界朋友。"

罗母："我告诉你，人家那可是有夫之妇，你决不能当可耻的第三者，在那好端端的家里硬插进去一只狗脚。"

罗北："你这都是哪弄的黑材料？"

罗母："这与你没关系，我只是问你这小娟是怎么回事？"

罗北看看母亲："文小娟已经与她的丈夫，实际上已经是前夫了啊，正式分居。他们之间根本就没有什么夫妻感情，这两年将就过，也全凭小娟那一不怕苦、二不怕死的精神硬撑着，就她那个家，我不插只狗脚，别人也得往里伸那狗腿。"

罗母："满大街的女孩子，你找谁不行，非得去找一个离婚的女人，我们这个家庭根本不可能接受她。罗北，你也不小了，这事不允许再瞎胡闹了。"

罗北："当然，你要能给我找一个比小娟漂亮、比小娟更有女人味的女孩儿来，我可以放弃小娟。"

罗母："魏厅长的三女儿条件很不错了，应当考虑考虑。人家也是挑得厉害。"

罗北："嘁，就那个魏老三？我见过，白给我我都不要。长相那个困难，往那儿一站，那救济款要多少得给多少。就那德行，还一个眼珠瞅天、一个眼珠瞅地，往死挑呢。魏老三除了她爹，还哪儿能比得上文小娟？"

罗母："你是铁了心要去丢人现眼了？干那见不得人的勾当？"

罗北："妈妈，在情场和战场上允许使用一切手段。"

罗母："你说的这叫什么话？"

罗北："你怎么不问问我这是什么人说的话？我告诉你，这都是外国文学大师的至圣名言。"

罗母："这可真是外国人放个屁也是香的。"

罗北："唉，妈妈，这你可冤着我了，我什么时候说过外国人放个屁也是香的？其实，外国人放屁最臭，人家吃的，都是高蛋白！"他说着又向楼下看去。

罗母也让罗北气笑了："我就知道，你崇洋媚外，学些西方人的那些不健康的东西。"

罗北站在窗前："你们不崇洋媚外？你看看咱家这些家用电器，大至彩电、冰箱，小到打火机、剃须刀，哪一件不是你买的日本货？唉？我爸怎么回来了？"

罗主任家楼下　　日　　外

楼下，王秘书从车上下来，打开车门，罗主任下来了。

这时，突然小娟远远地拐进了大院。

罗主任家　　日　　内

小娟赶在这个时候来了，站在窗前的罗北一愣，他看看母亲，"妈妈，爸爸回来了。"

罗母："噢。"

罗北："妈妈，小娟来了，爸爸前脚进门她后脚也就到了。"

罗母："她来干什么？你趁早儿把她打发了。"

罗北强硬地："妈妈，小娟的事儿，别跟我爸说。你看着办吧。"他说完出了客厅，见刘嫂正在厨房，便走了过去。

罗北："刘嫂，小娟的事儿是你向我妈告的密？"

刘嫂正在洗菜，听罗北这么问，吓得不知如何是好："他大哥，这你可冤枉我了。天地良心哪，我真没说过。"

罗北："没说就没说呗，什么大不了的事儿？我也寻思了，在人家干活儿挣钱就是了，管那么多闲事干吗！"说完走了。

刘嫂气得泪眼汪汪。

罗北开门，罗主任和王秘书进来了。

罗母忙迎上去。

王秘书："罗主任有些累了。"

罗母："怎么搞的？"

罗主任："没事儿，这会儿好多了。"他说着坐到沙发上，"好多了。"

罗母："医生不让你出院，可你偏不，不住院倒是在家休息呀，还非得去上班。"

罗北给父亲倒了杯水："爸爸，你这药得坚持吃呀。"

这时，门铃响了。一阵清脆的鸟鸣。

罗北瞅瞅母亲："妈妈，有客人来了。"

罗母瞅瞅罗主任，没理罗北："老罗，到卧室躺下休息一会儿吧。"

罗主任："不用，我坐一会儿。"

王秘书已打开了门，他不认识小娟。

王秘书："请问，你找谁？"

小娟见是个陌生人，便轻声道："我找罗北。"

王秘书："他在，罗北，有客人。"

罗北这时才从客厅过来："哟，小娟。来来，进来，请进。"

小娟没想到屋里有这么多人，她羞羞答答地进了屋，更显得温雅可爱。

罗北忙介绍："这是我爸爸、我妈妈，这是文小娟。"

小娟很有礼貌地："伯父，您好，伯母，您好。"

罗主任客气地："好好，请坐吧。"他对罗母："让刘嫂给客人沏点茶。"

罗母没动，表情淡漠地审视着小娟。

小娟忙道："我刚喝过，别麻烦了。伯父，听罗北说，您头些天住院了，怎么这么快就出来了。恢复好了吗？"

罗主任："没什么危险，还是回来好，我不愿意住院。"

小娟笑了，笑得又甜又美："那您把病彻底治好了，不就再不用住院了吗？"

罗北也笑道："是呀，像你这样隔三岔五去住几天，人家还以为你想那地方呢。"

文小娟妹妹家　　日　　内

小娟正在妹妹家屋里看电视，听见有人敲门，忙去开门，一见是大刚。脸一冷："你怎么来了？"

大刚看看小娟："我来看看你，怎么啦？"

小娟："我有什么好看的？我不是说了吗？我要自己一个人住一段。"

大刚也火了："你一个人住呗，谁不让你住了？可你吃的药得带够了吧？"他说着将一个纸包摔到床上。

小娟一时语塞，可她狠狠心："我不是小孩儿了，以后这些事情，我自己会管，你就不用操心了。"

大刚："你当我愿意操心？一下班儿，满大街给你买药去，到现在饭还没吃上呢。"

小娟想了想："是呀，这些年，我和我们家人的确连累了你许多，直到现在，我还是你的累赘，我身体不好，脾气也不好，我看，我们还是分手吧，趁年轻，你再找个比我好的。"

大刚："我那是怎么了？吃五谷杂粮的人哪能都没点病？就因为你身体不好，就把你扔了，我金大刚是人不是人了？我知道，因为拍戏的事儿，你心里对我有气，可事儿都过去这么长时间了，你总不能记我一辈子吧？而且事实证明我是对的。"

小娟拿起外衣："行了，行了，你就再有理也犯不上撺这儿来跟我吵，你要不走我走。"

大刚把钥匙扔给她："这何苦呢？住人家多不方便，你回家吧，你不是看着我就心烦吗？我走行了吧？我一个男人往哪住都行。什么时候你消了气，我什么时候再回去。"他说着走了。

小娟站在窗前，望着大刚远去的身影，无限怅惘，她忽然觉得胃疼得厉害，赶忙用一个热水袋顶住了。

乔家伟家　　日　　内

乔师傅躺在床上，乔大娘在给他剪指甲。

乔师傅脸色黄白、消瘦，他望着窗外："这天儿，眼瞅着长了。"

乔大娘："可不，这来了才几天，差多少？"

乔师傅："我看这样儿，再有个十天半月的走行了。"

乔大娘："谁知道呢，大夫不说你一个月以后还得复查吗？"

乔师傅："唉，复查也就那么回事儿，我惦记着咱妈那哮喘病啊，一到这时候就犯。电视上的广告里说了几样治哮喘的药，这大地方的药店没准儿有卖的。明个让孩子给咱妈买点儿。"

乔大娘："嗯，这儿的药咋也比咱县全。"

"哟！"乔师傅叫了一声，把手抽了回来，"你剪着肉了。"

乔大娘："咳，这人上了岁数可真是不行，我这眼神儿是越来越不济了。"

乔师傅："唉，我可快好了吧，要不回家去，你又侍候我，又侍候咱妈，可够你呛了。"

落落从另一个屋跑进来。

乔师傅："孩儿呀，写完作业了吗？"

落落："写完了，爷爷，你现在睡不睡觉？"

乔师傅："不睡，你有啥事？"

落落："你要不睡觉我就练琴了。我马上就要参加比赛了，可爸爸说你睡觉的时候不让我弹琴。"

乔师傅笑了："没事儿，弹吧。"

一曲《春之歌》从落落那跳跃的手指间流了出来。

乔师傅认真地听着。

乔大娘抿着笑，看着孩子。

一曲终了，落落回头问："爷爷，奶奶，我弹得怎么样？"

乔师傅："爷爷听不懂你弹的是啥，不过挺好听，我孙女行啊，会弹钢琴。"

乔大娘："你说她那小手指头，像小鸟的嘴儿似的，叨得那个准称，看她忙活的，怪有意思的。"

落落："下个月，我要参加全省'童星杯'少儿钢琴比赛了，这是我的参赛曲目。"

乔大娘："能参加比赛了，了不得呀。"

落落："老师说如果我发挥正常，能得奖。"

乔师傅："那好哇，你可千万发挥正常啊。"

乔大娘："啊，以前听家伟说，落落学弹琴了，谁知弹这么大个琴哪？有半铺炕大了。买这么大个琴得不少钱吧？"罗西进屋拿暖瓶，接道："当时买便宜，才一千多块钱，是厂家卖给市里领导的。如果当时在市面上买，最少得三千，现在六七千也下不来。"

乔师傅："你这台琴买得真便宜。"

罗西："现在知道便宜了，当时买这琴的时候，没把家伟气死，说啥也不同意，我不理他，反正是我们家给我结婚用的钱，硬把琴抬回来了。家伟呀，纯粹个书呆子。"

乔师傅："家伟呀，呆倒是不呆，这孩子过日子仔细，也是穷家长大的，精打细算惯了，不舍得大把花钱。他们小时候，想买个口琴都买不起，到春天，几个孩子剥两根柳树条子，做个哨，吹个吱哇乱叫，就挺好了。"

家伟回来了，脱了衣服便直奔父亲过来。

家伟："爸，中午和所长研究几个报告，没时间了，就没回来，你没事儿吧。"

乔师傅："没事儿，你撒欢儿忙去，我这儿挺好。"

家伟："落落，好了，好了，别弹了。玩儿去吧。"

落落看看表："我还差十五分钟。"

家伟："今个儿就到这儿了，让爷爷好好休息休息。"

落落合上钢琴盖儿："那好吧。"

家伟："爸，你感觉怎么样？"

乔大娘进屋接道："你爸今个儿躺了一天，吵吵身子发沉。"

罗西把灌好的暖瓶拎了进来。

家伟赶紧摸摸父亲的额头："爸，你还觉得哪儿不舒服？"

乔师傅："没啥大事儿，这几天就是有点胀肚，也不如头几天在家男家住的时候有劲儿了。"

家伟："你是不是折腾感冒了？"

乔师傅："能是吗？往常感冒也不这样，头也不疼，嗓子也不疼，也不发烧哇。就是不愿意动弹。"

家伟有些着急："爸，你准是有病了，你从家男家回来，我就看你脸色儿发黄。"

乔大娘："嗯，我看你爸那眼珠儿都有点发黄。"

家伟忙凑近仔细看看父亲的眼睛："真的，这白眼珠怎么都变黄了？”

罗西猛然一惊，叫道："呀，是不是得了肝炎了？这胀肚，乏力，眼珠发黄，可都是肝炎病状啊。"

家伟："咱们家这一圈人没有肝炎病，哪传染上的？医院？不能啊，在医院也没接触别人，就一个梁厂长，若有肝炎病医生能告诉咱哪。"

罗西："爸现在身体这么弱，说传染就传染上，明天赶紧去医院检查一下吧，这要得了肝炎可太麻烦了。"

乔师傅瞅瞅乔大娘，叹了口气。

这时，落落拿出个剥开皮的橘子跑过来,手里还捏着一瓣儿："爷爷，你尝尝，这个橘子可甜啦，你能吃，你尝尝。"说着就要往爷爷嘴里送，被罗西一把拽住。

罗西："去，大人说事儿呢，上那屋去吧，爷爷有病，别闹。"她把孩子带到另一个屋，关上门。

家伟见父亲很发愁的样子，忙道："爸，你别着急，我看不见得有啥大事……"

"不，不能传染……"突然，落落在那屋叫了一嗓子，却马上被捂住了嘴。

家伟有些火了，冲屋里喊道："落落，瞎吵吵什么？"他转身对父母说："航天部要给我主持的这个项目开鉴定会，我得去参加。今天领导和我谈，让我先去几天参加个预备会，我也不知道你不舒服，就答应了。要不然这个预备会我可以不去。"

乔师傅摆摆手："该忙啥忙啥去。家伟，你干的是正经事儿，别因为爸的病把你耽误了。我是个大老粗，没别的指望，就盼着你们几个能有个出息。看着你能给国家干这么大的事儿，爸这心里热乎拉的。"

厨房里，罗西急忙将家里一大堆碗筷都装进一个大锅里，煮上了。又刷了一个杯子擦干了，拿进屋，递给乔师傅。

罗西："爸，这个水杯给你专用。"

乔师傅忙接过来："哎，好。"

家伟给罗西一个眼色。

家伟和罗西进了厨房，家伟："你瞎咋呼什么？你没看妈爸都愁成什么样儿了？"

罗西眼睛一瞪："我又怎么了？"

晚饭摆好了，家伟招呼父亲："爸，来，下地吃饭吧。"

乔师傅瞅瞅饭桌，"你们先吃吧。"

乔大娘："咋不吃了？一会儿都凉啦。"

乔师傅："我不愿动弹，不想上桌子吃，你给我拨点饭菜来就行。"

家伟笑了："爸，你是不是怕传染我们？你这还不一定是咋回事儿，紧张什么？来，上桌吃吧。"

乔师傅坚决地："不，还有孩子呢。"

这时乔大娘已经拨好了一碗饭菜递给了乔师傅。

乔大娘："你下地，坐这沙发上吃。"

乔师傅："不，在这儿行。"

吃完饭，家伟穿上外衣，要出去。

家伟："爸，水凉上了，一会儿把药喝了吧。妈，你也早点休息吧，我去家男那一趟。一会儿回来。"

乔师傅："家伟，你过来。"

家伟走过来："啥事儿？爸。"

乔师傅："你和家男说，让他明天带我去检查一下，看看是不是肝炎，如果是，立马给我买回去的火车票。我和你妈得回家去，咱县也能治这病。"

家伟："那可不行。"

乔师傅："回家去我这心里踏实，我惦记着你奶奶呀。"

传染病医院　　日　　内

家伟和家男扶着父亲进了传染病医院门诊部。

医生寻问病情。

乔师傅在回答。

医生看了乔师傅的眼睛，手掌。然后让乔师傅躺到床上，检查腹部。

医生填了几张化验单："早晨吃饭没？"

乔师傅："怕要抽血化验，没敢吃。"

医生："那太好了，赶快去二楼抽血吧。"

家男和家伟扶着父亲走出门，突然家伟说："家男，你和爸先上二楼，我问问医生，这几个化验单都化验什么的？"

家男："好，你去吧。爸，我背你吧。"

乔师傅："用不着。"

家伟返身又进了门诊部，医生正在洗手池洗手。

家伟："大夫。"

医生："怎么了？"

家伟："大夫，刚才我父亲在这儿我没敢说，我父亲肺上切除的那个肿瘤是恶性的，他这病和这癌有没有什么关系？"

医生一听马上擦干手，又填了一个单子："那得再给患者做个 B 超，查查肝，看是不是转移到肝上了。"

家伟："可能性大吗？"

医生："应该查一下。"

家伟："大夫，我父亲这状况，会不会是真得了肝炎？"

医生："明天化验结果就出来了。"

家伟："大夫，我今晚就得出差，票都买好了，得好些天能回来，我就想知道……"

医生："我懂了，你父亲目前这个症状很像肝炎，已经都出现黄疸了。不过你放心，只要不是癌转移到肝，这个问题还好处理。如果是肝炎，根据患者目前的状况，最好马上住院治疗。"

家伟："大夫，能马上入院吗？"

医生："可以，现在有空床，等一会儿 B 超结果出来了再说，如果没事儿，明天你们早点儿来，带着押金，得两千元。真要确诊是肝炎的话，就直接入院，明天就可以把药用上。既然要治病，还是越早越好呗。"

家伟："大夫，那真谢谢您了。"

医生："不客气。"

传染病医院门口　　日　　外

家男扶着父亲出来，家伟在一边给开门。

兄弟俩将父亲送上等在门外的物理研究所的面包车。安排好父亲之后，家男去存车处取自行车。家伟跟了过去。

家伟："估计咱爸这肝炎是跑不掉了。"

家男："这 B 超没问题就行，刚才真吓了我一头冷汗。肝炎，咳！怎么还得了这病？"

家伟："肝不好，直接影响爸下一步的化疗哇。"

家男："可不是，我也愁这个呢。"

家伟从兜里掏出火车票："家男，你跑一趟火车站，把这张票给我退了。"

家男："哥，别，今晚儿你该走就走你的，爸这儿有我呢，你开会去吧。"

家伟："会是得去开，晚走一天也赶趟儿。你把这张票退了，再给我买张明天去北京的硬座。"

家男："这何苦呢……"

家伟："我今天是肯定不走了，现在我坐车把爸送回家，然后去单位，我得再多借两千块钱旅差费，给爸留下，明天住院哪。"

家男："借了钱，你还是走对。"

家伟："不把爸安排好了，我怎么走？好了，就这么办吧。"

火车站　　　日　　　外

火车站人来人往，闹哄哄一片。

家男先来到售票处，人很多，虽然也在排队，但挤到前面便有些乱了。家男排在了队尾。

家男买上了票，凭借身强力壮，一使劲儿便把挤着他的人推开了，他挤出了人群，把票揣好。

退票处，这里排队的人不太多，但和售票处相反，排尾特乱。有许多等退票的、退票的、倒票的人们在活动。

家男一过来，便有人拿着个小纸板往他面前一举：求购上海卧铺。

家男摇摇头，那人刚转身，便马上被一个穿黑夹克的票贩子拉住了，"来来来，哥们儿，咱们研究研究。"

家男向退票口的排尾走去，又有一女人上前问他："大哥，要北京的票吗？"

家男："哪天的？"

女人："明天的。"

家男："是卧铺吧？"

女人："硬座。"

家男："不要。"他说着站到排尾去了。

家男在耐心地排队。

家男快排到窗口了，一个中年人从排头开始往后问，很快问到了家男。

中年人："同志，您这是退哪儿的票？"

家男："北京。"

中年人："是硬座还是卧铺？"

家男："卧铺。"

中年人："哪天的？"

家男："今天的。"

中年人突然一把抓住家男："唉，兄弟，兄弟，来来来，你把票卖给我得了。"

家男："你别拽我。"

中年人赶忙松了手，可又像怕家男跑了似的，怎么也不肯把胳膊收回来："兄弟，您看，您在这儿把票退了，还得花退票费，您卖给我，我付您辛苦费。"他说着又忍不住把家男拽了过来。

家男："告诉你别拽，卖给你票就是了，拿钱吧。"

中年人赶紧拿出票钱，然后瞅瞅家男，又点出三十元："这三十元是辛苦费。"

家男一愣:"三十?"

中年人马上:"啊,啊。兄弟,好说,好说。六十元,六十元怎么样?"

家男又一愣:"六十?"

中年人见状:"兄弟,不能再多了,实话跟您说,一张北京卧铺最高加六十,不信?兄弟,你问问那几个人,跑买卖的,常年坐高价车,他们知道价儿。"

家男没吭声。

中年人急了:"兄弟,怎么样?"

这时又有人上来问:"有票吗?哪儿的?"

中年人急挡住:"没有,没有。"他说着把钱硬塞到家男手里,"兄弟,就算您照顾我了,怎么样?"

家男看看钱,又看看中年人那焦急的脸,笑了。把票递给了中年人。

中年人:"兄弟,谢谢,谢谢。"说罢好像怕家男反悔似的,一溜烟跑了。

家男刚往回走了几步,又返身回去了,他走到人群里。

家男拿着钱,不断地向人询问着。

家男问一年轻人:"同志,您有明天去北京的卧铺吗?"

年轻人:"没有。"

家男继续问别人。

突然,穿黑夹克的票贩子拍了他一下:"喂,哥们儿。"他的身后跟着两个同伙儿。

家男:"你有明天去北京的卧铺吗?我可以加六十块钱。"

票贩子："有，卖了。"

家男一转身，票贩子又拍了他一下。

票贩子："我说哥们儿，你出这价儿，存心想压我们是不是？"

家男："我压你什么了？"

票贩子："你一张北京卧铺加六十。"

家男："那你不卖拉倒哇。"

票贩子："我是说你卖的那张。"

家男："那是我加的吗？是他硬塞给我的，我压根儿没想高价卖给他。"

票贩子一听乐了："瞅你就不像个倒票的。哥们儿，你亏了，一张北京的卧铺，最低加九十。"

家男一惊："加九十！我的天，那赶上车票贵了。"

同伙甲："买不买？你要买，对不起，还没有了呢。"

票贩子突然拽了同伙甲一把，三个人急匆匆走了。

不远处，王超和几个巡逻警察一起走了过来。一位老人背着个大兜子，险些被一个愣小子撞倒，王超忙扶住老人，警告愣小子注意点儿。

家男皱着眉头瞅瞅乱哄哄的车站，转身走了。

自由市场　　日　　外

自由市场里家男走走看看，捉摸着想买什么东西，突然他发现了卖蛤蟆的。

家男乐了："喂，这蛤蟆怎么卖？"

小贩："母抱一块二，公狗子一块。"

家男："来点母抱。有两年没见着这玩意儿了。"

小贩："好，大哥，你好这口儿？"

家男一边挑蛤蟆："不，我家老爷子，专吃这个。"

小贩："那你正经儿得买点儿，这玩意儿的味儿就另一路，和那生猛海鲜不一回事儿，还有营养。"

家男："你常在这儿卖吗？"

小贩："常卖，不过，有时候人家不让卖，抽冷子也抓你。"

家男拎着一串蛤蟆高兴地走了。

乔家伟家　　　日　　　内

乔师傅闷闷地坐在床上。乔大娘从厨房进来，见乔师傅不高兴，便把电视打开了。

乔师傅："开那玩意儿干啥？多闹人。"

乔大娘马上关了电视："他爸，你可千万用不着上火呀。"

乔师傅："还不上火？这才出院几天，又得去住。"

乔大娘："大夫不说了吗？你这病好治。"

乔师傅："好不好治我都不寻思了，我是怕传染别人。"

乔大娘："明个儿就住院了，传染谁去？"

乔师傅："真的，咱腰里的钱能凑两千不？"

乔大娘："加上卖锁头的钱，将打将够。"

乔师傅："你拿出来。"他扭头冲厨房喊，"家伟呀。"

"哎。"家伟一边擦着手上的水一边进屋，"什么事儿？"

乔师傅对乔大娘："你把住院押金给家伟。"

家伟："不用，我这有钱。你们这钱先留着，这些日子还得花呢。小妹那儿也得用啊。"

乔大娘边给家伟塞钱边说："我和你爸还有钱，够。住院费我们自己拿，不用你的。"

家伟急了："够什么呀？爸，你跟我还用这样吗？"他推开乔大娘的手，"住院的钱不用你们管。哟，锅要糊了。"

家伟急忙进了厨房，乔师傅道："这钱咱自己拿，孩子们花啥钱了，你记着点儿，等咱能倒开手了，都还给他们。"

乔大娘："咱家这孩子，都让你给管的，光知道读书，不知道挣钱，一个个都紧巴巴的。"

门铃响了，乔大娘忙去开门。家男和佳丽来了。

家男拎了包东西给乔大娘："这是给我爸明天住院用的。"

家男和佳丽进了屋，家男坐到父亲身边："爸，住院的床都安排好了，明天去就行了。"

乔师傅："啧，你坐沙发上去，离我远点儿。"

家男站起身笑道："至于这样吗？"

这时，罗西回来了，她一边脱外衣一边说："我跑生物制品所一趟，好容易把甲肝、乙肝疫苗都弄来了。"

乔师傅："都麻溜儿打上，这得上哪儿打？"

罗西："在家就能打，一次性注射器和消毒用品我都弄来了。我洗洗手，给你们都打上。"

乔大娘："是呀，这可方便。"

罗西正在给乔大娘注射疫苗。乔师傅在一边看着，心里不是滋味儿。

乔师傅："你说我这病得的，让大伙跟着遭罪。"

家伟笑了："现在这肝炎挺多，平时没在意就是了。其实你没病大伙也都应该打上。"

乔大娘皱着眉头:"我就纳闷,咱家里里外外也没个有肝病的,你爸上哪儿沾上的肝炎哪?"

家男:"医生说根据这个情况,很可能是手术输血引起,爸,你一共输了1500cc,肯定是血源不好。"

乔大娘一惊:"这咋还给打些坏血?"

乔师傅一听就火了:"这输血给我输进去个肝炎?什么王八蛋医院?这不糟践人吗?"

家男安慰着父亲:"爸,你别生气,这事不能就这么算了,我得告他们去?"

"你告谁呀?"罗西举着针过来,"该你了,脱袖子。"

家男一边脱袖子一边说:"告直接责任者。这人命关天哪。像爸这样刚做了大手术的患者,你给输上肝炎,损失多大?"

"你就认了吧。"罗西说着"啪"把针扎进了家男的肩头,"我告诉你,没地方说理去。这不经常的事儿?我们单位黄书记,做完手术还没等出院呢,就转到传染科去了。"她说完利落地拔出了针。

佳丽一边脱衣袖一边说,"如果真是这样的话,就更得告他们了。这事儿怎么能认?"

罗西给佳丽消毒,"告又能有什么结果?血源污染问题是社会问题,上面下了多大力量都解决不了。"她说着举起针,"倒霉的也不光你一个,"啪!罗西将针扎入佳丽的肩头,"出问题的也不只是这一家医院。"

佳丽:"你说的只是问题的严重程度,这不能作为我们不去告状的理由。爸得这肝炎,医大医院必须得负责任。这场官司我打定了。"

罗西颇不高兴地把针拔出来，用棉球按住针眼，"你自己按着吧。"说完拿着注射器具向另一个屋走去，"家伟，你过来打针。"

另一个房间里，家伟脱好了衣袖走进来，坐在椅子上。

罗西气呼呼地给家伟肩头消毒，"哎，我说乔家伟，事不能这么办吧？"

家伟："怎么了？"

罗西消完毒，举着针，"我可告诉你，你爸住院手术，这可是我爸爸找的人家院长、教授，你们家这一告，我爸爸这脸往哪儿搁呀？"说着啪地把针扎上了。

家伟一皱眉，"这不是脸的问题，这是命的问题。"

罗西："就算你不要我爸爸这脸了，告完又能怎么样？你爸肝炎不已经得上了吗。"

家伟："这不是我爸一个人的问题，这是许多人的问题。"

罗西："我看是你有问题。"

家伟："你才有问题。"

罗西："用人家的时候千方百计求人家，用完人家了又反过来去告人家，再没讲究的人也没这么办事儿的。你爸出院了，我爸爸可还在人家医院住着呢。我告诉你，以后啥事儿，别再找我爸爸了，我们可做不起这么大个蜡。"她说着拔出了针。

家伟："放心，有你这句话，我下辈子都不会再去求你爸爸。"说完转身要出去。

罗西："乔家伟！怎么着？我爸爸帮你忙儿，还帮出罪来了。"

家伟回头低声而严厉地说道："罗西，平常你瞎胡闹我都让着你，可现在我爸爸病成这样了，你给我消停点儿。我可容不得你这套！"

罗西气极了，"我这一套怎么啦？……"

"家伟。"乔师傅在另一房间喊道。家伟忙出去了。罗西气得砰地把门关上了。

乔师傅阴沉着脸，看看家伟、家男和佳丽。"这件事儿，以后谁也不要再提了。"

家伟："爸，你不用管那些。"

佳丽："爸，这个肝炎对你的健康危害太大了……"

乔师傅一字一句地："这件事儿，我认了！"

家男急了："爸，那不行……"

乔师傅厉声道："这件事儿，就这么定了。"

罗主任家　　夜　　内

罗主任家，罗西气呼呼地坐在沙发上和罗母诉冤屈。

罗西："爸爸也真多余管他们家这些闲事儿，好心没好报。"

罗母："这件事的确是医院的责任，不过，这官司打起来牵扯面儿太大，你爸爸也搅在里面，许多关系不好处理。家伟即便是官司打赢了，又能怎么样？病也得了。我们这里老朋友也得罪了。"

罗西："他们哥们儿还管那些？要不是他爸把这事儿强压下去了，不定得咋折腾呢。"

罗母："他爸这个人别看是个大老粗，还挺明白事理的。"

罗西："那也是听我火了，没办法。那老头脾气上来能把房子点了。我越看这乔家伟越像他爸。"

罗母心事重重地："以前还真没注意，这家伟的脾气还挺大呢。"

罗西："哼，自从他爸病了以后，好像谁欠了他的似的，动不动就火，净拿我出气，就看我不顺眼，怎么着也不是，你不管他爸吧，他不高兴，到处打电话找你，你管吧，啥都管得不对，你费老大劲给他包顿饺子，又是馅淡了、放糖了、面和硬了……这家人可真难待候，我自己爸爸病这么多日子，我还没说给他包顿饺子呢。"

罗母："家伟现在心情不好，你得体谅。大事儿要把握住，但不能因一点小事就吵得天翻地覆的。再一个，以后对他们家的事，该你管的你管，不该你管的就装看不见。也不操心，还不惹麻烦。"

"哟，这真是一高招儿喂。"罗北说着进来了。

罗母："这没你的事儿。"

罗北一屁股坐到了沙发上："我好歹也是个娘家人吧。哈，妈妈，我觉得你应该再具体点儿跟我姐姐说清楚了，什么事儿该管，什么事儿不该管，我姐姐以往的麻烦就是该不该的问题弄乱套了。"

罗西眼一瞪："你瞎掰什么呀？我们家的事儿你知道啥呀？"

罗北："我不想知道啥，可你回家来唠叨，我不听也得听。听了这老半天，说句真话，我还真没觉得你有啥理。你想想看，这医院，竟然往开胸手术的癌症患者血里直接输入肝炎病毒，也太法西斯了！凭什么不告？他医院乖乖地给人家赔银子。呵呵，爸爸这个忙可帮绝了，帮人家吃个大哑巴亏！"

　　罗西火了："你算个干嘛吃的？"

　　罗母："罗北，回你自己屋去。"

第九集

传染病院病房　　日　　内

乔师傅正躺在病床上打吊瓶，乔大娘在洗手池洗毛巾。

乔师傅翻了个身："咳，我住这儿怎么就觉得像蹲监狱似的，你说说这宽宽绰绰的病房一个人住着，反倒觉得憋屈得慌。"

乔大娘："以前住院，孩子们轮班陪你，这个说这儿，那个说那儿，叽叽嘎嘎的，唠不完地唠，现在……"

乔师傅："这吊瓶打得也太磨叽了，一天打两三个，打得这个心烦。"

乔大娘："大夫不是说今天就打一个了吗？"

佳冰推开门，把头伸进来，"我可以进来吗？"

乔师傅："你进来吧。"

佳冰笑嘻嘻地："那可别像上回似的，人没等进去就给撵出来了。"

乔大娘把她拽进来："挺大个丫头，一点样儿也没有。"

佳冰进屋来，"爸，你这两天表现怎么样？"

乔师傅："表现挺好，昨天化验，转氨酶正常了。"

佳冰笑了："是吗？好极！"

乔师傅："你怎么没上课，又逃学了。"

佳冰白了乔师傅一眼："你比老师看得还紧。我正式通知你，今天是星期天。"

乔师傅："对，星期天。"

佳冰："爸，你猜我给你买的什么好东西？"她说着拿出了一盒"人参护生宝"，"怎么样？你看看这说明，你喝正好。"

佳冰把背兜往床上一放，被乔大娘一把挡住，"这东西不能乱放，兜子你就背着吧。"

佳冰："我天哪。"

乔师傅看着药："这药你怎么能乱七八糟地买。现在这东西可不保准呀。"

佳冰："我在市里最大的一家药店买的，保证不是假冒伪劣，我看了，人家那药店，墙上挂了不少锦旗呀。我奶奶的药我也买了，刚才已经寄走了。"

"那好，那好。"乔师傅看着"护生宝"说："佳冰，这药挺贵呀，你一下买这么多，哪来的钱？你是不是把伙食费都花了？"

佳冰："想得美，我可没那么傻，你喝高级补品，让我喝西北风。"她说着笑嘻嘻往另一张空床上一坐，让乔大娘一把拽起来了："别得哪儿坐哪儿。"

乔大娘把报纸铺床上，才让佳冰坐。

佳冰："有那么严重吗？搞得草木皆兵，你看人家那医生护士还不活了是咋的？没事儿。"

乔大娘："你是不是兜里又没钱了？"

佳冰："你们这个月给我的钱还没动呢。"

乔大娘："那你哥姐又给你钱了。"

佳冰："给了，可我没要，你们不让要，我敢拿吗？"

乔大娘："那你这钱哪儿来的？"

佳冰得意地："告诉你们，这是我得的稿费。218 元。"

乔师傅："稿费？"

佳冰："我写的散文发表了一组。看，送给你们一本，拿去好好学习学习。"

乔大娘一把拿过来杂志，惊奇地："你写的文章印在这上？他爸，你快看看。"

"真的吗？"乔师傅也高兴地接过杂志。

佳冰眉毛飞得老高："用不用我给你们念念？"

乔师傅瞅瞅佳冰："哼，这有什么可显摆的？这不才发表一篇吗？你哥、你姐那论文发表多少了？谁也没说'给你们念念'。"

佳冰："哼，人家那论文给你念念，你还能听懂是咋的？"

乔师傅："你哥鼓捣那么大个研究项目，也没见像你这么张狂。书先放这儿，赶紧走吧。再没事儿你可别来了。"

佳冰嘴张得老大："啊？刚进来就撵。"

乔师傅："走吧，走吧，别在这儿吵我，我要睡觉。过这个困劲儿我睡不着了。"

乔大娘："叫你走就赶紧走吧。"

佳冰："我还没待够呢。"

佳冰被乔大娘推走了，刚出门，又回来了，"爸，那药一天两瓶，你当酒喝吧。"

乔师傅："走吧你。"等佳冰一关门，乔师傅又忙招呼："佳冰——"

佳冰又把头伸进来："啥事儿？"

乔师傅："到门口消毒的时候，你好好整整，别对付对付就得了。"

佳冰："知道了，哎，爸，我明个儿下午还来啊。"说完赶紧关门走了。

等佳冰走后，乔师傅问乔大娘："她怎么来的，是骑车还是坐车？"

乔大娘："谁知道？她要骑车呀，穿那点衣服可少，今个儿天阴。"

乔师傅："她是不是快开运动会了？"

乔大娘："谁知道？说是这几天。"

乔师傅手里拿着杂志："告诉她邮药的时候里面给奶奶写封信，不知写没？"

乔大娘："谁知道……咳，一天这心里就盼着来个人儿，可孩子一来，你像撵狗似的往外撵，撵得啥也没顾得上问。"

乔师傅没吭声，手里翻着杂志："来，你看看，她都写些啥？"

乔大娘拿过杂志，翻开目录，找到了佳冰的名字，"在24页。"她翻到24页，眯起眼睛，把书送出去好远，仔细看着："这个名叫：去意……去意……那两个字儿念啥呀？都是个双立人儿，一个加个旁边的旁，还有个加个皇上的皇，你认识不？"

乔师傅："那可能还念'旁皇'。"

乔大娘："这'彷徨'是啥意思？"

乔师傅想了想："哎，你记不记得演样板戏那时候，铁梅她爹让鸠山抓走了，李奶奶讲革命家史，铁梅听完了举着红灯一顿唱。"

乔大娘："这我记得。"

乔师傅："那里就有一句：我爹爹像松柏，意志坚强，是顶天立地的共产党，我跟你前进，决不彷徨。这决不彷徨，意思也就是没二话。"

乔大娘："这'决不彷徨'是没二话，对，那这彷徨也就是磕磕迟迟那意思呗。"

乔师傅："嗯，差不多。"

乔大娘："那这'去意'是什么意思？"

乔师傅："'去意'？没听过这词儿呀。得，管他啥意思，你念念正文吧。"

乔大娘继续念道："是一个秋的日子，是一个雨雾迷蒙的早晨，我来了，来向你告别，在这开满了野菊花的小路上。我要走了，走之后，便不再回来，为了我，为了你，为了我们那份不能再勉强的爱……你的眼里有泪，却怎么也不肯让它流出来，我默默地、默默地掏出这方手帕，留给了你，去擦那些留给你的泪……"

蒲亚夫家　　日　　内

蒲亚夫也在读着佳冰才发表的散文："……我走了，沿着这开满了野菊花的小路走了，走向一个色彩斑斓的世界，走向色彩斑斓中我理想的他。我幻想着、我寻觅着、我追求着……当我终于感觉到，没有人能在我的心中代替你的位置；当我真正意识到，我不可能忘掉那片野菊花的时候，我不再犹豫、不再迷惘，我回来了。我义无反顾，我无可阻挡，我回来了！怎么说也不能算是我走了太久，怎么说也不能算是我走了太远，然而，我回来晚，也许，只晚了半日，这满坡坡的野菊花儿不再为我开……"

火车站　　日　　外

家伟拎着兜子，急忙忙从检票口出来，他大步走向公共汽车站。

传染病院病房　　日　　内

乔大娘还在吃力地念着："……还是那个秋的日子，还是那个雨雾迷蒙的早晨，我来了，来向你道别，在这开满了野菊花的小路上……"

乔师傅皱着眉在认真听着。

乔大娘继续念道："……小路的尽头系着一个小屋，那是你燕尔新婚的家……"

乔师傅突然插嘴："这意思是人家已经找了。"

"嗯。"乔大娘点点头，又念道："我要走了，走了之后便不可能再回来。为了我，为了你，为了小路尽头的那个小屋。我的眼里有泪，却怎么也不肯让它流出来，你默默地、默默地掏出这方手帕，还给了我，去擦那些还给我的泪。"

乔师傅皱着眉头，翻着手中的杂志，"你说她这哼哼呀呀的都写些啥呀？没头没脑的。"

乔大娘也犯寻思，她担心地问："你说咱这老丫头是不是处对象了？要不然你说她怎么写这个？"

乔师傅："她呀？哼，剩不下。"

乔大娘："就写这两篇字儿，值二百多块。这文化人挣钱真是容易。"

正说着，家伟推门进来了。

家伟："爸，妈。"

乔师傅："哟，回来啦。"他高兴地一下子坐起来。

家伟："爸，好些了吗？"

乔师傅："好不少，转氨酶正常了。"

家伟："那太好了！妈，你怎么样？"

乔大娘："我还行，你啥时候回来的？"她说着赶紧把家伟的兜子接过来，放在报纸上，又给家伟往凳子上铺报纸。

家伟："刚下火车。"

乔师傅："你那会开得咋样？家男说你来电话说通过了？"

家伟："对，爸，我们研制的这种新型材料专家们的评价很高，已经通过了国家级鉴定。这回咱们自己能生产这种材料，就不用进口了，每年可以为国家节约几百万美元的外汇。"

乔师傅高兴了："好哇，能给国家省这么多钱，你总算没白费劲儿呀，这不容易呀，家伟，你好好干，多弄点儿成果，爸就看着这儿高兴。不盼着你们大富大贵，就盼着你们有点真本事。来，赶紧叫护士把针给我拔了。"

乔大娘："这还有点儿药呢，你再打一会儿吧。"

乔师傅："拔了吧，快去叫护士。可腻歪死我了。"

家伟笑笑："我来吧。"他说着洗洗手给父亲拔针。

家伟："爸，你放心吧，我这回呀，又申报了两个选题。"

乔师傅有些兴奋地："行，两个行。慢慢搞呗。"

家伟笑了，笑父亲的那份儿认真，"爸，"他从兜子里拿出一个糕点盒。

乔师傅一挡："这个你可别往外掏，拿回去给孩子吃。"

家伟："有她的。爸，你尝尝，这个叫豌豆黄，过去皇帝吃的。"

乔师傅："咱家不也有个小皇帝吗，拿回去吧。"

家伟："爸，"他又从兜里掏出一双黑皮鞋，"你试试，看合适不？"

乔师傅接过皮鞋，笑了："净扯淡，我哪能穿这鞋，整天一脚泥一脚水的，可不行。这些年，你王叔他们都买了，就劝我也买一双，我白瞎那钱干啥？瞅我那身衣裳，穿这鞋还不让人笑话。"

家伟："爸，你试试。"他说着便往父亲脚上穿。

乔师傅穿上一只，左瞅瞅，右瞅瞅，"这鞋可真亮，都晃眼睛。得不少钱吧？"

家伟："两只都穿上，下地走走。"

乔师傅将两只鞋都穿上，将想下地，"不行，踩埋汰了。"

乔大娘忙在地上铺了张报纸。

家伟笑了，"妈，你怎么哪都铺报纸呀。"

乔大娘："解解心疑呗。"

乔师傅站在报纸上，前后活动两步。

乔大娘："挤脚不？"

乔师傅点点头："嗯，这鞋大小倒是行。"

乔大娘："我看挺好，他爸。"

乔师傅："这鞋还能不好吗？可我穿不出去呀。穿这鞋……"

不行，穿不惯。"

乔大娘："家伟，你爸天生这穷命，以后不用管他。"

家伟："爸，这鞋是进口皮子，软，穿着舒服，样子也很普通，你穿正好。"

乔师傅："瞅着不扎眼？"

家伟："扎谁眼哪？满大街都是黑皮鞋。穿两天自己就习惯了。"

乔师傅："嗯。"他又把鞋脱下来，里里外外看看，的确有些喜欢。

乔大娘："他爸，你在家平常串个门儿啥的，也得有双鞋。"

乔师傅犹豫："你说这鞋我留下？"

乔大娘："行！"

乔师傅看着鞋有些不好意思地笑了，"那就留下。我这辈子还没穿过这么好的鞋哪。你把钱给家伟，得多少？起码得五六十。"

家伟："爸，送给你的。"

"哟，哥回来啦。"家男拎着饭盒进屋了。

家伟："回来了。你这些日子辛苦了。"

家男："哟，爸，这谁的皮鞋？"

乔师傅递过鞋："我的，怎么样？"

家男看着鞋："正经不错。"他问家伟："你买的？"

家伟点点头。家男接着道："我们校长买了双这种鞋，这是进口皮子，质量好哇，二百几？二百三、四吧？"

家伟："哪用那么多钱。"

家男："我们校长就花二百多。"家伟一递眼色？家男明白了，可已经晚了。

　　乔师傅眼睛一瞪："多少钱？"

　　家伟忙道："你们那校长是让小贩宰了，北京可卖不上这价。爸，你说我这套西装，我跟你说过，罗西去上海时给我买的，一百四十六块，可挂在咱们这市场那精品屋里，你说多少钱？要价一千三，最少讲到八百。"

　　乔师傅追问道："这鞋到底多少钱？"

　　家伟："五十七块。"

　　乔师傅："你撒谎吧？"

　　家伟："那里好像有发票，你找找，没有就是我放别地方了，不信等你自己看看。"

　　家男赶紧打岔。"哎，爸，吃饭吧，一会儿该凉了。"他说着把饭盒放到床头柜上，"爸，对不起啊，没有蛤蟆了，昨天那个卖蛤蟆的让市场管理所罚了不少钱，估计再不能来卖了。我给你炖了只鸽子，你尝尝。"

　　乔师傅："这一段我大鱼大肉的也腻了，弄点青菜就行。"

　　家男："有青菜，在这个盒里，炒豆角。"

　　乔大娘拿来乔师傅的碗筷，又从床头柜里拿出了咸菜、大蒜。

　　家男："妈，把你的碗也拿来，我给你们俩分。"

　　乔大娘："我吃点就得。"

　　家伟："妈，你吃饭可别对付，你来这以后瘦多了。"

　　家男打开饭盒，给乔师傅和乔大娘盛饭菜。

　　乔大娘收拾床头柜倒地方吃饭，她拿起佳冰送来的那本杂志，"哟，你看看，这上有佳冰写的东西。"

　　"是吗？"家伟忙接过来。

乔大娘："在 24 页，你看看她写的是啥？我和你爸看了半天也没看明白。"

家伟看了看，"小妹写的这是散文哪。"

乔大娘："什么叫散文？"

家伟："散文是一种文字体裁，它吧，怎么说呢，小说你们知道吧？"

乔师傅一边吃饭一边抬头道："那知道，这些年不听了，以前总听广播小说。"

家伟："那诗你们知道吧？"

乔大娘："那知道，你爸也写过诗，学小靳庄那时候，也上过赛诗台呢。我还记得有那么两句：抡起革命的大铁锤，干起活儿来不觉累……"

乔师傅："呵，我那叫什么诗？顺口溜儿。赛诗的时候，你不赶紧给他溜几句吧，到点儿了他也不让你下班，大伙背地叨咕，赛诗台赛诗台，赛到半夜不下来。"

家伟笑道："是吗？我不太懂，觉得散文这东西就介于小说和诗之间，他是给你讲个意思，他不一定给你说一个完整的故事。"

乔师傅："差不多，她这个散文是讲得没头没脑的。"

家男也笑了："爸，你可别瞧不起这散文，散文很高雅，不好写呀。作者得有很好的艺术功力才成。"

家伟边看着佳冰的杂志边说："对，爸，你看小妹这文笔还真不错呢，她从小就喜欢文学，没准还真能行。"

乔师傅满怀希望地："你说她能行？她，在中学时，作文就写得好。"接着一撇嘴："她照你可差远了。"

乔师傅吃了几口饭，放下筷子，擦擦嘴。

家男一愣，"爸，怎么就吃这么点儿？"

乔师傅："吃完早饭就躺这儿打吊瓶，打完吊瓶就吃饭，也不饿呀。再说我也吃了一碗呢。"

家男摇摇头："吃这点儿怎么行？还是不可口。你说吧，晚上你想吃点啥？"

乔师傅："啥你也别整了，剩这些用热水冒一冒就行了。"

家男瞅瞅家伟："弄条鲫鱼？"

乔师傅："我烦那腥味儿。"

家男犯愁地瞅着父亲："爸，人家医生可说了，这肝炎可得加强营养啊。你都愿意吃啥吧？"

乔师傅："随便。"

乔大娘："我可知道你爸愿意吃啥？"

家男忙问："啥？"

乔大娘："你爸呀，最愿意吃白肉血肠。"

乔师傅："净扯，这地方上哪讨弄那玩意儿去？那老庄稼饭儿，咱县都不卖了。"

乔大娘："是呀，你们小那时候，咱家后面不远，有个老胡头儿，开个小馆儿，专卖这个。"

家伟："我有印象，小时候去吃过。"

乔师傅："可不吃过吗，那年家男过生日，你妈让我带你们兄弟俩去吃碗白肉血肠，花了三毛多钱儿，买了连汤带菜干乎乎挺大一碗，家伟是专挑血肠吃，家男就专吃那肥肉。"

家男不禁皱皱眉头。

乔师傅："剩点酸菜粉条我吃了。一碗没够，我寻思半天，看你们俩馋那样儿，连汤儿都喝个溜光，又买一碗，也全造了，那是真好吃。结果回家后把家男撑得连拉带吐，气得你妈哭了一场。"

大伙忍不住笑了起来。

家男表情很痛苦地："我吃白肉，他吃血肠，这不行，咱们仨得重吃，这回我吃血肠……"

家伟："不行吧？这回该轮到爸吃血肠了。"

哈哈哈。

家男："爸，没看哪卖白肉血肠的，咱买点血肠自己做行不行？你知不知道人家咋做的？这街上卖血肠的可不少，就怕咱做那味儿差点儿。"

乔大娘："我看行，他爸，你说呢。"

家伟："那血肠一般可不太干净，当心有病菌。"

乔师傅："我一天灌好几个吊瓶，还怕什么病菌？"

家男："那好，今晚儿，白肉血肠！"

乔家伟家　　　日　　内

家伟拎着兜子回到家，显得筋疲力尽。他把兜子放在地上。

"爸爸，"落落从屋里蹦出来，扑到家伟身上，又冲另一个屋子叫道："妈妈，妈妈，爸爸回来了。"

屋里没人应。

落落："爸爸，我钢琴比赛得了个二等奖，老师说我好好练习，拿一等奖有希望。"

家伟乐了："是吗？祝贺你。落落，你能获奖，爸爸真高兴。"

落落："爸爸，妈妈给我买了个绒布猫，你送我什么礼物哇？”

家伟：“哟，能不能给爸爸点时间，让爸爸想想。”

落落：“好吧。爸爸，那你上北京都买什么好东西了？”

家伟：“对不起，这次爸爸走得太急，没来得及去商店，什么都没买。”

落落有些不是心思。

家伟见状忙道：“落落，爸爸这次去，没带多少钱，在北京住了这么多天，钱都花没了，爸爸也没上街给你买东西。”

落落：“那你这大兜子里都是啥呀？”

家伟：“都是爸爸研究用的资料。这样吧，落落，下次，下次爸爸一定补上，好不好？”

落落：“爸爸，你可别骗人哪。”

家伟去厕所洗脸，听得屋里有动静，忙喊：“落落，别动爸爸的兜子，资料给我整乱了可不行。”

落落：“我没动你的资料。”

家伟洗完脸，回屋见落落正坐在沙发上美滋滋地吃着豌豆黄。

家伟一愣，忙道：“你？谁让你吃的？你在哪翻出来的？快放下。”

落落也愣住了：“怎么了？爸爸。”

家伟：“落落，这是爸爸给爷爷买的。”

落落：“那怎么不给我买呢？”

家伟：“爷爷病了，病得很重很重，你知道吧。爷爷老了，可爷爷这一辈子，好衣服、好鞋没穿过，你吃过的许多好东西，爷爷都没吃过呀……”

落落嘴里含着豌豆黄："对不起，爸爸，我不知道这是给爷爷买的，我真的不知道……"说着哇的一声哭起来。

孩子一哭，罗西从另一个屋里出来了，一脸不高兴。

罗西："什么大不了的事儿？把孩子惹得哇哇哭，怎么你一回来这屋里就没好动静。"

家伟："我很累，你别来吵了好不好？"

罗西："到底谁吵了？怨谁呀？一个孩子知道什么？"

家伟："孩子是不知道什么，可她比你强多了。"

罗西："乔家伟，别以为研究点儿成果就了不起了，我罗西还真不买你那账，看不上我，说话。"

落落："爸爸，妈妈，你们别吵了，都是我不好，我真不知道那是给爷爷买的。"

家伟摸摸落落的头："落落，这糕点是给爷爷买的，爸爸送给爷爷了，可不知什么时候爷爷又装回爸爸的兜子里。爷爷是要把它送给你，你吃得没错，这是爷爷的心意，你记住了。"

落落："知道了，爸爸，我没吃几块，剩这些还是给爷爷吧。"

家伟："落落，爸爸谢谢你。"他说完拨起了电话。

家伟："喂，请找一下方远航……好，谢谢。喂，小方，我是乔家伟，我在家呢……他们几个明天回来，我着急先走了……没买上……我坐硬板回来的……没关系，我……不累，小方，你现在忙什么呢？那我求你个事儿，我带回来许多资料，想请你帮我处理一下，不好意思，星期天你也不能休息。你有计算机房的钥匙吧，好，我马上去。"

家伟放下电话，抓起衣服走了。

罗西看着家伟走了，越想越来气。

农贸市场　　日　　外

市场上人来人往。地面打扫得干干净净，隔不远便放着一个撮子，一把扫帚，有两个戴绿袖标的人在市场巡视着。

家男急匆匆赶到市场，他在寻找卖血肠的小贩。

没有找到。家男问一个卖熟肉的六十多岁的老头：“大爷，怎么没有卖血肠的了？”

卖肉老头：“这几天全市卫生大检查，那玩意儿还敢来卖？”

家男：“这血肠真不干净？”

卖肉老头：“要干净能把他撵走？我说兄弟，我这么多好吃的，你弄点啥不行，非买那个？”

家男犯愁地：“咳，你不知道，我们家老爷子有病了，就想吃白肉血肠。你说，偏偏还就没卖的了，气人不？”

卖肉老头：“哎，我告诉你个地方专卖白肉血肠。”

家男一下来了精神：“哪儿卖？”

卖肉老头：“你连血肠大王都不知道？那地方现在生意才好呢，连市里一些领导都经常去吃。”

家男：“是吗？这血肠大王在哪呀。”

卖肉老头：“红旗大队你知道吧？”

家男：“红旗大队？”

卖肉老头：“就是头些年学大寨，遇着个小坡坡就修梯田，还总上报纸那个。”

家男摇摇头：“不知道。”

卖肉老头：“去年买假化肥，弄得好几百亩地绝收，打官司又上了报纸。”

家男有些急了，"大爷，这个学大寨、买假化肥的红旗大队在哪儿？"

"噢，"卖肉老头指着眼前这条大街，"我告诉你，就码着这条街照直往南骑，闷头骑两个小时别拐弯，骑过响马河，抬头就是红旗大队，现在叫红旗村，一问血肠大王谁都知道。"

家男乐了："谢谢大爷，谢谢了，我现在就去。"

市场边上，一个修理自行车的小摊儿，家男在给自行车打气。

市郊公路　　日　　外

家男迎着风，用力地蹬着自行车，车把上挂着一个黑兜子，里面装着双筒饭盒。

一辆轿车从家男身后超过，轿车里坐满了人，开车的是金大刚。

遇到一个老年人，家男下车问路。

家男又上车往前骑。

红旗乡血肠大王饭店　　日　　外

饭店是一平房，门面装修得土里土气，但生意却挺红火，门口停着沾着泥土的大小车辆。

红旗乡血肠大王饭店　　日　　内

家男下了自行车，急忙忙奔饭店，一开门，愣住了。屋内的十多张桌子，都坐满了人，还有几个人在排队。

家男进了屋，问一个服务员："同志，买白肉血肠在哪儿交钱？"

服务员："先排队吧，等一会儿能做出来。"

家男走到队尾，问前面的一个中年人，"这得等多长时间？"

中年人："等吧，我都等一个小时了。"

家男："怎么这么慢？"

中年人："这血肠是用最新鲜的血灌的，现杀猪现灌，灌出来了，还得仅那边拉桌的那些人吃。"

家男回头看着："别说，知道地方的人还真不少。这得等到啥时候？"他说着向一张桌子走去，他走到桌子边，一圈人在围着桌子喝酒，桌子下面有一个凳子，凳子上放着一个黑兜儿。

家男："同志，能不能把那个凳子倒出来。"

"拿去吧。"说话的人是金大刚，他一只手举着酒杯，另一只手把黑兜拿起来。

家男："谢谢。"

中年人见家男竟找着个凳子坐下了，很是羡慕。

这饭店上白肉血肠这道菜是用瓷盆儿装的，家男眼见得一盆盆冒着热气的白肉血肠往桌子上端，可这边还是不开票，他看得有些着急。

屋里乱哄哄，尤以大刚这一桌最热闹。几个人正在划拳，金大刚输了。

大刚举着酒杯，"我这是第几杯了？"说着要干。

边上的人忙说："算了，算了，你要再喝两杯，非把我们都拉到饮马河里喂鱼去不可。"

市郊公路　　日　　外

家男正沿着市郊公路往回骑。他终于买到白肉血肠，心情格外地好。

眼看前面快进市区了，是一个很长的缓坡，家男颇吃力地蹬着车。

突然前面一个十多岁的男孩儿，骑着自行车，迎面过来了，而且速度很快，家男忙一躲，"砰"被后面开来的轿车刮倒了。轿车已经急刹车停了下来，司机从车上下来，是大刚。

家男气呼呼地坐在地上，车子倒了，白肉血肠也洒了。

大刚上去扶家男："哟，是你呀。"

家男一把挡开他，自己站了起来，扶起自行车。心疼地看着地上那些白肉血肠。

大刚："怎么样？活动活动，看伤着哪儿没？"

家男："你伤着我也没啥。"

大刚："那，车摔坏没？"

家男："车摔坏也没啥。"

大刚看看："都没事，那就好。"

家男："可我这血肠撒了可咋整？"

大刚笑了笑："那我陪你钱吧，行不行？"

家男："赔钱有什么用？我费了多大劲买这点玩意儿？我家老爷子住在医院里，今晚还等着吃这个呢！"

大刚一听想了想，"哥们儿，你别上火，这事儿好办，把自行车夹到我车后面去，我开车带你回去重买。"他回头对车里的几个人说："你们几个下来，到前面打的去吧，没多远了。"

等车上的几个人都下来后，大刚调过车头，见家男站那一动不动，"怎么着？上车吧。"

家男："我这真不是讹你，我好容易买这么点玩意儿。"

大刚急了:"谁说你讹我了?我带你回去买,是看你也是个孝子,难得你有这份儿孝心。上车吧。"

家男把自行车夹在轿车后面,上了车:"这又不知得等到啥时候能买上。"

大刚:"等什么呀?我认识这饭店的老板,去装两碗得了。"

家男一听:"真的?那可太好了。"

图书馆　　日　　内

佳丽办完了借阅手续拿着书走向阅览室。

星期天的阅览室,人不太多,宽敞的大厅,显得空空荡荡。

屋里很静。

佳丽将一杯水放到桌上,便专心致志地看起书来。桌子上一张纸条,从对面推过来:

可以打扰一下吗?

佳丽一抬头,是邹克力。

佳丽将纸条上后面几个字一勾,只剩下"可以"两个字,又将纸条推了过去。

图书馆大楼门口　　日　　外

邹克力:"佳丽,人若过分抑郁,会得多种疾病,而且易于衰老。"

佳丽:"我只是在承受我必须承受的那一份。也许人都是这样老的吧?"

邹克力：“你的情绪太坏了，应该调节一下。”

佳丽：“我会的，看起书来，的确可以暂时忘掉一些东西。”

邹克力：“我一个朋友搞了个演出公司，他们组织了几位京城大腕来这儿走穴，今晚有一场，去看看怎么样？”

佳丽：“没意思。”

邹克力：“你去看看就有意思了。”

佳丽：“不去。”

邹克力：“你是不是觉得就咱们两个人去看演出，不太方便？”

佳丽瞅瞅他，没吭声。

邹克力：“你把你同寝的女孩儿也叫上，可以了吧？”

佳丽：“那也不去。”

邹克力泄气地：“你这人哪儿都好，就是脾气犟。佳丽，说实话，我真想在你遇到困难的时候为你做点什么。”

佳丽想了想，笑了：“那好，我成全你。”

邹克力：“谢谢，什么事儿你尽管吩咐。”

佳丽：“真有点事儿，我再看看，如果没办法，再找你。”

乔家伟家楼梯　　日　　内

乔大妈怀里抱着个报纸包儿，坐在家伟家楼梯上。

家伟上楼来，见到母亲，“妈，你怎么坐在这儿，不冷吗？”

乔大娘：“我没进去屋。”

家伟：“你等多半天了？”

乔大娘：“有一个小时了。”

家伟：“罗西可能是回家了。”他赶忙打开门，让母亲进屋。

乔家伟家　　日　　内

家伟："你不说今天晚点儿回来吗？"

乔大娘进屋后说："我回来给你爸找两件衣裳，没有换的啦。"她说着从床下拽出个大纸盒箱，来时拎的兜子都放在里面。

家伟："妈，你歇一会儿再找吧。"

乔大娘："不累，家伟呀，你和罗西是不是吵仗了？"

家伟："没。"

乔大娘："那罗西是不是身子不舒服？"

家伟："没。怎么？妈，罗西说什么了？"

乔大娘："没。"

家伟："她给你脸子看了？"

乔大娘："没。"

家伟和乔大娘正在择菜。

乔大娘："家伟呀，再有几天，你爸就能出院了。"

家伟："出院就好了，咱们照顾就方便了。"

乔大娘："我和你爸合计了，出了院想回去。"

家伟："回哪儿？"

乔大娘："回县呗。"

家伟："不行！"

乔大娘："你姑家条件不好，不能让你奶奶总在那儿。"

家伟坚决地："那也不行，出院以后，还得复查呢。"

乔大娘："你爸嫌这病埋汰，你说回来家这大人孩子，万一传染上谁，可咋整？还是得回去。回家去了，我也能伺候你爸。"

家伟："你们就别打那主意，肯定是不能让你们走。明天我跟爸说去。"

乔大娘："你爸那脾气你也知道，你可别去跟他硬犟，病刚见好，不能气他。"

家伟："妈，这事儿，你得帮着我们说话，我爸做这么大个手术，又得了肝炎，他病得不轻啊。他现在多虚呀，就这身体你敢往回整？"他瞅瞅母亲，又叮了一句："县里那医疗条件你也知道，你要硬把我爸弄回去，万一有什么问题，你负责。"

乔大娘瞅瞅儿子："你呀，也用不着逼我，这事儿，我说了不算。"她叹了口气："其实，你爸这病，我这心里呀，也是没底儿。你们几个在身边，我也有点儿依仗……"

门响了，罗西和落落回来了。

落落跑进来："奶奶。"

乔大娘："孩儿呀，上哪儿去了，冷不冷？"

落落："不冷。妈妈带我上萍萍阿姨家了。"

乔大娘见罗西回来了，忙招呼道："罗西，你回来了，今个外面像要变天了，挺冷啊。"

罗西不冷不热地"嗯"了一声，便进了小屋。

乔大娘似乎看出罗西脸色不太好看，她瞅瞅家伟，想说什么却没说，端起摘好的菜进厨房了。

家伟走进小屋，罗西正在往衣柜里挂衣服。

家伟："罗西，你对我有什么意见，就冲我来好不好？别跟妈哼哈的，犯不着。"

罗西眉毛一扬："我又怎么啦？你这人说道也太多了，成心找别扭是不是？"

家伟小声道："你喊什么？你不会小声说话呀？起码面儿上

你得让我过去吧？"

罗西哼了一声，"你面上让我过去吗？我费多大劲把这个出国进修的名额弄到你们物理所，你死活不给我去，把名额让给了方远航。"

家伟："方远航需要进修这个专业，就应该她去。你什么意思？"

罗西冷笑一声："我的意思就是告诉你，你这一番美意呀泡汤了，这个名额被收回去了。"

家伟被激怒了："科技人员谁出国进修，弄半天是你说了算？你算个干什么的？"

罗西毫不示弱："那得看我想干什么！"

厨房里，乔大娘在侧耳听着屋里的动静。

第十集

市郊公路　　日　　外

大刚开着车，带着家男回来了，两个人唠得正热乎。

大刚："我们公司来客人，吃两天大饭店，一般就拉这'血肠大王'来造一顿'风味'，甭管是多大个款，你别说，还都挺得意这个。"

家男："这个味道是不错。哎，金师傅……"

大刚："啧，听着别扭，叫我大刚。"

家男笑了："大刚，你给哪儿开车？"

大刚："辉煌装饰材料总公司。"

家男："哪儿学的手艺？"

大刚："在部队。我是当兵的出身，没啥文化，粗人，不像你们。"

家男："我们……哎，慢点儿，进市区了。"

大刚："没事儿，坐我金大刚的车你就放心。"

家男乐了："我可领教了。"

大刚也忍不住笑了，却是一脸苦笑。"咳，哥们儿，这些日子，我这心情不好，开车出好几回事儿了，仗着我这方向盘玩的年头多了，要不然非报废几个不可。"

家男："遇到难处了？"

大刚："算了，不说这儿。哎？你家老爷子得的什么病？"

家男："肺癌。"

大刚一听眉毛一皱，"我的天，这可够呛……老爷子愿意吃血肠是不？你给我个地址，后天，我们还得来，我带两碗给你送去。"

家男："不不不，那太不好意思了。"

大刚："老爹都病这样了，你还有什么不好意思的？他想吃啥就让他吃啥，说实在的。最多也就挺个一年半载呗。"

家男一听，心猛地像被抓了一下。"可是人家有的肺癌活八九年还没事呢。"

大刚："那也就是星星点点那么几个，还没准到底是啥，绝大部分人还不都那么回事儿了。"

家男皱着眉头把脸转向车窗外，一点谈话欲也没有了。

车子驶进一条宽阔的马路。

突然，大刚似乎发现了什么。

马路边，人行道上，小娟正和罗北紧紧地相拥而行，他们在亲切地交谈着。

大刚立时怒火中烧，咬牙切齿地："怪不得，原来是这个兔崽子在搞鬼。"

家男不解地看着大刚。

　　大刚回头看看后面没车，大吼一声："我压死他。"一踩油门，车子斜冲过去。

　　家男突然发现了前面的罗北和小娟。"大刚！"他猛地去抢方向盘，同时按响了喇叭。

　　车子直冲罗北和小娟而去。

　　罗北听见后面的响声，猛一回头本能地往旁边一躲，扔小娟一个人傻站在那儿。

　　车子唰地从小娟身边擦过，嘎一声停下来了。

　　罗北从后面气冲冲地追过来，大骂道："你开的这是什么车，奶奶的，活腻歪了，我今个儿非把你送交通队……"他边骂边冲过来，却猛地停住了。

　　大刚像一头暴怒的狮子，跳下车，一把抓住罗北："我先给你找个地方儿！"他砰地一拳把罗北打倒了，接着又是一脚。

　　小娟吓得浑身发抖。

　　家男一见罗北挨打，赶紧拉住大刚："你别，你有话慢慢说。"

　　大刚吼着："放开我，我今天废了这个王八蛋。"

　　嘴角流着血的罗北看不妙，吓得爬起来就跑，"金大刚，走着瞧！"

　　大刚要追，被家男死死抱住。"你冷静点儿。"

　　大刚指着小娟，冲家男喊："这贱货要是你老婆，你能冷静吗？"

　　家男让他问得哑口无言。

　　大刚走到哭哭啼啼的小娟面前，一把抓住她，扯到车前，打开车门，"你给我上车。"

　　家男拦住大刚："大刚，不行，不行，你喝了酒，又在气头上，开车非得出事儿。"

大刚："没事儿。"

家男："不行，你情绪太坏了。"

大刚："情绪坏还耽误开车吗？你问问她，"他指点小娟："她妈她爸死，都是我给拉火葬场去的。"

金大刚家　　　日　　　内

大刚家，小娟坐在沙发上流泪，一只手顶着肝部。大刚怒不可遏地站在地中间。

大刚："你说吧，从打我金大刚认识你文小娟，有什么对不起你的地方？"

小娟："没说你有什么对不起我的。"

大刚："我对你哪儿不好？"

小娟："没说你哪儿对我不好。"

大刚："那你为什么还出去跟那个王八蛋鬼混？"

小娟擦擦眼泪，瞅瞅大刚："你能不能不吵不骂，我们今天把这个事儿好好谈谈。"

大刚烦躁地在地下走了一圈，咚地坐到椅子上，"你说吧，你今儿个照实说，你们到底咋回事儿？别想编筐窝篓地蒙我。"

小娟无话。

大刚忍不住道："说呀，你打算怎么办？"

小娟咬咬牙，终于道："我、我要离婚。"

大刚腾地站了起来，可又忙坐下了："然后，跟姓罗的去。"

小娟无话，脸上出了一层细汗。

大刚又火了："你做梦！那小子是个什么东西？就冲他勾引

别人老婆这一条，就不是好玩意儿。我告诉你文小娟，你就是铁了心改嫁，也不能嫁他。"

小娟强硬地："这是我的事，不用你管。"

大刚："亏你说得出口，你现在是不用我管了，你这回有本事了，用不着我金大刚了，是不是？我就像一双穿到开春的破棉鞋……"

小娟突然泪如泉涌，吼道："不是！我不是那个意思，我真的、真的就是想和他在一起……"她说着用手用力地顶了顶肝部，"我不是嫌你不好，我记得你为我、为我父母做过的所有的一切，我感激你、尊重你，可这不是爱情。认识了罗北，我才知道什么叫爱一个人……"

大刚忍无可忍："得了，我听够了！你这是魂儿都让人勾去了……"突然他发现小娟不对劲儿了，一惊："你、你怎么啦？"

小娟弯着腰，剧烈的疼痛使她难以承受，突然，她朝奔过来的大刚喊道："别碰我！"

街上　　日　　外

雨淅淅沥沥地下着，地上湿乎乎的，马路的低洼处积起一汪汪水。

家男在马路上飞快地骑着自行车。

传染病医院　　日　　内

家男急匆匆地赶到传染病医院。

家男推开乔师傅的病房，不禁一愣。

病房收拾得干干净净，人已经走了。

家男忙转身奔医护人员办公室，办公室里田护士正在配药。

家男："田护士，我父亲什么时候走的？"

田护士："走半天了。"

家男看看表："不对呀，昨天他让我们 10 点来接他，是我哥接的吗？"

田护士："那我可没注意。"

家男："好，谢谢。"他转身下楼。

住院部出口，老护士正在往家男身上喷消毒液，家伟赶来了。

家男："哥，你怎么又回来了？爸呢？"

家伟让家男问懵了，他似乎马上又意识到了什么，"不对。"直奔楼上跑去。

火车站　　日　　外

雨停了，天阴沉沉的，远处有闷雷滚过。

一辆出租车缓缓驶进站前广场。

乔大娘扶乔师傅从车上下来，她看看天，给乔师傅把外衣领子立起来："别让风吹感冒了。"

乔师傅："你不用管我，拎着兜子就行。"

乔大娘拎着两个兜子跟在乔师傅身后，"路滑，你加小心哪。"

乔师傅："先找找，在哪儿卖票。"

乔大娘："他爸，我看咱先进票房子吧，你在那歇着，我去买票，这外面湿乎乎的，连坐的地方都没有，可别把你累着，咱这路还远着呢。"

乔师傅和乔大娘向候车室走去。

候车室大厅　　日　　内

乔师傅和乔大娘走进候车室大厅，大厅里人来人往，闹哄哄一片。

乔师傅和乔大娘在一个旮旯终于找到了个空坐。

乔师傅："把兜子给我，你麻溜儿买票去。这是九点多少的车？"

乔大娘："九点二十五。"

乔师傅看看表："赶趟儿。"

乔大娘："你要渴呀，这里还有瓶汽水，我去了。"

乔大娘一转身，又被乔师傅喊住了，"要是买不上这趟车的票了，你买个站台票，咱得先上车呀。"

乔大娘："哎。"

乔师傅："回来再捎袋面包。"

售票处　　日　　内

售票处，乔大娘向别人询问在哪个窗口买票，那人指给她，乔大娘一看，那窗口前排的队虽不长，但前面的人挤成一团。

火车站广场　　日　　外

物理研究所的面包车疾速驶来。

家伟和家男跳下车，一边四处寻找着一边跑向候车室。

候车室大厅　　日　　内

家伟和家男跑进大厅。

家伟："你找那边，我找这边。"

兄弟俩分头去找。

售票处　　日　　内

乔大娘手里举着钱，正在往前挤着要买票，可她根本挤不上去。

候车室大厅　　日　　内

乔师傅发现了东张西望的家男，赶紧把头一低，又拽拽大衣领子，可是为时已晚，气呼呼的家男已经大步走过来了。

家男压着火儿："这一眼没看住，还跑了。就算我们都没用，也不能连个招呼都不打吧。"

家男赶紧冲不远处的家伟摆手，家伟忙跑了过来。

家伟赶来气喘吁吁地："爸，爸。"

乔师傅无可奈何地抬抬头。

家伟："爸，你这么走怎么行啊？万一道上出麻烦怎么办？咱们先回家，过几天，你再恢复恢复，佳冰、佳丽、佳男都放假了，我们大伙儿一起送你回去，行不行？"

乔师傅斩钉截铁地："不行。我今天是非走不可，你们谁也甭拦我。"

家男强硬地："这个事儿你说了不算。咋的也不能让你走。"

乔师傅也火了："你长这么大，你爸什么时候说了不算过？你不信咱俩就叫个号。看今天我说了算不算！"

家伟见状忙道："爸，不是这个意思，你就是走，也得准备好再走哇，这么远的路，这么冷的天，吃的、喝的、用的……"

乔师傅："那事儿都不用你们管。"

家伟："最起码给你们买张卧铺票吧。"

乔师傅："这我都安排好了，我求管我的秦大夫写了个条儿，她认识这趟车车长，上车就能补上卧铺。"

家男："就你这身板儿，还敢拿条子上车？万一补不上卧铺怎么办？你要真是心里对我们谁有气，我们哪儿对不住你了，随你打随你骂。你就这么一走，让我们这当儿女的活是不活了？"

家伟："家男，算了算了。爸，我妈呢？"

乔师傅不吭声。

家伟："我妈上哪儿去了？……家男，你看住咱爸，我找妈去。"

售票口　　日　　内

售票口的人仍是十分拥挤，乔大娘再一次被挤了出来，她举着钱又一次挤上去。

乔大娘举着的钱突然被一只手握住了。她猛一回头，是家伟！

家伟用力握住母亲的手，"妈，你们不能走。"

一向温柔的乔大娘此时似乎变得很坚决："家伟，我和你爸这是下决心走了，你们今个儿是谁也挡不住了。"

家伟劝道："妈，你听我说……"

乔大娘："我没工夫，一会儿开车了，你别搅得我和你爸上车连张票都没有。"

家伟不肯松开母亲的手："妈，来，咱们往这边躲躲，别影响人家买票。"他说着另一只胳膊环着母亲瘦弱的肩头，推母亲躲开。

乔大娘急了："家伟呀，你要再难为妈，妈可真就没路了。"

家伟："你说实话，妈，为啥一定要走？"

乔大娘："病也好了，家里还有你奶奶，你说待在这儿干啥？"

家伟："病还没好，奶奶在姑姑家待几天不要紧，除了这些还有啥？在我们这儿养病有什么不好？"

乔大娘叹道："家伟，你们这心思当爹妈的都知道，你爸这病传染哪！你说你们这一帮谁不是爹妈的心头肉，年轻轻的万一哪个得上了，不急死你这老爹老妈？再说，你看你和家男住这房子，窄窄巴巴的，哪有个地方？何苦在这儿硬挤呀？"

家伟："妈。你这是真心话，可只要你们同意在这儿养病，这些问题都好解决。"

乔大娘："找这麻烦干什么？"她转身又要去买票。

家伟急了，拦住母亲："妈，你到底还要我们怎么的？妈，我爸这病，真的很重很重啊。我求求你，帮我们把爸留下吧，好不好？"

乔大娘也急了："家伟，你别逼我，你要再拦着我，我就回去，让你爸来买票。"

乔大娘见家伟不动，转身就出了售票厅。

家伟急了，"妈，"他追了出去，拽住母亲，"妈，你别走，你听我说。妈，有件事我们一直没敢告诉你和爸。"

乔大娘有些紧张："啥事儿？"

家伟："妈，我说了，你可千万挺住哇。"

乔大娘预感到了什么。

家伟："我爸得的是、是癌呀。"

乔大娘猛地呆住了。半晌她无力地跌坐在路边湿漉漉的石阶上，眼泪哗哗地淌下来，"天哪，咋、咋就得了这病？！"

家伟蹲在母亲身边："妈，你别着急，听我说，我爸手术已经把肿瘤都拿出去了，咱们现在给他好好治着，能维持住。挺个三年五载不复发就没事儿了。医生说还有希望。"

乔大娘哽咽着，泪流成河，"家伟呀……"

家伟："妈。"

乔大娘："你爸，命苦啊。家伟呀……"

家伟："妈。"

乔大娘："妈这心都要碎了。家伟呀……"

家伟："妈。"

乔大娘："妈求求你们大伙儿，千万千万给你爸治好了。"

家伟握着母亲的手，不禁泪如雨下，"妈，等我爸恢复恢复，咱就去住院，抓紧治。你放心，我们豁上了，就是头拱地也得把我爸这病治好。妈，别哭了，来，咱们去候车室，你帮我们把我爸接回家。"

乔大娘在家伟搀扶下，努力地站了起来，在广场上艰难地走去。泪，擦也擦不净。

家伟拥着战抖的母亲，心如刀绞。

家伟愈来愈感到母亲的步子越发沉重、吃力了。

家伟："妈，你怎么了？哪儿难受？"

乔大娘："家伟，妈实在走不动了，我在这儿歇歇，你先看看你爸去吧。"

家伟："妈，要不，你先上车里等着，我去接我爸。"

乔大娘："你爸那犟脾气，你还不知道？他非要走不可。"

家伟想了想："哎，妈，这么办吧……"

街上，邹克力开着车，带着佳丽急驰而来。

候车室门口　　日　　外

家伟扶着乔师傅急忙忙出了候车室，后面的家男拎着兜子。

乔师傅着急地问："你妈在哪儿？"

家伟："在车上。"

停车场　　日　　外

乔师傅和家伟、家男大步赶来。走到面包车前，乔师傅忙问："你那脚崴啥样儿？"

乔大娘一见乔师傅，眼泪唰地下来了。她忙擦了去："没、没事儿，你别着急。"

乔师傅："疼得厉害呀？你别光哭，你说。"

乔大娘强忍悲痛："不动弹，不疼。"

乔师傅："让你加小心、加小心，你倒加小心哪。我看看，啥样儿了？"

乔大娘："不用，没事儿。"

家伟："妈，你别硬撑着，咱上医院看看吧。"

家男在后面催促："爸，快上车吧，我妈脚都这样儿了，你还往哪儿走？"

乔师傅回头狠狠瞪了他一眼："你离我远点儿！"

嚓，一辆轿车停在众人身边，佳丽和邹克力从车上下来。

佳丽："爸，怎么能走哇？你就给我们点时间，让我们给你治治病不行吗？爸，这是我的同学邹克力。"

邹克力和众人握手。

乔师傅一背手："我有病。"

佳丽："爸，你不是怕传染别人吗？我在克力那儿借了一套房子，你和妈去住，在这治病，我们也好照顾你。"

乔师傅摇摇头："我这病不好麻烦别人。"

邹克力忙道："大伯，别客气。我这套房子不用了，都空一年多了，闲也是闲着，你们就去住呗。就是离医院远点儿，不过你要有事儿，我这有车。行不行？"

家伟捅捅母亲让她说话。

乔大娘："他爸，我这脚现在不敢落地，我看佳丽说的是个道儿。"

乔师傅想了想："唉！那就先住两天，你妈脚好了再走。"

旱冰场　　日　　外

蒲亚夫从旱冰道上飞快地滑过来。他身着蓝色运动服，在银白色的旱冰场上，像一道蓝色的闪电。

蒲亚夫将速度慢了下来，动作愈加舒展、自如……他缓缓地直起腰，回头望去。

远处，一身红运动服的佳冰，戴着厚厚的护膝、护肘和手套慢慢滑着，两眼紧盯着脚上的旱冰鞋，两只胳膊扎撒着，像个刚学会走路的孩子。

佳冰抬头，见蒲亚夫滑了过来，笑了。

蒲亚夫停住了，冲佳冰招手，让她滑过来。

佳冰点点头儿，加快了点儿速度，努力向蒲亚夫滑去。

蒲亚夫高兴地一击掌："很好，加速。"

佳冰一使劲，差一点跌在地上，她踉踉跄跄地朝蒲亚夫滑了过来，最后还是跌倒了。

佳冰这狼狈相使两个人笑得前仰后合。

笑声吸引来了一双疑惑的眼睛，是背着旱冰鞋刚刚走进旱冰场的小吉。他想了想，悄悄地躲到了一边。

冰道上，蒲亚夫扶起佳冰，"摔疼了吧？"

佳冰有些不好意思："没事儿。蒲老师，你看我是不是太笨了？瞧，把你的手套都摔破了。"

蒲亚夫："刚学，都这样。来吧，我带你滑。"他说着把一只手伸给了佳冰。

佳冰慢慢地将手放在蒲亚夫手上，抬起一双深情的眼去看他。

蒲亚夫又将另一只伸了过来。

佳冰将另一只手放了上去。她笑了，笑得清纯，笑得灿烂。

蒲亚夫倒着向后慢慢滑去。

佳冰因有蒲亚夫的扶持，不再害怕了，动作也放松自如了。

蒲亚夫："佳冰，"他的眼睛始终没有离开佳冰那张青春而美丽的脸。"我刚刚意识到，北方真的很美很美。"

佳冰："你真的一定要走吗？"

蒲亚夫："不是我想走，是我必须走。"

佳冰："我懂，你是父母放飞的一只风筝。"

蒲亚夫："是的，无论我飞得多高、无论我飞得多远，永远有一根扯不断的线牵着我。"

佳冰："你走了，会留下许多，许许多多中，有一个永远的遗憾。"

蒲亚夫："我走了，也会带走许多，许许多多中，有一个温馨的童话。"

佳冰："我不敢问你什么时候离开，是现在，还是很久。"

蒲亚夫："我们拥有现在，我们就拥有很久。"

不知不觉间，他们已经将距离靠得很近很近了，彼此感觉到了对方的心跳，如痴如醉。

小吉躲在一边看着，不由得怒起心头。

佳冰睡梦般地将头靠在蒲亚夫的胸前。

蒲亚夫附在佳冰耳边："佳冰。"

佳冰："嗯。"

蒲亚夫："我爱你——"

"啪！"一个大草团横飞过来，实实在在地砸在蒲亚夫的后背。

砸碎了一个如诗如画的梦。

乔家男家　　　夜　　　内

家男正在家里备课，心兰进屋回手砰地把门关上，嘴里嘟囔着："这死味儿，真难闻。"

家男："我说这酸菜缸人家也搬出去了，你还跟人家较什么劲呢？"

心兰气呼呼地："我和人家较什么劲？我说那厕所，你用完了就不能好好冲冲哇？你想熏死几个？"

家男让心兰说得忍不住笑了，他瞅瞅心兰："我发现你最近这鼻子特好使，也顶个狗鼻子了。明个儿我领你去警犬大队开发开发……"

心兰火了："人家都难受死了，你还拿我耍着玩！……瞅我发什么呆呀？还不快去把厕所刷一刷。"

家男也不高兴："哎，我今天就不刷，你能把我怎么的？"

心兰："你不刷我就把厕所钉死，谁也别用……"话没说完，哇地一下吐了一地。

家男忙过来给心兰捶背："你、你怎么啦？你别动、别乱动，赶快上床躺下……"

"哇……"心兰忍无可忍地又喷一口。

家男有些紧张："咱们上医院吧，你这是有病了。"

心兰吐完了，胃里像舒服了一些，她直起腰："我没事儿，吐出来就好了，你快把这些都扫出去，我看着就恶心。"说着一头扎床上去了。

家男忙拿来笤帚、撮子和拖布，打扫这满地脏东西。

家男："不舒服你就休息几天，学校那边有我来对付，你总说去医院看看，你去没去呀？"

心兰瞅瞅家男，没吱声。

家男："去啦？没去呀？大夫咋说？"他说着将扫起的脏东西送出去了。

心兰的眼里流出了两行泪。

家男回屋抓起拖布拖地，见心兰哭了，有些着急："我说你这人往常可不这样啊，你到底咋了？"

心兰："大夫说、说我怀孕了。"

家男大惊："什么？你、你怎么还、还怀孕了？"他把拖布一扔，"这扯不扯，怀什么孕哪！"

　　心兰："瞅你那德行。"

　　家男："我的妈呀，这可真闹心。"他咚地坐到椅子上，"你说现在咱住这小地方，都转不开身儿，咱那点儿工资，连给你家的钱都挤不出来了，咱爸又病这样，一天忙活咱爸都忙活不过来，哪还有精神头生孩子呀？不行，明天咱俩赶紧到医院处理了。以后再说。"

　　心兰又哭了："我就知道你不能要这个孩子。"

　　家男："不是我不要，是咱现在没条件要。你说现在你怀里抱个哇哇叫，大的、小的、老的，都得一块遭罪，何苦呢？咱们再等一等吧。"

　　心兰："咱们一半会儿改变不了这个状态，你说吧，等到什么时候，我今年多大了！"

　　家男："起码得等咱爸这病有个一定的，要不然，我没工夫照顾你。"

　　心兰："我怀孩子，我生孩子，这是我的事儿，不用你照顾。"

　　家男："你这一怀孕，营养也得上去呀，这几个月咱俩这钱多紧？单位借了一千，不能再借了，没钱你吃啥？你这身体还要不要了？"

　　心兰："我在娘肚子里就跟我妈吃大葱蘸大酱，也没缺胳膊没少腿。"

　　家男："你不用跟我瞎犟，我告诉你，这个孩子，我坚决不要。"说罢一摔门出去了。

　　心兰伏在床上大哭起来……

　　佳丽来了，听见屋里有哭声，忙推门进来。

"心兰，心兰，你怎么了？"

心兰见是佳丽更觉得委屈了。

佳丽急了："怎么了？别哭，快别哭，出什么事儿了？家男呢？"

心兰抽泣着："姐，你说，也不知怎么搞的，我这一下还怀孕了。"

佳丽笑了："哟，要做妈妈了，这是好事儿，哭什么哪。"

心兰："我也知道，眼下不是生孩子的时候，可已经怀上了。家男非让我去医院处理了。姐，我今年周岁都二十八啦。"

佳丽："心兰，你别哭，你这样哭会对胎儿有影响。"

心兰："什么影响不影响的，反正也不要了。"

佳丽："家男为这事和你吵仗了？"

心兰点点头，"这不一摔门也不知死哪儿去了？"

佳丽："家男从小脾气就不好，等我说说他，可这个事儿，我说恐怕也不顶用。心兰，你现在什么都不要想，什么都不要管，养好身体，生个胖娃娃，家男那儿，我有办法对付他。"

心兰："他那倔脾气上来了，谁也说不了。"

佳丽："不，有能管他的。"

罗主任家楼下　　日　　外

罗主任家楼下，大刚向楼下的居民打听着什么。

罗主任家　　日　　内

罗主任、罗母和罗北围着餐桌坐定，准备吃饭。

刘嫂端来菜，又忙着回厨房了。

罗母将筷子递给罗主任："老罗，你尝尝，刘嫂这菜越做越好了。"

罗主任："嗯，下个月给加点工钱吧，小王家请的保姆每个月给一百多呢。"

罗母："他和我们不一样。他那是连看孩子带做饭，当然得多了。我们家有啥活儿呀？"

罗北："其实呀，你不用加薪，妈妈，你就帮着她给在家种地的儿子在城里找个工作就成。"

罗母："这事刘嫂倒是提过几回，我也考虑过。"

罗北："你要帮人就从根儿上帮，现在农民进城也是社会进步的大趋势。"

罗母："说实在的，找个工作很容易，我就怕刘嫂在市里的家人多了，肯定要分心。今天去看这个，明天去看那个，后天那个、这个又来看她，不看也是没完没了地挂电话，家里的安全性、保密性都会受影响……哎，老罗，你饭前这药没吃呀。"

罗主任："忘了，不要紧，一会儿再说。"

罗母："稍微轻了一点，就又不是你了，不坚持吃药，晚上又够你熬的。"

门铃响了。

刘嫂忙去开门，见是个陌生人，忙问："你找谁？"

来人便是大刚，他拎着两个酱罐儿，站在门外，"我找罗北。"

刘嫂："他正在吃饭，你请进吧。"

罗北听见有人找他，在里面喊了一嗓子，"谁呀？谁找我？"

"我！"大刚走了进来。

罗北抬头一看是金大刚，愣住了。他放下筷子，眉头一拧：

"你来干什么？"

大刚："你知道我来干什么，看你这德行，我就想揍你。"

一句话把罗主任和罗母全说愣了。

罗主任厉声问罗北，"罗北，你又惹什么祸了？"

罗北一指大刚："精神病，别理他。"

大刚一捋胳膊："你小子是活腻了。"说着就要揍罗北。

罗母急了，拦住大刚："你这是干什么？你有话好好说，这打人可是犯法的。"

大刚："我打人犯法？你儿子勾引我老婆犯不犯法？"

罗母："你、你是……"

大刚："我就是文小娟的丈夫。文小娟为了改嫁你儿子，现在拼着命和我打离婚呢。我这个好端端的家，眼瞅着就让你儿子给毁了。"

罗北："金大刚，你养不住老婆，别往我头上栽赃好不好？你能不能配上文小娟你自己心里清楚，用不着拿别人出气。"

大刚："罗北，好汉做事好汉当，别给我装孙子。"

罗主任："金大刚同志，你请坐，我们谈谈。"

大刚："不坐，我今天不是来和你们谈判的，我只是给你们罗家发一个通知，我这个婚说啥也不能离。你们家趁早死了这份心。"

罗北："哼！文小娟有权力决定自己的命运，任何人没有理由干涉。不要以为你对文小娟一家有恩，就可以强迫一个不爱你的女人和你生活一辈子，太损点儿了吧。"

大刚："我告诉你，罗北，文小娟她妈临死之前手拉手把她交给了我，让我照顾她一辈子，我答应了，答应了我就得做。

就是文小娟铁了心不跟我过了，我也决不能让他嫁给你这么个不三不四的狗东西。"

罗母此时已忍无可忍："金大刚，你要说这我可就得说几句了，文小娟为什么和你闹离婚我还不清楚，但有一点我可以肯定地告诉你，我们这个家庭绝不可能要一个离了婚的女人做儿媳妇。"

大刚一听更火了："好哇，你儿子现在变着法儿地从外面往家勾，你这当妈的再一脚给踢出去，里外里你们罗家这是变着法儿地捉弄小娟，凭什么？凭你家有权、有势？凭你罗北一肚子花花肠子，是不是？我告诉你，你们现在骑着我金大刚脖梗儿拉屎我可能还会忍一忍，但是你们要坑了小娟，我杀你们全家！"

怒不可遏的大刚猛地将手里的大酱"咣"地摔在地上，黑乎乎的大酱溅得满屋都是。大刚转身走了。

罗母被气懵了，她气呼呼地叫道："罗北，赶快报警，报警。"

罗北急忙去抓电话。

"罗北，你回来。"暴怒的罗主任大喝一声把罗北和罗母都吓了一跳，他走到罗北跟前，啪地打了个耳光。

罗主任气得浑身直抖满脸紫黑："你个不成器的东西，罗家的脸让你丢尽了……"他说着嗵地跌坐在椅子上，面部肌肉抽搐着。

"老罗，"罗母惊叫一声扑过来，回头，"罗北，快叫救护车，刘嫂，把氧气瓶拿来。"

第十一集

乔师傅借的房子　　　日　　内

一室一厅，屋里因没有什么东西，显得还挺宽绰。一张双人床，地上一个方桌。

乔师傅在地上来回地踱着方步。

乔大娘进屋瞅瞅乔师傅，又出去了。

乔师傅仍在地上来回走着。

乔大娘又返身进屋，打量了一下乔师傅："这是不是心里又有啥事儿了？"

乔师傅："没。"

乔大娘："有啥事儿你就说，可别在地下走了，走一早晨了，小心累着。"

乔师傅："咳！我捉摸着眼下这情形，咱一半天怕是回不去了。"

乔大娘："回不去咱就在这待几天，汤教授不是让你过些天再复查吗？走不了。再说，我看住这也挺方便，又不影响别人，咱就在这儿把病治治，就你这身板弄回家去，我这心里还真没底。你说，咱县那些大夫，还能和人家这教授比？他王叔前年拉个阑尾，拉得满肚子冒脓……"

乔师傅："那也不个个都这样。"

乔大娘："有一个也保不准谁摊上。"

乔师傅："这不也给我弄上肝炎了吗？"

乔大娘一时语塞："那也怨不得人家教授哇，行了，行了，你赶紧上床躺一会儿吧。"

乔师傅一边上床一边说："要再晚走几天，真就得在这儿过五月节了。农村这时候快该铲地了。咱妈头一回在二姐家住这么长时间，还不一定能习惯呢，得给邮点儿钱去。"

乔大娘："咱们一半会儿走不了，那可不得给邮点儿钱咋的。"

乔师傅："邮二百吧。"

乔大娘："行，一会儿家男上完头两节课就能过来，让他邮去。"

乔师傅一听就火了："不用他，一提那小子我就来气！"

乔大娘："那下午家伟下班能来，让他去邮。"

咚咚咚，有人敲门。

乔大娘："许是家男来了。"

乔师傅："是那小子你先别开门，让那个鳖犊子玩意儿在外面站一会儿。"

乔大娘："谁呀？"

门外："妈，是我，家男。"

乔大娘站那儿不动，一会儿，她瞅瞅乔师傅："这小子也是该收拾收拾了，那也得让他进来呀。"

家男在门外："妈，快开门呀，我坚持不住了。"

乔大娘一听忙去把门打开，只见家男抱个大纸盒箱子，上面堆了许多东西。

乔大娘忙去接，"你这都弄些啥呀？"

家男："上面是鸡蛋，可别弄打了。"他气喘吁吁地把东西搬进屋，高高兴兴地："爸，我把我们家电视机搬来了，省得你和妈待在这儿闷得慌。"

乔师傅盘腿坐在床上，厉声道："你立马给我搬回去，以后你们家的东西少往这儿倒腾。"

累得满头大汗的家男刚把电视机放在方桌上，愣怔怔地回头看看父亲，笑了，"哟，又火了，我这是犯了哪条了？"

乔师傅指着方桌："我那是吃饭的地方，你别往那上放，你听见没有？搬地下去。"

家男让父亲训得有些发懵，他瞅瞅乔大娘，乔大娘一转身出去了。

家男想想，还是老老实实地把电视机搬到地上。看看父亲，又笑了，"爸，其实，我把电视机搬来，主要是我看这儿地方挺宽绰，过两天我也搬这儿住。"

乔师傅："你住哪我不管，别跟我说，你一会儿上车站给我和你妈买两张回去的火车票，有卧铺就卧铺，没卧铺就硬板儿，我死活是不在这住了。我可用不起你。"

家男："这不好好的吗？怎么还要走哇？到底怎么啦？爸。"

乔师傅："别叫我爸。没你这混账儿子。"

家男见父亲火气冲天，想了想，便要溜，刚转身让乔师傅喊住。

乔师傅："你往哪去？你回来。事儿还没说完呢。"

家男站在门口，虽是老大不高兴，却动也不敢动，又莫名其妙地等着挨训。

乔师傅："你媳妇今年都二十八了，好歹算怀上个孩子，你个鳖犊子还要给弄下去？"

家男："哎呀，爸，你管我这事儿干啥？"

乔师傅："我就得管，我还没死呢。"

家男："爸，你别发这么大火好不好？这也不是什么了不起的大事儿，我们现在，年龄还不算大，孩子也就让生一个，早两年晚两年还不都一样？"

乔师傅："事实是这个孩子已经来了。"

家男："可来得不是时候哇！爸，你听我说……"

乔师傅："我不听你说！我就问你一句话，这个孩子你要还是不要？"

家男胆儿突突地："爸，现在真顾不上了……"

乔大娘端着一小碗药进屋接口道："家男哪，不是当妈的说你，你这么做是有点丧良心。年龄也不小了，又不是超生，你说这孩子究竟犯了什么罪？怎么说不要就不要了呢？好这么的吗？"她说着竟已是泪水汪汪了，"我生你还没满月，得了克山病，躺在医院发昏，那是生死在眼前哪。你哥你姐又小，你奶奶你爸忙我都忙不过来，哪顾得上你了？都怕养不活你，你爸一个远房表哥表嫂知道了，他们俩没有孩子，人家做好了小衣服小被儿，大老远地就上咱家抱你来了。你爸一听就火了：'这孩子有随便不要的吗？'一句话就把人家撅走了，从此再不登咱家门了。家男哪，你就再难，还难过我们那时候了？"

家男见母亲流泪，站在那儿不吭声。

乔大娘把药端给乔师傅："喝了吧，再喝晚了，影响吃午饭了。"

乔师傅伸手一挡："拿一边去，喝这有什么用？我这样的早死早好，省得连累人家连孩子都不能要。"

乔大娘急了："他爸，家男有不是，该打就打，该骂就骂，你别跟这药治气呀。"

乔师傅："我说不喝就不喝，痛快倒厕所去。"

乔大娘想了想把药碗端给家男："这药哇，我今个儿熬了一上午，这是熬好了，交给你了，你爸要喝，你就给他喝了。你爸要不喝，你就把它倒厕所去。"

愁眉不展的家男无可奈何地接过药碗，瞅瞅爸，看看妈，犹豫了半天，终于下了决心，他端着药碗转向父亲，轻声道："爸，那就按你的意思，这个孩子留着……你先把药喝了吧，一会儿都凉了。"

乔师傅斜了一眼家男，仍不依不饶的："按我的意思干什么？啊？你不要拉倒！"

乔大娘也急了："他爸，家男不是都答应留这个孩子吗，你怎么还倔起来没完了？"

家男："爸，那、那就按我的意思，这个孩子留着。爸，你别生气了，我这也实在是没条件，其实，我心里也是舍不得。"

乔师傅一听，脸上有些放晴了："家男，这可是你自己心甘情愿留下孩子的。啊？不能再变了！"

家男："对。"

乔师傅口气缓和了许多："这事儿不是你媳妇告的状，你可别虎扯扯地再回去和她耍驴，她现在有身子了，你少逞威风。"

家男勉强地挤出点笑："嗯，我知道。"

乔师傅接过药碗，从兜里掏出五十元钱，递给家男："这个你拿去，买点什么心兰愿意吃的，补补。"

家男忙道："爸，这怎么行？你治病的钱还不够呢。"

乔师傅："家男，"他叹了口气，"心兰自打跟你结婚，我们这当公公婆婆的，啥也没管过，总觉得对不住人家。这钱不是给你的，是给心兰和孩子的。就这些，多了爸也拿不出，一点儿心意吧。"

家男接过钱，很难过。"爸，将来，等孩子长大了，我得把今天这事儿告诉他，让他好好孝敬爷爷。"

乔师傅长叹一声："爸不图这个，爸等不到那天，爸就盼着你们都把日子过好喽。家男哪，等你小子有了孩子，你就能懂爸这份心啦。"他说着拍了拍家男的肩膀，拍出了儿子两行男子汉的泪。

家男："爸——"

家男走到门口，回头道："爸、妈，我走啦。"

乔师傅在屋里："走吧，没事儿不用往这跑。"

乔大娘忙过来，跟着家男出去了。

门外，乔大娘一边送家男下楼梯一边道："家男，我这些日子晚上睡不着的时候，就捉摸怎么给你爸治治这病。我想那么个事儿，你看行不行？"

家男："什么事？"

乔大娘："人家都说偏方治大病，这话不能不信。你记得咱家后院卖白肉血肠的那个老胡头吧？你知道他后来那个小馆儿咋不开了？他得癌啦。什么癌我可忘了，反正是肚子里的病，也是到外地看的。他开馆子，吃得好，胖出挺大个肚子，没用多少天，肚子瘦得就瘪回去了，你说这病多霸道！人家也没手术，就是到处讨弄偏方，听说什么方儿能治癌，人家就吃。我记得他媳妇还管我要过白菜根儿呢，也不知怎么吃。这偏方是让他吃老了，到底治好了。人家说他主要喝大鹅血，这个好使。"

家男："喝大鹅血？"

乔大娘："啊，杀了鹅控出血，就着那热乎劲儿喝进去。"

家男不禁皱皱眉头："我天！那生血怎么喝呀？我爸不能干？"

乔大娘："这不是治病嘛。人家说喝了那玩意儿恶心，喝完就得老实儿躺着，小半天不能动。不少人都喝过，说是管用。"

家男也在考虑："也可能有点道理，我看那书上说鹅的免疫系统是最健全的。可能对提高人的免疫力有点儿作用？"

乔大娘："对呀，对呀。我捉摸着，这鹅血就是治不了癌，起码也能营养营养你爸那个肝吧？再说，万一像人家说的那样，要好使呢？对不对？我看咱试试行，别不信。"

家男想了想，"那行，这鹅我买、我杀、我负责把血控出来，但是我爸喝不喝，妈，这可是你的事儿。"

乔大娘："你放心，我能让他喝进去。"

楼梯口　　日　　外

家男刚走出楼门口，正好遇见大刘。

大刘："家男，好家伙，我按着你说的那个地址，在这转悠了半个小时，问谁谁不知道。"

家男不好意思地："这实在是怨我了，电话里没和你说清楚这个地方。我也是没想到你真能来，刘大爷病那样，你还往这儿跑干啥？"

大刘："不来行吗？我爸一天磨叨我好几遍，他惦记着乔大叔。大叔现在怎么样？"

"还行。"他们一边说一边往楼里走。

楼梯上，家男突然对大刘说："大刘，我爸不知道他自己这病，别说冒了。"

大刘："知道。适当的时候也得告诉乔大叔，好让他配合治疗哇。"

家男眉头一皱，"咋忍心和我爸说？唉！"

乔家伟家　　日　　内

罗西刚从外面回来，正在脱外衣，电话铃响了，她忙去接。

罗西："喂，对。我是乔佳冰的嫂子……她怎么了？……啊，行。到哪儿找您呢？……好吧。再见。"

罗西放下电话，马上又拨了个电话："喂，第五研究室？麻烦您找一下乔家伟。哟，不在，什么时候回来……那好，谢谢。"

罗西放下电话，想了想，穿上衣服出去了。

某大学院内　　日　　外
罗西骑着自行车在 7 号楼前停下了。
锁好车后，急匆匆向楼里走去。

学校辅导员办公室　　日　　内
　　辅导员老师给罗西倒杯水，说："这段时间乔佳冰同学经常离校，当时只是以为她父亲有病，现在看，也不完全是。她和电影厂一个叫蒲亚夫的编剧关系非常，前几天，蒲亚夫妻子的一个亲属来和学校反映了这个情况，然后又去乔佳冰的寝室闹了一通，影响很坏。乔佳冰在寝室躺两天没上课了，马上要考试了，鉴于这种情况，我们觉得有必要和家长沟通一下。"
　　罗西一听就火了："佳冰怎么这样呢？真气人。"

乔佳冰寝室　　日　　内
　　八个人的寝室上下铺，佳冰正在靠窗的一张下铺蒙头大睡。
　　有敲门声，佳冰不理。罗西推门进来了，"佳冰。"说着去把她头上的被掀开了："你起来。"
　　佳冰一愣，"你怎么来了？"她说着坐了起来。
　　罗西："你怎么不去上课？"
　　佳冰："停课了。"
　　罗西："要考试了，你怎么不复习呀？"
　　佳冰："我感冒了。"
　　罗西气呼呼地往佳冰对面的床上一坐，"佳冰，也不知你怎么想的，凭你现在的条件，找个什么样的男朋友不行？那个姓蒲的有什么好的？你跟他亏不亏呀？"

佳冰冷冷地："大嫂，对不起，如果你是为这个事儿来的，就请回吧。你不了解情况，这是我自己的事情，让我自己处理吧。"

罗西："当然得你自己处理了，事到如今，谁也替不了你。你知不知道这么做对你的影响有多坏？"

佳冰神情沮丧地说："我怎么样都无所谓，我根本就不去考虑这个，我现在只是担心蒲老师，只怕他要有麻烦。"

罗西一听就火了："你怎么这么傻呀？你当务之急是得想办法从困境中解脱出来，要让老师和同学知道，这件事儿并不严重，而且责任也不在你。"

佳冰皱起眉头瞅瞅罗西："这是你做人的哲学，可我不这么想，我宁肯承担一切，都来骂我好了。"

罗西："你一个女孩子，搞得声名狼藉，还怎么见人？"

佳冰："我并不强迫任何人接受我。"

罗西："那你打算怎么处理这件事儿？"

佳冰狠狠地："都别逼我！"

罗西："你还想和他怎么着？"

佳冰强硬地："难说！"

罗西生气了："佳冰，你太过分了！全家人都觉得你小，尽可能地照顾你，不给你增加负担，让你静下心来好好学习，可你呢？竟有这个闲心！你知不知道？你爸爸得的是肺癌！"

佳冰大惊："什么？你说什么？"

罗西自知话说重了："别说是我告诉你的，你哥知道了，又得和我找别扭。"

佳冰如同掉进了冰窖："大嫂，这是真的？"她见罗西没吭声，跌坐在床上，失声痛哭起来。

佳冰："爸——，怎么会是这样！"

罗西见佳冰哭得厉害。上前劝道："佳冰，别哭了，哭也没有用。"

佳冰边哭边说："我应该想到的……应该想到的……爸得这病，你们怎么不早告诉我……"

罗西："现在知道了也不晚，家里都这样了，你就别再闹了，好不好？趁早和那个姓蒲的断了，再来找你，别理他。"

佳冰很诚恳地说："这真的不是他的事儿。"

罗西又来气了："该说的我都说了，随你便吧。我家里还有事，回去了。"她说着起身便走。

"大嫂！"佳冰喊住了她，"这件事别跟家里人说。"

罗西头也没回，"我倒是可以不说，只是你最好别让人家再把电话打到家里去。"说罢一关门走了。

佳冰扑到床上大哭起来。

乔师傅住处　　日　　内

乔大娘开门，家男拎了一只活鹅进来了，"妈，买来了。放哪儿？"

乔大娘忙道："快拿厨房来。"

家男进了厨房，小声问母亲："爸同意喝了？"

乔大娘："同意了。"

家男笑了："我还以为他不能干呢，你咋和他说的？"

乔大娘："我也没说啥，一问他，他想想就答应了，挺痛快，我还犯愁呢。"

家男："那啥时候喝？"

乔大娘："我看得空空肚子再喝，问问你爸。"

家男进屋，"哟，爸，看电视呢。"

街上　　日　　外

街上，佳冰奋力蹬着自行车，飞快地超越了别人。

乔师傅住处　　日　　内

厨房，家男拎起一把菜刀，用手试着刀锋。

乔大娘拿个碗，问："这个小不小？"

家男："得换个大点儿的。妈，那血里得放点盐吧？"

乔大娘："干啥？解解腥味儿？先别放了，万一再不好呢？"

家男："有什么不好？"他说着将大鹅抓过来，放倒，将两只翅膀用脚踩住，另一只脚踩住了鹅的两条腿。

乔大娘忙把一个二大碗放到地上。

家男一刀下去，剁掉鹅头，血流如注。

大鹅用力抽搐着，血渐渐少了。

鹅，在滴血。

街上　　日　　外

佳冰筋疲力尽，她艰难地蹬着自行车在上一个缓坡，任泪水肆意横流……

乔师傅住处　　日　　内

家男将鹅血端起来，把碗里落的一根鹅毛拣了出去，递给母亲。

乔大娘接过鹅血，先尝了一口，眼泪下来了，她忙擦擦泪进屋去了，家男赶紧端着水杯和洗脸盆跟了进去。

乔大娘："他爸，快喝了吧，一会凝了。"

乔师傅接过碗，不禁眉头一皱。

家男："爸，你照量着喝，能喝多少喝多少。"

乔师傅狠狠心，眼睛一闭，捧起碗大口喝了起来。

家男端着水杯心痛地看着父亲，待父亲喝完后，忙把水杯递过去，"爸，漱漱口吧。"

乔师傅漱漱口，将水吐到地上的盆里，然后擦擦嘴角的血。

乔大娘："怎么样？"

乔师傅紧闭着嘴，没说话。

乔大娘："麻溜儿躺下，别动。"

乔师傅平躺在床上，闭着眼。

家男忙过去给父亲揉合谷穴。

乔师傅住处门口　　　日　　内

门外，佳冰跑上楼来，她倚在门口，努力地平静着自己，然后掏出手绢擦擦眼睛。

佳冰敲门。

乔大娘开门，佳冰连个招呼也没打，便径直奔屋里。

乔师傅住处　　　日　　内

一见父亲，佳冰心如刀绞，"爸——"

家男忙拦着佳冰："别说话。"

乔师傅睁开眼，看看佳冰，用力咬着牙，突然哇地吐了一大口血。

"爸……"佳冰吓得魂飞魄散，惨叫一声扑了过去。

乔师傅："没事儿，没事儿，我这是喝的鹅血。"

"爸——"佳冰惊恐地看着鹅血，抱住父亲大哭起来。哭出了满腹痛楚。

乔师傅不高兴地说乔大娘："你说孩子进屋，我不能说话，你倒告诉她一声啊，这不把孩子吓坏了吗？佳冰啊，别哭了，爸这不好好地吗？"

乔大娘也在一边流泪。

家男扶起佳冰，"佳冰，别哭了。你这么哭爸多着急呀。"

佳冰哭成了泪人，拉着父亲的手，"爸，你可千万千万好好治病啊。"

乔师傅点点头："你放心，不管遭多大的罪，爸也治病。"说着，眼睛也有些潮湿了。

佳冰："爸，从你有病，我也没好好照顾你。"

乔师傅："你是个学生，得学习，我的事儿你也管不了什么。念好你的书就行了。"

佳冰："爸，明天我搬你这来住。"

乔师傅："我这病哪行？"

佳冰："不，我就住这儿。"。

乔大娘和家男收捡乔师傅吐的脏东西。

屋内只剩了乔师傅和佳冰。

乔师傅："快到期末了，你这学习也得贪黑了，我和你妈商量这个月多给二十元生活费，买点啥晚上饿时候垫巴垫巴。"

佳冰的泪又涌了出来，"爸——"

乔家伟家　　夜　　内

家伟和罗西、落落正在吃饭。

罗西一边给落落夹菜一边说："落落，昨天老师给你上钢琴课，留多少作业？"

落落："五支曲子，我差不多练熟了。"

罗西："你得抓紧，过几天该考级了。"

落落："我知道。"

家伟："罗西，有个事儿我想和你商量商量。"

罗西："啥事儿？"

家伟："快到端午节了，爸给奶奶邮了二百块钱，他们这钱也是强往外拿，我想给我家点儿钱。"

罗西："给呗，给多少都行。"

家伟："可我现在兜里没钱了。"

罗西："管单位借。"

家伟："我都借好几千了，还怎么张口？这已经不容易了。"

罗西："好几千算啥？你要能借个几万，那才叫有能耐呢。"

家伟："你还有多少钱？"

罗西："我也没钱了。"

家伟："你不刚发季度奖吗？"

罗西眉头一挑："哟，我这半天也纳闷，今个儿花钱怎么还和我商量起来了？原来是惦记着我这点儿季度奖啊！早花没了，给我爸爸买东西了。我爸爸也在医院躺着呢。"

家伟不高兴了："你花没就花没呗，这阴阳怪气的干什么？

用得着吗？"

罗西："你这人怎么说急就急呀，没有钱怨我？光知道给国家挣钱有什么用？忙活这么多年，自己腰包空空，那么好的出国机会，又有名又有利，别人都争破头了，我妈妈费多大劲儿给你弄到手了，硬是不去。"

家伟强硬地："我不去是对的。把自己的课题扔了，去学那些用不上的东西？"

罗西："不愿意学你可以干别的呀，你就刷一年盘子也挣一、两万美元哪。"

家伟火了，"国家拿那么多钱供你出去刷盘子？我还没贱到这份儿。"

罗西撇嘴："高尚倒是挺高尚，就是没钱。穷急了拿老婆出气。"

家伟让罗西气得七窍生烟，霍地站起来："我乔家伟可以没钱，但不能没有人格。国家下多大力量培养了我？父母花多少心血养育了我？在国家需要我、父母需要我的时候，我做事得对得起天地良心！"

罗西："别吓着我，愿意吹，冲电视台吹去。"

家伟："我越来越看透了，你这个人骨子上刻着两个字：自私。"

罗西拍案而起："我今天不就是没把奖金掏给你吗？就定这么大个罪。我就不给你能怎么着？"

家伟气急了，反倒冷静了一些，他缓缓地说："今天这事儿是我错了，我不应该向你要钱。你放心，不会了，以后绝对不会了，我就是去卖血，也不会向你张口了。"说着转身走出了家门。

罗西让家伟说得有些发愣。

落落吓哭了："妈妈，求求你啦，你要有钱就拿出来吧，可别让爸爸卖血呀……"

医院干部病房　　日　　内

这是一间单人病房，沙发、地毯、电话、席梦思床、氧气瓶。

罗主任躺在病床上，闭着眼。

王秘书坐在床边的椅子上念报纸："……降低进口关税是中国实行社会主义市场经济的需要，今后中国的进口关税每年还会逐渐降低，直至……个合理的水准……"他停住了。

"呼——呼——"罗主任不知什么时候已经睡着了。

王秘书放下报纸，轻手轻脚地出了病房。

干部病房走廊　　日　　内

走廊，罗母和罗北走来。王秘书迎上去。

罗母："老罗怎么样？"

王秘书："刚刚睡着了。黄主任说让你来以后，到他办公室去一趟。"

罗母："好，我知道了。"她说着往主任办公室走去。

罗北跟着母亲走了两步，回身冲王秘书一摆手："辛苦你了。"

黄主任办公室　　日　　内

黄主任正在和罗母、罗北谈着罗主任的病情。

黄主任："罗主任的病情现在基本稳定了，你们不要担心。"

罗北："黄主任，我爸爸这左手不太灵活，什么时候能恢复？"

黄主任："这是由脑血栓引起的，病状不重，有希望恢复，但这个过程比较缓慢。过几天就可以出院了，回去以后要安心休养，尽量避免受任何刺激。"

罗母和罗北走出主任办公室。

干部病房走廊　　日　　内

罗母冷着脸："罗北，黄主任的话你都听到了，你爸爸现在身体就这状况，你要再让他受刺激，他就交待了。到那时，我可饶不了你。"

罗北："这怎么能扯到我头上？我爸爸这高血压、脑动脉硬化从医学的角度讲是遗传，我奶奶不就这病死的吗？再说了，就他那精神类型也不行，动不动大发雷霆，看见我就念大批判稿，犯得着吗？"

罗母："你爸爸是恨你这块废铁炼不成钢？"

罗北："哼，咱们家这个高炉，只能炼废铁，永远出不了钢。"说罢扬长而去。

街上　　夜　　外

暮色沉沉，下班的自行车流涌动着。

路边的一棵大树下，佳冰和一个男同学、一个女同学站在黄昏里，佳冰手里举着一个木牌，上面写着：家教。

人们在他们身边匆匆走过，偶尔有人瞅瞅他们手里的牌子，但无人问津。

他们等得有些焦急。

男同学望望天："这一下午了，一份儿也没碰上。我看今天凉快了。"

女同学跺跺脚："我腿都站麻了，肚子也咕咕叫，咱们回去吧。"

佳冰摇摇头："不，再等等。"

女同学："我可受不了了。"

佳冰："要不，你们两个先回去，我再等一会儿。"

男同学："不能把你自己扔这儿。"

佳冰："没关系，我一会儿也走，反正咱们也不顺路，我去我爸那儿。"

女同学："那我们真走了，拜拜。"

两个同学走了，佳冰举着牌子，倔强地站在寒风中。

佳冰望着来往行人，突然，她的目光颤抖了。

远远的，蒲亚夫骑着自行车过来了。

佳冰慢慢地躲到了树后，用牌子遮住了脸。

蒲亚夫裹在自行车流里，滚滚而去。

佳冰从树后出来，望着蒲亚夫的背影，泪水潸然而下。她的耳边响起了和蒲亚夫的通话。

蒲亚夫："我都急疯了，怎么才来电话呢？佳冰。"

佳冰："不想挂，可还是没忍住。"

蒲亚夫："我有感觉，你在流泪。"

佳冰："我心里的确很苦、很苦。"

蒲亚夫："我现在很想见你。"

佳冰："等我冷静下来以后。"

蒲亚夫："想不到，小吉会去学校。"

佳冰："不怪他，如果是我，也会去的。"

蒲亚夫："有人难为你吗？"

佳冰："只要没人难为你。"

蒲亚夫："我能为你做点什么？"

佳冰："什么都不需要。"

蒲亚夫："我得马上回一趟南方。"

佳冰："一路平安。"

蒲亚夫："佳冰，我心里真的……"

佳冰："我懂。"

佳冰抹去了脸上的泪，毅然转过头来，举起了牌子，终于，路上，一个中年妇女看看佳冰手里的牌子。向佳冰走来。

乔师傅住处　　日　　内

乔大娘和乔师傅正在床上嗑瓜子，有人敲门。

乔大娘："这又是哪个来了？"说着下了地。

一开门，是家男和心兰来了。

乔大娘："心兰，你怎么也来了？"

心兰高兴地："妈，我可算倒出点工夫。"

家男："学生这周军训去了，我和心兰都没事了。"

乔大娘："是呀。"

说着几个人进了屋。

心兰："爸，感觉怎么样？"

乔师傅笑了："还行。"

心兰："嗯，爸，我这回可有时间陪你几天了。"

乔师傅："你别往这儿跑，照顾好自己的身体就行，你这些日子可是见瘦啊。"

心兰笑了："我没事儿。"

家男："爸，你不要给我妈买个衬衫儿吗？心兰说她陪妈上街买去。"

乔大娘忙说："我可不买，我有衣服穿，买那干啥？"

乔师傅："叫你买就买吧，啊，天热啦，你身上那布衫儿也穿不出去了。再说好容易来趟省城，上街溜达溜达去。"

乔大娘："我不买。这衣服也没破，有啥穿不出去的？好看赖看能咋的？都这么大岁数了，谁稀得瞅我？"

乔师傅："怎么就不听话呢？这是我想给你买个布衫儿。唉，我还能给你买几件衣服？"

乔大娘一听就急了："你这是咋说了？不就是件布衫儿吗，有什么呀？我去买就是了呗，说那些没用的干啥？"

家男见母亲眼泪要出来了，忙打圆场，笑了笑："妈，我说你早有这态度，省多少麻烦。心兰，快，领咱妈出发。"

乔大娘："让心兰在家歇着，家男和我去。"

家男拍拍心兰："她能在家吗？晚上馋百货大楼的酸奶馋得都睡不着觉。"

乔师傅很认真地："馋啥就是缺啥，得吃。"

心兰笑了："爸，你给我那些钱，我都买酸奶喝。"

乔师傅也笑了："行，喝吧。"

街上　　日　　外

心兰扶着乔大娘下了公共汽车，向前走去。

心兰："妈，你喜欢啥色儿的衬衫？"

乔大娘想了想，"你爸呀头些年就喜欢藕荷色儿，这色儿吧，也不扎眼，瞅着干净，亮堂堂的，我也相中了。"

心兰："那咱就买个藕荷色儿的。"

乔大娘："净扯！这一脸老褶儿，还藕荷色儿呢，别白瞎那衣服了，要十年前嘛，抢着穿也就穿了。可那时候，孩子都念书，哪有钱哪？也没捞着穿，等几个大的都出去了吧，人也老了。"

心兰："妈，你不是人老了，是心老了。"

乔大娘："有一回呀，你爸发了发狠，花了十块零几角买了件藕荷色衬衫，穿到厂子里，大伙儿都说好。可就这时候，家男在学校来信了，说想买个小计算器，问家里有没有钱？你说这孩子念书用的东西，没钱去借也得给他买呀。想想啊，我穿件衣裳能咋的？就匀出去了。再就没捞着买。"

心兰听了很感动，说话间已经到了百货大楼门口。她挽住乔大娘的胳膊，"妈，咱上楼去，好好选件衣服。"

乔大娘："别，你赶紧先去把酸奶喝了。"

百货商店　　日　　内

货架上，琳琅满目，千姿百态，五颜六色的衬衫组成了一堵高大的墙，看得乔大娘眼花缭乱。

乔大娘："这到底是人家大地方的商店！"

心兰："妈，看哪个好就说。"

乔大娘："我看哪个都挺好，就是我穿不相应。"

她们指指点点在柜台边慢慢走过。

突然，心兰眼睛一亮："妈，你看。"

乔大娘："哪个？"

心兰："藕荷色儿！"

乔大娘也发现了前面在一个不显眼的地方挂一件藕荷色衬衫。

她们忙走过去，乔大娘笑了，"我说这个色儿好看，你看是不是好？多眼亮。"

心兰对售货员说："看一下那件衣服。"

售货员把衬衫拿过来，乔大娘摸摸质量，"挺好的，你看看。"

心兰："嗯，摸着像质量挺好。"

乔大娘："这件衣服要是白人儿穿上了，那才好看呢。"

售货员："你们是给谁买？"

心兰："给我妈。"

售货员："这是样品，您试试吧。"

乔大娘："我哪能穿这色儿？不行。你把边儿上那件蓝点儿的拿来看看。"

心兰："不要那个，不好看。"

售货员对乔大娘说："这件衬衫质量好，就是样子旧了一点儿，卖不动。这是第二次降价了，多便宜，您要是相中这色儿了，这件是最佳选择。"

乔大娘拎起衣服："别的啥都挺相应，就是这色儿……我不能穿了。"

售货员笑了："您这观念也太旧了，您穿上试试，自己看看就知道了。"

心兰也不问乔大娘，便对售货员说："有一尺九的就给我开一个。"

乔大娘忙道："别，别。咱再合计合计。"

心兰："这个真挺合适的。妈，你说还哪不行？"

乔大娘犹豫了，"这件衣服，我是看着挺好，可真买回去呀，你爸准得说我，也不知道自己多大岁数了。"

心兰："不能。爸不也喜欢这色儿吗？"

乔大娘："那是啥年月的事儿了？"

心兰想想："那这样吧，妈，咱先买下，回家我爸要实在不愿意呀，我说是我买的，你没看见合适的。明天咱拿这个再来换一件别的，人家也能让。妈，你放心，你穿上这件衣服，爸准高兴。"

乔大娘咬咬牙："那就试试。你爸呀，一直惦记着要给我买这么件衣服，买了，也了他份心思。"

乔师傅住处　　日　　内

心兰扶着乔大娘上楼来，敲门。

家男开门："哟，回来啦，你们先进去，别锁门，我下去买瓶酱油。"

乔大娘和心兰进屋。

乔师傅："买着布衫儿没？"

乔大娘："买着了。"她从心兰手里接过兜子，"你猜啥色儿的？"

乔师傅："鸭蛋青色儿？"

乔大娘："不是。"

乔师傅："葡萄灰色儿？"

乔大娘："不是。"

乔师傅想了想："你看不中白色儿，也不喜欢烟色儿，保不准你拎回家个土黄色儿的。"

乔大娘笑了："你呀，猜到天黑也猜不着。"说着把衣服拿了出来。又担心地问："他爸，你说我要穿这色儿衣服是不都成个老妖精了？"

乔师傅看着衬衫儿愣了愣，面无表情地："你穿上我看看。"

乔大娘摸不透乔师傅的意思，瞅瞅心兰，把衬衫儿穿上了。

乔师傅左看看右看看，端详半天，"嗯，你别说，这件衣服还真挺抬人儿，穿上了，一下子年轻好几岁，我看别人穿着这色儿好，就想给你买这么件衣服，也没买上。不错。他妈，我看行。"

乔大娘乐了："真的咋的？不扎眼？"

这时，家男买酱油回来了，心兰在屋里喊："家男，你来看看妈这个衬衫怎么样。"

"买回来啦？"家男说着乐呵呵进屋，一看，不禁眉头一皱，"我说心兰，你咋给妈整个这色儿的？不好看，不行不行，这也太新鲜了。"

大伙让家男说得一愣。

乔大娘腾地红了脸，她掩饰地笑了笑，边脱衣服边说："这哪是给我买的？这是给心兰买的。"说着，竟已是泪光莹莹了。

心兰气得冲家男："滚你的得了！"

第十二集

乔师傅住处　　日　　内

乔大娘拎着暖瓶进屋，见乔师傅正在穿衣服，便道："这天还早儿呢，你再眯一会儿。"

乔师傅："眯啥？今个儿过节，一会儿那帮玩意儿就都该糊上来了。你看我那袜子干没干？"

乔大娘："来就来呗，也不是外人。"她说着把袜子递给了乔师傅。

乔师傅一边穿袜子一边说："过节了，我不愿意让孩子一进门就看我病病歪歪地在床上躺着，我这病也养得差不离了，回家行了。"

乔大娘："你这两天儿不如头几天，你自己觉得呢？我看咋的也得等汤教授开会回来给咱全面查查再走，你说呢？这不都说定了吗？"

这时，门外有人敲门，乔大娘忙道："孩子来了，他爸，可别跟孩子再磨叨这事儿，过节了，别让孩子跟着上火。"

乔师傅一摆手："我知道哇，你快开门去得了。"

乔大娘打开门，是家伟和佳丽来了。

家伟："妈，爸起来啦？"

乔大娘："起来啦。呀，他爸，孩子送来艾蒿了。"

佳丽："还有这些吃的。"她说着把一个大兜子递给了乔大娘。

乔师傅接过艾蒿闻闻："你这搞哪儿采的？"

家伟笑了，"这地方采棵艾蒿可难了，这是买的。"

乔大娘："买的？这城里人是有心眼儿，几棵蒿草用红绳一绑就卖钱。"

佳丽："妈，这你可说错了，卖艾蒿的都是农民。妈，我们今儿早晨特地来吃你包的粽子。"

乔师傅："你在这儿行，家伟回去。"

家伟："我回去干啥？我都十多年没吃着妈包的粽子了。"

乔师傅："过节了，你家里有媳妇、有孩子，一会儿，拿几个粽子，麻溜走。"

咚咚咚，"妈，快开门，我是佳冰。"

乔大娘刚打开门，佳冰就冲了进来，"看，我给你们采的艾蒿。"说着把一大捆蒿草递了过来。

乔大娘看看，笑了，"他爸呀，老丫头给咱采来艾蒿了，你快看看吧。"

佳冰一边往屋里走一边嚷嚷着："我们同学说用这艾蒿泡水洗脸，一年头不痛。把它插在门上，驱鬼避邪保太平。"

"你这是啥艾蒿？"乔师傅嘴一撇，"还大学生呢，连根蒿草都不认识。"

佳冰不服气地:"咋不是艾蒿?我们同学采的都是这个!"

家伟看看,笑道:"你这是水蒿,叶又小又尖,味发腥。"

佳冰:"不能吧?"

乔大娘揣着水盆进屋:"你看真艾蒿啥样?"

佳冰从水盆里捞出那小把艾蒿,闻了闻,傻眼了,看着自己弄的那大捆蒿草,"是不一样……"突然,她咯咯地笑了起来,一边笑一边说:"爸,你不知道,今早儿天刚亮,我们寝室同学踢里扑隆全起来了,跑人家植物园去了,跳大墙进去的……"

乔师傅眼睛一瞪:"啊,归齐了,这还是偷人家的。"

哈哈哈……

咚咚咚,又有人敲门,佳冰忙去开门,见家男来了,拿了两大把艾蒿。

佳冰:"哎呀,这么多艾蒿,从哪儿弄的?"

家男:"哪弄的?我采的。"

佳冰:"在哪儿采的?"

家男:"西大屯那边。"说着进了屋,"爸,给你。"

乔师傅接过艾蒿,"说你小子虎你也真虎扯扯的,为这么两根蒿子,犯得上跑那老远吗?火车都得开出去一站地……"正说者,他发现家男的裤子湿了半截,"你看你造这熊样儿。"

家男笑了:"没事儿,露水打的。"

乔师傅:"赶紧换换。"

家男:"不用。"

乔师傅:"你一会儿不上班呀?"

家男:"上班呀。"

乔师傅："就你这跟个水耗子似的，咋进那教室？当老师你得有个人样儿。他妈，你把我的裤子给他找出来。"

家男笑了："算了吧，你那裤子我穿上成二大裤衩子了。"

乔师傅："你小子别扬蹦，我年轻那时候比你矮不多少，比你壮实，不信问你妈去。你别惹我心烦，痛快换了。"

佳冰在一边幸灾乐祸地："爸，他要是不穿你那吊腿裤子去上班儿，你就让他立马滚家去，哈哈哈……"

家男指着佳冰："你甭在那幸灾乐祸。不用寻思，那堆臭蒿子准是你个傻丫头倒腾来的，痛快给我送厕所去。"

佳冰笑道："二哥，你把裤子脱了，我给你烤烤，一会儿就干。"

家男："不用，我自己来。爸，不是说把艾蒿插门上，能避邪、不得病吗？你插上一把去。"

乔师傅："那都是小时候哄你们玩的，谁还真信那个？"

家男："信不信是另外一回事儿，过节了，咱不是要这么个气氛吗？小时候，一到五月节，你和妈早早就把我们几个从被窝儿里和弄起来，妈妈在家煮鸡蛋，你就带我们几个出去采艾蒿，回家来，门上、窗户上、柜底下，全是艾蒿，那香味，多少日子都不散。可惜呀，从上大学离开家门，再就没采过艾蒿，我们也多少年没正经过个五月节了。"

乔大娘接口道："他爸，孩子大老远弄这点玩意儿也不容易，你就插一把，图个吉利，保个太平，来吧。"

乔师傅接过艾蒿，"那好。"他乐呵呵地在孩子们的簇拥下，打开房门，"这也没地方插呀，我看就绑这煤气管子上吧。"他一边插艾蒿一边说："咱家门上专门有个钉子挂艾蒿。"

家伟接口道："我们小时候，就坐在你肩膀儿上，自己往上挂……"

突然乔师傅咳了几声，咳上痰来，他似乎觉出了什么，忙进了厕所。

厕所里，乔师傅拿张手纸，把痰吐到纸上，痰里带着鲜血！他怔怔地瞅着血，似乎意识到了什么。

厨房里，乔大娘正在热早饭，家男在一边烤着裤子。

家男："妈呀，我后来又捉摸捉摸，那天买的那件衬衫，你穿着挺好。"

乔大娘："可别捉弄我了，都多大岁数了？"

家男："唉，你看人家大嫂她妈，年龄不比你小吧？还穿得花红柳绿的。"

乔大娘："人家那是官太太，我这土老帽能跟人家比吗？去去去。"

家男急了，"哎呀，妈，那天回家心兰就把我骂个狗血喷头，你说你要不穿这件衣服，大伙都得埋怨我，我心里也不得劲儿，过节了，妈，求求你了。"

乔大娘："这一大早，凉飕飕的，穿它干啥？"

家男："那一会儿暖和暖和就穿上。"

"妈，你买的五彩线在哪儿？"佳冰在屋里喊。

屋内，佳冰正在高高兴兴地给乔师傅往手腕上系五彩线。"爸，我奶奶说，系上五彩线，大鬼扯不去、小鬼拽不走哇。呵呵呵，爸，你现在呀，其实病已经治好了，主要是恢复。这病啊，三分治七分养，我们大伙儿好好给你养着，啥病咱也不怕。你看你现在，不都挺好了吗？就是呀，你别着急，安心在这儿待着，等放假了，我和姐、二哥二嫂，大伙儿送你回家，咱们天天小鸡儿炖蘑菇、大葱蘸大酱……"她只顾自己高高兴兴地给父亲系五彩线，一点儿没觉察出父亲脸上那份忧郁。

这时乔大娘和佳丽进屋，打断了佳冰的话。

佳丽："爸，饭好了。"

乔大娘："家伟呀，你拿点儿粽子，回家吃去？快点儿吧。"

佳冰："回家干啥，在这吃点儿上班去得了。"

家伟舍不得离开父亲："爸，我都十多年没和你一块过个五月节了。"

乔师傅望着热热闹闹的一家人，百感交集，他勉强地笑了，笑得辛酸，他点点头："那也好，今早儿咱大家伙儿好好吃顿饭。"

乔师傅住处楼下　　日　　外

楼下，家男正在地上仔细寻找着什么。

家伟和佳丽从楼上下来。

家伟："找什么呢？家男。"

家男叉着腰，眉头紧锁，"这事儿我怎么捉摸着有点不对劲儿呢。"

佳丽："怎么了？"

家男："爸以前咳痰都吐到纸上，扔到垃圾桶里，可今天，爸一咳痰就吐厕所，刚才咳口痰，正赶上厕所有人，他吐到纸上之后，看我瞅着他，他给扔窗外来了。不行，还得找找，别有啥事儿。"

佳丽："什么样的纸？"

家男："白的，卫生纸。"

三个人一起在楼下找了起来。

家男："爸往门上挂艾蒿时我就觉得他那痰咳得不对劲儿，咳完痰那笑都苦丢丢的。"

家伟："我也觉得怪，本来进屋就让我走，后来又让我在这儿吃饭，瞅他那样儿好像舍不得了似的。"

佳丽突然发现目标，忙跑过去，捡起来，"是这个吗？"

"是，是。"家男一把拿过，打开。

痰里有暗红的血。

三个人顿时紧张了。

"这可咋整？这弄不好是大事儿呀。"家男急了，"你说咱爸气人不气人，这都咳血了，怎么还瞒着大伙呢？"

家伟也急了，但他还是克制住了自己，"爸这是想让大伙安安稳稳过个节。"

佳丽："这不行，得马上给爸联系住院去。"

家伟："还是得住肿瘤医院。佳丽，你再去找找高医生。"

佳丽："还找高医生？"

家伟："她比较了解爸的病情，也很负责任，再说爸马上还得打化疗哇。"

罗主任家　　　日　　　内

罗西正在和罗母抱怨乔家伟，罗北拿着遥控在一边看电视。

罗母："这家伟的脾气是越来越大了。你们总是吵，不解决问题，应该坐下来好好谈谈。"

罗西:"我们俩现在没有谈话的余地,没说上三句,准得吵起来。这可不是当年的乔家伟了,我在他眼里已经无所谓了,根本不拿你当回事儿。他越不拿我当回事,我还真就越不能让步。"

罗北笑了:"姐姐,你的感觉是对的,但大可不必为此烦恼。男人都这样,没结婚之前,你是林妹妹;结了婚你就成了宝姐姐;等生了孩子,得,整个一个花袭人了……"

罗西打断了他的话:"这没你的事儿,烦死人了。手捏烂杏、脚甩稀泥,德行!"

罗母:"罗北,你姐姐憋了一肚子气,回家诉诉委屈,你不想办法帮助解决一下,怎么还穷开心哪?回你自己屋去。"

罗北啪地关了电视,笑了:"烦我我就走,你们两个密谈吧。"

待罗北走后,罗母叹了口气:"家伟这个人本质上是好的,事业心强,业务过硬,没不良嗜好,以前对你也不错。现在看,他身上这些问题主要与他从小所受的家庭教育有关。"

罗西:"没错儿,工人家庭,农民后代,满脑子传统观念,正宗个大孝子。那说道才多呢,小家子气,他要不是受过高等教育,不定蠢什么份儿上呢。"

罗母:"这些东西是很难改变的,所以你在处理家庭问题时,要尽可能避免冲突。目前最好的办法就是拉开一个适当的距离,凡事少介入,必须你管的去管,不必管的,一句话都不要多说,这样可以省心,可以保护自己。"

这时,罗北进屋抓起了电话,一边拨号一边笑道:"哟,妈妈,您给我姐还真能支一高招儿呢。"

他拨通了电话,"喂,王超,我罗北。你干什么呢?……上我这儿来吧，有点事儿，来了再说，我在我家楼下等你啊。"他放下电话，"其实，我若娶了文小娟，真还有一点好处：没老丈母娘！"说完一闪身溜了出去。

罗母："这个疯子。"

罗西："可有些事情你没办法超脱，头些日子我搞电视剧忙，真没太管他家的事儿，可一眨眼儿的工夫，人家欠好几千块钱外债了。受得了吗？今天我要不是把年终奖握住了，明天我们家就断顿儿了。"

罗母："他父亲得了这病，多少钱都能花出去。"

罗西："对，他们家现在是个无底洞，多少也填不满。"

罗母："到今天这形势，他花钱你就不要再拦了，你拦不住，也没必要拦，就让他花去。你想啊，这钱他挣，挣不来就借,这借也借到头儿了,没钱他花啥？家里断顿儿了你都不用怕，看他乔家伟怎么办？"

小馆　　日　　内

罗家楼下的一个小馆，罗北和王超要了几个小菜,正在对饮。罗北比比画画地讲着什么，把王超逗得前仰后合。

王超突然想起："哎，我忘告诉你个事儿了，就答应给你包销盒式带的那个张军，让我们给抓进来了。"

罗北："活该！那小子才不拉人屎呢。要不是他逼着我拍床上戏，我这电视剧能砸吗？哎，他犯啥事儿了？"

王超："他冒充中央电视台的，诈骗了不少钱。"

罗北："这小子，不揪拉倒，一揪全是事儿。"

王超笑了："有点像你。"

罗北："不过我和他有本质区别，我的事揪一揪，够我爸爸和金大刚判我个死刑了，可你们管不着我，我没犯法对不对？喝，这酒不错。"

王超喝了口酒，问道："你说找我有事儿，啥事儿？"

罗北："我刚才不跟你说了吗？"

王超一脸困惑。

罗北："就这个金大刚啊。"

王超："金大刚怎么着？"

罗北："你得把他弄进去呀！不能就这么结了，我罗北可不是吃素的。"

王超："弄进去？什么罪？"

罗北："随便，你看着办。"

王超："你开玩笑。这能随便抓人吗？"

罗北瞅瞅王超："王超，别看你穿着这身皮儿，一听就是法盲，怎么着还不能给他治个罪？他金大刚闯进我家，扬言要杀我们全家，你说这是不是威胁罪？不，恐吓罪！还给我们家摔了个稀屎雷，起码也是个破坏环境卫生罪吧！"

罗北见王超笑得直不起腰，自己也忍不住笑了，"上大街吐口痰还得罚5元钱呢。你没看我家那餐厅，地下、墙上、连天棚上，都是大酱。"

王超笑够了，"不是哥们儿不帮忙，这个稀屎雷可真不好办。"

罗北："说真的，王超，我也不是要你们把他抓进去判几年，但这个人必须得抓，得收拾收拾，目的就是告诉他金大刚，我罗北不怕他那一套，这是解放区的天！"

王超想了想，颇认真地："这个人若是要硬抓，也能抓，不过，我提醒你，这抓的是金大刚，审的可是你罗北呀。再说，审完了，这人怎么放啊？"

罗北，"还审什么呀？揍一顿就得呗。"

王超笑了："你就瞅我穿这身衣服不顺眼，也不能这么给我往下扒呀。"

罗北也笑了："得，你小子没胆儿，我就知道你不能给我办。不过，这个金大刚我不能便宜了他，我有招儿对付他。"

王超："我看你就算了，那个文小娟有什么好？一天病病怏怏的那个样儿。"

罗北："你再说一句我可跟你翻儿！"

肿瘤医院病房　　日　　内

乔师傅的病房很宽敞，放了三张床，乔师傅住着靠窗的一张床，中间床上住着刘大爷。

家男打水回来，"刘大爷，给你倒点热水吧？"

刘大爷："我一喝水就事多。"

家男："不打吊瓶了，喝点水折腾不哪去。"

乔师傅："家男你看看，是不是快来打吊瓶了。"

家男边给刘大爷倒水边说："到点了，今天也不知是谁值班，可别再是实习护士呀，昨天那个小实习护士给你扎四针才扎上，真笨得可以了。"

乔师傅看看手背："我这手可是越来越难扎了。哎，你听好像过来了。"

家男出门一看，吓得忙缩了回来，"爸，不好，是实习的来了。"

乔师傅："还是昨天那个？"

家男："又来一个新的。你快，快睡觉，躲过她，一会儿我去找别人给你扎。"他说着把被给乔师傅盖上了。

乔师傅："扎就扎吧，躲不过去，今天就是她值班儿。"

家男："你快把眼睛闭上吧。"

说话间，门口已经响起了推车的声音。家男忙迎了出去，对实习护士说："对不起，1床睡了。"

实习护士："药已经兑好了，还是快点打上好。"

家男："昨晚儿折腾了大半宿，让他眯一会儿行不行？"

实习护士："那好吧，我一会儿再来。"

见实习护士去了另一个病房，家男忙去了护士办公室。

护士办公室　　日　　内

护士长正在整理器械。

家男："护士长，和你商量点事儿。昨天那个实习的，给我爸扎了四针才扎上，今天能不能找个手艺好点儿的？"

护士长看看家男："今天这个行。"

家男："我想找一个熟练点的老护士。"

护士长："老护士也是练出来的。"

家男把胳膊一伸："要想练，我这随便扎。我爸这几天食欲不好，血管都瘪了。"

护士长："这儿的病人有几个血管好的？谁能保证个个一针见血？行了，你回去吧，我一会儿另找个人。"

肿瘤医院病房　　日　　内

家男乐颠颠地回病房来了，"爸，妥啦。护士长答应一会儿找个高手来。"

乔师傅："人家没不愿意呀？"

家男："没说啥。"

乔师傅眉头一皱："你再可别整这事儿，何苦呢？你爸那一尺多长的大口子都拉了，还在乎这几针了？"

这时，从家男的身后进来了一位头戴礼帽、身着西装的年轻人，胳膊上搭了件大衣，兜里揣着随身听，正在听音乐。

刘大爷："哟，黎原，上哪儿去了？"

黎原笑呵呵地坐在3号床上，"到旁边菜市场转转，挺热闹。"说者摘下帽子，往床上一躺，"呵，真是的，走这几步道儿就累了。"

家男笑了："不往这床上一躺，真不敢相信你是个病号。"

"黎叔叔，你回来了？"从门缝儿伸进来个小男孩的小脑袋，脖子上画着一道粗粗的红线。他呲着小牙笑了，又伸进来一只小手，手里晃着扑克，"咱俩打扑克？"

黎原："打扑克？我给你留的作业题做完了吗？"

锋锋点点头："早就做完了。"说着另一只手也伸了进来，拎着个作业本晃着。

黎原："那好，进来吧。"

锋锋美滋滋地进来了，一边把作业本递给黎原一边说："你说的，我做十道题，咱俩就打十把扑克，你要骗人我就让高奶奶给你打针。"

黎原："还有呢，错一道减一把，错五道就一把也不打了，对吗？"黎原说着拿过锋锋的作业，故意把眉头皱了起来："瞧你这1、2、3、4、5写的，怎么都像让谁踢了一脚似的？一个个东倒西歪的，没一个直溜站着的。这准都闭眼睛写的，你看这个3——这个3怎么后脑勺都冲前了？"

锋锋让黎原一说，立刻蔫了。

乔师傅对黎原道："多点儿个小人儿，能给你舞扎上就不易了。家男像锋锋那么大的时候。就会查五个数，你问他自个儿。"

家男笑了，"老爹一个也没舍得给我多说。"

锋锋立刻又精神了："真的，乔叔叔，你反而五岁了，反而还不知道六？哈哈哈。"

黎原："你反而什么？乔叔叔后来认真学习，反而考上了大学，现在是数学老师，你知道吗？还笑呢，你这已经错四道了，这题算完检验了吗？"

锋锋紧张地说："检验了，按你教我的法国小朋友的方法检验的。"他眼巴巴地瞅着正在看作业的黎原，两手紧张地搓着手里的扑克。

刘大爷也有些替锋锋担心："黎原哪，我看错这些道够了，和孩子玩玩吧。"

"又错一道！"黎原毫不留情地："得，今天不能玩了。"

乔师傅忙道："能算对五道也行了，一个病孩子，别太较真儿了。"

黎原："这小家伙，你越迁就他，他越给你瞎对付。今天谁说也不行了，绝对不能玩了。"

锋锋的眼光由紧张变成了气愤，眼睛骨碌骨碌地转着，突然他伸手按动黎原床上的紧急呼叫按钮，然后撒腿就往外跑，被黎原一把抓住："哪儿跑？"

锋锋火了，"放开我，我再也不跟你玩了。"

这时，走廊里响起了跑动声。

黎原："大夫来打针了。"锋锋立时老实了。

护士长推门进来，见黎原站在地中间，严肃地问："怎么回事？"

黎原忙道："对不起，是我不小心碰了一下那个按钮。"

护士长狐疑地看着直往黎原身后躲的锋锋。

家男忙说："刚才黎原给我拿体温计，他一躲锋锋没站稳，手支墙一下，就碰那玩意儿了。"

护士长半信半疑，"以后得注意了，这可开不得玩笑。锋锋，你妈妈去哪儿了？"

锋锋从黎原身后出来，"反而说上街了，反而说洗衣服去了，反而可能是……"

护士长："她知道不知道明天给你做穿刺检查？"

锋锋："我知道。"

护士长："你妈妈回来你告诉她，说高医生找她。"

锋锋："我记住了，阿姨，你回去吧，你快回去吧。"

护士长走了，大伙松了口气。

黎原瞅瞅锋锋，"题算个乱七八糟，反而还淘气，反而还发脾气，你说我怎么处理你吧。"他说话的语气充满了怜爱。

乔师傅心痛地看着锋锋，"孩儿呀，明天给你穿刺，你怕不怕？"

锋锋认真地："不怕，告诉你，乔爷爷，高奶奶说了，穿刺一点儿一点儿也不疼，给打麻药，真的，不信，明天你看着我肯定不哭，呵呵呵。"

　　黎原心一酸，抱起锋锋，"走，锋锋，叔叔带你玩去。"

　　锋锋一乐："打扑克？"

　　黎原："打扑克。"

　　锋锋："打十把。"

　　黎原："打二十把。"

　　"二十把。"说话间他们早已走出了病房。

　　乔师傅叹道："小小个孩儿，和咱一样遭这罪，看着真揪心。"

高医生办公室　　　日　　　内

亮着灯的工作台上插着一张 X 光片。

高医生正在对乔大娘介绍乔师傅的病情。

　　乔大娘愁眉不展地："高医生，你给我透个实底儿，俺老头子这病还有得治没得治了？"

　　高医生看看乔大娘，"这种病治疗难度比较大，但也不是没有希望。"

　　乔大娘："你说这么多治癌的药，真就没一样管用的？还有啥好药没？"

　　咚咚咚，有人敲门。

　　"请进。"高医生应了一声，继续对乔大娘说道："根据乔师傅目前的状况，还是应该尽快上化疗，这是首选治疗方案。"说完她转身问刚进来的人："什么事？"

　　来人是一个患者，六十多岁的农民，大伙叫他卖菜黄。他手里拿张纸："高医生，我才来几天，咋又让我交押金？"

高医生："你现在马上得打化疗，这一个疗程得一千多，你现在的押金就剩八百块钱了。"

卖菜黄为难地："我要交够这一千多块钱，兜儿里连吃饭钱都没有了。这要不打化疗有没有啥别的办法治治？"

高医生接过卖菜黄递过来的补交押金通知单，皱着眉头思索着，"不打化疗怎么行？"

卖菜黄："我和老伴跟头把式地在菜地里扑腾一年，到年底挣了五千多块钱，照说这些钱过日子倒也挺宽绰，你说这一有病，那钱呼啦一下子就没了。咱农村不像城里，钱来得快当。咱也实在没啥法，高医生，就可这八百块钱，你掂量着能用点啥药就用点啥药吧。"

高医生叹了口气，"你先回去休息吧，我尽量想想办法。"

卖菜黄："那谢谢高医生。"说完出去了。

乔大娘叹道："这可咋整，一家比一家难。"

肿瘤医院院内　　　日　　　外

家男从外面急匆匆赶来。

一辆轿车，开到家男身边停下了。"嘀嘀——"

家男一回头，是大刚。"哟，是你呀，来这儿干吗？"

大刚愁眉不展地下了车，"唉，别提了。小娟的身体这些年就不太好，动不动就胃疼，吃多少药也不见好。头一阵胆囊炎犯了，上医院做个 B 超，这才发现原来肝上长了个瘤儿。"

家男忙问："什么瘤儿？"

大刚："说不好。这不，昨天领她来做个核磁共振。我这就取结果去。"

家男："你别着急，不能有啥事儿，有需要帮忙的，你尽管吱声。"

大刚："好。"他上了车，又问："你父亲怎么样了？"

家男："还行。"

大刚："还要血肠不？"

家男："这些日子不想那口儿了。"

大刚："好好照顾吧。"说完开车走了。

核磁共振办公室　　　日　　内

办公室里大刚傻呆呆地坐在那，看着手中的报告单，眼睛直勾勾地瞅着那"肝癌"两个字。

金大刚家　　　日　　内

大刚家，小娟趴在床上哭，哭得悲悲切切。大刚急得手足无措。

大刚："小娟，你这么哭，把身体都哭坏了。"

小娟泣不成声："我、我的命好苦哇。我这一辈子活得多没意思……"

大刚的眼圈也红了："小娟，这都是怪我呀。我知道，你看不上我，日子过得憋屈，天天生闷气，上火，才落下这肝病。早知道这样，我难为你干啥？愿意走就让你走呗，我一个开车的，没啥能耐，不会唱不会跳，文化人那套咱来不了，我总觉得过日子少弄那些虚的，挣点钱，吃得好点、穿得好点、住得宽绰点，人也活得实惠。现在看，咱俩不是一种人哪。小娟，这以前，都是我对不起你呀。从现在开始，我什么也不想了，什么也不干了，就是千方百计给你治病，等治好了病，咱们再各走各的路。你进这个家门儿的时候，活蹦乱跳的……"大刚终于说不下去了，呜呜地大哭起来，"要走，我、我也得让你活蹦乱跳地走……"

小娟被大刚的哭声惊呆了。

肿瘤医院门口　　日　　外

肿瘤医院大门的门柱上，挂满了许多"肿瘤研究会""抗癌协会"等等名目繁多的牌子。牌子下面聚着几个人。

乔大娘怀里抱着饭盒子，远远走来。

待乔大娘走近了，一个中年妇女迎过去，热情地："哟，大嫂，又送饭来了。"

乔大娘一怔，想不起来什么时候见过这人。

中年妇女："你看我眼生了？我总看你天天送饭。"

乔大娘笑了："我这人不记人儿，一上火，眼神儿也不行了。"

中年妇女："这是给老伴送饭？"

乔大娘："嗯。"

中年妇女："哪的病？"

乔大娘："肺不好。"说着又急着往前走。

中年妇女一把将她拽住，"唉，大嫂，那个人卖的那药治肺癌有特效。"她指着牌子下的一个中年男子说。

乔大娘："真的咋的？"

中年妇女："咱都是患者家属，我蒙你干啥？你们疗区头些日子有个肺癌晚期的老头儿人都不行了，医院都不给治了……"

乔大娘："那咋还不给治了？"

中年妇女忙道："没招儿了，能用的药都用了，在医院也是等死，后来家属想想还不如弄回家去，在这儿白花那钱干啥？车拉着病人走到这门口，儿子看着这个卖药的了，就下了车。我告诉你，也就是这人不该死，人家儿子就给老爹买了四付药回去，吃了就见好，能上街溜达了。前天儿子在这儿等了半天，又买了四付回去。"

乔大娘："这么好使的药，医院咋不赶紧用啊？"

中年妇女："人家这是家传秘方，能轮着他们吗？他现在正申请专利呢。"

乔大娘："是呀，这药真好使咋的？"

中年妇女："你自己问问去，来吧，我领你去。"

中年妇女带着乔大娘走向中年男子，"唉，卖药的，这个大嫂问问你的药咋回事儿？要治肺癌的。"

中年男子正在向别人介绍他的药，这时忙把药包拿出来，递给乔大娘："你把这药拿回去，吃四付，那瘤子要不见小，我给你退钱。"

乔大娘："我们那个瘤儿都手术拿出去了。"

中年男子一听，马上道："那就更好了，我这药杀那些体内残存的癌细胞有特效，你要不信，先进去问问那些大夫，回头再来买。"

中年妇女忙问："你这药还有多少？"

中年男子："就这几包，我卖药不是为了挣钱，就是要扩大影响，好申请专利。"

中年妇女对乔大娘："我看，先买两包吃吃行。"

乔大娘想了想，"多少钱一付？"

中年男子："你要能拿七条毒蛇来，我这药送你，花钱买，九十块钱一付。"

乔大娘："这么贵？"

中年妇女捅捅乔大娘小声说："不贵了，你在医院打一个疗程化疗还得一千多块呢，作用还赶不上吃这药。"

乔大娘："他这药里准有蛇毒，不能吃坏了？"

中年妇女："咳，打化疗毒性才大呢，打完了，头发掉得像个秃瓢。打几回，病没见给治好，那肝儿呀、肾呀，全完了。这人都咋死的？不都这么给折腾死的吗？治病还得中药，偏方治大病，大嫂，这话你信吧？"

乔大娘赞同地点点头，"那是，那是，你这话不假。"她想了想，"那我就先买两付吃吃试试。"

中年妇女："试试对，你知道哪块云彩有雨呀？"

乔大娘掏钱，掏了半天，钱不够，"哟，我这还差十五块钱，不够。"

中年男子慷慨地："不够不要紧，您先把药拿去，吃完再给我钱都行。"

中年妇女马上道："算了，我先给你垫上。"说着掏出钱来。

乔大娘："这可谢谢，我上哪儿找你？"

中年妇女："5疗区，15床。"

乔大娘高高兴兴地买了药走了。

肿瘤医院病房　　日　　内

乔师傅在病床上沉睡着。

乔大娘坐在一边缝衣服扣儿。

佳丽拎着饭盒进来了，悄声问："妈，我爸咋样？"

乔大娘："睡得挺实，先别招呼他。"

佳丽点着头，把饭盒放在床头柜上，她注意地察看着父亲熟睡的脸。

佳丽指着父亲问："脸怎么有点发红？"

乔大娘悄声道："睡热乎了。"

佳丽还是不放心，她伸手想摸摸父亲的额头，又怕弄醒父亲，便把手放在父亲的鼻子下面，试试父亲呼出的气。

乔大娘拉开佳丽，怕她弄醒了乔师傅。

佳丽坐到一边，用手又试试自己呼出的气，觉得不对劲儿，又上前用手摸了摸父亲的头，"呀，妈，我爸发烧了。"

乔大娘："不能吧？"她说着也伸手摸了摸乔师傅的头，一惊，"可不是咋的，都烫手了。"

乔师傅被他们摸醒了，睁了睁眼，又想继续睡。

乔大娘："他爸，你觉得哪儿难受？"

乔师傅皱皱眉头："这浑身不得劲，脑瓜子直忽悠。"

乔大娘担心地："又感冒了？"

佳丽端过水杯："爸，要是感冒你得多喝点水。"她说着把乔师傅扶起来。

乔师傅刚喝了一口水，哇地一下子吐了一地。

佳丽慌了，"爸，你怎么了？"

乔师傅无力地："快，我要上厕所。"

高医生和护士正围在乔师傅病床前测血压、做心电。

高医生一边给乔师傅听诊，一边问："什么时候开始发烧的？"

乔大娘焦急地："谁知道这热儿是啥时候上来的？刚发现。"

高医生皱着眉头："吃什么东西了吗？"

乔大娘犹豫地："别的也没吃啥，就弄了付药给他吃了。"

高医生："什么药？"

乔大娘："……不知道叫啥名，唉，我也没问那卖药的。"

高医生："哪儿买的？"

乔大娘："就在咱这大门口。"

高医生眉头一皱："还有药吗？"

"有。"乔大娘忙拿出药来。

高医生很不高兴地把药给护士："马上送化验室。"

她飞快地写着处方，对另一护士说："你快去药房把这几种药领来。"

佳丽："高医生，是药有问题？"

高医生表情冷峻地："这是药物中毒。如果觉得我们医院治疗不力你们可以提意见，这样随便给患者用些乱七八糟的药是很不负责任的。"

乔大娘当时眼泪就出来了，"人家说这药能治孩子他爸这病，我也就信了，哪承想这还买了毒药儿了。"

高医生生气地："乱弹琴。现在这医院都经常发现假药，怎么还敢随便到地摊儿上去买？"

乔大娘吓坏了："我也是让孩子他爸这病急得没法儿了，高医生，这能不能把哪儿再给毒坏了？"

高医生："这不已经出现中毒反应了吗？患者肝功能本来就不好，你这不直接影响了……"

"高医生，"一直站在一边的佳丽冷冷地打断了高医生的斥责："这件事儿是我们的责任，但现在不是追究责任的时候，我母亲已经很难过了。"

高医生指点着护士给乔师傅用药,她看看佳丽:"如果我刚才说话的态度不好,我可以说句对不起,但是,我现在郑重声明,只要患者住在我的病房里,用的每一片药,都必须得经过我这个主治医生!"她的语气十分严厉。

佳丽虽然很火,但眼中却没有那许多的仇视。

乔家人都来了,团团围在乔师傅的病床边。

乔师傅的额上敷着一个湿毛巾,手上扎着吊瓶,吊瓶快打空了。

护士进来,把一瓶药挂在了输液架上,然后拔下原来吊瓶上的输液管,插了上去。

乔师傅睁开眼睛。

佳冰忙道:"爸,高医生说你没什么危险了。你别着急。"

乔师傅点点头。

乔大娘生气地:"你说多气人,这些挨刀的,真丧良心哪,咱人都病这样了,还卖给咱毒药吃!那个女的,还给我垫了十五元钱,谁想到那是个托儿。这一付药差点把你爸交待了。"

家伟:"妈,你也别上火了,以后小心就是了,可别为这事儿再把你窝囊出点儿病来。"

家男:"等让我逮着的,饶不了这帮王八蛋。"

"家伟……"乔师傅低声叫道。

家伟:"爸。"

乔师傅看看大伙儿,然后盯住家伟:"爸切除去的那个瘤,到底是个啥?"

家伟:"爸,不是告诉你了吗?结核瘤。"

　　乔师傅摇摇头：“爸这病，爸心里早有个大估影儿。别瞒爸了。今天你妈把这药买回来，爸就彻底明白了，这药要不说治癌，能在这医院门口卖吗？是我自个儿要喝的。不怨你妈。”

　　乔大娘忍不住了：“他爸——”

　　乔师傅：“人哪，生下来就顶个死字儿，早晚都有那天。我都这么一把岁数了，还想咋的？黎原那么有学问个人，还有锋锋，五岁个孩子，人家都怎么受着了？爸这病能治就治，治不好别乱花钱。你们问问大夫，爸还能有多长时间？”

　　“爸……”孩子们伤心地望着父亲。

　　家伟紧紧握住父亲的手，“爸，你别着急，我们一定能治好你的病。”

第十三集

肿瘤医院走廊　　日　　内

走廊，一个角落。

黑乎乎的，从墙角折射进一点微弱的光。

一个小小的亮点在变明、变大，是黎原独自坐在这里吸烟。一股浓浓的烟雾罩住了他那张痛苦、严峻的脸。

肿瘤医院病房　　日　　内

乔师傅精疲力竭地躺在床上，乔大娘和家男守在一边。

乔大娘犯愁了："你都三天不吃东西了，这么样不都饿坏了吗？吃点啥吧。"

乔师傅皱皱眉头："吃了就想吐，遭那罪干啥？我不饿。"

刘大爷在一边说道："打化疗都这样，折腾过这几天就好了，能坚持吃点就吃点。"

乔大娘："是呀，多少得对付点儿。"

乔师傅："咳，我饿就吱声了。"

"黎叔叔还没回来？"门缝伸进锋锋的小脑袋。

家男："锋锋，该你放疗了，你怎么不去？"

锋锋："我放完了。"

乔大娘："你进来吧，怎么这么快就放完了？人不多呀？"

锋锋进了屋，手里摆弄着扑克，"人多，我没排队。"

家男："啊，小家伙，你还会夹楔儿了。"

锋锋很认真地："我不是夹楔儿，我是优先。嗯，我怎么到处找不到黎叔叔？他上街了吗？"

家男："没有，刚才高医生找他，可能在医生办公室。"

锋锋："我才从高奶奶那屋出来，没有哇。呀，我想起来了，黎叔叔准是去那个地方了！"

家男笑了："去厕所了？"

锋锋很认真地："不是，是那个地方。黎叔叔说从那儿能进到天堂。"

家男又笑笑："哟，还有那么个好地方，在哪儿呀？"

锋锋："从这儿往前走，还往前走，不让走了，反而还往前走。"

家男："还反而？那不从窗户出去了吗？"

锋锋比划着："不是，走到窗户那儿就拐。拐完了还拐，那个地方可黑了，哎呀妈呀，真吓人。"

家男笑了："你个小傻瓜，黎叔叔带你去那儿是故意吓唬你呢。"

锋锋："不是他带我去的，是我偷偷跟他去的。他一去那儿就老半天不走。"

这时走廊里传来黎原和别人打招呼的声音，锋锋高兴地一跳，举着扑克："黎叔叔回来喽！"说着跑了出去。

家伟和罗西来了。

家伟："爸，你好点没？"

乔师傅："不那么恶心了。"

罗西："爸，你这两天瘦了不少。"

乔大娘："啥人也架不住这顿折腾。"

家伟拿出饭盒："爸，今天罗西单位分了点鲜蘑，味挺好的。你尝尝。可能这人工培植的，不如咱家里从山上采的那个鲜。"

罗西打开饭盒，递过去。

乔师傅似乎有了点兴趣，"这叫什么蘑呢？"突然他眉头一皱，一把把饭盒推出老远，"快拿走，拿走。这味儿，恶心死我了。"

家男接过饭盒，不高兴地问家伟："哥，不是说就弄点凉拌的菜吗？"

罗西："我就放了不点儿油，炝了一下。"

家男："这爸能吃吗？"

家伟："那我回去重做。"

乔师傅火了，说家男："你还在那瞎磨叨什么，快把那饭盒盖上啊。"他冲家伟："我不饿，你不用做了。"

"爸！"心兰推门进来了，"怎么样了？"

乔师傅也没大有好气地："还行。"

心兰见乔师傅不太高兴，便悄悄地坐到一边儿。

乔大娘忙道："心兰，你身体不舒服，就别来了。"

心兰笑了："我没事儿。"

乔大娘："家男说你这几天也不吃饭？"

心兰："见啥烦啥，不想吃，要逮着顺口的了，就使劲儿造一顿，撑得哈不下腰。这不，又吃多了。"她笑着拍拍自己的胃，"爸，你今个儿吃点饭没？"

乔师傅："我不饿。"

心兰看看乔师傅，往前凑凑："爸，我觉得人要是身上不得劲吧，就不愿吃饭，是不是？闻点油腥味儿，这个恶心，是不是？爸。"

乔师傅皱着眉头："可不。"

心兰："要几顿不吃吧，肚子里空落落的，可也不觉得怎么饿，就是身上没劲儿，一活动就冒虚汗，是不是？爸？"

乔师傅："可不。"

心兰："我就犯难，要是总不吃吧，身体不垮了吗？"

乔师傅认真地："那你得吃呀，你跟我不一样。"

心兰笑了："爸，我就躺那床上想啊，弄点啥能吃进去呢？爸，我呀，还真就想起一样东西。我就下地了，做了一大锅，做好就吃，撑得我都走不动道儿了。爸，你猜我吃的啥？"

乔师傅想了想："那上哪儿猜去？"

心兰从怀里拿出个包，"爸，你看看，就这玩意儿。"

乔师傅似乎被心兰吸引住了。

心兰解开外面的塑料袋，一层层把小包打开：是两个黄灿灿的菜包子。

心兰："爸，这皮儿是苞米面和白面两掺儿的，这馅呀，就是大白菜，剁巴剁巴就包里了，连油都没放，你闻闻。"她把菜包子递过去。

乔师傅果然闻了闻。

家男笑了，"媳妇儿，原来你折腾了一锅忆苦饭哪。"

乔师傅："你小子少废话，给我拿点酱油，这个玩意儿没准能行。"

"真的！"家男乐得赶紧拿过碗，倒点酱油，乔师傅这边已经抓起菜包儿咬了一口。

大伙儿颇紧张地盯着乔师傅。

乔大娘担心地："他爸，咋样儿？"

乔师傅点点头，笑了："这个，我还真能对付点儿。"

一见乔师傅吃东西了，大伙儿非常高兴，家伟也乐了："心兰，这真多亏了你，我们今天这饭没弄明白，差点儿又让爸饿一天。"

罗西酸溜溜地："心兰哪，还是你想得周到。"

乔大娘："咳，你爸现在这胃口刁得跟个皇帝爷似的。"

乔师傅指着菜包子："挺好吃，你们大伙尝尝。"

家男笑道："这要不实实惠惠儿饿几天，真下不了狠心吃这老苞米面干粮。"

乔大娘："你爸呀，庄稼院长大的，得意这口。"

心兰笑了："爸，摊我这么个穷儿媳妇，山珍海味供不起，庄稼饭管够。"

乔师傅："庄稼饭养人哪。哎。"他指着另一个菜包，"把这个拿给你刘大爷，兄弟，你尝尝，又一个味儿。"

刘大爷似乎病得很厉害，他勉强笑笑，吃力地："快拉倒吧，你那两个菜包子，顶两个金疙瘩值钱了……"

乔师傅看看刘大爷，"兄弟，你又疼厉害了？"

刘大爷摸着肋骨，"我这些日子怎么这儿疼起来了？"

乔师傅："家男，你去招呼一声大夫。"

刘大爷："不用，我那小子就该来了。"

医院水房　　日　　内

大刘正在水房洗衣服，家男端着盆进来了。

家男："大刘，刘大爷这一段病有些重，以前一疼还能顶住，这些日子顶不住了，今天打上杜冷丁才好点儿。"

大刘心疼地："他现在转移到肋骨了，你说这干巴愣骨头疼是人受得了的吗？"

家男："你也别急，慢慢治吧。"

大刘："怎么治？我父亲瘫痪十多年了，越治越添病。这十多年，你想不出我怎么熬过来的，整天背着我父亲东奔西跑，寻医找药，听说哪儿能治就奔哪儿去。"

家男："刘大爷说你们往北京、上海都跑好多趟了。"

大刘："我在外面找关系，走后门，低三下四地给人家说小话、送礼，也和人家斗心眼儿、耍无赖、打架。"

家男："回到家吃喝拉撒这一套还都得你。"

大刘："哪一样手不到能行？我就这么苦撑着，撑了十多年，头发熬白了，青春也都熬进去了，工作还干个稀里糊涂。"

家男："今天单位给你假了？"

大刘："给了。我就是为了照顾我父亲才调到父亲单位的。要不我一个学锅炉设计的，上银行干啥？好在我父亲打过仗、流过血，单位也照顾他，他们不给我假，单位就得出人护理。"

家男："你这样照顾刘大爷是方便，一半得算公差了。"

大刘："可我自己呢？混个啥也不是，四十多岁了，连个对象都找不着，人家介绍一个，一听我这条件，根本就不搭茬儿。就这样，要能把父亲的病治好，我也认了，可你看看……"

家男："养老送终，这是家家户户都面临的问题，到你这儿，就更难了。"

大刘："我有的时候，真是觉得受不了哇，我的负担太重了。压得我简直就要崩溃了，活得多累呀。"

辉煌装饰材料总公司　　日　　内

大刚匆匆忙忙地赶到经理室，敲门。

"请进。"

大刚进屋，见只有经理助理在，便问："庞经理呢？"

助理："出去了，你有什么事儿？"

大刚："咳，我爱人才检查出肝上有个瘤，医生说是癌。我得请几天假，领我爱人看病去。"

助理一愣："是吗？呀，你还不知道？公司昨天就发通知了，你不用来上班了。"

大刚："什么意思？"

助理："把你辞了。"

大刚："不要我了？我犯哪条了？不行，我得找庞经理去。你告诉我，他去哪儿了？"

助理："找庞经理也没用。"

大刚："他这个节骨眼儿无缘无故把我辞了，这不就要我的好看吗？"

助理同情地，"你这个事儿庞经理也犯难，他的确也不知道你爱人有病的事儿。大刚，因为有人在和咱们公司找别扭，你是不是得罪了什么人？"

大刚皱着眉头想了想，"我知道了。"说着转身走了。

罗主任家　　日　　内

罗主任、罗母正在和罗北谈话。

罗主任："关于你的工作，你怎么考虑的？"

罗北："我还想干我那个影视公司。"

罗主任斩钉截铁地："不行，这个事儿不再讨论。我的意见是你找一份力所能及的工作，做点实实在在的事儿。不能再虚度光阴了，再这样晃荡几年，你真就废了。"

罗北瞅瞅父亲："不让我办公司，我只相中了两个地方，一个是去电视台当记者，再一个去税务局，最近这两个地方都招人呢。"

罗主任："我看可以。"

罗北："那你给我安排吧。"

罗主任眉头一皱："我安排什么？这两个地方都招聘呢，你要觉得自己行，就应聘去。有一点，可不许打我的旗号。"

罗北看看父亲，很不满意地嘟囔着："你要管我，就管到底，要不管就放手，这么着谁也受不了，咱们家这政治体制也得改革改革了。"

罗主任："怎么改，我也是你父亲，该管的我必须管。这是我的责任。不严加管教，你随时都会出问题。"

罗母："不是说今天要好好谈谈吗？这怎么说着说着又火了？"

有人按门铃，刘嫂忙过去，趴门镜看看，把门打开，立时吓了一跳："你——"

来人是金大刚,他用手将刘嫂拨拉到一边,径直向里面走去。

罗家人见是金大刚全都一愣。

罗北忙站了起来,"你又来干什么?"他下意识地看看金大刚手里拿什么东西没有,"我告诉你,上次若不是我爸爸拦着,早把你送公安局去了。"

大刚挑起一个嘴角:"你现在送也不晚,我还正愁着没地方吃饭呢。我现在已经被公司辞了,就你个王八蛋搞的鬼。"

罗北:"金大刚,你让公司炒了鱿鱼,与我有什么关系?你要再敢胡作非为,咱们法庭上见。"

大刚:"上法庭算什么?下地狱我都不怕!姓罗的,我告诉你,文小娟已经被医院确诊为肝癌,你这个时候出阴手砸了我的饭碗,知道你的下场吗?"

罗母慌了,站起来一拦:"你想干什么?"

大刚:"我告诉你们姓罗的,明天公司不通知我上班,我就把那个肝癌患者背你们家来,你们给我养着。"

罗母气愤地:"金大刚,你这样不是无理取闹吗?"

金大刚:"我无理取闹?那你这王八蛋儿子欺男霸女叫什么?你要不知道我告诉你,叫流氓!叫恶棍!叫畜生!叫败类!你是不是觉得你们家有权有势你儿子就可以为所欲为?你错了!"

罗母:"金大刚,我们对你已经够忍让了。"

金大刚:"你又错了,现在一忍再忍的是我金大刚!"他指着罗北:"等小娟完事儿了,罗北,我和你这个兔崽子把这辈子的账彻底结了!"他说完转身走了。

罗北气急败坏地跟到门口，咣地关上门，回身对慌慌张张的刘嫂发火："我告没告诉过你，这个人再来不能给开门，让他进来干什么？怎么连这么点儿事也办不了？"

"罗北。"罗主任突然在屋里喊道。

罗北回屋，见父亲气得七窍生烟，怕父亲揍他，站在门口不敢靠前。

罗主任大吼着："你给我滚！"

罗母慌了："老罗，你千万控制点儿，你这要出大事的。"她见罗主任表情有些异常，回身冲罗北吼着："你爸爸今天要出了问题，我找你要人。"

肿瘤医院病房　　　日　　　内

乔师傅病房，高医生正在查房，她到黎原的床前，递上一个单子，"一会儿查完房，我带你去放射线科。"

黎原："谢谢。"

高医生："有负担了，是不是？"

黎原淡淡地笑笑："无所谓，我只在意生命的质量。"

高医生似乎没有完全弄懂他话的含义，她笑了，"我会竭尽全力提高这个质量。"

高医生走到乔师傅床前，"着急出院了？"

乔师傅戴个白帽子，"我看我这也不大离儿了，化疗完了，还住个什么意思？"

高医生："可你又咳血了。"

乔师傅指指肺部："我这是老病，这里面是又有点感染，回家吃点药，打打针就行了。"

高医生："就你现在这个身体状况，不下力量治疗不行，治好再走吧，好不好？就是今天我让你走了，过几天你还得来。"她说着把一个单子递给乔师傅，"再交点儿押金。"

乔师傅接过单子，看了看一愣。他没吭声，把单子塞到了枕头底下。

高医生走后，刘大爷问乔师傅："又让你交多少钱？"

乔师傅："三千。我住院交的押金怎么这么快就没了？这才几天儿？"

刘大爷："你光那化疗药就一千多块，你做一个CT就一百多，你寻思啥啦？现在这医药费呼呼涨起来了。"

乔师傅："那我再也就是用点消炎药呗，哪用得了交这么多钱？"

黎原："乔大叔，你这消炎药可不一般了，你现在打的一个吊瓶就二百多。"

乔师傅一愣："多少钱？"

黎原："你用的是'先锋'。这药贵。"

乔师傅："唉，你说这医院，走吧，还不让走，住吧，往死管你要钱。这哪行？"

黎源笑了："尽快把病情控制住，你不也少遭罪吗？"

这时，有人敲门进来，黎原高兴地叫道："小汤！"

小汤，一个三十多岁的小伙子，中等个儿，长得清瘦、文弱，戴着一副深度近视镜。

小汤："好些了吗？"

黎原笑了，"比明天好一些。"他转身给乔师傅和刘大爷介绍："这是我大学同学，才从国外回来的光学博士。"

小汤很有礼貌地点点头，算是打了招呼，他坐下后问黎原：
"你现在病情怎么样了？"

黎原淡淡地："已经转移上脑了，马上进行放射线治疗。"

小汤一愣。

黎原笑笑："时间不多了。"

小汤："你别泄气。我母亲十六年前得了骨癌，医生说她最多活半年，可她经过治疗，已经没事儿了，现在身体很好。"

黎原："不可能发生的事情极少极难地发生了，才叫奇迹。"

小汤："你这个人，生性固执。"

黎原："算了，不说我，说说你吧。还打光棍儿呢？别以为自己是个博士，就鼻孔朝天了。"

小汤笑笑："现在这女孩子，谁稀罕我这顶破博士帽？还不如人家手拎的那个大哥大时髦呢。"

乔师傅闻言，很注意地看了看小汤。

咖啡厅　　日　　外

咖啡厅里泪水蒙蒙的小娟正和愁眉不展的罗北对饮，已无了往日的浪漫情怀。

小娟："我原来只觉得明天的路还很长很长，寄予了那么多希望和梦想，我抱怨自己生活得不幸福，抱怨我失去的太多，幻想着，明天我会拥有一切。可是，万万没料到，生命之路只剩下了这艰难的几步。一瞬间，竟到了世界末日，现在我才感觉到什么叫悲哀。"

罗北长叹一声："你呀，短命鬼；我呀，也是个倒霉蛋，干什么事儿都不成。你也别愁了，用不用我帮你找人看看？我父母这个事儿是指不上了，可我还有一些别的朋友，怎么也比他金大刚强。"

小娟怔怔地看看罗北，目光沉沉地落在杯子上，"不必了。"

某居民楼　　　日　　　外

佳冰快步跑下楼，她一只手拎着书包，另一只手拎着个水瓶子。

楼下，佳冰四下寻找着，"欢欢，欢欢——"

佳冰见没人应，向楼后跑去。

一个八九岁的小男孩正在玩另一个孩子的变形金刚玩具，他胖乎乎的小脸，一副调皮相。

佳冰跑过去，抓住他的胳膊。

佳冰："快走吧，上学要迟到了。"

欢欢："我再玩一会儿。"他说着便想用力挣开佳冰。

佳冰："你好好跟我走，我给你讲故事。"

欢欢："我不。"他握着玩具不撒手。

另一个小朋友："行了，你都玩一会儿了，还给我吧。我也该上学了。"说着一把夺回了玩具。

欢欢极不情愿地跟着佳冰走了。

佳冰："你快点走，一会儿晚了。"

欢欢一肚子气没地方出，他吼着："你不说讲故事吗？"

佳冰："你快点走我就讲。"

路上，欢欢噘着小嘴跟在佳冰身后，不高兴地走着，突然他发现路边的一个小摊儿卖变形金刚，立刻高兴起来。

欢欢："看！变形金刚！阿姨，给我买一个，我要那个六面兽。"

佳冰："不行，我没带钱。快走。"

欢欢："我不，你有钱，我不走。"

佳冰去拉欢欢，欢欢索性往地上一坐。

欢欢："你不给我买，我就不走。"

佳冰看看表，焦急地："你再磨一会儿，不光你上学晚了，连我上学都晚了。快起来走。"说着去拉欢欢。

欢欢使劲儿往地上坐，"我就不走。"

佳冰气得没办法，叹了口气，"你起来，我给讲最好听的故事。"

欢欢："我不听、就不听。"

佳冰："那、那我背你走行不行？"

欢欢坐在地上，眼珠一转，来了精神："真的？你背到学校。"

佳冰背起欢欢快步走去。

拐过一条街，突然有人在喊："佳冰——"

佳冰一回头，是家伟骑车过来了。

佳冰忙对欢欢说，"你快下来。"

欢欢："我不。"

佳冰硬把他放下，欢欢又坐到了地上。

家伟过来，问汗流满面的佳冰，"怎么？他脚坏了？来，坐我的车。"

欢欢："我不坐你的车，我就让她背，谁让她不给我买变形金刚呢。"

家伟一听，严肃地说："小朋友，你这么做可不对。"

佳冰擦擦汗，"哥，你走吧，别理他，我能对付他。"

家伟："这不行。"他看看表，对佳冰说："你快上课去吧，孩子交给我。"

佳冰："他妈妈不让交给别人。"她说着去拉欢欢，"快起来走。"

欢欢火了："我就不走，你骗人，没有卖玩具的了，你就不背了。我告我妈去。"说着就往回跑。

佳冰一把抓住欢欢，"行了，我背你。"

家伟生气了："这么大孩子怎么还能让人背！"

"你就别管了。"佳冰背起欢欢就走，被家伟扯住。

佳冰急了，"再不走就迟到了，你不知道这家人说道特别多。这没几步也就到了，你快松手。"

家伟也急了："佳冰，你推车，我来背孩子。"

家伟背着欢欢，和佳冰一起走向学校。

家伟："这孩子太难带了。"

佳冰："要不人家能出那么多钱吗？"

家伟："生活费不够，我给你，别管爸要了。"

佳冰："我完全可以自食其力。咱爸就像个蜗牛，背着这个家，拼命地爬了几十年，可他现在爬不动了，我不能还让他背着了。"

家伟："于是，你自己又当起了小蜗牛。"

佳冰看看家伟背上的欢欢，"哥，其实你才是个真正的蜗牛。哥，我下午就两节古文论，下课我就看爸去。"

家伟："那你顺路叫我一声。"

肿瘤医院病房　　日　　内

乔师傅病房，家伟和佳冰进来了，见乔师傅坐在床上，头上戴个白帽子。

家伟："爸，好点儿了吗？"

乔师傅："好了。"

佳冰："痰怎么样？"她边说边去拣父亲掉在床上的头发。

乔师傅："没啥事儿了，你跟大夫说说，我得出院了。"

家伟："爸，你别急。"

刘大爷在一边道："家伟，你爸那吊瓶今天怎么没给打呀？"

家伟："什么？"

护士办公室　　日　　内

实习护士正在整理医疗器械，见家伟进来："什么事？"

家伟："我父亲乔贵义的吊瓶今上午怎么没上？"

实习护士："今天没你们的，药停了。"

家伟："为什么？"

实习护士："你们的住院费用没了，药房不付药了。"

家伟："怎么不早点通知我们？"

实习护士："通知了吧？我也不知道，你问问高医生去吧。"

高医生办公室　　日　　内

高医生对家伟说："通知了。通知单我交给你父亲了。昨天的药就是我写条子从药房赊的，今天上午你们家也没来人，你父亲现在情绪不太稳定，今天来找我要出院。"

家伟急了："我父亲光一个劲儿地嚷嚷要出院，根本就没提押金的事。高医生，以后这类事，别和我父母说，直接和我们谈。我现在就回去准备钱，什么时候能准备好钱我说不准，不过我会尽快赶回来，你能不能想办法先把药用上。"

医院楼梯　　日　　内

家伟急匆匆下楼，佳冰跟在一边，"哥，你上单位借钱哪？"

家伟："单位不行了，有规定，欠款没还清的，不能再借了。"

佳冰一怔："哥，那你上哪儿弄钱去？"

家伟："我有办法，你别管了，在这儿好好陪爸吧，别跟爸提押金的事儿。"

佳冰一把拽住家伟，急着地问："哥，你到底上哪儿一下子弄这么多钱？我去找姐和二哥吧？"

家伟："不用，他们哪儿有钱？和我一样，也得到处乱借。头几天有个人想买钢琴。"

佳冰："你要卖钢琴？这可不行。"

家伟："你别管。"

医院走廊　　日　　内

佳冰心急如火地走进医生办公室："请问，高医生去哪儿了？"

"不知道，出去半天了。"屋里的人回答。

佳冰从走廊的窗户向外望望，又返身回到病房。

肿瘤医院病房　　日　　内

乔师傅："你哥上哪儿去了？这老半天没回来？"

佳冰："上街买药去了，一会儿就回来。"

乔师傅："出院的事儿，高医生啥意思？"

佳冰嘴一撇："不知道，哥没说。"

乔家伟家　　日　　内

家伟正心急如焚地在挂电话："……罗西，有个事儿，我得和你商量一下。"

罗西："哟，又什么事儿，还想起来和我商量了。"

家伟："罗西，我父亲住院的押金用没了，被停药了，我想……"

罗西："你想怎么办都行，不过我可是没钱，好了，我忙着呢。"

"啪！"那边把电话撂了。

家伟一愣，又抓起电话，想了想，拨号。

家伟："……于师傅，我这台钢琴的情况你都知道，我这么便宜出手，实在是因为着急用钱，所以你必须马上付我钱……你现在手里有多少？三千够不够？……那好，你先凑凑，有多少我去你那儿取，剩下那些过几天给我，行不行？好……见面再说吧，我马上过你那儿。"

家伟放下电话，长长地松了口气。他猛地回头，看看钢琴，钢琴上摆着落落参加钢琴比赛的获奖证书。

家伟慢慢走过去，拿起获奖证书，轻轻地抚摸着……耳边响起了落落那快乐的琴声和笑声："爸爸，老师说我有希望拿一等奖……"

家伟小心地将获奖证书放到书橱里……

医院走廊　　　日　　内

佳冰站在窗前，焦急地向外望着，不见家伟的影子。

护士将打完的空吊瓶拿回办公室。

一个小车将许多器械和药品推进护士办公室。

佳冰看看表，转身下楼了。

医院院长办公室　　　日　　内

院长、副院长和院领导正在开会。

院长："从目前情况看，我们的各项准备工作基本就绪。这次全省联检……"

"咚咚咚"，佳冰的敲门声打断了院长的讲话，一位年轻的工作人员忙出来，"你找谁？"

佳冰："我找院长。"

工作人员："院长正在开会，你等一下吧。"

佳冰："我可以等，但患者不能等。"

工作人员："院领导正在研究工作。"

佳冰："解决我的问题是他们工作的一部分。"

工作人员："那有什么事儿你说吧？"

佳冰："我直接和院长谈。"说着自己推门进了院长办公室。

佳冰进屋后，"请问，哪一位是院长。"

院长停止了讲话："什么事儿？"

佳冰："很抱歉，我必须打扰您几分钟。我父亲住在3疗区4号病房。由于我们交的押金用光了，今天上午把我父亲的吊瓶停了。"

院长："这是院里的规定，我们必须这样做，去年因患者欠资，医院损失了几十万的医药费。"

佳冰："您说的这个情况我能理解，但我想请院长考虑一下，能不能让我父亲先把吊瓶打上，我哥哥回家准备钱去了，今天一定会把押金交上的。现在快下班了，再不上吊瓶，今天就打不上了。我父亲现在肺感染咳血呢，不能因为我们晚交了一会儿钱就影响治疗。"

一边的副院长发话了："你说的这个情况，我们也能理解，但这不是你父亲一个人的事儿，所有被停药的患者都是面临这个问题。我们在患者的押金用完之前，一般提前三天下续交押金的通知单，你们肯定已早接到通知单了。"

佳冰："可你们把通知单发给了患者本人，我们家属并不知道。这个责任不能完全由我们来负。"

财会处长："但这个责任也不能由我们院方来负。规定就是规定，如果不严格执行，还叫什么规定？你先回去吧，只要你们交上押金，我们保证马上用药。"

佳冰一听没有商量的余地，便从脖子上摘下了一个银制的长命锁。又从兜里掏出了点钱和学生证，"我是一个穷学生，这是我的学生证，和身上仅有的五十几元钱，还有这把银锁。我奶奶说这把银锁是我爷爷的爷爷传下来的，它在别人看来值不了几个钱，可这是我们乔家传了几代人的长命锁，它凝聚着乔家祖祖辈辈的希望和祝福，它比我们家所有的财产都贵重。现在我把这些都押给你们，只希望你们快些给我父亲用上药。钱，我们很快就会交来的。"

财会处长："这就不必了，医院不是当铺，我们怎么可能收你这些东西呢？你先回去吧，停一天药不会有什么大影响。"

佳冰："我不是医生，但我也知道你说得不对。我父亲病得很重，现在用的是大剂量的强力消炎药，这样的病人这时候给他停一天药，对于别人来说没什么，可这对于我们做儿女的来说，是绝对不能接受的。"

副院长："你父亲是哪个单位的？是公费医疗吗？"

佳冰："我父亲是松林县制锁厂的工人，厂里开不出支，公费医疗已经名存实亡了。"

副院长和院长说："外县的，这不好办。"他对佳冰说："你先回去吧，等我们研究一下再说。"

佳冰固执地："这不需要研究，这是马上可以答复我的问题。"

财会处长不客气地："你一进门儿，我们就已经明确地答复过你了，我们正在开会，请不要打扰了好不好？"

佳冰立时火了："你们这还是救死扶伤的医院吗？怎么连这么点同情心都没有？"

财会处长："同情心使我们一年损失了几十万，我们同情得起吗？我希望你能明白，这不是我们个人的恩怨，医院也好，患者也好，都应该自觉地维护国家的利益。"

佳冰怒目圆睁："恐怕用不着你来提醒我，我父亲教育大的儿女，懂得什么是国家的利益。我大哥为了国家的利益，放弃了出国、高薪聘请的机会，埋头苦干了多少年，他的研究成果，填补了我国航天工业的空白，每年为国家节约几百万美元的外汇。可是，他自己却两手空空。因为没有钱，病倒的父亲在医院被停药了，我大哥现在在家卖孩子的钢琴呢！我们穷我们没钱治病我们不能抱怨医院，可就是砸锅卖铁你也得给我们点儿时间吧？"她说到最后竟声泪俱下。

佳冰的一席话使大家颇受感动。院长站了起来："小同志，请你不要太冲动。"

佳冰："换上你，你能冷静得了吗？谁不是父母生父母养？"

院长："小同志，你回去吧，我马上通知药房，先把今天的药付了，以后的咱们再商量好不好？"

佳冰边哭边说："我哥哥今天一定会准备好钱的，不能再给你们添麻烦了。"

肿瘤医院病房　　日　　内

乔师傅的吊瓶已经打上了，佳冰心事重重地坐在一边。

住院处　　日　　内

高医生匆匆赶来，她走到交款处掏出一个单子和一些钱交了上去。

药房　　日　　内

药剂师对高医生说："乔贵义今天的药已经先付了，院长亲自打来的电话。"

高医生："是吗。"

肿瘤医院大院　　　　日　　　外

家伟下了自行车，大步流星地奔向住院处。

住院处　　　日　　　内

住院处收款窗口，收款处已经下班了，只有一个收款员还没走，他翻着一个簿子："乔贵义的押金已经交了呀。"

家伟一愣："谁交的？"

收款员："不知道，不是我收的款。"

医院走廊　　　日　　　内

走廊里，家伟正悄声问佳冰："停药的事儿你告诉咱们家谁了？"

佳冰："我谁也没说呀。"

家伟："这就不对了，谁替咱们把押金交了呢？"

佳冰也一愣："有这事儿？"

家伟想了想，"肯定是你大嫂，就她知道这事儿。"

佳冰嘴一撇，"哼，她呀，就是有这份闲心，一下子从哪儿弄这三千块钱去呀？"

家伟笑了："你大嫂这个人有缺点，但她心肠不坏，关键时刻还真行。我告诉你，她在梳妆盒里藏了一个存折，不知什么时候攒了一千多块钱小份子，我知道，可我从来没提过。以前家里用钱倒不开手了，她就回她们家借点，也不取那个存折，今天是逼急了，私房钱拿出来了。"

佳冰："哥，那你这钱赶紧退给人家吧，钢琴咱不卖了。"

第十四集

乔家伟家　　夜　　内

落落正趴在小里屋的床上哭，"我，我没有琴了。"

罗西气呼呼地在哄孩子，"落落，别哭了，妈妈一定把钢琴给你要回来。"

落落抽抽搭搭地："人家把琴都抬走了，还能给咱了吗？"

罗西狠狠地："他怎么抬走的，怎么给我抬回来。"说着转身出了小屋。

大屋，家伟坐在椅子上，他似乎已经做好了准备，迎接这场暴风雨。

罗西："乔家伟，我知道你眼睛里没有我，可这件事你是不是应该问问我同不同意？"

家伟："我是想和你商量一下，我回来之后，马上给你挂电话，可你当时的态度，根本就不容我说话。"

罗西："哟，这么说完全是我的责任了？乔家伟，别人都说你聪明，我以前还真没看出来，自从你父亲病了以后，我可领教了你的厉害了。不论你做了什么，一句话就可以把责任推个一干二净。"

家伟："我没有推脱责任的意思，钢琴是我卖的，是我对不起孩子，对不起你罗西，对不起这个家。但是我得对得起良心！我不能眼睁睁地看着父亲躺在病床上被停了药。我是父亲含辛茹苦养大的儿子，我必须去做我应该做的那一切。养老送终，是我们每一个做子女的义不容辞的责任……"他越说口气越冲。

罗西打断了他的话："我用不着你给我上伦理道德课，我只想知道，我的钢琴现在在哪儿？"

家伟："你听我说，罗西，由于我父亲的病，打乱了我们的正常生活，我们这个家的确有些不堪重负了，现在又累及了你和孩子，但是我欠下的，我一定补偿。"

罗西："我不想听这些，我想我有权利知道，你把钢琴弄到什么地方去了？我提醒你，这是我的钢琴！"

家伟："你一定得要回这台钢琴吗？"

罗西："我要回的不是钢琴，是我在这个家的地位和尊严！"

家伟："我要不告诉你呢？"

罗西："你乔家伟还不至于无赖到这个程度吧？"

家伟很伤感地："你高看我了，我现在连无赖都要不起。"

这时，落落从里面跑了出来，边哭边说："妈妈，爸爸给不给咱们琴哪？"

罗母："你自己问你爸爸去。"

落落："爸爸，我要琴，要我的琴。"

家伟对哭得很伤心的落落说："落落，你别难过，以后爸爸有钱了，再给你买台琴。好不好？”

落落："不好！我就要我的琴。你卖了我的琴，我还怎么练琴！"

家伟："落落，爸爸给你讲，爷爷在医院住院，没有钱治病了。"

落落："我不管，我要琴！"

家伟压着火："落落，爷爷得的是癌症啊，如果不治，很快就会死的。"

落落："我不管，我要琴！"

"混蛋！"家伟啪地打了落落一个耳光。

罗西发疯似的冲上来："你凭什么打孩子？"

家伟一字一句地："我的孩子，从小就必须学会说人话！"

高医生办公室　　　日　　　内

咚咚咚；有人敲门。

"请进。"高医生抬头一看，来人是佳丽。

佳丽走过来，从兜里掏出钱，放在高医生的桌子上，"谢谢你替我们交了押金。"说罢，转身走了。

高医生："这停药的事我也有责任。"

佳丽回头瞅瞅，表情淡淡的，"这怎么能怪你？"说完出去了。

高医生望着轻轻关上的门，耳边响起了儿子的声音："妈妈，我可以按你的意愿去做，可我的心里很痛苦，你永远不会懂得失去了佳丽，对于我来说意味着什么。"

高医生长长地叹了口气。

乔家男家　　夜　　内

心兰正在家吃饭，家男回来，愁眉不展地往床上一躺。

心兰看看他："又怎么啦？"

家男没吭声。

心兰："问你哪！"

家男把被往身上一盖。

心兰过去，急了："哪不舒服？"

家男："我没事儿。"

心兰："没事儿你弄这出儿，急不急人哪？"

家男："我就寻思我怎么这么没用？偏偏是个 O 型血。你说咱爸，咳这么长时间血，消耗多大？这人眼瞅着瘦下去了。今天高医生说得补点血，你说医院那血，谁还敢用？"

心兰："那咱也不能回回都倒霉呀。你快过来吃饭吧，一会儿凉了。"

家男："爸要再得一回肝炎，就交待了。"

心兰把家男拽下床："那咱们自己给输点血不也行吗？"

家男："说的就是这事儿呢，我还偏偏是 O 型血。在医院化验半天，就姐和爸一样，B 型。"他一屁股坐到餐桌前。

心兰："爸同意姐给他输血吗？"。

家男："那能让爸知道吗？"

心兰："姐最近可挺忙，马上要论文答辩了……"

"唉，我就为这事犯难呢。"家男看看饭桌，突然眼睛一瞪："你怎么又这么对付啦？"

桌子上摆着大米饭、炒白菜片。

家男火了："我今天临走时至少跟你说三遍，晚上弄点肉，光这么靠着不行，你答应得好好的。"

心兰："急急忙忙的，我也没倒出工夫。"

家男："你还要不要你这身体了？你是忙啊，还是懒得做？"

心兰低着头，"我兜里的钱买半斤肉都不够。"

家男一愣，叹道："当初就说这孩子别要，偏不听，这你得吃多少苦？"

家男一觉醒来，见天还没亮，打开手电看看表。

心兰睡得正熟，家男默默地看着她。

家男起身下地，穿上衣服，蹑手蹑脚地出去了。

街上　　夜　　外

空荡荡的大街上，偶尔有车辆急速驶过。

家男猫着腰，飞快地蹬着自行车。

火车站　　夜　　内

火车站卧铺票售票口，家男放好自行车，走了过来，只见售票处的两个窗口下面有几个人坐在那儿睡觉。他看看窗口上的牌子，在北京方面的窗口前站住了。

晨曦蒙蒙，家男见坐在那儿睡觉的一个人有点面熟，仔细一看，原来是那天在车站卖卧铺票时遇到的穿黑夹克的票贩子。

肿瘤医院走廊　　日　　内

医院走廊，护士手里举着个消毒包，从护士办公室匆匆走出。

家男跟在后面，他走了两步又折回来，对屋里说："姐，你没事儿吧？"

"没事儿。"佳丽从屋里出来，一只胳膊弯着。

家男："姐，你把那针眼压好了，别太使劲儿。"

佳丽："我知道。你照顾爸去吧。"

佳丽靠在乔师傅病房门外，看着护士用注射器把才抽出的血慢慢地推入乔师傅的血管里。

肿瘤医院大门口　　　日　　　外

医院大门口，佳丽正往外走，迎面碰上了高医生。

佳丽："高医生，下次输血安排在什么时间？"

高医生："你不能再输了，已经输两次了。"

佳丽："两次才输了 200cc，根本不解决问题。"

高医生："输血解决不了根本的问题。"

佳丽："可就我父亲目前的身体状况看，会有作用的，这是你说的。我要再输两次。"

高医生："你马上要进行论文答辩了，绝对不能再抽血了。"

佳丽："答辩我完全可以应付，你不要考虑我，你是医生，你只需要对病人负责。"

高医生坚持着："我不同意。"

佳丽固执地："我一定要输血。"

高医生："我是医生，这件事由我决定。"

佳丽冷冷地："可有时候你的决定是错误的。"

高医生分毫不让："正因为对于你我犯过错误，所以不能再犯错误。"说完转身走了。

佳丽用疑惑的目光打量着高医生。

火车站　　日　　外

中午。家男在退票处转悠着，东瞅西望。

一个人在和家男谈着什么，家男摆摆手，把票又揣到了兜里。

家男终于和一个急着买票的人谈成了，他把卧铺票卖给了那人，接过钱揣到兜里，然后走了。

不远处，穿黑夹克的票贩子一直盯着家男，他对一个同伙说："这小子一上手就挺溜儿。"

同伙："大哥，这可是咱们的地盘啊。"

票贩子："他要真敢上老子的碗里扒饭，就是活腻歪了。"

某大学图书馆　　日　　内

图书馆里佳丽正在高高的书架边查资料，忽地觉得一阵头晕，忙扶住了书架。

乔佳丽宿舍　　日　　内

佳丽正躺在床上看书，家男来了。拎着鸡蛋、奶粉。

佳丽忙下地："你拿这个干什么？快给心兰带回去，她比我需要。"

家男笑了："她也有一份，这些是给你的。姐，你得好好补补，你的脸色儿可太难看了。"

佳丽："我自己会注意的，你赶紧把这些给爸拿去。"

家男笑了："爸那儿我买了，比你这高级，我都送去了。你快找个地方，这往哪放，别打了。"

佳丽："这时候你怎么还乱花钱呢？"

家男："不差这点儿。姐，这几天你就别去医院了，好好准备论文答辩吧。"

佳丽："准备得差不多了。哎，你去哥那儿没有？"

家男："没，哥卖了钢琴，媳妇气得直发疯，上他家去干啥？人家要真说两句我是听还是不听。"

佳丽："哥也够难的了。"

医大干部病房   日   内

乔家伟从病房刚出门，正遇上罗西和罗母来了。

罗西冷冷地："我爸爸这病不能受刺激，我们之间的事最好不要打搅他。"

家伟："这一点我比你清楚。"

罗西："知道就好。"说着进屋去了。

罗母对家伟："罗西这孩子也是从小娇惯坏了，脾气不让人，这几天一直为钢琴的事儿想不通。不过，我觉得这还不是什么了不起的事儿。所以出现矛盾，还是你们之间缺少沟通，处理问题简单化。罗西的个性很强，有时愿意把自己的意愿强加给别人，即使是夫妻之间，这么做也不合适。"

家伟："钢琴的事儿是我对不起她。"

罗母："好了，不说这，你父亲怎么样了？"

家伟："咳血是好了。可最近每天傍晚的时候就发烧，烧一会儿就自己退了。"

罗母："什么原因呢？"

家伟："查不出来。所有的检查结果还都正常。"

　　罗母："有病不怕，最讨厌的是找不到病因。那现在治疗上有什么办法？"

　　家伟："吃中药。"

罗主任家　　　夜　　　内

　　罗母和罗西、罗北正在看电视。

　　罗母："罗西，你也该适当回家看看，孩子总扔那儿没人管也不行啊。"

　　罗西："我就是要教训教训乔家伟，你不是觉得我无所谓吗？让他自己过一个试试。"

　　罗北："姐，我可提醒你，那乔家伟人是有点呆，可绝不是一踩一个扁儿的烂柿子。我早看明白了，你不是乔家伟的对手，所以你呀，见好就收吧。"

　　罗母："这件事儿，他的确一直在道歉。"

　　罗西气呼呼地："道歉有什么用？我到现在还不知道到底把我的钢琴弄哪去了？"

　　罗母："他这个事做得是过分了。"

　　罗北笑了，"嗤，活不见人，死不见尸，乔家伟这招儿够绝的了。不过，真要告诉你琴在哪，你还不立马得给抬回来。"

　　罗西一怒："当然得抬回来。就是打离婚那天，这钢琴也得算我婚前财产，你乔家伟根本就没有支配权。太欺负人了，你说落落学琴，这几年遭了多少罪……这个事绝不能就这么了结。"

　　罗母："好啦，不想回去，就在这儿再待几天。一会儿我挂个电话问问落落的情况。"

　　罗北："姐，作为男人我提醒你一句，你擅离职守时间长了，就不怕乔家伟在家找个临时的顶岗工？乔家伟不是等闲之辈，对他的学问五体投地的小女子可大有人在。"

罗西："他敢。"说是这么说，语气却不如刚才坚决了。

罗北："哎，妈妈，我去体改委的事你得抓紧给我办哪。你去和王主任谈谈。"。

罗母："你爸爸不同意你去那个地方。"

罗北："我爸爸？哼！我早晚得毁他手里。我在体改委的朋友发大扯了，倒股票谁能倒过他们？"

罗母："你爸爸怕的就是这个。违反党纪国法的事儿最好别干。"

罗北："别人干都不违法，怎么到我这儿就违法了？反正我得去。"

罗母："有本事你自己办。我不能出头。"

罗北："有这句话就行。"

肿瘤医院病房　　　日　　　内

乔师傅心事沉沉，闷坐在床上。

乔大娘看着吃剩的饭，"他爸，你就吃这点儿咋行？"

乔师傅："不饿。"

乔大娘无奈地："你这好几天不正经儿吃饭了，整天坐在那儿，也不知和谁怄气。"

乔师傅不高兴地："我和谁怄气？我自己得的病，我还怨着谁了？"

乔大娘："你火什么？我也就顺口说说。你这病高医生也很着急，这不一直在查，还找专家给你会诊。你别着急，很快就会查出来。"

乔师傅："我就寻思，我这病是越得越邪门了，弄得大夫直发懵，这发烧了也快一个月了。烧得我这一天不如一天，这腿上的肉都懈松了，查啥啥没事儿，你说这不怪了吗？"

"爷爷——"落落推门进来了，后面跟着罗西。

乔大娘一愣。

乔师傅一见落落，脸上有了点儿笑容："孩儿呀，放学啦？"

落落："嗯。爷爷，你病好了吗？"

乔师傅："快啦。"

乔大娘："罗西呀，这地方净埋汰病，你怎么把孩子带来了？"

罗西笑笑，"我不让她来，她非要来看看爷爷。"

乔大娘："歇歇气，赶紧把孩子带回去。"

罗西看看乔大娘，把拎着的一兜水果放到乔师傅床头柜上，"没事儿。"

乔师傅看着落落，"孩儿好像瘦了。学习怎么样？"

落落："还行。"

乔师傅对罗西说："孩子现在念书累呀，这一天弹两个点钢琴，时间太长了，得给孩子点儿工夫玩会儿。"

落落："我现在不弹琴了。"

乔大娘忙打岔："孩儿呀，你和你妈是坐车来的还是咋来的？"

落落："我妈骑自行车带我来的。"

乔师傅："孩儿呀，咋不弹琴了？"

落落："我爸把我琴卖了。"

乔师傅："咋卖了？"

罗西赶忙道："家里也没地方放，再说落落学习课程也深了，琴也弹不出什么名堂了，趁早卖了省心。"

落落不让了，"才不是呢，爸爸是因为给爷爷治病没有钱才卖钢琴的。"

罗西忙制止："落落，瞎说什么？"

乔师傅一惊："啥？"

乔大娘一脸的不高兴。

乔家伟家　　夜　　内

罗西仍没回家，家伟和落落吃完晚饭，落落正在写作业。

家伟："落落，爸爸给你联系好去文化宫练琴了，他们中级班下个月就开学了。"

落落抬头看看爸爸，脸上毫无表情，又低头写作业了。

家伟："落落。"

落落没吭声。

家伟："爸爸一会儿去爷爷那儿，你自己上床睡觉吧，害怕就别关灯，不认识的人敲门千万别开。听见没？"

落落仍没吭声。

家伟："你身上这件衣服脏了，上床时脱下来，在水盆里泡上，爸爸回来给你洗。"

落落还是不吭声。

家伟："落落，你听见没？怎么不说话？"

落落依旧埋头写字。

家伟看看落落，叹了口气，坐到孩子身边。"落落，爸爸那天不该打你。爸爸向你道歉。"

落落抬头看看爸爸，仍面无表情。

家伟："落落，你长这么大，爸爸没打过你，那天，你真是太让爸爸生气了。你小小年纪，怎么能那样说话呢？"

落落又生气地把头低下了。

家伟："你想想，爷爷生了爸爸，把爸爸养大，爸爸又生了你。要是没有爷爷，世界上会有一个叫落落的孩子吗？落落，如果有一天，爸爸要死了，需要你用自己的钢琴去救爸爸的命，你救不救爸爸？"

落落抬抬头看看家伟，不吭声。

家伟："爸爸小时候，离家不远的地方，有一片杂木林，那里住着一群乌鸦，爸爸和二叔，常到那去哄老鸦玩。你见过乌鸦吧？长得又黑又丑，挺大个嘴，叫的声音非常难听。"

落落被爸爸的话吸引住了。

家伟："这小乌鸦出生以后，乌鸦妈妈就像所有的鸟妈妈一样，辛辛苦苦四处给孩子找食吃。小乌鸦长大了，乌鸦妈妈老了，飞不动了，小乌鸦没有忘记妈妈的养育之恩，他决不让妈妈挨饿，于是他顶风冒雨去为妈妈找食吃。这就是人们常说的'乌鸦反哺'。"

落落眨眨眼睛。

家伟："落落，你想想，一只丑乌鸦都懂得去做的事情，咱们人不应该做得更好吗？"

落落的眼珠转了转。

家伟："钢琴卖了可以再买，可是爷爷的命要没了，落落，你就是把山变成金、把河变成银，也买不回来了。"

落落又低下了头。

家伟穿好外衣，准备出去。刚一开门，"爸爸。"落落终于开口了。

落落："你给爷爷买的药没拿。"

家伟看着落落，笑了。

家伟走了。

落落一个人正要上床，忽然听到一个奇怪的声音，吓得她一下子趴在了床上，半天才爬起来，战战兢兢地向门边走去。

门外，一只猫在叫着，落落似乎松了口气。

突然，电话响了，把落落又吓了一跳。她跑过去接电话："你、你找谁呀？我爸爸不在，你是方阿姨……我害怕……我妈妈和爸爸吵架了，不回家……你、你真的肯来陪我吗？"

罗主任家　　　夜　　　内

罗北和罗西正在看电视。

罗西："我有一个朋友，想托我买点股票，你能不能给找找人？"

罗北："买多少？"

罗西："你能给买出来多少？"她说着，抓起电话，拨通了："喂，请转359号。喂——"她突然一愣："是乔家伟家吗？你是谁？哦，小方啊……啊，啊，那谢谢你啦。"她啪地放了电话。

罗北："有情况了吧？赶快打道回府，否则后果不堪设想。"

罗西："我才不怕呢。"

罗北："别硬挺儿了，我这人说话没人愿意听，常常是因为我恶狠狠地说了些真话。我也懒得讨人嫌了，不过我还是希望你能在乔家伟和钢琴之间有一个明智的选择。"

门铃响了，罗西去开门，是家伟站在门外。

家伟冷冷地："我爸请咱俩去一趟。"

乔师傅住处　　夜　　内

乔家的儿子、女儿、儿媳全来了。乔师傅闷坐在椅子上，不吱声。

乔大娘看看孩子们，又看看乔师傅，"他爸，大伙儿都来了，你有事儿快说吧。"

乔师傅抬头看看儿女们，"这回我有病连累了你们大伙儿，爸这心里不过意呀。"

家男："爸，怎么这么说呢？"他笑笑，"你不是爹吗！"

乔师傅瞪了他一眼，"尤其是你大哥大嫂，为了给我治病，把孩子钢琴都卖了。找你们大伙儿来，就一个事儿，将来我死以后，把咱家东屋卖了，这个钱给你大哥大嫂。"

家伟一听，"爸，这是干啥？"

乔师傅："这件事，你妈来办。"

家伟："我不要。"

乔师傅："房子破点儿，可多少也能卖两个。再给孩子买台琴。"

家伟生气了："我坚决不要。"

家男："哥，爸扑腾一辈子，就攒下咱们四个，能卖上钱的玩意儿也就这几间破房子了，我看你还是要吧。你不要房子，爸心里不得劲。"

心兰使劲儿捅捅家男，不让他说话。

家伟："我要爸这间房子心里就得劲儿了？爸把我养大成人，出多少力？费多少心？花多少钱？一台钢琴算什么？我死也不要房子！"

家男："不要房子把钢琴的事儿捅爸那去干啥？爸啥脾气不知道哇？你们痛快要了房子，省得爸吃不好睡不安稳总惦记这事儿。"

家伟让家男臊得脸通红，罗西不满意地白了家男一眼。

乔师傅冲家男火了："你一边待着去。"

家男哼了一声，"爸，我哥要实在不要房子，你就算了，这笔账算我的，将来我有钱了，我替你还给我哥。"

家伟火了："家男！"

佳丽："哥，家男说得没错。落落这台琴是为咱爸卖的。所以这台钢琴不只是你们一家的事儿，是咱们大家伙儿的事儿。等爸病好点了，咱们能喘喘气的时候，咱们就集中力量先给落落买钢琴。"

乔师傅："用不着。房子的事儿就这么定了。"

佳冰凑上前："爸，你说我大哥能要你房子吗？我大嫂把这卖钢琴的事儿告诉你，就是想向你这个走路都直打晃儿的病老头子要钱吗？绝对不可能！你儿子就再下三烂儿也不至于娶那么个媳妇。你这为台琴还一本正经儿地立个遗嘱，用得着吗？你问问我大嫂，她是这么个目的吗？"。

罗西不高兴地："卖钢琴的事儿是落落给说漏了，怎么成我说的了？"

佳冰白了她一眼。

罗西："爸，这房子我可要不起，这得担多大的罪名，你还是算了吧。"

乔师傅："这不关你的事儿，都该干啥干啥去吧。"

乔师傅住处楼下　　夜　　外

楼下，罗西推着自行车先走几步。

家伟和家男、心兰后走了出来。

家伟对家男："家男，你今晚这是干什么？"

家男气呼呼地："我不是冲你。太不像话了。哥，怎么整的？"他指指罗西："还和你劲儿着呢？"

家伟叹了口气。"不理她，愿意咋的随她去。"

家伟和家男、心兰分手后，继续往前走。罗西在道边儿等他。

家伟："快走吧，我先送你回你妈妈家。落落一个人锁在家里呢。"

"不会吧？"罗西冷冷地："我回自己家。"说着跨上了自行车。

家伟一愣。

肿瘤医院病房　　日　　内

病房里，刘大爷刚吃完饭，大刘在收拾饭盒。

刘大爷："剩那些，够我晚上吃了。"

大刘："你要能吃就现在都吃了，到了晚上非馊了不可。"

刘大爷笑笑："我可吃不动了。"

大刘出去刷饭盒，乔大娘端着水盆进来了。

乔大娘："7号病房姓黄的那个男的和高医生呛呛起来了。说是病好了，要出院。"

乔师傅："就那个种菜的？大伙叫他卖菜黄。"

乔大娘："就他。"

刘大爷："卖菜黄那病还有个好？和我一样，挺大个瘤子长在肺门上，他呀，准是没钱了，住不起了。那天来说了，老两口种一年菜，挣不到两千元钱，这一个化疗就打进去了。养仨儿子，没一个朝面的。卖菜黄那天和我说说都要掉眼泪了。"

乔师傅："还真就有这样儿女。"

突然刘大爷冲着门招呼道："正说你呢，快进来。"

乔大娘一回头，卖菜黄乐呵呵地进来了。

刘大爷："听说你要出院？"

卖菜黄："啊，我病好啦。"

乔师傅："真好啦？"

卖菜黄："这事儿能扒瞎吗？不信你们看看我照那片子，肺上溜儿干净，啥也没有了。"

乔师傅："那你净扯，3床这个黎原打上化疗瘤就没了，过些日子就又出来了。"

卖菜黄："我打了一个化疗瘤子不但没小，比原来还大了。我这病根本不是这医院给治好的。"

乔大娘："那你吃啥偏方了？"

卖菜黄回头瞅瞅，关上门，很神秘地对大伙说："我一开始就觉得这病来得蹊跷，能吃能睡，能走能动，非就说我是癌。你说咱再没钱也不能在家等死呀，治吧，把家那俩钱划拉划拉就来了。来就给我上化疗，没把我折腾死，反而还把病治大发了。头些天，人家给我介绍一个人儿，会看病，你是啥病，去了，不用说，人家就给你看出来。"

刘大爷:"那是气功师?"

卖菜黄:"不介,气功啥玩意儿?人家这个有神儿。"

乔大娘:"是大仙呀。"

乔师傅:"那更扯淡了。"

卖菜黄急了:"唉,老哥,你也不信是不是?开始呀,我也没在意,后来人家就给我说了不少这个大仙看病怎么准怎么准的,我就有点动心了。再说,老哥,我也真让这医院给折腾赖了,我和老伴一合计就去了。一进屋,人家就给我个下马威:'你回去吧,你这人不信佛。'我这赶紧好话说了一大车,好说歹说人家大仙给我看了,一看人家就明白了,'你这是虚病,好治。'说完画了个符,让我回去烧了,喝它。我呀,连喝三回,好啦。昨天这片子一出来,连高医生都愣怔了。老哥,这玩意儿你说你不信?"

乔大娘倒抽一口冷气:"可也是呀,你说要不灵吧,这有时候还真准称。"

卖菜黄:"老哥儿,你呀,真得弄点旁门左道,好好扎古扎古,我说这个人你别不信,这个人哪,仙气折腾了她九年才附体呀。"

乔大娘:"你有那大仙的地址吗?"

乔家伟家　　夜　　　内

晚饭后,家伟正在家写着什么,罗西坐在沙发上织毛衣,"落落,来,试试够不够长。"

落落刚从另一个屋跑过来,门铃响了。

罗西酸溜溜地:"落落,开门去,可能是你方阿姨又来了。"

落落跑去开门了。

家伟回头瞅瞅罗西，正想说什么，只听落落在门口叫道："妈妈，是二叔和姑姑，不是方阿姨。"

家男和佳丽急匆匆地进了屋，冲罗西点点头。

家男："哥，爸今个儿又和我火一通儿。"

家伟："怎么啦？"

家男："7 号那个整天磨磨叨叨的卖菜黄出院了，说是一个大仙给治的，爸和妈非要找那个大仙去。我和姐也没招儿了。"

罗西一听，忍不住笑了，"这不开玩笑吗？怎么还能信这些东西？现在连那些没什么文化的农村人都知道这是骗人的了。"

家男："爸以前不信这个，这回呀，纯粹是让这病给折腾的，浑身疼，走路腿都发软。这些日子他情绪多坏？一顿吃那几口饭，眼瞅着人见瘦。"

佳丽："爸没有什么文化，走投无路的时候，难免会有这些念头。现在得想个办法阻止他，不过，爸这人脾气太倔，一句话都听不进去。"

家伟想了想："那个大仙住哪儿？"

家男："在车站那儿。"

家伟："看一次要多少钱？"

家男："不要钱，要两瓶老白干，二斤糕点，治好了病，人家要你的赏钱。"

家伟琢磨着："我看，瞅哪天暖和，带爸去大仙那看看。"

佳丽着急地："这不行，爸现在糊涂，咱们不能也跟着稀里糊涂哇。"

家伟："我是这么想的，大仙看病不就是想骗钱吗？这两瓶老白干、二斤糕点是大仙的诱饵，引你上钩，然后再掏你兜里的钱。所以，你带爸去，大仙肯定说这病能治，只要说能治，爸的情绪就会好起来，就能多吃几口饭，多吃饭身体就会恢复一些。去，就为这个，再说，总蹲在病房里也太憋屈，找个车，拉着爸慢慢跑一趟，全当出去散散心了。"

佳丽："那可不能用物理研究所的车，让人笑话。"

家男："我认识一个哥们儿，他有车……"

罗主任病房　　　日　　　内

罗西正和父母聊天。

罗西："你说这不是个笑话？一窝子大学生，还高科技人才呢，把老爹送给跳大神的了。"

罗主任："不能吧？"

罗西："今天人都去了，对啦，家男找金大刚给拉走的。"

罗母："家伟这是怎么了？以前办什么事儿挺稳当，挺有章法的。"

罗主任："他父亲有这种想法倒可以理解，家伟这么做可就不合适了。等他来，我得和他谈谈。"

罗西："爸爸，你可千万别找这麻烦。就没见过这样的'大孝子'，只要是他父亲想做和需要做的事儿，不管是对的还是错的，一律坚决去做；不管自己有没有力量做到，也不管这件事儿给别人带来多大的伤害。以前我一说你总批评我心胸狭隘，这回也领教了吧？"

罗母："家伟脑子中传统的旧观念比较多，这与他从小的生活环境有关。找对象有人很重视门当户对，这不仅仅追求权和利的平衡，关键是思想方法比较接近。将来罗北找对象，我们可得吸取教训。"

罗主任："吸取什么教训？罗西能和家伟结合，是件很幸运的事，你不能按照你脑中理想化的东西去要求别人。罗北将来的对象，一不准挑容貌、二不准挑家庭，年轻人有知识、有进取心，比这些都强。"

罗母："我说老罗，你这次没落下个半身不遂，黄主任说简直是个奇迹，但是你目前的症状比以往重了。你这只手，以前就是活动慢点，可现在拿东西都吃力了，你得注意控制自己，动不动就怒发冲冠怎么行？"

罗主任："罗北也是太不省心了。"

罗母："儿大不由爷！你也别太认真了。"

罗主任："我要再不认真，真就不可收拾了。文小娟这事儿，决不允许罗北再胡闹下去了。"

罗母："这个事儿我们是得出面管管了。"她说着看看罗主任，试探着问："罗北说他想去体改委。"

罗主任："他懂什么？"

罗母："又不是去当主任，学舌跑腿总得有个人吧？那地方倒是挺锻炼人的。"

第十五集

郊区民居　　日　　外

城边杂乱的民房，大刚开着车拐进小胡同，车上坐着乔师傅和家男。

大刚认真地看着两边，"就这疙瘩……"

车向前徐徐开进。

"哎，大红门。"乔师傅往前一指。

家男也看到了那个漆得血红的破大门，笑了："我的妈呀，咋跟个破庙似的。"

家男扶着走路有些吃力的父亲下了车，走近大红门。敲门。

一个孩子打开门。

家男："请问，这是张大仙师傅家吗？"

孩子："进来吧。"

张大仙家 日 内

家男扶着父亲进了屋。屋里光线有些暗，迎面黑乎乎的墙上供着佛龛，一张破旧的八仙桌上摆着香炉。

家男一扭头，吓了一跳。炕上盘腿端坐着一个五十多岁干巴巴的老太太，两个大眼珠子焦黄、锃亮，闪着一种不同于常人的眼光。

家男让父亲坐在椅子上，把手拎的两瓶酒和两包糕点递到大仙儿面前，"师傅，我爸病了挺长时间了，想请你给看看。"

大仙直视着乔师傅，看了半天："你这人，浑身是病，脑袋没病。"

乔师傅当时一愣，"是呀，我就脑袋不疼，浑身都疼。"

大仙儿："你信我这个不？"

乔师傅："说是你看的挺好，不信来干啥？"

大仙儿眼光一抡："你这病不轻啊，但是有一小半儿是实病，一大半儿是虚病。实病我治不了，你得找大夫去。这虚病，你要真信我，我就给你查查。"

乔师傅点点头，"我也觉得我这病怪，病得东倒西歪的，一查哪儿都正常。浑身疼起来吧，没完没了。"

大仙儿腾地跳下地，从香炉里抽出一把香，递给乔师傅："你抽七支。"

乔师傅抽出七支香点燃后，大仙儿接了过去。

大仙儿手握着香，向左摇了几圈，又向右摇，然后，站在佛龛下，握着香，香头冲下，香的烟儿忽忽悠悠地往上飘。

大仙儿："我给你查查你们家祖上有没有屈死的鬼。"

乔师傅很认真地看看那香烟儿，连家男也似乎被吸引住了。

大仙儿突然高叫一声："找着了！就是他。"

乔师傅和家男让她吓了一跳。

大仙儿指着乔师傅："就在你这辈儿上，有一个阳寿未尽的屈死鬼。有没有？快说。"

乔师傅："我、我四岁那年死个大我五岁的姐姐。"

大仙儿："就是她，就她磨你。你看这股烟儿，就这股烟儿走西南，你细看。你这个姐呀，舍不得你，想领你去做伴儿。"

家男一听，气得把嘴一撇。

乔师傅很认真地听着。

大仙儿继续看着："你上几辈儿还有一个男的，这个厉害。不过，出五服了，磨不着你了，不用管他……"她看得非常专注。

家男用手扇扇父亲面前飘过的香烟。

乔师傅挡开家男的手，他突然问道："师傅，这香火能不能看看我这辈子有没有个孙子？"

大仙儿看看乔师傅和家男："能看。"她说着手一翻，香头向上，香烟竖直向上飘去。

大仙绷着脸儿，看了半天不吭声。

乔师傅眼巴巴地看着大仙那严肃的表情。连家男也不由自主地跟着紧张起来。

"有！"大仙儿吼了一声。

乔师傅和家男都乐了。

大仙儿利落地灭了香火，对乔师傅说："我先为你驱鬼，驱走鬼，你的病就好了大半儿。十天以后，你再来，我把这死鬼未尽的阳寿过给你。"

乔师傅："那这过一回寿得要多少钱？"

大仙儿："我一回能给你过十年寿，要看我遭那罪呀，我收那一百四五十块钱儿真不算多。"她说着拿起笔在一张纸上画了起来。

家男凑趣道："是呀，这十年寿命是闹着玩儿吗？换上我起码也得要他个万八儿的。"

大仙儿："我这就是为积德了。我现在仙气附体，不救苦救难，仙气就没了。"她说着把画好的东西递给乔师傅，"这是我画的符，回去烧成灰黄酒冲服。这还有一包药，喝完符三个时辰之后喝药。"

"知道了！"家男抢着拿过符和药，揣到自己兜里："师傅，你说我爸这病能治是不是？"

大仙儿肯定地："能治，包在我身上。这病人我见多了，有那都要咽气的，魂都走了，我硬给他收回来了，还活得好好的呢。"

家男乐了，"谢谢师傅。爸，你听见没？你这病能治，可用不着整天瞎寻思了。"

肿瘤医院走廊　　日　　内

医院走廊里，乔师傅快步走来，后面跟着家男、大刚，正遇上高医生。

高医生："乔师傅，今天出去了？"

乔师傅："溜达溜达。"

高医生："适当活动活动，可以增加食欲，增强体力，心情也好。"

乔师傅："对，对。"他笑呵呵地点点头进屋了，情绪显然好多了。

家男："高医生，这就是我和你说过的那个朋友金大刚。"

高医生："哦，您好。"

大刚："高医生，这给你添麻烦了。"

高医生："没关系，那天家男说了你爱人的情况，你不用太着急，上海有两家医院对小肝癌的研究和治疗很不错了，我有几个同学在那儿，其中有专门搞这个的，你如果打算去的话，我给你写几封信，你去找找他们。"

大刚："高医生，太谢谢您了。"

肿瘤医院院内　　　日　　　外

医院住院部楼外，家男刚送走了大刚，见家伟来了，忙过去。

家伟："回来啦？咋样？"

家男乐了："哥，你真不愧是博士，这招儿还真灵。去的时候爸是我架上车的，回来，不用扶了，自个儿走的。"

家伟也笑了："那大仙还真有神儿。"

家男："大仙说爸这病能治，给画个符。"他一边从兜里往外掏一边说："你看她这画个啥玩意儿？我怎么看怎么像个变形金刚。"

家伟一看那符，忍不住皱着眉头笑了。

家男："这符得烧成灰喝。我说别喝，爸说得喝，喝就喝吧，反正也高温消毒了。对，还给一包药。"

家伟拿过药："这可绝对不能给爸吃。"

家男："我得留着这药，有工夫找个地方化验化验是啥玩意儿，它要对人体有害，就得把那个大仙逮起来。"

家伟："你这哪是去烧香的？纯粹是拆庙的。呵呵呵，爸一听能治，精神好些了吧？"

家男："好是好点儿，可我看爸也是信一半，要不这药我说不能吃，他光说'不能吃坏吧'，也没硬要吃。可能有上回那教训，他也是怕。"

家伟："爸人也不傻，心里也不见得信。"

家男："你说不信吧，他看着人家手里握着的那炷香，突然让人家看看他这辈子能不能得个孙子。"

家伟笑道："哟？爸还有这么桩心事？从来没说过。"

家男："说是真没说过，不过我可看出来了。记得不？那次王叔他们来看爸，爸一听张师傅得个孙子，'好，小子好！这得喝你喜酒！'眼珠子都羡慕得发蓝，妈也一劲儿说：'看人多有福，想啥来啥。'你那时候写信回家告诉说生个女孩儿，爸盘腿坐在炕上不吱声，妈站在地下一个劲儿说：'丫头好，知冷知热的，还不用操心。'把爸磨叨火了，说：'你快做饭去得了。'哈哈哈。"

家伟也呵呵笑了："不过，我印象爸回信说得挺好哇。"

家男："你完蛋，这回看我的。"

家伟笑了。

肿瘤医院院内　　　日　　　外

佳丽用轮椅推着父亲在院里散步。

佳丽："爸，这回我的论文答辩通过了，总算干完活儿啦，没什么事，可以天天来陪你了。"

乔师傅："你哥说你可以去国外做博士后。"

佳丽："我暂时不想去。"

乔师傅："书能念还是多念点儿好，我没啥文化，可我觉得，念大书才能有大出息。千万别因为放不下我，耽误了你，我挺不多长时间了。"

佳丽："爸，别这么说，病咱得慢慢治。"说着泪水唰唰地流了下来。

乔师傅："爸这病，爸心里明镜似的。爸这一走，放不下心的一个是你奶奶，一个是你妈，再一个就是你。三十多岁了，该成个家了。"

佳丽："爸，等给你治好了病再说吧。"

乔师傅："唉，别说傻话了。黎原有个同学，是个光学博士，才从国外回来，这些年光读书了，还没娶媳妇呢。人挺本分，老实巴交的。长相吧，大路人儿，不难看。姓汤，我看这个行。提提行不行？"

佳丽推着父亲慢慢走着："爸，这个事你千万别跟黎原说，我自己能处理。爸，你要不觉得累，我推你上那边市场看看。"

乔师傅点点头，"也好，他们都说那挺热闹。"

乔家伟家　　夜　　内

落落已经睡下了，罗西在织一条毛裙，她穿上裙子，试试长短。

门口有钥匙开门声，罗西一看表，已经快十点了。

家伟回来，和罗西打招呼："落落睡了？"

罗西白了他一眼："几点了还不睡？你怎么才回来？"

家伟："家男今天去晚了，爸身上疼得厉害，家男不来我也不敢走哇。"他说着脱下外衣挂在衣架上，从兜里掏出张纸，"唉，真的，今天我从高医生那弄了个中药方，散瘀活血、理气扶正。高医生说治疗脑血栓效果很好。"

罗西："干吗？"

家伟："我明天去抓几付，给你爸爸吃吃。"

罗西："我爸爸的病有专家负责治疗，你操那份心干嘛？"

家伟："这个药方临床效果特别好。"

罗西："我们家不信那玩意儿，这方比你找那大仙的药强不了多少。"

家伟不高兴地："你这是什么话？"

罗西分毫不让："我又怎么了？你别回家就找别扭啊。"

家伟："到底谁找别扭？你从你们家回来这些日子，哪天你有个好气儿？好心好意弄个药方，你怎么还这个态度？"

罗西："我有这个态度就不错了。嫌我不好，连这样还没有了呢。"

家伟："我和你还有没有理可讲？"

罗西："你惹的。"说着进了小屋，啪地把门关上了。

家伟坐在凳子上，气得把手里的药方撕得粉碎。

乔师傅住处　　夜　　内

乔师傅借的房子。乔大娘在床上睡了，佳冰仍坐在桌前简易的台灯下冥思苦想。

在展开的稿纸上，写满了密密麻麻的小字。只能看清几个大字标题：《匆匆一段情》

佳冰在稿纸上写着：

……我僵在街头的夕阳里，望着他远去的背影，感觉到周身的血在冰结。我知道，只要我一声呼唤，无论他走到哪里，都会停下来，他一定会停下来。可后来呢？我不敢去想那不可遏止的一切……一个战栗的灵魂在黄昏里哭泣，为这个从身边擦过而又将永远离去的身影。

肿瘤医院病房　　　夜　　　内

乔师傅病房，黎明时分，人们都沉睡着。

屋里关着灯，从门上方的玻璃窗射进来一束惨白的光。

突然刘大爷痛苦地呻吟起来，大刘和家男同时从黎原的床上爬起来。

大刘忙下地，轻声地问："爸，实在受不了，就打一针吧？"

刘大爷："打吧。"

大刘忙去请护士。

家男给父亲接了尿，又给父亲喝了点水，吃了药。服侍父亲睡下了。

待护士打完针走后，家男对大刘悄声说道："你替我盯着点儿，天亮我妈就来了。"

街上　　　夜　　　外

大街上，天刚蒙蒙亮，家男骑着自行车，飞快驶来。

火车站售票处　　　夜　　　外

火车站售票处，家男放好自行车，向售票处走来。

一个穿戴得十分花哨、胖乎乎的女人迎上去："大哥，一个人儿闷不？"这人便是被罗北请去拍床上戏的那个"土楼"。

家男先是一愣，马上明白了眼前是什么人，"你离我远点儿，别沾我一身杨梅大疮。"

"土楼"气得一转身："损样儿！"

家男来到售票处，两个窗口还都没人，但窗台上却都放着一个破黑拎兜，四处看看，一个人影也没有。他打开拎兜，里面是半下子沙土。

家男把拎兜儿放下，掏出一张纸，坐在地上，靠着墙睡了。

"哟，哪来这么头死猪？"

"起来，起来。"

家男猛地醒来，见穿黑夹克的票贩子正踢他腿呢。身后还有两个同伙。

家男站起来，"你干什么？"

票贩子："干什么？赶紧给大爷我倒地方。"

家男一听就火了，"大爷我凭什么给你倒地方？"

票贩子："看看你身后的黑皮兜儿，三天前就替大爷我把这地方占下了。"

家男："大爷我三千年前就把这块地皮买下了。"

同伙甲："哟，小子，还挺'棍儿'！"

同伙乙："找残废。"

票贩子："识相的，立马给我滚开，惹急了大爷我，一拳让你满地找牙。"

家男慢慢地把黄大衣脱下往地上一扔。

票贩子出拳就直奔家男的脸，家男一闪身躲过，起脚把票贩子踹个狗抢屎。这时，身后一根铁条，狠狠地打在他的肩上，家男痛得一咧嘴。他抓起身后的黑拎兜挡着头，朝同伙甲冲了过去，几下就夺下铁条，一下子把同伙甲打倒在地，回身又给同伙乙一下子。

票贩子一看不好，转身就跑，同伙甲、乙也跟着跑了。

不远处，三个人停下了，疼得龇牙咧嘴。

票贩子："这小子准是练过。"

家男揉着肩头，恨恨地看着他们。

肿瘤医院病房　　日　　内

乔师傅病房，乔大娘正在给乔师傅捶腿。

大刘在用热水给刘大爷擦身子。

黎原回来了，仍旧是衣冠楚楚、风度翩翩。

乔大娘："黎原哪，你天天晚上跑家去睡，来来回回的，可别累着。"

黎原笑笑："没事儿。趁我现在还能动，多回家陪陪父母，他们年龄也都大了。"

乔大叔："黎原哪，我那天跟你说的那个事儿，你问问小汤没？"

黎原："问了，小汤还挺感兴趣，他说想见见人。我让他今天下午来一趟。你女儿能来不？"

乔师傅："没啥旁的事儿，她一准来。要不，一会儿，再给她挂个电话。"

乔家男学校　　　日　　　外

家男学校，家男下了课，忙去办公室。

家男和肚子有些凸起的心兰一起推着自行车从学校门口出来。

家男："心兰，你先回家，我去办点事儿一会儿回来。"

心兰："你又往哪儿晃悠？麻溜儿回家吃口饭睡一觉，要不你晚上有精神头护理爸吗？瞧你那眼珠子，熬得都要冒血了。"

家男："你回家做好饭，我就回来了。"

火车站　　　日　　　外

火车站，家男急急忙忙走来。

火车站售票处　　　日　　　外

售票处，王超穿身牛仔服，站在一边四处看着。

票贩子和同伙甲、乙一起嘻嘻哈哈地走来。突然，票贩子伸手一拦："别动，有情况。"

同伙甲一愣："怎么了？"

票贩子悄声道："今个儿这有便衣，赶快撤。"

同伙乙傻乎乎地四处撒目着："哪个是？"

票贩子："你自个儿去问问吧。"

三个人返身往回走，没走几步，票贩子又伸手一拦："别动，有情况。"

同伙甲有些紧张："大哥，又怎么了？"

票贩子狡黠地一笑："今个儿，看样子老警是又要搞打击活动，咱们得支持支持，你们看，那是谁来了？"

退票口，家男正急匆匆地赶去。

票贩子小声地对同伙说："你们俩在这等一会儿。"说完他快步奔售票口去了。

票贩子走到王超身边，"哟，哥们儿，等卧铺？要哪儿的？"

王超警觉地看了看他，笑着点点头："北京的，有吗？"

票贩子："我哪有？哎，刚才真还有一个人卖卧铺票，要价太高，人家没买。"

王超马上："麻烦你，帮我找找那个人，我急着要走，贵几个钱没关系。"

票贩子东张西望地："我看看，那小子好像往那边走了。哎，我看着了，就那个。"

退票口，王超大步向家男走去。他走到家男身边儿："有票吗？"

家男："要哪的？"

王超："只要进关的就行。"

家男："北京的。"

王超："行，多少钱？"

家男："一百九。"

王超："这么贵？便宜点儿不行吗？"

家男："一百八，不能再低了。"

王超："好吧。哎，我的钱放在车上，我们过去拿行不行？"

家男："走吧。"说着跟王超走了。

不远处，票贩子和同伙正躲在一边开心地笑呢，突然被几个便衣围住了。

便衣掏出证件："走吧，我们是警察。"

乔家男家　　日　　内

家男家，心兰焦急地看看表，家男还没回来。她把盛好的饭又倒到了锅里。穿上衣服上班去了。

肿瘤医院病房　　日　　内

乔师傅病房，乔师傅正在和黎原、小汤聊天。

小汤："我自费在法国读书，书读得太累太苦了，也没有多少时间打工，吃饭就是瞎对付，法国人的衣着是很讲究的，可我那套西装穿出去，马上就有人劝我换一套。换啥？这是我最体面的一身衣服了……"

乔师傅："啧啧。"

黎原笑了，"都怨你打光棍儿，就你这穷光蛋，还敢往女孩子身边凑合？领人家上哪儿玩玩，有去的钱，没有回来的钱。呵呵呵。"

乔师傅："真不易呀，小汤，要不说你能出息呢。"说完有些着急地看看表："到时候了，佳丽往常这个点儿早来了。"

说话间佳丽急匆匆地进来了，走了满头大汗。

佳丽："爸，今天感觉怎么样？"

乔师傅："还行。这半天和小汤、黎原唠嗑，也没觉得身上太疼。"

黎原马上给佳丽做介绍："这是我的同学汤明。"

小汤站起来伸出手去："您好。"

佳丽伸过手去："您好。"

小汤红着脸有些不好意思地："听说您才通过了博士论文答辩，祝贺您。"

佳丽似乎明白了是怎么回事儿，淡淡一笑："谢谢，请坐吧。"说完从床底下拿出了一件父亲的脏衣服，放到盆里，端着就往外走。

乔师傅："佳丽，你去哪儿？"

佳丽："洗洗衣服。"

乔师傅："你把衣服给我放这儿，我这条腿麻了，你给我活动活动。"

佳丽无奈，只好放下盆，给父亲捶腿，低着头，一声不吭。

乔师傅没话找话："小汤，你父母现在还上班不了？"

小汤老老实实地回答："不上了，都退了。"

乔师傅："哦，家里还有啥人了？"

小汤："我哥哥和妹妹都结婚自己单过了，现在家里就我和父母了。"

乔师傅还想说什么，佳丽打断了他的话："爸，今天的中药喝了吗？你这两天咳得厉害了。"

乔师傅："还没送来呢。等一会儿吧。"

佳丽："这也到点儿了。我去看看。"

乔师傅："不用。"

黎原瞅瞅佳丽似乎看出了点门道儿。

黎原："小汤儿，你今天下午不是有个会吗？"

小汤傻乎乎地："我请假了。"

乔师傅见佳丽不理不睬的："佳丽，人家小汤在国外读书，吃尽了苦头，终于学成了，你得好好照人家学呀。"

小汤忙道："乔大叔，千万别这么说，不好意思。"

佳丽："爸，我去问问药。怎么还没来？"她说着便往外走。

乔师傅不高兴地："那事儿不用你管。"

佳丽头也不回地走了。

乔师傅生气了，他忙对小汤解释，"今天这事儿，我没和佳丽说明白，她、她不知道，这不就……"

黎原忙笑道："没关系，没关系，乔大叔。"

空荡荡的病房，只剩下乔师傅一个人了。

佳丽拿着一瓶子药进来了，见父亲脸色难看，也没吭声，放下药，找出个杯子。

乔师傅终于忍不住发火了："我吃药的事儿不用你管，你给我放那儿，我问你，你到底想找个啥样儿的？"

佳丽站在一边，没吱声，想了想，还是拿起杯子想倒药。

乔师傅一把抢过杯子："告诉你给我放那儿！你今年三十好几了！还挑什么？人家小汤有什么配不上你的？没挑你就不错了，这多少人上赶着去找他，他都不干，同意和你见见面，你看你，这什么态度？"

佳丽："我告诉你了，这事儿别和人家说。"

乔师傅："我说还不应该是怎么着？这么好的条件你放过去了，你还上哪儿找这样的？"

佳丽："我自己的事儿我自己能处理，你就别管了。"

乔师傅伤心地："用不几天了，你想让我管也管不着了，可我活一天，我就得管一天，我是你爸呀。爸一个老工人，没啥文化，你书读得多了，有学问，想的和爸不一样，可不管是啥人，这过日子都是一个理儿呀。一个人孤零零的总不是个事儿，你就这么高不成低不就的，越挑拣越难办，再过几年，就得找个二婚的，那拖孩子带崽儿的，日子也不好往一堆过。老人说话你别不听，爸也知道你有心事，可那一个小子对不起咱没啥，咱自个儿得对得起自个儿呀。"

佳丽："爸，你别说了。"

乔师傅："儿女的这些事爸不想多管，都自己看好啥样找啥样的吧。可今天这些话呀，爸是早就想说没好说呀。你不像佳冰，风一阵、雨一阵的，你这孩子，脾气像我，倔呀。人要倔大劲了，就得吃亏呀，当初那小子撇下你走了，是对不住你，可你不能因为和他较劲，就看谁也不顺眼哪。人这一辈子，摸不准啥时候就遇上个关口，过去过不去呀，全看你自个儿。大道理爸讲不出，就这么个意思，等爸没了，想爸的时候，你捉摸捉摸爸这些话……"一阵剧咳打断了他的话。

佳丽哭着快步出了病房。

这时，高医生拿着血压计过来，她见佳丽哭着跑了，忙推门进了病房："乔师傅。"

乔师傅喘息着："没事儿。"

高医生手一摸乔师傅的脉搏，忙道："快躺下，别乱动。我给你听听心脏。"

乔师傅一摆手："不要紧，我是生点气。"

高医生："自己的孩子，有话慢慢说，我看你这女儿对你可真是不错呀。"

乔师傅："对我倒真是没挑的，这孩子，也不是我夸呀，书读得好，人也本分，在她身上，你说不出个'不'字儿来，可就是这个对象找不明白。黎原才给介绍一个，国外回来的博士，挺好挺好的，就是不干。高医生，你说这不气人？"

高医生叹了口气："乔师傅，我看这个事儿还是尊重佳丽自己的意见吧。婚姻这个东西，有时看着挺合适，其实并不然。我儿子的婚事是我坚持促成的，儿子不同意，可我觉得非常合适，结果呢，孩子生活得并不幸福。我也后悔，可这又有什么用呢？"

乔师傅瞅瞅高医生，"我也知道，我管不了她这事儿，可这当爹妈的，不能眼瞅着孩子耽误了。"

高医生："像佳丽这样出色的女孩子，一定会有个好的归宿。"

肿瘤医院大院　　　日　　外

楼外，佳丽伏在空地的长椅上伤心地哭泣着。

高医生办公室　　　日　　内

高医生静立在窗前，心事重重地望着楼下的佳丽。

每次看到这个女孩子，我的心便隐隐作痛，一次比一次酸楚。是上苍在惩罚我吗？我在默默地承受着……

"潘聪，我可爱又可怜的儿子，妈妈真的做了件对不起你、也对不起她的事。你分居了，你想回国，你怕妈妈失望。我的儿子，妈妈的确对你寄予了很大希望，可妈妈最大的希望是你生活得幸福、快乐呀！"

两行泪，慢慢地流下来。

派出所　　　日　　外

派出所里家男垂头丧气地坐在墙角的一条凳子上，头顶着墙。

屋里还有好几个人，墙角挤着票贩子和他的两个同伙。一个个都像霜打的茄子。

所有的人都面向墙坐着。

门开了，有人条件反射似的把头转过来。

王超把一个人推进来，就是家男一大早儿在车站碰到的那个肥实的"土楼"。

"土楼"四下看看，见家男身边的凳子有个空地方，便走了过去。她坐下后，一斜眼儿便认出了家男，眼珠一转，便一点点向家男挤去。

家男低着头，往一边挪了挪。

"土楼"马上又挤了过来，紧贴在家男身上，轻轻喘着。

家男发觉不对劲儿，扭头一看，愣了。

"土楼"一脸媚笑，"没办法儿呀，赶到这儿了。"

家男气得呼地站了起来："你躲开，我要出去。"

胖乎乎的"土楼"把路塞得死死的，她浪声浪气地说："你可以从我身上爬过去。"

话音刚落，屋里的人都像打了针兴奋剂似的，全精神了。

家男："你个臭婊子，真不要脸。"

"土楼"毫不示弱："要脸你上这旮儿来干啥？装什么孙子？呸！"

家男气极了，猛地用力一推，咕咚一声，"土楼"结结实实地摔在了地上。摔得吱哇乱叫，"救命啊——打人啦——"

王超拎着警棍咣地推开门进来："干什么？都知不知这是什么地方？"

"土楼"从地上爬起来，"报告政府。这家伙打我。"

王超的警棍啪地抵在家男肩上，"你敢上这儿来撒野！"

"她……她……"家男牙咬得咯咯响，气得说不出话来。

"报告政府，"穿黑夹克的票贩子站起来，"我要求作证。"

家男一愣，看着不怀好意的票贩子走过来。

票贩子："报告政府，我以我的脑袋做担保，刚才是这个婊子去撩骚人家，人家不理她，要走，她堵在那儿不让走，人家硬往外走时碰着她了，她扑通一声自己往地上一坐，就像只老母狼似的，开嗓了，这是纯心陷害人家。"

票贩子作证时，家男一怔，狐疑地看着他。

"土楼"急了："你放屁！"

"你闭嘴！"王超将警棍顶在"土楼"身上，他指着票贩子问别人："他说的是事实吗？"

票贩子给同伙甲一个眼色，同伙甲支支吾吾地："报告政府，我没看着怎么回事儿，我光听见她说让他、从她身上、爬过去。"

王超用警棍捅了"土楼"一下，"你出来。"又指着家男："你也出来。"

"土楼"和家男跟着王超出去了。

同伙甲揉着早晨被家男打疼的后背，不解地问票贩子："大哥。你疯了，怎么还替这小子说话？"

票贩子恨恨地："我这半天就犯寻思，这老警怎么叨得这么准？她一进来，我才醒过腔儿来，原来是这个婊子把咱们递出去，上午在车站我看见她和便衣在一堆儿。"

派出所审讯室　　日　　内

王超将家男带进来便出去了。

家男一抬头，迎面墙上一大字横幅"坦白从宽　抗拒从严"。

家男在地中间的一个方凳上坐下了，他对面的一排桌子后面，几名公安人员正襟危坐，年龄大些的所长坐在中间。

坐在所长身边的警察神情严肃地问："叫什么名？"

家男抬抬头："乔家男。"

警察："有工作单位吗？"

家男低着头不吭声。

警察提高了声音："问你！"

家男："市师范学校。"

警察："职业？"

家男："教员。"

警察："哟，你还是人民教师呀？从什么时候开始倒票？"

家男："这是第三回。"

警察："车票来源？"

家男："起早在车站售票口排队买的。"

警察："倒票的非法收入共计多少？"

家男："不到五百块钱。去掉今天你们没收的两张车票的本儿，能赚三百块钱。"

警察："把钱交上来。"

家男："早都花没啦。"

警察："都干什么花了？"

家男："大部分都给我父亲买了营养补品。"

警察："你非法倒票干扰正常的社会秩序，扰乱社会治安，现在我宣布：你被拘留了。"

家男腾地站起来："什么？"

警察厉声道："你坐下。"

家男急了，咚地坐下："我知道我犯了错了，我任打任罚。只求你们千万别拘留我，我父亲得了肺癌，住在肿瘤医院，病很重，我每天晚上得去护理他，明天我父亲他就开始打化疗，这化疗一上去，人折腾得要死要活的。"他说着又站了起来，"那医院清一色的女护士，我父亲又拉又尿又吐的，让人家伺候也不方便。我妈岁数也大了，那又是男病房，再说我今晚上若不去，肯定就是出什么事儿了，这要让我父亲知道了，还不气死？"

警察："你坐下。现在才想起来你父亲，早干什么了？"

家男坐下："不对，若不是为了我父亲，我何苦遭这份罪？晚上陪我父亲折腾大半宿，天不亮就迷迷糊糊爬起来，黑灯瞎火地从城南跑到城北得骑一个多小时车，还和那些小流氓打了一仗。要不是为了老爹，我一个堂堂人民教师，犯得上去倒这几张车票吗？"

警察："按你的理论，以父亲的名义，就什么事儿都可以做吗？"

家男："我不是这个意思，真不是。我父亲病了半年多了，家里的钱都花光了，为了给父亲治病，我大哥硬把他家的钢琴卖了，媳妇气得天天和他吵；我母亲为省点钱。每天给我父亲送饭，连公共汽车都不舍得坐；小妹妹上大学，为了自食其力，给好几家孩子做家庭教师；姐姐给父亲输血以后，连点补养品都不舍得买；我爱人怀孕好几个月了，可还是天天跟着我粗茶淡饭……我，我也知道，倒几张车票解决不了这些问题，我只是想,明天我父亲就打化疗了,这化疗药对人体的副作用太大了,我想弄几个钱，给父亲买点营养品补补，就这么个目的，我讲的都是真话，不信你们可以调查去。"家男讲到最后，竟已是泪光莹莹了。

警察看看所长，所长毫无表情。

警察："你的情况我们会进行调查的。你回去吧。"

家男起来，刚要走又停住了："你们打算拘留我多少天？"

警察："半个月。表现好了，交完罚款你再出去。"

家男脱口而出："这不行。"

警察厉声："什么叫不行？"

家男："我是说，我得去护理病人，要不然你们行行好，我白天来蹲拘留,晚上让我回去护理我父亲,我绝对不能逃跑……"

警察："你以为这是托儿所呀？"

家男急了："我求求你们啦。"

一直沉默不语的老所长发话了："把你单位的电话号码留下。你们这些人也要区别对待，如果你说的情况属实，我们倒是可以做适当考虑，但需所在单位出具担保。"

家男像遇见了救星一样："那真太谢谢您了。"他忙走过去，拿起了笔，突然他迟疑了。

警察："快点儿写。"

家男："我知道我犯了错误，有这次教训，我以后决不会再干任何一点违法的事了。我是个穷教员，至今还是自己租房子住，除了那点儿死工资以外，再没有其他任何收入了。我因为没有钱才去倒票，但说心里话，我还愿意继续当这个一无所有的穷教员。我大学毕业，是学校的教学骨干，我们班有几个贪玩儿的学生，因为害怕我，才不得不掐着鼻子给我学数学。这件事要传到学校，我真的就没法再干了。一个教师在学生中没有了威信和尊严，再还怎么进课堂？出现今天这样的局面我不能怨别人，也不想再为自己开脱了，我给你们留个号码，这是我哥哥的电话号码，你们酌情处理吧。"

家男写完电话号码便出去了。

第十六集

物理研究所　　日　　内

家伟正在做试验。电话铃响了，方远航忙去接电话。

方远航："喂，哦，请等一下。乔老师，找你的。"

家伟接过电话："喂，我乔家伟。心兰哪，我正想找你呢，上午打电话你上课去了……家男是不是……什么？……你别急着，他可能是办什么事儿去了。"

乔佳丽学校　　日　　外

楼前的草坪上站着焦急的家伟、佳丽和佳冰。

家伟："这人能上哪儿呢？去哪儿他都能告诉家一声。我怕他……不能有啥事儿吧？"

佳丽："可千万别有啥事儿。"

佳冰："肯定有事儿了！不是很特殊的情况，爸病这样，二哥绝不可能上哪儿眯两天去。赶紧找吧，是不是上谁家喝醉了？"

家伟："那也不能一醉醉两天哪。"

佳冰："会不会又在哪儿和人家打架了。"

家伟："就是让人打趴下了，也该爬回来了。"

佳丽担心地："家男那自行车一上大街，也不管车多车少，骑得飞快，说多少回也不听，能不能是……我得去这几家大医院找找。"

家伟："佳冰，你去你二嫂学校，让她给他们经常联系的同学和朋友挂个电话，找找，你二哥今晚要再不回来，你在那儿陪你二嫂。"

佳冰："今晚要再不回来，咱们就得报案了，别真出啥麻烦。"

佳丽："爸这边上化疗，他没准上哪儿又给爸倒腾什么好吃的去了。"

家伟："也许，他这些日子就捉摸这事儿。不过，他要真去远地方，肯定能和我说，咱们，还是别大意。"

某医院急诊室，佳丽在向医生护士打听着什么。

肿瘤医院，家伟匆匆赶来。

师范学校办公室内，心兰拿着本通讯录正在挂电话，佳冰坐在一边。

乔家伟家楼下　　　日　　外

家伟急匆匆地骑着自行车赶回来，见楼下停着警车，忙过去问："这是站前派出所的车吧？我是乔家伟。"

两名警察从车上下来："我们谈谈吧。"

家伟："请到屋里谈吧。"

家伟领着两名警察上楼。

罗西单位　　日　　内

罗西正在一边嗑瓜子一边和同事聊天，这时电话铃响了。

罗西接电话："喂，我是罗西。呀！搞到了？太好了！……什么？这么急？四点下班？那我四点之前一定赶到，你在家等我。"罗西放下电话就往外跑。

乔家伟家　　日　　内

家伟正在和两名警察谈话。

家伟愁得不知如何是好："……如果不是为了父亲，他决不会去干这种事儿，家里确实这么个状况，我弟弟讲的都是真话，他、他怎么这么蠢呢。"

警察："我们也做了调查，乔家男的确没有撒谎，所以，根据目前的情况，对于他我们经研究决定从宽处理。"

家伟："那太谢谢你们了。"

警察："从宽也还是要处理，救人得治病。取消拘留处罚，可四千元罚款必须交，这是罚款通知单。"

家伟忙接过通知单："行，行，我们交。那什么时候能放人？他现在在什么地方？"

警察："他现在在我们那儿关着哪，交完钱就可以放人。"

送走警察，家伟忙打开衣柜。拿出外衣，往外掏钱。

所有的钱都掏出来了，明显不够。

家伟急忙抄起电话，拨通，"喂，请找一下乔佳丽……不在？知道她去哪儿了吗？哦，我是她哥哥，等她回来时，麻烦您告诉她马上往我这来个电话。"

家伟放下电话，急得团团转，他想了想，又抄起了电话，拨通："喂，我是乔家伟，方远航在吗？……不在，那算了，再见。"

家伟放下电话，又拿起号码簿翻了起来，突然他猛然想起了那个化妆盒，那里面有罗西一千五百元私房钱的存折。

家伟撇开号码簿，忙奔向屋角的一个矮柜。他从矮柜里拿出了罗西的化妆盒，打开一看，猛然一愣，盒里竟然装着满满的钱。

家伟来不及多想，从里面点出四千元，把化妆盒放了回去。

这时，罗西开门回来了，她急匆匆地进来。

家伟手里拿着钱："罗西，那里的钱是谁的？我先拿四千……"

罗西："这不是咱家的钱，是林菲菲的，买股票用的，你可不能动，快给我，马上就用。"

家伟把钱往身后一背："我先借用一天，明天保证还给你。"

罗西眼睛一瞪："借一分钟都不行，人家那边等着这钱呢。"

家伟急了："罗西，你听我说，家男在火车站倒卖车票，被人家抓起来扣两天了，刚才警察来了，让交四千元罚款，然后才能放人。我们得赶紧把他领出来。"说着就要往外走。

罗西上前拦住："哎，这钱你不能拿走。我告诉你，这是林菲菲托我买股票的钱，罗北找体改委的人，费了不少劲儿，刚把认购证弄来，今天下午四点钟之前，必须把钱交上，过期认购证自动失效。这家股票外面疯抢呢，上市以后肯定暴涨。"

家伟："那你再想想办法，你能搞到钱的地方很多。"

罗西拽着家伟，"眼瞅到点儿了，你让我一下子上哪弄这么多钱去？"

家伟："那就少买点股票。"

罗西："这怎么行？你今天少买一千，明天就可能损失一万。"

家伟护着钱："罗西，你把钱借给我，明天你损失多少我赔多少。算我求你了好不好？家男是为了给我爸买点补品才去倒车票的，我必须马上把他弄出来，我不能眼睁睁地看着他和那些流氓小偷关在一起，不行，一分钟也不能让他多待。"说着硬要往外走。

罗西拽着家伟："乔家伟，你今天要开抢了是不是？"

家伟："这个钱，我是借定了。"

罗西上前抢钱："你今天休想把钱拿走。"

家伟："难道股票比人还重要吗？"

两人扭在一起，家伟用力推开罗西，罗西一个趔趄，啪地摔倒了。

家伟转身要走，却又站住了，他慢慢过去扶罗西起来，不料，啪地挨了罗西一个耳光。

家伟被打得一愣。他怔怔地看着罗西，猛地扭身走了。

派出所　　日　　内

一名警察将一张单子递给家伟："家属签字。"

家伟在单子上签字。

派出所门外　　日　　外

家伟在门口焦急地等着。

门开了，心情沉重的家男从屋里出来，他抬头看见了哥哥。家伟走过来，看着家男，眼圈红了："家男，以后，咱们就是饿死，也不能再上这儿来了。"

家男："我知道。"

家伟："挨打没？"

家男："没。"说话间，泪水忍也忍不住地流了下来。

"你真傻。"家伟说着忍不住流下泪来，搂住家男往回走，手却正压在家男受伤的肩上，家男疼得一咧嘴。

家男边走边问："哥，你哪儿弄这么多钱？"

家伟："借的。"

家男："借谁的？"

家伟："别管了。"

乔家伟家　　　日　　　内

罗西正在收拾自己用的东西。

家伟接落落放学回来了，落落跑进屋，放下书包："妈妈，妈妈。"

罗西没吭声。

落落发现妈妈不对劲儿："妈妈，你哭了？"

罗西："没有。"

落落："妈妈，你又和爸爸吵架了？你们怎么整天吵啊吵啊的。"

罗西："以后永远不会再吵了。"

落落一听乐了："真的！妈妈，那可太好了，你说话算数啊。"

罗西："妈妈也实在吵累了。"说着拎起皮箱。

落落："妈妈你上哪儿？"

罗西："出差。"

落落："什么时候回来？"

罗西眼圈一红："在家听话，妈妈走了。"

家伟一直站在门口，此时挡住了罗西。他似乎要对罗西说什么。

罗西："乔家伟，别太让我瞧不起了。"

家伟低下了头，默默地让开。

罗西气冲冲地走过去。

罗主任家　　　夜　　　内

罗西正在和罗母、罗北哭诉着，她卷起胳膊："你们看看，胳膊都摔破了，无赖什么样？强盗什么样？我说啥也不过了，离婚！我这次非离不可。"

罗母心疼地："这乔家伟可是越来越不像话了，竟然还动手打人了，太粗野了。"

罗北鼻子一哼："乔老大也真够呆的，这事找找人不就结了？还用得着交钱？嘁！那乔老二也真让人上火，都什么年月了，现在人家都开始倒股票了，哪还有倒车票的？"

罗西："我早看明白了，跟他过日子，得遭一辈子罪，受一辈子气。偷摸卖了你的钢琴，他还倒有理了，全家人和我示威，一个个那德行！想起来我就生气。当初就不该嫁给他。"

罗北："当初你可是上赶着嫁给人家的。"

罗母："当时主要太偏重考虑他是个研究生，将来事业上会有发展。"

罗西："发展又能怎么样？发展了这么多年，穷得回家抢老婆钱……我还跟他混什么呀？"

罗北："姐，你要耍大小姐威风可以，但这婚，你最好别离。其实，我看你也未必是真心想离婚，你只是想让我姐夫事事听你的，时时围你转，就像一头拉磨的驴。可现在乔老爷子一病，这头驴毛了，不听你吆喝了，逼得你不得不打出最后一张王牌……"

罗西："得得得，我的事儿不用你管。"

罗母："问题是要解决，这样大家都烦恼，现在是得想个切实可行的办法……"

刚吃完晚饭，刘嫂正在收拾碗。

罗母擦擦嘴："刘嫂，你市里还有熟人吗？"

刘嫂一听，忙道："我来这儿两眼一抹黑，哪有啥熟人？刚才来的那个电话，是我那个小子从家里来的长途。她姨奶病了，要买点儿药。"

罗母："哦，刘嫂，咱们这个电话是单位给老罗装的办公用的电话，这个号码一般不能随便告诉外人。"

刘嫂忙解释："这个我知道，你说过。我也就告诉我那小子了，怕万一家里有什么事找不着我。我也嘱咐过他，轻易别打电话……"

罗母站起来："家里人这都是可以的。"说着，她出了餐厅。

刘嫂低着头慢慢擦着桌子。

门铃响了，刘嫂赶紧擦擦眼睛，去开门。

家伟来了。

刘嫂："哎。他姐夫，还没吃饭吧？"

家伟点点头："吃过了。"

刘嫂："快进来吧。"说着拿过一条毛巾，"快擦擦，一头汗。"

家伟："谢谢。"他接过毛巾进了屋。

罗母正在家看电视，待家伟进屋后才开口："家伟，你来啦？我以为你头两天就能来呢。"

家伟瞅瞅罗母，没吭声，默默地坐在沙发上。

刘嫂进屋，端着一盘水果："他姐夫，你吃点儿。"

家伟："谢谢。"

刘嫂转身出去了。

家伟对罗母说："我想找罗西，她在吗？"

罗母稍犹豫了一下："她不在。"

家伟："妈，罗西说没说她准备什么时候回家？"

罗母："罗西没谈这个问题。这次她的确很恼火，我感觉你们这仗是越吵越升级了。"

家伟诚恳地，"我是来向她道歉的。"

罗母："吵架，谁家夫妻也在所难免，可要弄到动武的这个地步，就太过分了。都是有文化的人，怎么能这样呢？你说罗西那胳膊破那么大块皮，回家来哭个泪人儿似的，把我也哭懵了，问了半天，就说了一句：'钱让人抢去了。'给我还吓一跳，我以为她遇上歹徒了呢。后来再问……"

家伟瞅了瞅罗母，打断了她的话："我是来还钱的。"说着从兜里掏出一沓钱放在茶几上，"请你转交给罗西。并转告她，有什么问题回家解决为好。对不起她的地方，我当面向她道歉。"

罗母："钱你既然拿去了，你就先拿去用吧。我们这边想办法还人家就是了。你们夫妻两的事儿，我做母亲的不宜多嘴，现在看你们还都在气头上，罗西坚持要在这住一段，我觉得你们各自都要认真反省反省，总这么一个状态，对双方都有害无益。"

家伟站起来："我父亲的病又重了，现在走路都很吃力，需要人护理，单位那边，因为我搞的那个项目要投产，许多事情需要我来处理，我实在是忙得不可开交，没有时间来管落落了，所以罗西作为母亲必须回家照顾孩子。"

"乔家伟。"突然，罗西出现在门口。

家伟一愣，看了一眼罗母。

罗母颇尴尬地瞅瞅罗西。

这时罗西已经走进屋："我原本不想见你，我和你没什么好谈。但现在我觉得有必要通知你，我的胳膊被你摔伤了，自己还得靠别人照顾呢，管不了落落。另外，我爸爸马上就要出院了，他的病需要静养，你不能把落落送这儿来。"

家伟拿起桌上的钱："我为那天的事道歉。"

罗西一看钱，怒从心头起："你以为还了钱就可以了账吗？"

家伟："我知道我拿走这四千块钱给你造成的损失很大，但等我有钱以后，我将以这四千元钱股票的最高值偿还你，可以吧？"

刘嫂开门出去倒垃圾。

罗西："你觉得这是钱可以解决得了的问题吗？"

家伟："那你还要怎么样？"

罗西："我想离开那个家。"

家伟："你有这个权利。"他说完，头也不回地走了。

罗主任家楼下　　夜　　外

家伟心事重重地推着自行车走出院。

刘嫂拎着垃圾桶站在大院门口，见家伟过来："他姐夫，你爸的病咋样儿了？"

家伟愁眉不展地："挺重的。"

刘嫂叹了口气："唉，看见你呀，我就想起我那时候了。我那口子也死在这癌上，想起这事儿，我这头皮都发麻，炕上有病人，地下有愁人哪。那两年的工夫，我这眼泪流干了。我知道你的难处，嫂子帮不了你什么忙，她大姐一半天不能回去了，昨天又买了一大堆毛线，说要在这织外套呢。你家里实在掂掇不开了，就把孩子送来，我给你看着。不用管她们说什么。"

家伟看看刘嫂："谢谢你，刘嫂，孩子我自己能带。我再难也没你那时候难。"

刘嫂："人哪，贫富贵贱都不能驴心马肺的。他姐夫，我看出来了，你是个孝心儿子，心眼好，和这家人不一样。"她指指罗家。

家伟："我也是对不住人家。"

刘嫂看看四周，见没人，悄声对家伟说："他姐夫，我跟你说个事儿，可千万别说是我告诉你的。那天他大姐回来在这儿拿了四千块钱去买的股票，她要买的那份儿一分钱没赔，你还这些钱够了。"

家伟："是吗？"

刘嫂："这家人出事又一路，你把心拿出来也交不透她。"

肿瘤医院病房　　日　　内

乔师傅病房，乔师傅用力地咳着，乔大娘忙把窗子全打开，她生气地说："就是这死烟给呛的。"

乔师傅："这几天咳得就厉害，该着烟啥事儿。"

乔大娘："到吃药点儿了。"

乔师傅吃完药，乔大娘给乔师傅扇着扇子。

乔师傅："这一天药吃得比饭都多，一点儿也不管用。怎么非得这么个病儿。"

乔大娘："那你怨谁？脚上泡自个儿走的。我就那么劝你，别抽这烟了，听吗？为这事儿和你惹多少气？你但凡听我一句能有今天吗？"

乔师傅："这时候后悔也晚了，还说那些干啥？咳！我呀，也就是命不济，那么多抽烟的人，有几个得癌的？毛主席还抽烟呢，照样活出去八十多岁。"

乔大娘："毛主席要是不抽烟哪，八十四这个坎儿挡不住他。"

乔师傅点点头："那也兴许呀。这烟那，说真话，有几回我也是想戒了。也不知咋整的，弄巴弄巴就又抽上了，这个玩意儿沾手上，真是扒拉不掉，就是不好戒。抽过烟的人哪，差不多都戒过烟，有几个能戒了的？"

乔大娘："哼，得了肺癌的，没有一个再抽的。"

乔师傅："逼到眼前了，也就这么的了。"

乔大娘："抽烟的人就是没脸，上哪去都抽，别地方你愿意抽抽去，到这屋了你还抽？你来看看病人，看的是什么病人你不知道哇？给鼓捣这么一屋子烟走了，这个死味呛人不？本来你这两天就咳嗽。"

乔师傅忙摆手："你可别瞎唠叨了，想让他刘大爷听着，这会儿送客人该回来了。"

乔大娘："仗着这天热，赶大冬天冷飕飕的，你说这屋是放还是不放？"

乔师傅："也热不几天了，都快七月十五了吧？"

乔大娘想想："后天吧？是后天。"

乔师傅望着窗外："七月十五是鬼节呀……明年七月十五，该给我烧纸了。"

乔大娘嗔怪道："说些什么话？好好的，咒骂自个儿干什么？你这精神头可不行，看人家黎原年轻轻的，病这样儿了，没堆歪，挺住架儿了。"

乔师傅："别看他乐呵呵的，那心事比谁都重，这屋他都不大敢呆。"

突然，乔师傅呼地坐了起来："哎，他妈，今个儿是佳丽的生日呀。"

乔大娘一拍大腿："可不是咋的！佳丽她今儿个来，咋也没想起这事儿。"

乔师傅："佳丽是没忘啊，要不然今个儿她咋给咱们买这么多东西送来了？从佳丽上大学以后，多少年也没给孩子过生日了，这回赶上了，咱们怎么办呢？"

乔大娘想了想："给钱孩子不能要，买东西咱又出不去，咋办？你快躺下，别受风。"

乔师傅："佳丽这个生日得过一肚子心事，这么大岁数了，还没个人家，也不知她想的是啥？为小汤的事儿，没准儿孩子生我气了。"

乔大娘："没生气，她这不天天来陪你吗？"

乔师傅："咳，我那天也是没压住这火，佳丽不像家男那小子没个脸，你骂一顿损一顿也就那么的了。"

乔大娘："家男哪，也就是你吧，换个人骂他一句试试？不砸你家锅都怪了。这几个孩子数二小子隔路，你呢，还就逮着他欺负了。"

乔师傅忍不住笑了："你别看我骂他，我最得意的，还就是这二小子。一天天哪，像条小狗似的，围着你转，谁护理我他都不放心，非他自己一宿宿熬。有时候我身上难受，心里就烦，要是他在这儿，我想火就火一顿。这孩子打不走骂不走哇，有时候让我损得满脸通红，还照样爸这么的爸那么的。也难为这孩子了。"

乔大娘："都自己养的，寻思这些干啥。"

乔佳丽宿舍　　夜　　内

一片黑暗。嚓，一根火柴，点燃了桌子上的红蜡烛。昏黄的小小光团，照亮了一张痛楚而清丽的脸庞。

佳丽独自静坐在幽暗的房间里，望着那跳跃的火苗，愁思无限。她长长地吸了口气，将头埋进无边的愁绪里。

……

"爸这病，爸心里明镜似的，爸这一走，放心不下的一个是你奶奶、一个是你妈、再一个就是你，三十多岁了，该成个家了……"

"……当初那小子撇下你走了，是对不住你，可你不能因为和他较劲，就看谁也不顺眼哪。人这一辈子，摸不准啥时候就遇上个关口，过去过不去呀，全看你自个儿……"

佳丽抬起头，两行清泪汩汩流下。

咚咚咚，有人敲门。

佳丽擦擦眼泪，看看紧关的门，没吭声。

咚咚咚，继续敲门。

佳丽仍是没动。

咚咚咚，敲门声大了。

佳丽一开门，愣住了。

家伟、家男、佳冰和落落站在门外。

佳丽："你们怎么来了？"

家男拎着手里的生日蛋糕："敢不来吗，老爷子的命令。"

佳丽忙闪到一边："快进来吧。"

落落扯着佳丽："大姑，这就是你的家吗？我还是第一次来呢。"她好奇地四处看着。

佳丽："太黑了，是不是？落落，大姑把灯打开。"

佳冰忙一拦："别开灯，咱们搞个烛光生日晚宴不是更好吗？"她说着把兜子里的东西往桌子上掏。

家男："你同屋的人呢？"

佳丽："到北京实习去了。你们坐床上，没关系。咱爸下午怎么样？"

家伟："咳得厉害，痰咳不上来，憋得很难受。家男，你晚上注意点儿。"

家男点点头："我知道。"

蛋糕上插着三支大蜡烛，四支小蜡烛。

兄弟姐妹四个人及小落落围坐在桌前。

桌上摆了些简单的熟食，每人一杯啤酒。

家伟："佳丽，爸妈不能亲自来给你过生日，嘱咐我们几个来，一块儿热闹热闹。"

佳丽："什么时候了，哪还有这心思？"

家男："哎，爸怕的就是这个。我告诉你，桌上这些，都是爸出的钱，我出的力。"

佳丽："怎么还能花爸的钱？"

家男："这我还给他偷工减料了呢。给我的钱连一少半也没花了，让买只烧鸡我也没买，不过，明天你们大伙看见爸可不能说没吃。对了，我这儿还拉了个单儿，爸让买的东西都在这儿呢。你们可给我照着这个单儿吃。"说完自己也忍不住笑了。

佳丽拿过单子，看了看："我小时候喜欢吃的东西爸一样也没忘。"

佳冰点燃蛋糕的蜡烛，"姐，你在心里许个愿，然后吹蜡烛。"

佳丽："好吧。"她轻轻地合上了眼。

佳冰给落落一个手势，落落用稚嫩的童音唱了起来："祝你生日快乐……"

众人和着歌声一起拍手。

佳丽将蜡烛一口气吹灭，然后，切蛋糕。她切下一大块："这个，家男你一会儿回医院给妈爸带去。"

家男："好，放这儿吧。"

佳丽一边切蛋糕一边说："小时候，总盼着快点过生日，过生日这一天，可以不干活儿，家里给两毛钱，去小饭馆吃炸酱面。整个一天心情特别好,骄傲得跟个公主似的。长大了之后知道了,长一岁原来是一件挺可怕的事情。瞧，一晃咱们都三十多岁了。"

佳丽分完蛋糕，努力地笑笑说："谢谢你们大家来为我过生日。离开家以后，已经习惯了一个人过生日，今天我去医院，原是想陪着爸和妈在医院待一天，可不知怎么的，看着爸浑身疼那样，这眼泪怎么也止不住，一听爸咳嗽，心像刀扎的似的，没办法，我赶紧走了。小时候，我总有病，一个月病一回，有病就吃四环素，一张嘴三毛八，家里的钱都为我治病了。每年天一冷，我就开始咳嗽，爸每天下班给我买一个梨，半夜压咳嗽，梨买回来，还得先藏起来，不敢让家男看见。"

家男："对，有一回也不是个苹果也不是个梨，我忘了，反正让我偷吃了，差一点儿让爸揍一顿。"

落落笑了，冲家男做着鬼脸："羞！"

佳丽："你说爸平时看上去多刚强个人，可是只要我一有病，爸立刻就愁得耷拉头了，赶上家里来客人了，连句话都不跟人家说，客人回去就可哪儿讲究咱爸：上他家连句话都没有。唉，爸和妈跟我遭多少心哪？"

家伟："这我有印象。记得小时候，爸和妈总半夜抱你上医院。有一回，半夜从医院把你抱回来了，一进屋，爸和妈就吵起来了。把我吵醒了，一听，你们说为啥？天不是挺冷吗？这大被小被的把佳丽包得严严的，咱们家离县医院挺远哪，一个人也抱不动，爸和妈这一道上就倒倒手，倒来倒去，也不怎么弄的，把佳丽头朝下抱回来了。"

哈哈哈，大家忍不住笑了，边吃边聊了起来。

佳丽："我印象最深的，是我得了猩红热，住院，高烧四十度，好几天降不下来。那时候一个山区县医院医疗条件根本不行，当时要给我用强的松，县医院没有，好容易晚上八点多钟联系上了凉江县医院，他们有。爸去取药，好几十里山路，还有狼，妈让爸天亮再走，爸不干，拎个大棒子就走了。半夜，开始下雨了，等爸取药往回来的时候，山水下来了，有条小河，一下子猛涨起来了。"

佳冰瞪着眼睛："那怎么办？"

家伟接道："那时候，别说是一条河呀，就是刀山火海，也挡不住爸，爸想都没想就下水了，手里举着药，帽子都让水冲走了。"

佳丽："早晨四点多钟，爸把药送到了，大夫给我打上针，天刚亮，我就退烧了。"

佳冰泪光莹莹地："我怎么没听爸说过这事儿？"

佳丽："爸为咱们几个啥都豁出去了，吃了多少苦头，他自己都说不清。操劳了一辈子，可自己又得到了什么呢？咱这傻爸呀，要不叫病倒了，还得拼命干。可咱们如果不是爸病这样，谁能想到他？谁能照顾照顾他？平时，我们都有个体面的托词：学习忙、工作忙、事业忙。"

肿瘤医院病房　　夜　　内

乔师傅咳得很厉害，痰咳不上来，憋得满脸紫红。

乔大娘急了："这是咋的了？咳得就不容劲儿了。他爸，你别太使劲儿了，想把哪疙瘩再震破了。"说完转身出去了。

乔师傅咳得筋疲力尽，一头大汗。

乔大娘领着高医生、护士进来了。

高医生见乔师傅咳得厉害，不禁眉头一皱。

高医生："口服药都吃了？"

乔大娘："都按点儿吃的。"

护士忙给乔师傅打肌肉针。

乔师傅仍然咳个不停。

乔佳丽宿舍　　夜　　内

佳丽宿舍里乔家的儿女们仍在聊着。

家伟呷了一小口啤酒："爸最怕的是咱们有病，最盼着的，是咱们有个出息。记得我上大学，临走那天，爸送我上车站，用根扁担挑着我的行李，我和家男抢都抢不下来。"

家男："爸那是高兴得不知道咋好了，妈说他要乐'颠馅'了，你想啊，咱那小县城，那时候能有个考进北京城念大学的，容易吗？全县城都轰动了，谁不说咱老乔家祖坟冒了青气！爸挑着你的行李，在街上横晃，碰上熟人：'乔师傅，这干啥呀？'爸脖子一扬：'送儿子上北京念书去。'那个得意，那个自豪！说实在的，长这么大，就看见爸张狂过那么一回。那时候，爸身体多好，妈说他一棒子打不倒。"

家伟："临上火车前，爸把手表摘下来，这是咱家当时唯一的一块表，我不要，可爸说啥也得给我。"

佳丽："第二年，我上大学，家里就更困难了。爸在咱家院子里养了三口猪，居委会不让养，嫌脏，妈就去帮人家居委主任做棉衣服，人家才不揪这事儿了。就那么困难，每个月我的生活费比哥多五元,说是我身体不好,买点营养品。为我的身体，可把爸愁坏了。"

家男："咱家呀，说最省心的是大哥，最操心的是我呀。记得小时候，有一天半夜，外面贼拉拉冷，全家都睡得正香呢，我腾地从炕上跳了起来，下了地，也不知趿拉着谁的大鞋光溜溜地就往外跑，你们说怎么了？我憋不住屎啦！爸醒了，喊了一嗓子：'你干啥？回来！'那他能招呼住吗？爸抓起棉袄也跟着跑了出来，等给我披上棉袄，你看他吧，光着膀子冻得直哆嗦。"

"嗤——"落落忍不住笑了。

家伟："小时候，你总气咱爸。"

佳冰："现在还总惹爸生气呢。"

家男："我那时候，也不知怎么回事，就是不愿意学习，一看见课本，从心里往外发烦。有工夫就愿意和院里的那些半大小子混。那时候，也没钱，也没什么好玩儿的地方，顶多大热天到松花江里扑腾扑腾。"

家伟："有一回淹着了，让人家救上来，爸听着信儿，吓得腿不会走道了。"

佳冰："这个事我可知道，天一热爸就给我讲，讲完了还得叮一句：你可不行上大江洗澡去，说淹死就淹死，你二哥没喂了鱼算他命大。就怨你，弄得妈爸使劲儿看着我，结果白在松花江边儿长大了，还不会游泳。"说着狠狠地瞪了家男一眼。

家男："看着你这点事儿那不小意思，爸看我看啥样儿，比劳改队那管教还严。"

佳丽："你那样的不看着能行吗？晚上吃完饭，一眼没看住，刺棱一下就溜了，和那狐朋狗友坐在咱家前面采石场的那个小桥头上，挺晚了也不回家，把爸气得管他们叫'桥头堡'。"

佳冰："二哥，你们那'桥头堡'天天坐那儿都干啥？"

家男笑了："其实也没什么事儿，大伙在一块天南地北地闲扯，有时候取笑个过往行人，往汽车上扔个石头什么的，要惹得人家开骂了，就觉得特有意思。把爸气得要发疯，揍了好几回，才揍得我不敢去了。"

家伟："你小时候，就不愿写作业，一写作业就肚子疼，肚子一疼，奶奶就让你上炕头趴着烙烙。这点小花招儿，早就让爸看破了。有一天，你又在炕头趴上了，这回好，爸说啥不让你起来了，烙得你哇哇叫唤，肚皮烙得通红。"

哈哈哈，说起童年往事，大家忍不住笑了。

家男："说实在的，我进这个大学门呀，纯粹是爸拎着棒子给打进去的。小时候，我总和人打架，人家一哭咧咧地找咱家，爸就揍我。不过，时间长了，我也品出来了，这时候，别看爸那巴掌举挺高，眼珠子瞪挺大，打得不咋疼，主要是吓唬。可你要考个不及格回来，我的妈呀，那真往死揍。"

佳丽："所以，你要一考不好了，回家进门就帮大人干活儿，时间长了，你一拿扫地笤帚，大伙都直害怕。"

家男："好好表现，争取减刑啊。"

佳冰："哎，二哥，那你干活儿，给不给你宽大处理？"她把一根黄瓜递给家男。

家男笑了："后来我也知道了，干活儿也白扯，照样挨屁板子。"他咔嚓咬了一口黄瓜。

佳冰："二哥，爸那时候揍你，你恨不恨爸？"

家男想了想："当时也说不上是恨，主要是怕。你说我要就考个六十啷当分儿，回来了，爸在这边，捋胳膊挽袖子的，一边揍一边骂，妈在那边一边哭一边数叨：'生你那时候，我七天头上就得了克山病，送到医院都不认人儿了，差一点没死了……'

这把你整的，别提多难受了。啥也别说啦，明个儿你要不想死就好好给他念去。现在想想，还真有点恨爸了，说实在的，当初老爸要多揍几回，我怎么也不至于就是个教书匠，我绝对能拿博士。"

家伟："你那样儿的，揍扁了也这德行。"

佳丽："你挨一回揍，疼一会儿算了，爸气得好几天不开晴，全家跟着看脸子。"

家男笑了："嘿，我考上大学了，爸拿着入学通知书，乐得呀，不知咋好了，差一点又给我一耳擂子。就这么着，也没舍得表扬我一句，脸一绷：'你考这地方可不如你哥你姐，地方差点儿，你学的可不能给我差了，你真弄个水裆尿裤的，我可饶不了你。'"

哈哈哈。乔家人很久没有这样的笑声了。

笑够了，佳冰得意地对大家说："哼，我长这么大，爸从来没动过我一个指头。很少跟我发火。"

家男："你是谁呀？他敢吗？爸有时候让你气得都要冒泡了，也不舍得揍你，实在气急眼了，揍人家去。记得不？你初三那时候吧，你们班一个男生，一到晚上就来找你，不敢进屋，敲咱家后窗，他一敲窗，你就把书一放，'我得上趟厕所'。这趟厕所没一个小时回不来。有一天，那个冤大头又来敲窗了，这回没等你上厕所，爸先上厕所了，过去照那小子屁股咣就是一脚。把那小子踢得撒丫子就跑……哈哈哈。"

"去你的——"佳冰恼羞成怒，站起来就去揪家男的耳朵，"闭上你这臭嘴。"

家男捂住耳朵笑得上气不接下气："爸、爸其实也贼拉能护犊子。"

"去你的,"佳冰又打了他一下,回到自己的地方坐下,"你
说得才不对呢,那天晚上要不是我溜得快,真得挨揍。我一看
爸出去了,知道事儿不好,赶紧躲进仓房里,半夜不回家,爸
妈吓坏了,黑灯瞎火到处找,找到我时,我靠着那破棉花套都
睡着了。招呼醒我回屋睡觉,第二天,谁也没再提这事儿。"

佳丽:"你小,爸妈对你和对我们不一样,干什么都哄着来。"

佳冰:"真的,我上大学,是爸妈哄进去的。我复习那时候,
天天变着花样儿给我做好吃的,草莓刚下来,特贵,妈买了二斤,
爸那么愿意吃,可硬说太酸了,他牙不行,全给我吃了。爸开
始也想让我和你们一样学理科,可我说不,爸就没敢说下一个
'不'字儿。"

家男:"你从小让爸妈惯坏了,你那时候还什么文呀、理呀
的,能给爸去学、给爸去考而且能给他考上,就算赏脸啦。"

肿瘤医院病房　　日　　内

乔师傅病房,乔师傅仍旧剧咳不止,出现了呼吸困难。

高医生神情严肃地看着乔师傅,她对护士说:"准备吸痰。"

乔大娘一听:"吸痰?"她有些慌,"这可咋整?孩子都
不在。"

乔佳丽宿舍　　夜　　内

佳冰:"其实,爸妈为你们费了那么多心血,今天你们都可
以报答了,在爸需要我们的时候。可我呢?我可真是咱家的多余,
出生时就是超生指标,你们都出去了,爸妈还得伺候我这老姑

娘。病这样了,治病的钱都不够,还惦记着我的生活费。你们说,爸生我有什么用?"说着竟呜咽了。

家伟:"小妹,别这么说,怎么没用呢?你现在小,不能做什么,可不一定就非要你做什么。我们上大学时,爸是高高兴兴送我们走的,可你走时,爸掉眼泪了。你再看看,咱家这个祖传的长命锁,本该我这个长孙戴的,可爸偏心,给了你。你只要好好学习,身体健康,爸就高兴。有时间去陪陪爸就行了,其余的事,我们管。"

佳冰擦擦眼泪:"爸这辈子不说谎不做梦,实实在在,拼死拼活,他对得起所有的人,就亏了他自己。哥,姐,咱们说啥也得把爸的病治好了。"

家伟:"对,一定治好爸的病。"

兄妹四人的手紧紧地握到一起。

一只稚嫩的小手,懂事地放在了四只手上面。

家男站起身:"得,你们先坐着聊,我得赶紧去医院。"

"乔佳丽。"有人急忙敲门。

"请进。"

进来的是传达室的师傅:"医院来电话,说要给你父亲吸痰……让你们去个人……"

家男没等师傅说完,人已经冲了出去。

其他人也忙跟了出去。

第十七集

车内　　日　　内

街上，大刚兴高采烈地开着车，旁边坐着小娟。

大刚吹起了口哨，一曲俄罗斯民歌让他吹得有滋有味的。

小娟注意地听着。

大刚突然停住了。他眉头一皱。

大刚："小娟，我想找医院去，他们那磁共振把个小血管瘤硬说成是癌，给你弄个误诊，害得咱们去了一趟上海，不能就这么结了。"

小娟："咳，那误诊的事儿，还不经常有，你就认了吧。"

大刚："这要给我误诊了，我也就认了。你说就你这体格，还扛得了他们给这么折腾吗？"

小娟："你能不能慢点开？从上海回来，你这人怎么变得神颠儿的了？"

大刚："我没精神病了就不错啦！在上海，大夫告诉我你不是癌，把我乐得差一点跳了楼。现在还总寻思是做梦呢。小娟，你用这招儿治我，太损了点吧。"他说着把车速减慢了，"小娟，从你有病到现在，一直在家闷着，前面有个卡拉 OK，人家说挺高档的，咱们进去听听怎么样？我也长几个艺术细胞。其实在部队时，我还是我们连文艺骨干呢。"

小娟看看大刚："你可是最烦这地方的。"

"那是过去。"大刚把车停好，下车，开门，小娟下来。

大刚突然把外衣脱下来，扔到车里，见小娟在看他，笑了："有点儿脏了。"

卡拉 OK 歌舞厅　　日　　内

小娟在前，大刚在后，走进卡拉 OK 歌厅。

突然，小娟一愣，扭头就走，大刚一把没拽住。

"怎么了？"大刚追了出去。

歌舞厅的一角，罗北正在和那个叫王冬冬的女孩儿甜滋滋地喝着交杯酒。

金大刚家楼下　　日　　外

大刚停下车，小娟下车。

大刚："你先回家，我到前面市场买点儿菜。"

小娟一个人闷闷地向楼里走去。

金大刚家门外　　日　　内

楼梯上，小娟遇上了罗母，一愣。

罗母停住步，俯视着小娟："我想和你谈谈。"

小娟礼貌地："那请屋里坐吧。"

金大刚家　　　日　　　内

罗母刚一落座，便道："早就想来和你谈谈，可你前一段身体不好，就拖到现在。"

小娟不知罗母是何用意，小心地："谈什么？"

罗母："谈谈你和罗北的问题。"

小娟低着头，没吱声。

罗母："听说你身体恢复得不错，向你表示祝贺。你很年轻，生活的路还很长，一定要把握住自己，否则的话害人也害己，大家都痛苦……"

小娟不高兴地打断了她："有话直说吧。"

罗母看看小娟，冷冷地："我是说为了大家的安宁，为了许多人的幸福，你和罗北的关系必须彻底结束了。"

小娟又羞又怒："你这些话应当对你儿子说去，用不着来开导我。"

罗母毫不示弱："作为母亲我有责任向你表明我们家长的态度。做我们罗家的儿媳妇，你，不合适。"

小娟火了："你来之前是不是忘记问你儿子了，我什么时候说过要嫁给他？做我的丈夫，他罗北，不配！请你转告你儿子。"

罗母冷笑道："很好，我一定转达到。你能有这个态度真让人高兴。也请你转告你的丈夫，以后决不允许他以你的名义到我们家无理取闹。"

小娟气极了："你以为到我们家就可以无理取闹吗？"她说着啪地打开门："请你出去！"

罗母一愣："谢谢。我提醒你一句，这样会使我更坚定了我的决心。"她说着向外走去。

小娟："我也提醒你一句，我有一个爱我爱得死去活来随时准备为我去杀人放火的丈夫。"她说着咣的一声把罗母狠狠地关在了门外。

小娟一个人躺在床上生气、流泪。

大刚蹑手蹑脚地进了屋，手里端着个碗，看看小娟。

大刚："你没睡呀？"

小娟："嗯。"

大刚："又哪儿不舒服了？"

小娟："没有。"

大刚："我又惹你了？去卡拉 OK 不是你也同意了吗？"

小娟："我不是生你气，生我自己的气。"

大刚笑了，忙去拽小娟："这你就犯不上了，来，我熬的八宝粥。你喝点儿。"

小娟一看这八宝粥眼泪又出来了。大刚忙放下碗，焦急地："又怎么了？"

小娟擦干了眼泪，轻声说："大刚，你这些日子别再喝酒了。"

大刚："咳，从你有病我就没喝过酒，我昨天这是刚回来。一高兴，就喝了两口，你，你为这……"

"不是，"小娟一摆手打断了他的话，她深情地看着大刚，轻声地说："我想，我们该要个孩子了。"

"真的？"大刚乐得竟不知如何是好，猛地扑向小娟。

肿瘤医院病房　　　夜　　　内

晚上，乔师傅被疼痛折磨得睡不着，他紧紧地咬着牙，不肯吭声。

家男在一边儿急得不知如何是好，他轻声说：“爸，吃点止疼药吧？”

乔师傅：“高医生说吃多不好。”

家男：“那你干挺着，更消耗体力。”

乔师傅：“吃点儿也行。”

乔师傅吃了药：“我这就能睡一个多小时，不用你管了，赶紧眯一会儿吧。”

“嗯。”家男在黎原的床上，挤在大刘身边和衣而卧。

家男睡了，睡得很沉。乔师傅仍是疼痛难忍。他慢慢爬起来。轻轻下了地，拿着手电把着床、扶着墙，向门外走去。

肿瘤医院走廊　　　夜　　　内

走廊里，空无一人，偶尔从病房里传出几声呻吟、几声咳嗽。乔师傅扶着墙向前走去，耳边响起小锋锋童稚的声音：“从这儿往前走，还往前走，不让走了，反而还往前走……”

乔师傅往前走着，走过了“患者止步”的牌子。

“走到窗户那就拐，拐完了还拐，那个地方可黑了，哎呀妈呀，黎叔叔说从那儿能进入天堂……”

一束手电光照亮了这个漆黑的角落。

乔师傅的眼睛随着手电光向上望去，在墙上一人多高的地方，有一条暖气管子穿墙而过。

乔师傅痛苦而呆滞的目光。

墙角有一个方凳，地下扔了许多烟头。乔师傅刚想往凳子上坐，突然好像听到了什么声音，他忙往回走。

乔师傅拐到走廊的窗户那儿，就见家男从厕所冲出来，转身又往楼梯口跑。

乔师傅咳了一声，尽快地往前走去。

家男听到父亲的声音，忙停住了，四下寻找着人在哪儿。他终于发现了父亲，大步跑了过来，小声但焦急地："爸，你出来干啥？"

乔师傅："我透透气儿。"

家男："吓死我了。半夜三更的，快回屋吧，你这要是摔哪儿去了，明天他们大伙来了，还不得把我吃了。"说着，一猫腰，背起父亲就走。

乔师傅趴在儿子的背上，紧紧闭上了眼睛。

蒲亚夫家　　夜　　内

神情抑郁的蒲亚夫坐在桌前，对面是小吉。

桌子上，一本翻开的杂志，上面有佳冰刚发表的散文《匆匆一段情》。

蒲亚夫："有些东西，真的很难抗拒。这件事怪我，你不应该去学校闹她，给她造成了这么大的心理创痛。"

小吉慢慢拿起杂志。

蒲亚夫："读她的作品，你可以走进她的心灵，你会发现这是一个多么美好的女孩子。我正在构思一个剧本，在调回南方以前，把它写出来，为了这永远的北方。"

小吉似乎被佳冰的作品吸引住了。

肿瘤医院走廊　　日　　内

医院走廊，佳丽上楼来，见黎原正慢慢地往病房走，步子有些拖拉，面色苍白、浮肿。

黎原见到佳丽笑了，摘下随身听的耳机。

佳丽："黎原，为小汤的事儿，我一直想找个机会向你道歉。"

黎原："不必了，乔大叔和我说多少回了。任何一个人都有权按自己的想法去安排生活，我想我能理解你。"

佳丽笑着点点头："谢谢你。"

他们说着往病房走去。

佳丽："你是不是又做个脑CT？怎么样？"

黎原："我的脑瘤长得很快，挺不了几天了。我随时都可能倒在床上。"他说着惨惨地一笑，"乔大叔最近疼得厉害，痛就吃药，别硬挺着，没意义，我天天吃。"

佳丽："吃药也不太好使。"

黎原："为什么不用杜冷丁？"

佳丽："大夫说那药用上去就撤不下来了。"

黎原："对于像我和刘大爷、乔大叔这样的病人，事实上病情已经不可逆转了，没有必要千方百计地去维持，最人道的办法是减少病人的痛苦，努力地提高病人的生命质量。我很欣赏安乐死，可咱们这还行不通。该结束的时候，必须结束。"

佳丽："我觉得面对死亡你是个强者，面对生存你还缺乏点勇气。"

黎原："也许有一天你会理解我。"

他们说着进了病房。

肿瘤医院病房　　日　　内

乔师傅病房,大刘刚给父亲吃了药,回身见父亲眼睛闭上了,他轻轻叫道:"爸,你喝点水再睡。"

刘大爷没反应。

大刘:"爸,爸爸,爸。"他连声叫着。

乔大叔猛地坐了起来:"兄弟,兄弟。"

大刘发觉不妙,忙伸手按动了床头的紧急呼救按钮。

走廊里立刻响起了忙乱的脚步声和推车声。

高医生首先跑了进来,跟进来的是护士们。

护士进屋后便把氧气罩给刘大爷扣上。

护士麻利地给刘大爷打针。

高医生:"快送抢救室。"

大刘、家男和护士把刘大爷抬上车。

黎原看着刘大爷被推出病房,表情异常冷峻。他呆立着。

乔大叔心事沉沉地躺在床上。

家男跑回来拿了些刘大爷用的东西,又走了。

门开了个小缝儿,伸进来个小脑袋,看着黎原笑了:"黎叔叔,我明天要出院了。"

黎原:"锋锋,高奶奶同意你走啦?"

锋锋高兴地跳进屋:"高奶奶说我病好了。"

黎原笑了:"锋锋,叔叔真为你高兴。"他蹲下去想抱抱锋锋,却没能抱起来。他猛地低下头,把两行眼泪藏匿在孩子的肩头,"走,叔叔带你去一个最好玩儿的地方。"

锋锋："我知道，是那个黑洞洞的地方。"

黎原："不，那不是你去的地方，叔叔要带你去一个有青草、有野花、有阳光的地方。"

黎原领着锋锋往外走，锋锋从兜里掏出那副扑克："黎叔叔，这副扑克妈妈让我留给你，做纪念。可是、可是我回家了，你反而还和谁玩儿呢？"

黎原心事重重，艰难地走着："叔叔用不着它了，还是留给你吧，做纪念。锋锋，你太小了，等你长大了，你肯定记不住叔叔了，但是你要记住叔叔的话，你是一个非常聪明的孩子，只要你治好了病，将来一定会成为一个科学家。"

锋锋使劲点点头："嗯，我会法国小朋友的检验方法。"

黎原努力地笑了笑，"叔叔像你这么大的时候，和你一样聪明，一样的无忧无虑，想起来就好像昨天。叔叔还有一个像你这么大，和你一样聪明的孩子，刚一岁就让他妈妈带到很远的地方去了，叔叔很想见见孩子，和他一起玩玩……叔叔这一生很失败，尽管叔叔也努力过，奋斗过，也实实在在地付出了许多、许多……可叔叔这一次是彻底输了，叔叔真的不甘心。"

锋锋："黎叔叔，你哭了吗？"

黎原："没，没有。"他戴上了墨镜。

锋锋："你说的，我反而听不懂。"

黎原："叔叔知道你听不懂，叔叔只是想说说，真的想说说……"

肿瘤医院病房　　　日　　　内

病房里只剩乔师傅一个人，他打开柜门，把里面的一根塑

392 | 咱爸咱妈 赵锟颖电视文学剧本

料绳拿出来，塞到了褥子底下。

"爸，你找什么？"家男进来了。

乔师傅忙道："噢，我那几张吐痰的纸呢？"

物理研究所　　日　　内

方远航正在工作，手里的尺掉到了地上，她低头一捡，忽然笑了。

一双脚，一只蓝袜，一只灰袜。方远航的目光顺着这双脚抬起来，见家伟正锁着眉头趴在那儿，手顶着胃部。

方远航一愣："乔老师，胃又疼了？"

家伟："哦，没事儿。你把这些资料给老郭，他急着用呢。"

"好。"方远航答应着出去了。

家伟抓起电话，"喂，刘嫂，我是乔家伟，我要找罗西……我知道她不接我的电话，你别说是我找。谢谢。喂，罗西，我是乔家伟，你不要挂电话。你能不能回来一趟，咱们谈谈。"

罗西电话："我没那个雅兴。"

家伟："可有些事情我们必须谈。"

罗西电话："你不觉得无聊吗？"

家伟："罗西，能不能坦率地告诉我，你是不是一定要离婚？"

罗主任家　　日　　内

罗西手拿电话一愣，她咬咬牙："我和你过得太累了。"

公园　　日　　外

公园里，家伟拖着沉沉的脚步走来，走到罗西身边。

家伟叹了口气："这是我们第一次见面的地方，生活兜了一个圈，又回到了原地。"

罗西："我不是来听你念抒情诗的。"

家伟愣愣地看着罗西那冰冷的面孔："我们今天能不能不吵架？"

罗西："我们俩还有不吵架就能办的事吗？"

家伟："你真的那么讨厌我、讨厌这个家了吗？"

罗西火了："什么意思？我在你的眼里早就无所谓了。当然，我可以坦诚地告诉你，我忍受不了啦。"

家伟："有些事，谈起来太艰难，我写了一封信，你自己看吧。"他说着掏出一个信封，交给了罗西，"我只要两样东西，一个是孩子，一个是全部债务。"说完转身走了。

罗西望着家伟的背影，将信装进随身背的皮兜里。

肿瘤医院病房　　日　　内

乔师傅病房，实习护士拿着吊瓶进来，问乔师傅："黎原还没回来？这人哪去了？人家那边都打完了，他这还没打呢。"

乔师傅："他知道今儿个开始打化疗，一会儿能回来。"他说着往黎原床上一看，见随身听放在枕边，被子叠得整整齐齐，其他的杂物都装进了兜子里。

实习护士："黎原回来时，让他找我去。"说完走了。

家男走到黎原床边，拿起随身听，戴上耳机："黎原肯定没走远，随身听都没带。"

乔师傅："你别动人家东西，给弄坏了。"

家男："没事儿，我看看他一天都听些啥玩意儿……"家男听着听着猛地愣住了，继而大叫一声："不好！"转身就跑了出去。

乔师傅紧张地听着走廊里那忙乱的脚步声。

家男呆呆地坐在椅子上，望着黎原的床，两眼血红。

乔师傅伤感地："可惜黎原这小岁数了，唉，也省得遭罪了。"

家男突然道："爸，你那天半夜，是不是也上那儿去了？"

乔师傅忙说："没，我上窗户那透透气儿。"

家男："爸，你要是也上那儿吊死，我也不活了。"说着眼泪唰唰地下来了。

乔师傅难过地低下了头。

乔家伟家　　　日　　　内

乔大娘和佳冰正在厨房做饭，听到外面有人开门进来了。

"你大哥回来了。"乔大娘说。

佳冰："还没到下班点儿呢。"她说着往外一瞅，忙缩了回来，悄声对母亲说："是大嫂！"

乔大娘一乐："她回家来了。"说着就要往外走，被佳冰拦住。

这时罗西已经在屋里砰砰咣咣地翻了起来。

乔大娘一把推开佳冰，出了厨房，进屋，笑着说："你回来了？"

罗西边翻东西边"嗯"了一声。

乔大娘看着头不抬眼不睁的罗西，一时竟没话儿了。想了想："你爸妈挺好啊？"

罗西又"嗯"了一声，翻着化妆盒："我家里最近有外人来吗？"

乔大娘："没有哇，外人就我来来回回的。"

罗西："这就怪了。"

乔大娘："啥东西没了？"

罗西："我的存折。"

乔大娘一愣："呀，是不家伟拿去了？问问他。"

罗西："他根本不知道这个存折。"

乔大娘："也是呀，拿了你的钱，他怎么也能告诉你一声。"

"告诉我干吗？"罗西冷笑一声："哼，我不在家时就翻箱倒柜地偷，我在家时就理直气壮地抢，"她说着咣地把化妆盒扔在床上，"除了劳改队，真还找不着这样的。"

乔大娘："罗西呀，你这是咋说的？我们家伟不是那种人。"

罗西："哼，我可领教了。"她说着从柜里找出一件衣服，"惹不起，我躲得起。"

厨房里，佳冰手拿着没摘完的菜，险些冲了出去，终于还是忍住了。

屋里，乔大娘眼圈红了："罗西呀，从打你公公有病，真也是累赘你了，我这当婆婆的，心里也不过意呀。你呀，别走了，总把孩子扔家也不是个事儿，孩子不能没有妈。还是我走吧，你那存折呀，我没拿，等家伟回来，你们好好找找，兴许是放哪儿忘了。你爸最近没用大份儿钱，家伟单位领导有话，用钱可以上单位借，不用拿你那钱。都自家人，别张口闭口偷啊抢啊的，让外人听见，是咋回事儿？"

罗西："他干都干得，我说就说不得？"

乔大娘一愣："到底出了啥事儿？"

罗西："问你自己那好儿子去。"说着背上皮兜就往外走。

"你站住。"佳冰终于冲了出来，"你对我哥不满意，别冲我妈妈耍威风好不好？"

乔大娘急拦住："佳冰，没你的事儿。"

佳冰："平时你就对我爸妈爱理不理的，看在我哥的面上，不跟你计较。你把家一扔走了，让我妈来给你管孩子，反过来为了自己偷着攒的那点小份子，回到家血口喷人。我告诉你，姓罗的，你别欺人太甚，乔家人还没贱到那份儿上。"

罗西："你怎么知道我攒了钱？你不贱？你不贱去勾引人家有妇之夫。"

佳冰气极了："你这个不讲信用的小人，给我滚！"

罗西："我提醒你一句，这是我罗西的家！该滚出去的是你。"

乔大娘："佳冰，你到底都做下啥事儿啦？"

佳冰："姓罗的。我的事你管不着。"

罗西："管不着让我上学校干什么？"

佳冰："你愿意去，我请你啦？"

罗西："我在你们乔家，永远是出力不讨好。"

佳冰："我们乔家人从来不为讨好才出力！你这个人心胸狭隘，为人尖酸，自私自利，和我们乔家根本就是两种人。"

罗西："你们多伟大！你们多高尚！不过我要正式通知你们，今天晚上我回来，如果你们还不把存折交出来，对不起，我可要报案了。"

佳冰："姓罗的，你太客气了！马上就报案好了，你看还有人怕你不成？"她说着抓起电话，"平时就觉得你智商不高，现在可真看出你蠢来了，有胆量你就拨个110。"

"你干什么？佳冰。"乔大娘过来抢电话。

佳冰挡开母亲，示威似的举着电话。

罗西气得一把夺过电话，拨通："罗北，我们家被盗了，你赶紧找个人来。"说完啪地摔了电话。

乔大娘在一边流着眼泪："这是干什么呀？"

佳冰抓起电话，拨通："我找乔家伟……哥，你们家起火了！"

出租车内　　日　　内

街上，佳丽坐在出租车内，不断地催着司机："师傅，您能不能再快点？这车也太慢了。"

司机："是不是看这大街上的人有谁不顺你的眼了，想残废几个？"

佳丽白了一眼司机，焦急地看着窗外。

警车内　　日　　内

另一条街上，王超开着警车，旁边坐着罗北，突然，遇上红灯，王超急停车。

罗北看看："你这车开得越来越规矩了，停什么车呀？踩一脚就过去了。"

王超："这些日子罚得特狠。"

罗北："再狠谁还敢罚你老警。"

王超一边启动车一边道："查的就是警车。"

罗北呵呵一笑："也真该收拾收拾你们了，就你们的车敢明目张胆地违章。"他说着看前面又是红灯，便伸手去按响了警笛。

王超："你干什么？"。

罗北："我说，你这可是去执行任务，响一会儿，过了这条街就关上。"

街上，岔道口，佳丽坐的出租车从一个小街拐过来。

出租车内　　日　　内

佳丽发现前面鸣着警笛的警车，便对司机说："师傅，快跟住那辆警车。"

司机："大姐，我昨个儿才在交通队交了罚款。"

佳丽又白了他一眼，突然前面的警车不叫了。

乔家伟家　　日　　内

家伟家，罗北和王超急匆匆赶来。

罗北进屋见罗西便问："都丢什么了？"

走廊里，佳丽正拼命地往楼上跑。

王超皱着眉头看着化妆盒。

家伟从面包车上下来，车子开走。

乔家伟家　　日　　内

家伟家，佳丽进屋："妈，你没事儿吧？"

乔大娘一见佳丽便掉泪了："这些天，家里也没来过别人儿，你哥把钥匙给我了，你说罗西这存折咋还就没了呢？"

佳丽铁青着脸，护着母亲站在那里："妈，你别着急。"

这时，家伟跑进来了，一见家里有警察，一愣："出了什么事？"

罗西气呼呼地把头一扭。

佳冰："罗西藏在化妆盒里的存折丢了，说是咱们家人偷的，报案了。这不，警察也来了，今儿个这是要抓家贼！"

家伟一听就火了："罗西，你太过分了！存折是我拿走了。"

罗西对着有些发愣的乔家人一声冷笑："哼，乔家伟，是我过分还是你过分？"

家伟："这个存折是我们的共同财产，但因为是你攒的私房钱，所以，我把它交给了你。"

罗西眉头一挑："乔家伟，好样儿的，当面撒谎竟然脸不变色心不跳！"

家伟："这个存折我装在昨天给你的那封信里。"

罗西立刻从兜里拿出那个信封，一边往外拿信一边说："这封信我看过了，根本就没有存折……"

啪，一个存折从信封里掉了出来。

罗西愣了，她哈腰去捡，却被佳丽一脚将存折踩住。

罗西哑口无言，讪讪地站在那里。

王超一看这局面，转身就走。

"公安人员请留步！"佳丽厉声道。

罗北忙过来，赔着笑脸："大姐，这都是误会，现在问题解决了，都是我姐姐太性急。"

佳丽不理罗北："公安人员是来办公事，还是办私事？"

王超："我、我当然是执行公务了。"

罗北："大姐，人家王超真心是想……"

"你放心，我不难为他。"佳丽打断了罗北的话，转身对王超说："在这个屋子里，只有你是个外人，所以我想请你做个证人。"说完她看了一眼家伟，"哥，很抱歉，我要请律师了。"

罗西有些气不壮地："打官司我也不怕，那是你们没说清楚。"

佳丽："你用不着在这儿嚷嚷，有话我们到法庭上讲去。"

乔大娘一听，不让了："佳丽，你要干什么？这把警察都招家来了，你还嫌这个家不够乱哪！"

佳丽："妈，你可以忍，但我不能忍！罗西，我告诉你，你今天犯了大忌，你侮辱了我的母亲。我岂能容你！从你结婚那时起，你就没看得起我这土里土气的父母。是的，你的父母有地位、有文化、有宽敞的住房、豪华的公车，可是，罗西，我告诉你，如果人类要给最伟大的父母树碑立传的话，被载入史册的是我的父母！睁开你的眼睛看看，就这个干巴巴、土腥腥的不起眼的老太婆，就靠着她那点微薄的力量，把四个孩子抚养成人，为国家养育了高科技人才。她就像一只小蚂蚁，太可怜、太微不足道了，可是却肩起了比自己身体重几倍的负荷。他们的生活永远是付出、是承受。他们无与伦比！可是你竟然敢对我的母亲无理……"她说着去抓电话，被乔大娘按住。

家伟："罗西，这件事，你必须马上道歉。"

佳丽："非常遗憾，我们不接受道歉。"

佳冰："哥，作为小妹，我无权干涉你的生活，但作为乔佳冰我有权宣布，我今后永远不再有罗西这个嫂子！"

"放屁！"乔大娘火了，"你给我住嘴！你算个什么东西？红口白牙的，哪疼咬哪儿。都什么时候了？火上房梁了，还都火上浇油！你爸这病，谁心里不明镜似的，咱们家现在不就是大难临头吗？这节骨眼儿上，你们还有心思吵？我受点委屈算什么？几十年了，为了这个家，我啥罪没遭过？啥苦没吃过？我还差这点儿了？你们这都是混出个人样儿来了，就这也受不了啦，那也受不了啦，可你们就不想想，这当爹妈的，最受不了的是啥呀！你嫂子这事儿做得是不地道，可杀人也就是个头点地呗，知道咱没拿就行了呗，她下回也不能再赖咱了吧，怎么就不饶人哪？怎么着也还得给你大哥留点儿脸吧。"

佳冰流着泪："妈——"

乔大娘："我说你们大伙呀，就听我一句，看你爸这病，我估摸着也拖不多长时间了，这人哪，留不住啦。都说养儿防老，眼下，这真是得靠儿女。你爸呀，像老黄牛似的干了一辈子，不容易，临了临了，上儿女这来送个死，就让他消消停停地走吧。就算我求你们了。"

佳丽流着泪："妈——"

乔大娘："等你爸走了，我不累赘你们，我回去，伺候你奶奶，你爸就交代给我这么个事儿，我得回家。等我有那天，我可不来跟你们扯这个。"

家伟终于忍不住，大哭道："妈——"

罗西低下了头。

王超悄悄溜了出去。

乔家伟家楼梯　　日　　内

楼梯上，王超快步下楼，罗北忙跑了出来。

罗北："唉，别、别走哇。"

王超："还不走？在这儿受阶级教育？再不走，我都要哭了。"

乔家伟家楼下　　日　　外

楼下，王超跳上车，便开始启动。

罗北："唉，我说你等一会儿，把我姐姐也拉着。"

王超："你小子，上车不？"

罗北刚一上来，车就飞了出去。

车上　　日　　内

罗北："等等我姐姐。"

王超一边鸣笛叫道，一边说："我说你小子平时挺精灵的，怎么这么点事儿看不明白？这乔家人我打一个照面就能感觉到，不一般。你今天要把你姐姐拉走，我敢打赌，她就甭想再进乔家的门儿。你姐姐要是个聪明人，赶快认错，有老太太在，谁也不敢把她怎么样，要不然……唉，你看没看你姐夫那脸都啥色儿了？"

罗北："气得铁青。"

王超："啥铁青？都发绿了。不过，瞅你姐夫这人还挺文明的……哎，罗北，你兜里有钱没有？"

罗北："有。"

王超："多少？"

罗北："我看看……三百多吧。"

王超："那再往前走走。"

罗北："干嘛？"

王超："有点儿用。唉，他们家倒车票那个怎么没来？"

罗北："嘁，幸亏他没来，他要来了，我姐姐今天还不得挨揍。"

王超："说不说，他们老乔家还真有点骨肉情深这个劲儿。"

罗北："绝对够哥们儿。老爹一病，可不得了了。这几个孩子，我的妈呀，像一群红眼的狼。这与他们的家庭教育有关系，农民意识、孔孟之道、传统美德。"

王超："不管咋说，这家人是不错……好，就这儿吧。"他嚓地踩了刹车。

罗北："干啥？"

王超指指路边的饭店："弄点熟食。"

罗北："这地方宰人宰得最狠。"

王超："怎么着三百块钱也够了。"

罗北："三百请你一顿？凭啥呀？"

王超："就凭我今天跟你遭的这个洋罪。"说着下了车。

罗北也下了车，苦笑着："吃完找我姐报销去。"

王超笑道："对，她不弄回来个存折吗？"

罗北："我姐那傻玩意儿，一天净瞎闹。一千五百块钱，哪儿缺这点儿呀？弄得个寒碜。"

肿瘤医院 CT 室　　日　　内

家伟和高医生从 CT 室出来。

家伟心情非常沉重。

高医生："你父亲脑部这个肿瘤发展得不算太快。"

家伟："还能维持多久？"

高医生："多则两三个月。"

家伟："真的没有手术价值了吗？"

高医生摇摇头。

民政局门口　　日　　外

家伟和罗西沮丧地从屋里出来，两人心事重重，都默默无言。走到分手处，家伟停住了步。

罗西向前走了两步，不禁回头看看家伟。

罗西："落落最近瘦了许多，要加强她的营养，不能你们家人吃什么就让她吃什么，我给的抚养费，就给她买吃的吧。"

家伟走过去："我会照顾好她的。罗西，有一件事我想请你帮帮忙，希望你不要拒绝我。"

罗西："我想我为你做不了什么。"

家伟："能不能在你方便的时候，去趟医院，帮我撒个谎，就说你要去美国探亲。"

罗西眼珠转转，没有表态。

家伟："我父亲的日子不多了。他经常提起你。"

罗西想了想："那好吧，你安排个时间。"说完转身走了。

肿瘤医院病房　　　日　　　内

乔师傅侧身躺着，乔大娘在给他轻轻捶着后背。

乔师傅："这些日子就后背疼得受不了。"

乔大娘："这兴许是躺的，你要觉得受不了就吃点强痛定。"

乔师傅："还没到点儿呢，等一会儿吧。"

乔大娘继续给乔师傅捶背。

黎原的床上又住进了一个中年人，是一位教师。他正在床上看着一本书。

乔大娘："门老师，你这病得了几年了？"

门老师："八年了。我每年来复查一次。"

乔大娘羡慕地："你这就是治好了，真不容易。"

门老师："现在这癌症治好的挺多。"

乔大娘："那你都吃点啥药？"

门老师："治病都和别人一样，就是我这个人乐天派，什么事也不犯愁，再就是我天天坚持锻炼，增强体质。"

乔大娘拍拍乔师傅后背："听见没？两条，打起精神头儿，凡事往宽绰地方想，再就是……"

"爸。"家伟推门进来，后面跟着罗西。

家伟："爸，罗西要走了，来看看你。"

乔师傅颇吃力地坐了起来，乔大娘忙把被垫在他身后。

乔师傅："啥时候走？"

罗西淡淡地："这几天。"

"哦，"乔师傅又问："啥时候能回来？"

罗西："我这种探亲签证，至少待六个月。"

乔师傅："美国那边都有啥人？"

罗西："姨家的孩子。"

乔师傅："可联系好哇，让他们接你，那人生地不熟的，不比国内，千万加小心呀。"

罗西："都安排好了。"

乔师傅点点头："罗西呀，你坐吧。我跟你说，这大老远的，去一趟不容易，别到那儿就着急回来，家里你不用挂记着，家伟能行。"

罗西点点头："我知道。"

乔师傅："罗西呀，家伟这孩子本分，打小心事就重，比那几个懂事儿。长这么大，没用我操一点心，干啥像啥，都说他有出息……"

家伟："爸，你……"

乔师傅："咳，你媳妇要走了，我得嘱咐她几句。"

乔大娘沉着脸站在一边。

家伟："爸，那你躺下吧。"

"不用。"乔师傅："罗西呀，就冲家伟对我这样儿啊，将来对你和孩子也不能二五眼了，这小子仁义，靠得住，没那些杂七杂八的。拉扯孩子千万上点儿心，就这一个儿。过日子大量点儿，别计较那些边边角角的小事，你是大嫂，我不在了，你得帮你妈和家伟把这家照料好。"

罗西低头不语。

乔大娘："他爸，罗西要走，也挺忙的，说两句就得了。你这一阵儿身上疼得也挺厉害。"

乔师傅从床头柜上拿起一盒草莓："你要走了，走那么远，我这也没什么送的，这盒草莓你带上吧。"

罗西忙说："不不不，你留着吃吧，我不喜欢吃……"

乔师傅："怎么不喜欢吃？那回你去我家，正赶上草莓大喷儿下来，我天天一清早儿就去市场买草莓，那多便宜。把你吃得呀，这个高兴，你记得不？咱都用筐去买。"

罗西点点头："我记得。"

乔师傅拿着草莓："带着吧，爸这再也没什么能拿得出手的了，这是我的一点心思。到地方，赶紧写封信来，要不，我惦记着你呀。"

罗西接过草莓，望着乔师傅那瘦弱而慈祥的面孔，不禁一阵伤心："嗯，你好好养病，我先回去了。"说着要走。

乔师傅很难过地："你要准备走，事儿多，就别往这跑了。打我有病，你也没着消停，跟着东奔西忙的，着急上火。为了我，家伟卖了孩子的钢琴，我这心里总觉得欠着你和孩子的……"

罗西："说这干啥，你好好养病，我、我回来再来看你。"

乔师傅："我怕是等不到你回来了。给你添了这么多麻烦，我老汉只有一句话：谢谢你啦。"

罗西终于忍不住泪如雨下："爸——"

乔大娘："家伟，赶紧领罗西回去。"

"走吧，罗西。"家伟上前拽起罗西。

罗西走到门口，回过头。

乔师傅努力地笑笑，笑出了满脸的酸楚。

罗西一扭头，跑了出去。

乔大娘正在收拾东西，乔师傅道："他妈，罗西来了，你这脸子怎么那么难看？”

乔大娘忙搪塞道："嗯，我是有点生她气。这时候，她不该撒手就走。"

乔师傅："这就是你不对了，不是咱自个儿的孩子，拖累人家没道理。自己养的就那么的了，他不管我丧良心，可一个儿媳妇你挑人家干啥？咱没生人家没养人家，咱给人家做啥了？你怎么不会当婆婆呢。"

第十八集

肿瘤医院病房　　日　　内

乔师傅医房，家男眼圈红红地进来了。

乔师傅忙问："衣服穿上了？"

家男点点头："嗯。"

乔师傅："你帮着穿的呀？"

家男："嗯。"

乔师傅挣扎着要下地，被家男和乔大娘拦住了。

乔师傅："你们别挡我，我和你刘大爷一个病房住了这么长时间，挺对脾气，我得去送送他。"

家男："爸，你别去了，人家那边单位来了不少人，屋里都挤不下了，一会儿就推过来了，你就在这门口送送刘大爷吧，行不行？"

乔师傅低着头不吭声，突然他抬头冲家男："你傻乎乎地站这儿干什么？去看看大刘那有啥能帮上的，你给跑跑哇，单位的人冷丁摸不着这医院的门儿，你这时候别不靠前儿呀。"

家男懵头懵脑地答应着出去了。

乔师傅对乔大娘说："你快去把轮椅推来。"

乔师傅坐在椅子上，望着窗外，残阳如血，一群群乌鸦在野地里飞起、落下，呱呱叫着。

乔大娘灌个热水袋回来："他爸，你踩着这个水袋，不是嫌脚底下凉吗？"她把热水袋放在一个纸箱上，送到乔师傅脚下。

乔师傅叹了口气："我要是走了，你怎么办呢？"

乔大娘："好好的，别说这个，真要有那天，不都说好了吗？我回去伺候咱妈。"

乔师傅："咱妈这辈子，比咱们还难哪。我刚顶六岁，爹就死了，那也病了好几年。家里穷得呀叮当响，咱妈就把两间房卖了，租了两挂车，前面的车上拉着爹的棺材，后面拉着我和二姐，走了好几天，回咱老家葫芦套了。就一个人呀，好歹把我和二姐拉扯大了。打跟我以后，生活好点了，可也没享着福。这老了老了，我还走她前面去了，我这一走，妈也没大活头了。养我这儿子没用啊，你得好好伺候伺候这老妈，替我养老送终。"说着，流出两行伤心泪。

乔大娘泣不成声："这你放心，有我吃的，就饿不着咱妈。咱现在不寻思这些，把病治好了，咱回去，把妈接回来，这日子，穷点儿苦点儿不怕，有人在就好哇。"

乔师傅："我愁的是你呀，等妈没那天，你咋办呢？咱这孩子呀，都是些好孩子，谁也不能不管你，可上谁家呀，也不如在自个儿家心里踏实。话说回来了，你一个人儿在家天天瞅着墙，连个说话的人都没有，也不是个事儿。实在不行啊，你就再找个伴儿，咳，出一家进一家也不容易。"

乔大娘脸色一变："这咋越说越不上道儿了？你实在放心不下我，等你有那天，我就喝点啥跟你去。"

乔师傅："唉，我这都说的心里话呀，不愿听我再也不说了，你自己好好的吧，逢年过节给我烧几张纸就行了。"

罗主任家　　　夜　　　内

客厅里亮着一盏昏黄的壁灯，屋内烟雾缭绕。

罗主任一个人坐在沙发上，神情冷峻，他一口口地吸着烟。

罗母推门进来，悄悄地看看罗主任，"老罗，你不能再吸烟了。"她说着走进来，去拿茶几上的烟盒，却被罗主任啪地挡了回去。

罗主任："别管我！"语气异常强硬。

罗母："老罗，你别为这事儿生闷气了，我们得面对现实，想办法让罗西尽快地平复心里创伤……"

罗主任厉声道："还用不着让你来指导我怎么思考问题。"

罗母生气地转身走了，可到门口折了回来，把气窗开了个小缝儿，又出去了。

罗母刚走出客厅，罗西开门回来了，罗母忙摆手，让罗西别出声。

罗母把罗西拉进卧室，悄悄说道："你爸爸知道你离婚的事了，正发脾气呢，你先回自己屋去。"

罗西："谁告诉爸爸的？"

罗母："我也没敢问。他要冲你发火，你别跟他硬顶，再把他气犯病儿，可就麻烦了。骂几句就骂几句，那也是为你好，你得有思想准备。”

罗西低着头要回自己的房间。

“罗西，”罗主任突然在客厅招呼道：“你过来。”

罗西一愣，回头看看罗母。

罗母：“你爸爸说啥你就听着，等他消了气，我和他谈。”她说着和罗西一起进了客厅。

三个人坐在沙发上沉默无语。

罗西低着头，不时地偷眼看看父亲。

罗主任只是一个劲儿地吸烟，罗母想制止他却又没敢。

过了一会儿，罗主任狠狠地将烟蒂在烟灰缸里捻捻，终于开口了。

罗主任：“离婚的事儿还有挽回的余地吗？”

罗西瞅瞅父亲，没吭声。

罗主任：“你们去吧，我想一个人待会儿。”

夜深了。罗母穿着睡衣，走进客厅，见罗主任仍坐在沙发上愁眉紧锁。

罗母：“老罗，十二点多了，睡吧。”

罗主任：“罗西这孩子，从小就有个毛病，什么事儿一点也不能吃亏，结果呢，聪明反被聪明误。离开家伟，她的损失无法估量。你为什么不及时地阻止她？让她闹得不可收拾。”

罗母：“他们之间也的确成见很深，可谁想到他们真离了。”

罗主任：“安排个时间，我和家伟谈谈。”

罗母：“都在气头上，过一段吧。”

罗主任：“不，马上谈。过了这一段你的女儿送都送不回去了。”

罗母："那也得考虑好怎么谈。"

罗主任："没什么考虑的，我出面去向家伟道歉，看人家肯不肯原谅。"

罗母一愣："那也得明天再说，你先睡吧。"

罗主任慢慢站了起来，突然咚地坐在了沙发上。

"老罗——"罗母惊叫一声。

罗主任的身子在慢慢往下倒，罗母慌忙扶住，大叫道："罗西、罗北——"

医院干部病房　　　日　　内

罗主任的病房门口，王秘书和罗北站在门边儿。偶尔有医生护士出出进进。

罗北靠在墙上，愁眉不展地："我爸爸这回可要交待了。"

王秘书："这次发病比上几次重多了。哎，你姐夫来了。"

罗北一回头，见家伟匆匆赶来。

罗北："哟，你来了，看我爸爸？"

家伟："我听说病得很重。"

罗北："这回把老爷子送进来，你也有一份功劳。"

家伟："我很抱歉。"

罗北："王秘书，你进去问问大夫，就说我爸爸最得意的那个前姑爷儿来了，让不让见？"

走廊里，罗母和家伟往外走："大夫不让你见，主要是怕老罗再受刺激，你知道，老罗一直很器重你，这件事对他打击太大了。"

家伟："现在病情稳定了吗？"

罗母："暂时没有生命危险，可是说话吃力，右半身不能动。这次怕是在劫难逃。"

家伟叹口气："别送了，我过一段再来。"

罗母停住了脚："你们年轻人哪，办事就是不计后果，这怎么说离就离了？离婚不是解决问题的最好办法，对谁也没有好处。"

家伟："我们很艰难地改正了一个错误。"

河边　　日　　外

河边，垂柳依依，河水弯弯。

蒲亚夫在河边的垂柳下来回踱步，他不时地向前面河湾处张望，随手摘下几片柳叶，撕个粉碎。

在蒲亚夫身后不远处的一棵大树后，探出一张泪光莹莹的脸，是佳冰。

蒲亚夫的脚下，已经铺满了一层碎碎的柳叶，心中默念：

恨人情似水水长东，难别泪佳冰。落花知红怨，枯藤老叶，误惹春风。荣谢凭青帝意，来去是君情。宁为素手赌，一注残生。

无那北国红豆，更有相思苦，冰雪还生。雁来云影乱，游子又一程。叹路长，怕人离远，守青灯，孤影吊伶仃。相见梦，别君千里，犹在长亭。

蒲亚夫踏着破碎的柳叶，慢慢地沿河边向前走去。

佳冰躲在一边，望着那远去的背影。

垂柳丝长，离歌声短，百里难系兰舟。拟托风絮，飘落伴君游。不忍江南泪望，悲鸿写，满目天愁。谁家子，空门半掩，对一盏扶头。

悠悠，人道是，贪欢客睡，痴梦难留。春林借高山，听燕啾啾。自有黄梅故雨，泊行客、阔水平流。不应恨，偏情晚月，南向照欢楼。

佳冰站在那片碎柳叶上，望着蒲亚夫的背影消失在河湾处。

飞机场候机厅　　　日　　　内

广播通知乘客 782 次航班开始检票。

蒲亚夫和小吉站起来，向检票口走去。

蒲亚夫不甘心地四处看着。

小吉看看蒲亚夫，也不禁回头望望。

蒲亚夫突然怔住了，候机厅入口处，佳冰进来了。他立刻迎了上去。

蒲亚夫："你终于来了。"

佳冰百感交集，她努力地平静着自己："这是最后的机会。"

蒲亚夫："你电话里答应去河边的。"

佳冰："我在河边捡了许多撕碎的柳叶。"

广播再一次催促乘客检票。小吉走了过来。

蒲亚夫并不理他："佳冰，离开你很难。"

佳冰："我们努力吧。为了美好的昨天和明天的美好。"

蒲亚夫："告别北方，我觉出了一种无边无际的空落。"

佳冰："走向父母，你的生活会因有了更多的责任而变得充实。"

蒲亚夫："你的作品，是我最大的安慰。"

佳冰："谢谢。"她说着看看小吉，又看看蒲亚夫，"蒲老师，也许我不该打扰你，但是，我不后悔。如果一切重新开始，路，也许还将这样走。"

蒲亚夫伸出手来握别："离愁别恨千古的泪。"

佳冰："养老送终万家的歌。"

物理研究所　　日　　内

家伟在计算机房紧张地忙碌着，他拿着才从机器上出来的计算资料，急匆匆地走向实验室。

实验室里，家伟正在看显微镜，突然他捂住了胃部，向洗手池跑去。

家伟一阵恶心，吐了几口，却什么都没吐出来。漱漱口，慢慢地坐到椅子上，擦擦头上的汗。

方远航推门进来："乔老师，航天部来电话，催我们的 F2 第一阶段……"

"出来了。"家伟指着他才拿进来的一沓资料说："你马上用传真给他们发过去，别误了工期。"

方远航看着资料："哟，这么快就搞出来了？你又加夜班了……"她突然见家伟脸色不好，"乔老师，你是不是病了？脸色这么黄？"

家伟很虚弱地："小方，麻烦你去卫生所，给我要点治胃疼的药……"他突然站起，奔向洗手池。

一口乌红的血吐到了水池里，把方远航吓得目瞪口呆："乔、乔老师，你怎么啦？赶快坐下，别动，我去叫人……"

乔家伟病房　　夜　　内

家伟躺在病床上睡着了，他正在输液。

家男、佳丽、佳冰守在床边，心痛地望着面色苍白的哥哥。

家男："都怨我，去折腾那几张车票，惹得那老娘们儿不依不饶地打仗、闹离婚，爸这又脑转移，单位还忙个四脚朝天，一股股火儿活辣儿硬把哥拱倒了。"

佳丽："多少难心的事儿，都是哥一个人撑着。可又有谁来管管他？一天三顿饭，最多吃两顿，稀里糊涂对付几口就算了，天天熬到后半夜……"

泪眼蒙蒙的佳冰一直沉默不语。

医生办公室　　日　　内

医生正在和李所长、方远航谈家伟的病情。

医生："他这是胃出血，需不需要手术，还得进一步观察。如果不再继续吐血，可以采取保守治疗。"

李所长："我们恳请医院采取最好的治疗措施，使乔家伟同志能早日恢复健康。"

方远航："医生同志，乔家伟老师担负着十分繁重的科研任务。他若病倒了，损失可太大了。"

医生："请放心，我们一定全力以赴。"

罗主任家　　日　　内

罗西和罗北正在家里看电视，电话铃响了，罗北忙去接电话。

罗北："喂，哪里？哦，小秦，你好你好，怎么总也不见你来呀？什么事？……什么什么？有乔家伟一个？定啦？有什么祝贺的！……这你放心，没最后拍板的事儿，我能给你往外捅吗？好，就这么着。"他放下电话，对罗西说："刚才是尚市长的秘书来的电话，说市里准备要重奖几名科研有功人员，有乔家伟一个。但还没最后定。小秦这个孙子，不知你离婚了，还在这儿瞎拍呢。"

罗西啪地闭了电视，把遥控器扔到一边儿，呆呆地坐在沙发上。

罗北摇头晃脑地："乔老大这小子要出息个爆哇！姐，这回你亏透了。"

罗西斜了他一眼没吭声。

罗北继续道："这支'股票'你绝对抛早了。看，现在大幅向上盘整升值，马上将被一大批小女子看好。如果你不立即用你全部的尊严、滔滔不绝的眼泪以及割舍不断的母女之情……总而言之，就是竭尽所能、全力以赴，'收'回这支'股票'，你将悔恨终生。"

罗西："你懂什么？得个奖有什么了不起？我得瞧上眼儿算哪，他这人不行，得八个奖也那德行。乔家伟这支股票，在我这儿永远也升不了值！"

罗北站起身，笑道："行。姐，什么时候你撑不住了，吱一声，我这人脸皮厚，替人家去赔个礼、道个歉什么的肯定不屈我这块材料。"

罗西气呼呼地："我的事不用你操心，把你自己那笔烂账弄明白了就不错了。去去去，别烦我。"

罗北刚要出去,刘嫂进来了。她一边擦着手上的水,一边说:"他大姐,我家里今天来个电话,有点事儿让我回去。"

罗西不耐烦地:"这事儿明天我妈妈回来和她说吧。"

刘嫂:"那就不赶趟儿了,明天一大早儿的车。"

罗北:"那也不能说走就走哇,这也不是在自由市场卖菜呢,你这时候走了,谁做饭?"

刘嫂也不高兴了:"我那个大小子病了,好几天不起炕儿,我得回去看看,别出啥事儿。你们家这一段事儿多,我也好几个月没回家了,也说得过去了,我不是来卖菜的,可也不是蹲大狱的。"

罗北眼睛一瞪:"你这么说话就不合适了吧?你来这干活儿,我们可是付了钱的……"

罗西:"罗北,你嚷嚷什么?要走就让她走呗,没有保姆那时候,你还吃生米了是咋的?"

刘嫂一转身出去了。

罗北啪地一关门:"这是看爸爸有病,家里活儿多了,就不正经干了。这一段她就琢磨事儿,昨天才拿的工钱,今个就来电话,怎么那么巧?"

罗西:"是不是嫌工钱少哇?"

罗北:"妈妈也是,半年前就应该给涨工钱,硬拖着不涨,不涨你倒给人家儿子安排工作呀?还嫌以后事儿多。我要是刘嫂,我也不干了。这些人要的就是实惠。"

罗西:"她不干算了,这保姆还不好雇。"

罗北:"说得好听,再雇一个来,是伺候咱们一大家人,爸爸这次要恢复不过来,那是正宗一个瘫巴老头儿,你得出多少钱请人家？说实在的，这刘嫂干得不错，妈妈呀，算来算去算自己，跟你一样。"说着赶紧溜出客厅。

气得罗西狠狠地骂了他一句。

乔家伟病房　　　夜　　　内

家伟正在和护理他的佳冰唠嗑儿。

家伟："小妹，你上中学时，总敲咱们家后窗那个男孩儿也考上大学了吧？"

佳冰："嗯，考哈尔滨去了。"

家伟："现在还有联系吗？"

佳冰："也常写信来。"

家伟："他好像对你挺感兴趣。"

佳冰："我对他没什么兴趣。"

家伟："现在学校里有没有感兴趣的？"

佳冰："你是问我有没有男朋友？"

家伟："这一段，光忙爸去了，忽略了你。"

佳冰把一杯水递给家伟："哥，别兜圈子了，有话直说吧。"

家伟接过水杯："哥的婚姻失败了，佳丽又那么个状态，小妹，你是爸妈的心头肉，是全家的星星，你可不能再有闪失了。"

佳冰低头不语。

家伟看看佳冰："大哥有没有资格问问那个蒲老师？"

佳冰想了想，仰起头："我真的爱他。"

家伟："你是不是把他当成了你所崇拜的事业的一部分？"

佳冰坦诚地："开始是，后来不是。哥，他真的太丰富了，像一本读不完的书，而每一页都给你智慧和力量。"

家伟："可这本书不属于你，你不能读得太贪婪。"

佳冰："我已经把书合上了。"

家伟："抽刀断水？"

佳冰："不，亡羊补牢。"

家伟："这需要理智和毅力。"

佳冰："哥，我不再是个孩子了，流过了许多泪之后，我懂得了伤心，也懂得了生活。离开他真的很难、很苦，可再难不如你难，再苦，不如爸苦。"

家伟："小妹，你长大了。"

佳丽推门进来，手拎着饭盒："哥，好点儿了吧？"

家伟："好多了。"

佳丽一边往外拿饭盒一边说，"这两盒是给你的，这两盒给爸送去。"

家伟看看饭盒里的饭菜，端起一盒，递给佳丽："这个给爸。"

佳丽指指兜子："爸有。你也得好好补补。"

家伟："我胃不行。"

佳冰生气地夺过饭盒："再不吃你那胃就更不行了。缺不着爸的。"

家伟："送饭证给你，探视时间过了，没证不能让你进。"

佳丽："这个送饭证给我揣着得了，妈有护理证，你跟家男和那把门老头儿混得都特熟，用不着这个。"

家伟："爸这住院时间长了，人家都认识咱们了，挺照顾的。其实那两个老头儿别看脸黑，心都特软。佳冰一天嬉皮笑脸的，也没人拦她了，就你不行。"

佳丽："我一想起把门老头儿刁难我那时候就来气，我可笑不出来。"

家伟:"佳丽，这就是你自身的问题了，要善于理解别人，肯于原谅别人。你最大的优点是要强，最大的缺点是不容人，这会给自己带来许多烦恼。生活中有许多东西、许多人都是很好的，你应该尝试着去接受。"

佳丽垂下眼帘:"你的话我懂，可是，命运对我太不公平。"

家伟:"佳丽，爸都不说这话！"

佳丽一震，她看看家伟，默默地转身走了。

罗主任家　　日　　内

罗母正坐在沙发上看着报纸。

罗北回来了，他进屋便往沙发上一坐，啪地打开了电视。

罗母:"你又去哪儿了？这么晚才回来？"

罗北:"几个朋友聚聚。"

罗母:"现在保姆走了，你爸爸又住院，家里的事儿你也得管管哪。"

罗北:"我怎么没管？今天这屋子是我收拾的，做饭我可不会，还是我姐吧。"

罗母:"你爸爸那儿，你得去照顾照顾，我这一段白天晚上的顶在那儿，又着急又上火，心电图也不正常了。"

罗北:"那不有王秘书吗？你总跟着熬什么呀？忙不过来，让市里派人哪！"

罗母:"人家小王是秘书，不是勤杂工，不是保姆，不是儿子！人家也有妻儿老小，怎么好意思总让他天天陪着。"

罗北:"有什么不好意思的？你放心，我爸爸亏不了小王。

现在给领导当秘书，有几个干不明白的？辛苦几年，派到哪个衙门口封个官儿，比从下面往上干轻松多了。他家有妻儿老小，可这哪头轻哪头重他掂量得出来，这叫感情投资。"

罗母："我和你爸爸把你养这么大，感情投资还少哇？可你看看你这态度？"

罗北："你们抚养我是培养革命事业接班人，不是要个养老送终的孝子贤孙。"

罗母火了："罗北！我们做父母的，在这方面不过多地要求你，可你多少也得有点做儿子的意思吧？你爸爸病这样了，你不管谁管？这不是人之常情吗？养老送终怎么了？这是祖祖辈辈的规矩。"

罗北笑了："听您这一番教导，我真耳目一新，咱们这个革命干部家庭，还讲孔孟之道哇？"

罗母气得眼泪都要出来了："罗北，你太不像话了！太过分了！"

罗北见罗母真火了："哟，这您火什么？我是不管我爸爸吗？我就再不是东西，也不至于狼心狗肺到那程度，你就不说我爸爸一看见我那表情，像个警长！那血压蹭地就上去了。不信咱就试试，我要在他身边，像王秘书那样陪两天，他要不把那半拉身子也气瘫了才怪呢。你说说，我上医院看他，也不管病房里有多少人，没鼻子没脸地往外撵我。我找那不痛快干啥？上哪儿借个爹都不能这么对待我。"

罗母："你们这也叫父子？一点父子亲情都没有。你看看人家乔家男，为了给父亲补养补养身体，没有钱，竟然肯去倒车票；那乔家伟，你是眼睁着人家怎么给父亲治病的，人家那才叫儿子。

人家那还就是一个普通工人家庭呢。"

罗北："哎哎哎，这可是你平常最瞧不上眼的两个人，这会儿怎么都跟那堵枪眼的英雄似的。"

罗母："人家好的地方就是好，在这一点上，你连人家一半也不如。"

罗北哼了一声："那么好你怂恿我姐姐闹离婚，一个姑爷半拉儿，我爸要有那半拉……"

罗母："你姐姐离婚与我有什么关系？我愿意看到她今天这局面？"

罗北："这事儿，谁心里都明白，想拿离婚逼人家就范，结果，人家根本不在乎这一套！反倒把我爸爸赔上了。现在眼瞅着人家要得重奖……"

罗母："罗北，我早晚得让你气死！你给我出去。"

肿瘤医院病房   日   内

病房门开了，卖菜黄让老伴扶着一步一颤地进来了。家男忙上前帮他们拿东西。

乔师傅："哟，你不都好了吗？咋又回来了？"

卖菜黄气喘吁吁："咳，别提了，大兄弟，这封建迷信害死人哪，我现在这胸腔子里都是水啦。瘤子把心脏都挤歪了。"

乔师傅："你那个瘤儿不没了吗？"

卖菜黄："咳，人家高医生当时说是片子拿错了，我还就愣不信。就信那个大仙儿了。"

家男："那你可得找那个大仙儿去，她这是图财害命。"

卖菜黄老伴把卖菜黄扶上床："上哪儿找去？都让公安局抓

走了。"

家男："那也得狠狠判她几年。"

卖菜黄："判啥呀？那老娘们儿得了九年精神病，去年才好，就可哪给人看病，这一进公安局。还不得发病。"

乔师傅一听，忍不住扑哧笑了。

乔家伟病房　　日　　内

家伟坐在病床上，一只手扎着吊瓶，另一只手在按着计算器，床上、柜上摆满了书和资料。

有人敲门。

家伟没有抬头："请进。"他说着继续按着计算器。

"家伟呀，你得注意休息呀。"

家伟一抬头愣住了，来人竟是罗母。

家伟："哦，我没事儿，请坐吧。"

罗母坐下后："我听医生说，你的病情基本稳定了。"

家伟点点头："对。"

罗母叹了口气："听说你病了，我和罗西都急坏了。罗西怕你不想见她，催我来看看，罗西自从离婚以后，心情很不好，也一直病着。我和老罗也批评了她，这个事儿主要是我们没把罗西教育好，老罗为此也觉得很对不起你，做父母的应该检讨哇。"

家伟："不，这是我们没把问题解决好。"

罗母："罗西回家待这一段，我们也让她反省了一下自己的问题，她现在冷静下来一想，也觉得当时在气头儿上，有些问题处理得太偏激了。罗西这个孩子性子急，有时说话不加考虑，不过，本质是好的。"

家伟："我原来也这样认为。"

罗母看看家伟："罗西的缺点是很多，可是她心里对你、对孩子还是很有感情的，这么多年为了这个家她也吃了许多辛苦，还不是为了你事业有成，为了孩子健康成长。"

家伟："我原来也这样认为。"

罗母又看看家伟，叹道："罗西的确有些对不起你的地方，以前你们的生活一直很平静，可自从你父亲有病以来，作为一个儿媳，没有尽到自己的责任。这一点，她已经感到很内疚了。我想你父亲的问题不是一个永远的问题……"

家伟："不是一个永远的问题，但这里有永远的遗憾。"

罗母："家伟，我知道，你对罗西的成见很深，这不能怪你，是罗西自作自受。可是罗西纵有再多的缺点错误，也应该给她一个改正错误的机会，接受了这次教训，她会很好地生活的。再说，落落还小，不能没有母亲。家伟，凭你现在的条件，你可以找到比罗西更好的妻子，但落落永远找不到比罗西更爱她的母亲。"一番话说得情真意切。

家伟："我现在没有时间去考虑这些。"

罗母："我的意见你们还是谈谈吧。好不好？这一段你养病，落落还是接到我们那吧。"

家伟一摇头："不用。"

罗母："你别客气。"

家伟："不是客气。"

罗主任家　　夜　　内

罗西眉头一扬："我不和他谈。"说着把手里擦灰的抹布往茶几上一扔。

罗母火了："我费了多少口舌，好容易才做通了他的思想工作，同意和你谈谈。"

罗西："你就多余去求他，让他拿一把。"

罗母："识时务者为俊杰，你不能再任性了。这次谈话，从礼貌上讲他也会客套一番，说几句道歉的话，你也趁机说说自己的不足，有什么谈不通的？你爸爸这一病倒，将来你指靠谁去？那乔家伟不可小视，这么年轻就功成名就，他前程无量。你这低一时头，可以威风一辈子。"

罗西："跟他混日子，有什么威风的。"话是这么说，口气却软了下来。

罗母："家伟这一病，天赐良机，我们可以做许多工作，你明天就去医院。把人家送你爸爸的营养品多带上一些。"

肿瘤医院病房　　　日　　　内

病房里乔师傅疼得脸色煞白。

家男和佳丽急得团团转。

家男："爸，要不，再吃点止疼药吧。"

乔师傅："这些天那止疼药不管用了。"

佳丽："爸，实在不行，打针杜冷丁吧？别硬挺着啦。"

乔师傅："那药不随便给打，要打也等到晚上再打吧，后半夜可真是难熬哇。"

高医生办公室　　　日　　　内

佳丽进门："高医生，我父亲病得很厉害。"

高医生："我知道。"

佳丽："那你为什么不采取措施？"

高医生："刚才你父亲吃的是一种进口止疼药，一般止疼效果比较理想。"

佳丽："可这药对他不起作用。"

高医生："我正在考虑给他上杜冷丁。"

佳丽："拜托您了。"说完转身走了。

高医生："佳丽。"

佳丽回过头，高医生道："潘聪来信了，他很挂念你，嘱咐我好好照顾你的父亲，有什么要求你尽管提，我会尽力的。"

佳丽点点头："谢谢您，也谢谢他。"

乔家伟病房　　夜　　内

家伟和罗西的谈话十分艰涩。

家伟低着头："你父亲怎么样了？"

罗西："慢慢恢复吧。我们离婚对他的刺激太大了。你知道他很器重你。"

家伟："我很抱歉，当时没考虑那么多。"

罗西马上："不，我也有责任，不能全怪你。"

家伟："那天强行拿走了你四千块钱，现在想起来，咳，我那时真像发了疯一样。"

罗西："我当时拼命护着钱，一个是钱不是我的，另一个是买的那种股票肯定能大赚一笔。你知道吗？那种股票上市就翻了十几倍，所以你拿走的不是四千元钱，你使我损失了五万多。"

家伟眉头一皱："可事实不是这样，你当天从你妈妈那儿拿了四千块钱。"

罗西一愣："谁说的？"

家伟没有理她。

罗西见家伟不高兴了，换了话题："落落好吗？把她接到我那儿吧？"

家伟好像没听到她的问话："罗西，有一件事想和你商量一下。"他似乎显出一些为难的样子。

罗西眼中闪着希望："什么事？说吧。"

家伟："就是那台钢琴。我把琴卖给我们研究所退休的于师傅了。这几天，他不知从哪儿听说了我当时为什么要卖琴，一宿没睡好觉，上我这儿来了，说啥要把琴给我抬回来。我不要，于师傅火了，我只好说等我出院再说吧。这钢琴是你的财产，应归你所有。但落落正用琴，所以我想，如果你要琴，你可以抬去，如果你想给孩子留下个纪念，我可以以后付你钱。"

罗西呆呆地瞪圆了双眼，看着家伟。

家伟："这笔债我一定要还，欠别人的并不好受。"

罗西火了，泪水哗哗地流了下来："乔家伟，你如果恨我，就打我骂我好了，何必这样？"

罗主任家　　　夜　　　内

罗北推门进来，满脸酒红。

罗母："你又去喝酒了？"

罗北："请几个朋友吃饭。"

罗母："你整天除了朋友就是朋友，朋友比你爸爸都重要。"

罗北："这你可冤着我了，你不信，如果王超和我爸爸一起落水，我肯定能豁上命去救我爸爸，可救不救王超，我还真得考虑考虑，想不想上电视里奏一回哀乐，把您送上烈士母亲的宝座。"

罗母白了他一眼："喝点酒就没神经儿了。我告诉你，体改委现在根本进不去人，你的工作得抓紧落实了。"

罗北："我的工作自己安排，还干我的公司。我今天请几个哥们儿在一起策划一下，准备搞一个大部头的电视剧。"

罗母："你怎么还敢折腾？"

罗北："这什么年月了？这是死一批活一批的时候了！你不折腾就永远没有机会，不折腾就坐以待毙。"

罗母："你可小心了，搞出问题来，你爸爸现在可保不了你了。"

这时，罗西回来了，她径直扑向自己的房间，啪地关上门。

罗母一愣："你姐姐去谈得不太痛快。"

罗北："乔家伟是什么脑袋？是你三句好话就懵得了的吗？枉费心机。我看要凉快。"

罗母："不行，这么样不行。"

罗北冷笑道："听你这话，像你说了能算似的。"

罗母："我说了不算，可有人说了能算！"

罗北："谁？"

第十九集

肿瘤医院病房　　日　　内

乔师傅正一个人躺在床上休息，门开了，罗母拎着一兜水果走了进来。

罗母："老乔，好些了吗？"

乔师傅一愣："呀，亲家母，快、快请坐。"他说着吃力地坐起来。

罗母："早就想来看看你，老罗一直病着，我也抽不开身。今儿个罗西去护理她爸爸，我出来办点儿事，办完事儿我一看还挺早，来看看你，老罗总打听你的情况。惦记着你呀。"

乔师傅："怎么？罗西还没走哇？"

罗母一愣："去哪儿呀？"

乔师傅："不是去美国探亲吗？"

罗母一听笑了："你听谁说的？我家美国连个熟人儿都没有，她探谁去？再说了，就是有这个机会，她哪还有那个心思呀？

自从和家伟离婚以后，她愁眉不展的，整天躺在家里哭哭啼啼，看着真闹心。"

乔师傅惊呆了："罗西和家伟离婚了？"

罗母又是一愣："哟，你不知道这事儿？哎呀，老乔，这是我多嘴了，这真太对不起了。"

乔师傅："到底咋回事儿？"

罗母慌忙道："老乔，就算我什么也没说好不好？"

乔师傅着急地："唉，我既然已经知道了，还遮遮盖盖地干啥？让我干着急。"

罗母："老乔，你现在先安心养病，等你身体恢复恢复，咱们抽个时间好好唠唠。"

乔师傅："儿女出这么大的事儿，我还安哪门子心？这好日子不往好里过，离什么婚！亲家母，到底为个啥？你给我说说，要是家伟的错，我决不护犊子，这事儿，咱们做老人的得管！"

罗母想想："你说的也是，闹到这份儿上了，父母也是得出面做做工作了。老罗那高血压、脑血栓最怕刺激，一听罗西和家伟离婚了，他狠狠地骂了罗西一顿，当时就气个脑溢血，这也就是抢救得及时，算把命保住了，现在半个身子不能动弹，撂在医院了。"

乔师傅一拍床："唉！这个家伟呀！"

罗母："就这样儿也一直要找家伟谈谈。我们老罗呀，很器重家伟，他和自己儿子从来没有父子俩坐下来热热乎乎唠一会儿的时候，我那儿子也是不成器，你看老罗要一见到家伟呀，唠不完地唠，比对自己儿子强多了。"

乔师傅："家伟也总说老丈人好，他们爷俩儿挺对撇子。亲家这一病，是家伟作孽呀，可他们俩离婚到底为个啥事儿呀？"

罗母叹了一口气："他们俩这些年的生活一直比较和谐，头一个时期常有些摩擦，罗西这些事儿回家也不愿讲，偶尔说几句，我们就尽量做做工作。也没想到他们会闹成这种局面。现在回头看，导致她们离婚的大的冲突，得从家男说起……"

乔师傅来气了："家男跟着搅和什么？"

医院走廊　　　日　　　内

乔大娘拿着几把生菜回来了。

她走到乔师傅的病房前，推开门，一愣。

乔师傅的脸已气成了猪肝色。

罗母见乔大娘进来，忙打住了话头。

乔大娘进屋："呀，是你呀，啥时候来的？"

罗母忙道："刚来不一会儿，你这是买菜去了？"

乔大娘："我去趟前面的菜市场，老头子想吃点生菜蘸酱。"

罗母："老乔，那你就好好养病吧，我先回去了，过几天我再来看你。"

乔师傅气呼呼地说："你给老罗捎个话儿，告诉他是我对不住他。"

乔大娘将罗母送出门口，回屋一看乔师傅神色不对。

乔大娘："他爸，你咋了？"

乔师傅躺在床上，面色发白，呼吸短促。

乔大娘急了："他爸，觉得哪不得劲儿？"

乔师傅闭紧着双眼不吱声。

乔大娘忙按下了床头的紧急呼叫按钮。

走廊里立刻响起了脚步声，高医生和护士快步跑来。

高医生用手一搭乔师傅胳膊上的脉，便对护士说："马上做个心电。"

这边护士早已把氧气给乔师傅用上了。

从心电仪里，吐出一条长长的纸条。

高医生仔细地看着乔师傅刚做出来的心电图，她问乔大娘："这种情况出现过几次？"

乔大娘焦急地摇摇头："好像这是头回，高医生，他这又咋了？"

高医生："他这是心房纤颤，打上针了，一会儿就能缓解。"

乔大娘六神无主地："这咋一门儿往上添病呢？心脏还顶不住劲儿了。高医生，他这个、这个颤要紧不？"

高医生："你别着急，不要紧。"

这时乔师傅睁开眼睛，冲高医生点点头，乔大娘忙给他擦去头上的冷汗。

乔师傅："我好了。高医生，这心怎么咯噔一下就不那么乱跳了。"

高医生笑了笑："你注意休息吧，我一会儿再给你用点儿治心脏病的药。问题不大，你不要有负担，我先去5号看看，有情况随时叫我。"

待高医生和护士走后，乔师傅的脸一下子又冷了下来。

乔师傅："他妈，你麻溜儿去挂个电话，让家伟和家男马上来。"

乔大娘看看乔师傅，小心地："有事儿呀？"

乔师傅粗声粗气地："有事！"

乔大娘："啥事儿，这么急？"

乔师傅："有事儿就有事儿，问那么多干啥？赶快挂去。"

乔大娘十分为难地看着乔师傅："他爸，你这么急忙火促地让孩子来，也得告诉他们为个啥事儿呀，要不孩子还以为你咋的了呢。"

乔师傅："就告诉他们俩说我要咽气了，痛快给我来。"

乔大娘有些不高兴了，却又不敢发作："他爸，家伟这出差刚回来，身体不大好，他昨天来看你的时候，那脸色儿都煞白。再说家男，天天晚上来护理你，白天还得上班儿，这个点儿正在家睡觉呢。要没啥要紧的事儿，就别折腾他们了，到晚上就都来了……"

乔师傅："我折腾不起他们，我回去见他们行吧？走，回家。"他说着呼地坐了起来。

乔大娘忙拦住："他爸，你这抽得是什么疯？就你这样回家，万一心再颤了，可咋整？你想急死我呀！"

乔师傅一边穿外衣一边说："今天就豁上一头栽那儿了，我也得回家！"

乔大娘一看拦不住，急了："得，你也别走了，我给你挂电话去行了吧。"

医院住院楼外　　日　　内

家伟、家男推着坐在轮椅上的父亲慢慢走过草坪。

乔师傅阴沉着脸，乔大娘心神不安地跟在后面。

走到没人的地方，家伟瞅瞅家男，停住了。

乔师傅从轮椅上下来，家男忙上前去扶，被乔师傅一把推开了。

乔师傅在一块大石头上坐定，一声不吭地喘着粗气。乔大娘给他擦汗，被乔师傅不耐烦地挡开。

家伟看看父亲，小心地上前道："爸，你这一段身体不好，有的事儿没敢和你说，是怕你跟着上火……"

乔师傅眼睛一瞪，打断了家伟的话："你的事儿等一会儿再说，我还没问你呢。"他说着大喝一声："家男！"

家男让父亲一喊吓了一跳，忙上前："爸。"

乔师傅终于爆发了："别管我叫爸，我没你这个混蛋儿子！"

家男一愣："我又怎么惹你了……"

乔师傅吼着："闭嘴，谁让你说话了！"

家男吓得赶紧把话憋了回去，人也退到了一边儿。

乔师傅："乔家男，你小子出息个爆哇！老乔家有你这样儿子缺八辈子德！你那些书都念驴肚子去了！你个'螳螂子'，打小你就不学好……"

乔大娘劝道："他爸，有啥不痛快的你明说，这骂骂吵吵的，让人听见是咋回事儿？"

乔师傅："我怕什么？我这老脸早就让他们丢尽了！我还寻思一个个挺好呢，狗屁！"

家男让父亲骂得直发懵，焦急地看着母亲，好像在问：我咋了？

乔师傅一指家男："你过来！"

家男小心地上前一步。

乔师傅指着家男鼻子："小子，你真可以呀！你老可以了！

还让公安局抓去了！"

家男脖子一梗："谁说的？我才没让公安局抓去呢。"

乔师傅更火了，猛地站了起来："还敢嘴硬？你要不进公安局，你哥家能打个河漏水干哪！"

乔大娘："他爸，罗西她妈咋和你说的？"

乔师傅吼着："管咋说的干啥？做下这丢人的事儿，瞒得了我这要死的人，还堵得住别人的嘴吗？我活了这么大岁数，今儿个才知道，什么叫抬不起头！"

家男也火了，咬牙切齿地："这个损老娘们儿，我和她没完……"

"啪！"乔师傅抬手打了家男一个耳光。

"爸——"家伟上前护住了家男。

乔大娘急了，死死拉住乔师傅："他爸，咋还打人哪！"

乔师傅："你自个儿出去作妖儿，还怨着人家啦？"

家男躲在家伟身后，面对暴跳如雷的父亲气得眼泪在眼眶直转。他猛一跺脚，转身便走。

"你给我回来！"乔师傅吼着："谁让你走的！"

家男只好又转过身，气呼呼地站在那里。

家伟忙道："爸，千错万错都是我们的错，要打要骂今儿个都由你。只求你照顾点儿自己的身体，爸，你消消气儿，有什么话慢慢说行不行？"

乔大娘生气了："家伟，你躲开，看你爸今儿个还想咋的！"

"妈。"家伟不让母亲说。

乔师傅："我想咋的？我就要告诉你乔家男，做人你得给我走正道儿！穷死饿死也不能花一分昧良心钱！我的儿子真要不服管了，敢出去祸害人，我就活劈了他！"

乔大娘气得哼了一声："这越说越不贴谱儿了。"

家伟扶着父亲："爸，你坐下吧，坐着说不也一样吗？"

乔师傅一屁股坐到花池上："你爸长这么大，没过过宽绰日子，可穷啥样没寻思过旁门左道。那些年大伙手头都挺紧，厂里有的工人隔三岔五偷几把锁头出去卖俩零用钱儿，咱们那时多困难哪？可你爸宁肯撅屁股干四五个小时去挣那点儿加班费，也不偷锁头卖！血汗换的钱，花着不做病。有一回厂财会科被小偷撬了，派出所来人挨着个儿查问，轮到你爸这儿就没查，大伙儿说了：'老乔这人全厂最穷。可刀架他脖子上也不能干这事儿。'这就是你爸！人穷志不能短！年轻轻的，不用你不学好，只要我还有一口气儿，我就饶不了你！我说话你听见没？"

家男瞅瞅父亲，低着头不吭声。

乔师傅又来火了："乔家男，问你哪！"

家男气哼哼地："我这不听着吗？"

乔师傅："光听有什么用？你得给我记住了！"

家伟："爸，这个事儿，家男也知道他错了，你放心，咱家再不会有这种事儿了。"

"还有你，"乔师傅回头又冲家伟火上了，"那败家玩意儿你还管他干啥？啊？就让他在公安局扣着呗。我再让他嘚瑟！你说你，哪还像个读书人？抢人家的钱，把人家胳膊给摔得血呼啦的，多少日子不能动，你拎根棍子就能上山当胡子了。"

家伟："爸，这个事儿是我不对，我已经几次向罗西道歉了，而且钱也早就还给她了。"

乔师傅："你的错你不道歉怎么的？我要和你说的不是这事

儿。我说的是你为啥要离婚？"

家伟低着头不吱声。

乔师傅："咋一问这事儿就瘪茄子了？"

家伟："爸，我和罗西的确不适合一起生活。"

乔师傅："两口子过日子，哪有舌头不碰牙的？打打吵吵的事儿谁家没有？过去就算了，这家怎么能随便说散就散了呢？扔个没娘的孩子不算，还活拉儿地把你老丈人气仰歪了！家伟呀，你作孽呀！你老丈人哪儿对不住你呀？就你这爹是爹，人家那爹就不是爹了？"

家伟："爸，当时也说好了，不告诉他爸，可谁知他爸怎么知道的？"

乔师傅："你那是捂着耳朵摇铃铛，唬谁呢？再说那罗西，人是有点毛病，可咱得看大节，那也是眼瞅奔四十的人了，你让人家将来怎么办？"

家伟："是她坚持要离婚的。"

乔师傅："别的我不问。我就问你，人家的意思现在想复婚，你怎么办？"

家男在一边狠狠地："不干！"

"什么！"乔师傅呼地又站了起来，家伟忙挡了上去，"爸，要打你就打我吧，是我对不起你。对不起罗西她爸，对不起孩子。"

乔师傅："你不就因为我打离婚吗？你不想想，我还能活几天？"

家伟："可我还有奶奶，还有妈，还有小妹。"

乔师傅："这些人我不用你乔家伟，你就过好你自己的日子就行。还得咋的？你给我个痛快话。"

家伟看看父亲，口气平静，但却异常坚定："爸，这件事儿，我只能对不起罗西了。"

乔师傅气得七窍生烟："滚，都给我滚！"

家男："滚就滚。"转身就走。

家伟忙道："爸，我推你回去吧。"

乔师傅："我用不起你！从今以后，你少往我跟前儿凑合。"

乔大娘："家伟，你先回去歇着，这有我。你别在这待着了。"乔大娘接过家伟推过来的轮椅。

家伟："妈，那我晚上来。"他说完不放心地走了。

待家伟走后，乔大娘气得把轮椅咣地往一边一推："他爸，你今儿个这是干啥？孩子有什么对不住你的？连打带骂都撵走了，赶明个儿，看谁还管你！"

乔师傅："没人管，我死去，我还怕了谁了？"

乔大娘终于忍无可忍了："死你也得给我死个明白，你这么死了都没人埋！你拍拍良心想一想，自打你有病，咱哪个孩子吃过一顿消停饭？哪个孩子睡过一个囫囵觉？这眼泪跟着你流多少？全家人围着你团团转，你还得咋的？平常你吆五喝六的，看着你有病，孩子们在你跟前儿大气儿不敢出。越恭敬你，你越不知好歹。凭什么打儿子！凭什么骂儿子！"

乔师傅："我打他们骂他们，不是因为他们对我不好，我是让他们好好做人，好好过日子。进公安局的进公安局，离婚的离婚，这还叫玩意儿了吗？"

乔大娘分毫不让："怎么不叫玩意儿？我的儿女，到哪儿也说得出！罗西她妈，就冲今天奏这一本，也不是个善人！你听她瞎咧咧一通儿，完了来和我儿子兑命……"

乔师傅："自己儿子进了公安局，你还怨着谁了？"

乔大娘："怨你！就怨你！你要不有病上这折腾，孩子们用遭这么大的罪吗？从你有病到现在，两万来块钱花出去了！你腰带多少钱上的火车你不知道哇？这家里有个病人，钱串子得倒着挂。"

乔师傅一愣："病没给我治好，咋还花了那么多？"

乔大娘："为了给你治病，孩子们命都豁出去了。你在医院被停药，家伟没路了，卖钢琴，这罗西不依不饶哇，说啥要这琴。回了娘家不说，又捅咕落落上你这告状，逼得你卖房子。家男被公安扣了两天，人家找到了家伟，你说，家伟不管谁管？那是亲兄弟呀！罗西她妈告诉你没，为这事儿家伟挨了罗西的嘴巴！我那家伟呀一声没吭。家伟长这么大，咱动过他一指头没？……"她声泪俱下。

乔师傅一愣："啥？"

乔大娘："罗西她妈告诉你没，罗西回家找存折没了，硬说咱家人拿去了，把警察都找家来了。归齐了，那折子在她自己兜里呢。"

乔师傅又一愣："啥？"

乔大娘："咱家伟家里外头指他一个人儿，工作忙，他天天加夜班儿，把孩子累得呀在单位大口吐血，让人送医院去了，差点手术了。"

乔师傅："啥？啥时候？"

乔大娘吼着："啥时候？这不才出院吗？"

乔师傅惊呆了。

乔大娘："再说这家男，为了你，孩子都不想要，咱硬逼着人家要，结果媳妇揣孩子连点营养都补不上。你要上化疗，孩子想给你弄点啥补补，他哪儿来钱哪？天不亮爬起来，大老远跑到票房子排队，买那么张票。卖黑票这是家男不对，可人家公安能特殊宽大他，为啥？人心都是肉长的！我一听这儿，心像刀绞的似的，哭都没地方哭去。咋到你这儿就过不去了呢？家男有什么对不住你的？你给我打？"

乔师傅张张嘴，却什么也没说出来。

乔大娘："咱那佳丽，那边准备答辩博士，这边给你输血……"

乔师傅："啥？"

乔大娘："咱那佳冰，在家时吃粮不管事儿个主儿，现在为了养活自个儿，去给人家带孩子。他爸，你还想让这帮儿女咋的？谁还欠你命啊？就打着你为儿女操劳了一辈子，可你问问这天底下的父母，谁不生儿育女？谁不吃苦受累？就你有功！就你了不得呀！你这是逼哑巴说话呀。"

乔师傅阴着脸，沉默了。

乔家男家　　夜　　内

家男蒙着大被躺在床上，心兰端着饭进屋。

心兰："家男，你怎么了？进屋就这德行。"

家男没吱声。

心兰："你快吃饭吧。"

家男："你吃吧，我不饿。"

心兰："不吃饭晚上去护理爸能行吗？"

家男："我今晚不去了。"

心兰："你不去谁去呀？大哥去？他刚出院能行吗？"

家男火了："谁愿意去谁去，反正我不去了。"

心兰："你到底咋啦？这是和谁过不去呀？"

肿瘤医院病房　　夜　　内

病房静悄悄的，走廊里偶尔传来几声呻吟。一束惨白的光照在乔师傅的病床上。

乔师傅在床上翻个身，叹口气。

家伟从临时支的床上爬起来，走到乔师傅床前："爸，吃点止疼药？"

乔师傅闭着眼，一摇头。

家伟："喝点水？"

乔师傅一摆手。

家伟悄悄回到自己床上坐下。

乔师傅睡了。家伟又凑到近前看看，见父亲睡得挺安稳，放心地回到自己床上躺下了。

乔师傅慢慢地坐了起来，下了地。见家伟没反应，便悄悄从褥子下摸出以前藏起来的那条绳子。

乔师傅那阴冷而痛苦的目光凝视着儿子。

疲惫的家伟睡得很沉。

两行泪水从乔师傅那布满皱纹的雕塑般的脸庞上流下。

医院走廊　　夜　　内

乔师傅拖着沉重的步子，扶着墙，慢慢走来，走向那个"患者止步"的牌子。身后的灯光将他的影子长长地铺在地上。

夜，酣睡着。静静的走廊里只有乔师傅那踏踏踏的脚步声。

乔师傅艰难地向前走去……

"爸，你上这干啥？"乔师傅猛地一回头，他似乎听到了家男的声音，"吓死我了。半夜三更的，快回屋吧，你这要是摔哪儿去了，明天他们大伙来了，还不得把我吃了。"

宽阔的走廊空无一人。

乔师傅转过身，向前走去。

"爸，千错万错都是我们的错，要打要骂今儿个都由你，只求你照顾点自己的身体……"

乔师傅默默地回过头，他分明听到家伟的声音。

乔师傅继续向前走着……

佳丽的声音："爸，你怎么能走哇？你就给我们点时间，让我们给你治治病不行吗？"

佳冰的声音："爸，那药一天两瓶，你当酒喝吧，呵呵呵……"

佳冰那清脆的笑声回荡在走廊里，乔师傅忍不住又回过头。

突然。乔师傅猛一转身，加快了脚步，坚定地向前走去。身后响起了乔大娘的声音："他爸，自打你有病，咱哪个孩子吃过一顿消停饭？哪个孩子睡过一个囫囵觉？这眼泪跟着你流多少？……那家伟累得在单位大口吐血，那家男有什么对不住你的，你给我打……"

乔师傅越走越快……

肿瘤医院　　夜　　内

病房里，家伟翻个身醒了，睁眼一看父亲的床空了，忙下了地，摸出手电筒向门外走去。

走廊里，家伟轻声叫道："爸。"四周一片寂静，无人回答。

家伟急忙忙从厕所出来，轻声叫道："爸。"他向楼梯口跑去。

楼梯边的长椅上躺着一个人，盖着大衣，枕着胳膊睡在那儿。家伟仔细一看：是家男。

家伟："家男。"

家男扑棱一下起来了，眼睛还没睁开："爸，咋了？"他稍一清醒："哥。"

家伟："你啥时候来的？看见爸没？咋没了？我哪儿都找了。"

家男："刚才我趴门看你俩睡的还都挺好呢？"他一边四处找着一边说。

家伟焦急地："下楼啦？"

家男摇摇头："不能，从这走我能知道。"

家伟担心地："这深更半夜的可别出啥事儿。"

"不好！"家男撒腿就跑。家伟也忙跟着跑去。

兄弟俩快速穿过那个"患者止步"的牌子。拐过一个黑暗的墙角。

"啊！"家伟和家男怔住了。

昏暗的手电光里乔师傅站在一个凳子上，头顶的暖气管子上已经拴好了绳子。他知道儿子来了，头痛苦地靠在墙上。

家伟心肝俱裂，砰地跪到地上："爸——"他抱着父亲的腿，"爸，你千万不能啊。求求你啦。"

家男流着泪上前将父亲抱下来："不就我不好吗？不就我惹你生气吗？我去死就得了呗。你用得着这样吗？"

家伟伏在父亲的腿上，泣不成声："爸，知道你有病遭罪，孩儿无能，这么长时间了，也没治好你的病，让你受苦了。爸，儿对不起你呀。爸，你再忍忍，咱们不是一点办法也没有。爸，也知道你心里不痛快，你要实在不愿意让我离婚，我能将就过，我豁上了。爸。"

乔师傅抚摸着儿子的头，老泪纵横："爸这病，不治吧，儿女不饶；治吧，明摆着治不好。遭多大罪爸认了，可爸实在不忍心再连累你们大伙儿了。好好的一家人，让我给折腾成啥样了？"

家男："爸，只要有你人在，咋的都行啊。"

家伟擦擦泪："爸，咱们回去吧。"他说着背起了父亲，往回走去。

街上　　日　　外

家男和佳丽从商场里走出来。

商场门口，聚集着许多小贩，卖着各种各样的小商品。

"下周电视报、影视报。"……位七八十岁满头白发、一脸皱纹的老头儿，坐在一棵树下叫卖。那苍老的喊声引起了佳丽的注意。

佳丽走过去。

卖报老头儿："姑娘。要几份儿？"

佳丽："一份儿。"边说着边掏钱。

卖报老头儿把报纸递给佳丽。又递来找的钱，"看看对不对，我这眼神儿不行了。"

佳丽："老大爷，您今年多大年龄了？"

卖报老头儿："七十八了。"

佳丽："老大爷您高寿哇，好福气。"

卖报老头儿："我有啥福？快八十岁了，还得出来卖报纸。"

佳丽和家男默默地走去。

佳丽："看人家，这么大岁数了，还能卖报纸，你看看爸。"

家男："从咱爸有病，我在街上要看着哪个岁数大的老头儿，真眼馋哪。"

两人说着走向自行车存车处。

家男抬头发现前面马路边围着看下棋的那堆人里有个熟悉的身影。

家男："哎，姐，你看那个人是不是大刘？"

佳丽看了看："是他。"

"大刘———"家男喊道。

大刘一抬头，见是家男忙跑了过来。

大刘："是你们哪。乔大叔怎么样了？我想看看他，可真不愿意去那地方。"

家男："我爸也一天不如一天了。这不，我们上街来看看，有合适的衣服就得给买了。"

大刘："早点准备好，省得到时候措手不及。这病啊，也就是早晚的事儿。"

家男："你怎么样？"

大刘情神沮丧地："我？孤魂野鬼。你说，我父亲活着那时候。我一天忙得脚不沾地，累得筋疲力尽，愁得抬不起头来，有时候就自己劝自己，再咬咬牙，把父亲送走我就解脱了。可现在还不如我父亲有病那时候了。四十多岁了，才开始安排自己的生活，没有事业、没有家庭、没有亲人，我干什么？活得没味儿，没奔头。一天天六神无主，东游西逛，就不愿意回那个空荡荡的家。父亲活着时，再苦再累我有事干，我有责任，我这心里话有人说，遇事有人商量……"

佳丽："大刘，你的心情我能理解，过一段时间会好些的，你得振作起来。"

家男："大刘，你十几年如一日地照顾父亲，真不容易，是条汉子，比我强。刘大爷没白生你一回。"

大刘失神的目光望着远方："我爸其实不是我的生身父亲。"

家男和佳丽一愣："真的？"

大刘："我是爸爸从垃圾堆边上捡的一个孤儿。"

医科大学医院大院　　日　　外

王超开着车，从医院干部病房楼前驶出大院。

王超车内　　日　　内

车内前排坐着罗北，后排坐着王秘书。

罗北愁眉苦脸地望着车窗外。

王超："没想到。罗伯伯病这么重，这连说话都吃力了。"

罗北："我爸爸，狼哭鬼嚎地干了一辈子，得着什么了？反倒落这么个下场！你说我们家往后这日子还怎么过呀？王秘书，咱俩得去找找市委领导，得让他们想办法，研究研究我爸爸这病怎么治，不能就这么撂了。"

王秘书不卑不亢地："市委领导早就研究过了，组织上该做的都做了，你还是考虑一下你自己该做什么吧。"

罗北一听就不高兴了："哟，世道真变了！王秘书，你要去哪儿？我们送你。"

王秘书："我就在这儿下车。"

王秘书下车后，车又启动了。

王超："罗北，不是我说你，你怎么跟条疯狗似的，得谁咬谁。"

罗北："我现在是条癞皮狗，谁见谁都想踢一脚。"

乔佳丽学校图书馆门口　　日　　外

佳丽从图书馆里出来，邹克力正在门口等她。

佳丽笑着迎上去："克力，你回来啦？"

西装革履的邹克力笑道："刚回来。"

佳丽："都去哪儿了？"

邹克力："先是去新加坡联系了点儿业务。后来又跑一趟美国。"

佳丽："你去美国了，那你见到……"她突然咬住了舌头。

邹克力："我见到了，到波士顿之后，我给他挂了个电话，他开车跑了四个多小时去看我。"

佳丽低着头不语，她等着邹克力说下去。

邹克力："他的性格变了许多，坐在我的对面，流着男人伤心的泪，我怎么也看不出这就是那个生气勃勃的潘聪。他老了许多，事业、婚姻、健康他全败下来了，现在只剩下了手里的一张绿卡。"

佳丽慢慢抬起头望着天边的云。

邹克力："佳丽，潘聪已经办妥了离婚手续。"

佳丽："我知道，他有信来。"

邹克力："你仍然没有回信。"

佳丽："我能说什么？"

邹克力："潘聪决定回国了。"

佳丽："我要走了。"

邹克力："你去哪儿？"

佳丽："英国。做博士后，我的导师给我联系好了，等送走父亲，我差不多也该启程了。"她说着掏出一把钥匙，递给邹克力，"克力，谢谢你在我最困难的时候给予我的帮助。"

邹克力接过钥匙："你不必谢我，潘聪走的时候，再三嘱咐，如果你遇到困难，我一定要替他为你做点什么。"

佳丽含着泪点了点头。

肿瘤医院病房　　　日　　　内

乔师傅病房，家男和大腹便便的心兰正在同乔师傅、乔大娘唠嗑儿。

乔师傅有气无力地："心兰，家男光忙活我了，也没照顾好你。"

心兰笑笑："我这能跑能颠儿的，不用别人照顾，我还能骑自行车呢。"

乔大娘："别骑了，这都七个多月了，小心摔着。"

心兰："没关系。爸，其实我呀，生这个孩子，别的不怕，最怕一个事儿。"

乔师傅半闭着眼："怕啥？"

心兰："我最怕生个姑娘你不高兴。"

乔师傅："咳，姑娘小子都一样啊，这城里不像庄稼院，那活儿死累，姑娘家干不动。你们管生个啥，好好培养着，让孩子学点真本事，做个有用的人。"

心兰："哎。"

家男："爸，要生个姑娘你真不生气？"

乔师傅脸一沉："我就知道是你小子又起刺儿，你让心兰一天提心吊胆的，对身体能好吗？你以后少给我扯这没用的。"

心兰回头解气地冲家男："该！"

说着，大家都笑了。

这时护士进来给乔师傅打针。乔师傅抬起胳膊，护士给腋下消毒准备注射。

心兰："唉？怎么往这儿打？"

护士："这种药得往淋巴附近打。"

心兰："那多痛啊？"

乔大娘扭过头去。

护士："一直就这么打的。"

心兰当时眼圈就红了："这啥药哇？"

家男过去拉开心兰："这就是爸手术后做的那种抗肿瘤药。"

护士打完针走了，乔师傅疼得胳膊直抖。

家男含着眼泪："爸，明天，咱别往这儿打了，你这也太遭罪了。"

乔师傅紧皱眉头："我呀，也就死马当活马治吧，说实在的，那浑身疼起来的时候，真是不想治了，花着钱，遭着罪干啥？可看着你们这一帮啊，我从心里舍不得呀。"

家男："爸，这病咱得慢慢治，你别着急。"

乔师傅："我要能等到你们这个孩子生下来再走就行啦。"

心兰泪如雨下："爸。"

家伟推门进来了，见状一愣："爸，你怎么了？"

乔师傅伤心地摇摇头："没事儿。"

"真没事儿？"家伟坐到乔师傅眼前，轻声地："爸，我告诉你个事儿，明天，市里要开个表彰大会，重奖三名科研有功人员，有我一个。"

乔师傅的眼睛一亮，笑了："是吗？"

家伟："明天上午开会，晚上的新闻就能播，到时候你看看。"

乔师傅高兴地："好，好，他妈，咱都看看。家伟要上电视了。明个儿，咱回家。"

乔大娘笑着点点头："哎，回家。"

家伟："爸，这次奖给了我一套四室一厅的房子，还有十万块钱。"

"啥？"乔师傅和乔大娘一惊。

乔大娘："咋给这么多？"

家男："不多还叫什么重奖！哥，你真不赖！"

乔师傅："家伟，你拿了这奖，可得对得起人家，好好干，再捉摸点儿啥。"

家伟笑了："这你放心。爸，这回咱有钱了，治病更方便了，你说吧，吃的、穿的、用的，需要啥？"

乔师傅叹口气："没有用了，别花那大头钱啦，省着点儿过日子吧。"

家伟热泪盈眶："爸……"

乔家伟家楼梯　　日　　内

四个搬运工，每人抬着钢琴的一角，准备要将钢琴抬起。

搬运工甲吵吵着："我喊'起'，咱们一起使劲，不上到缓台，无论出现什么情况，不能放琴。"说完大吼一声："起！"

四个累得青筋暴跳的搬运工猛地把琴抬了起来，上楼。

乔家伟家楼下　　日　　外

楼下，家伟送于师傅出来。

家伟："谢谢你了。于师傅，钱我马上就可以付你了。其实你用不着这么着急把琴抬回来。"

于师傅："我趁早抬回来，去块心病。老伴儿想起来就磨叨，昨天儿子都不高兴了，你留步吧。"

乔家伟家　　夜　　内

钢琴擦得锃亮。落落的获奖证书端端正正地摆在钢琴上。

家伟接落落放学回来，落落一进屋看见了钢琴，惊呆了。她马上高兴地跳起来，"钢琴，这、这是我那台钢琴，怎么又搬回来了？"

落落扑到钢琴上，打开琴盖，甩手弹出一串快乐的音节。突然，她停住了，回头望着爸爸。

落落："爸爸，你不是说先给爷爷治病吗？"

家伟："爷爷治病的钱爸爸有。"

落落："爸爸，我弹一首《可爱的小乌鸦》送给你。"

家伟高兴地拍拍落落的头，笑了。

晚上，乔师傅从医院回来了，乔家人都聚在这里，守在电视机旁。

家伟把药拿给乔师傅："爸，你该吃止痛药了。"

乔师傅一摆手："先不用，没觉得怎么疼。"

家男笑了："爸，我发现你今天精神头特好。"

佳丽："来啦。"

电视里，出现了颁奖大会的画面。

"……今天上午，我市召开表彰大会，重奖三名科研有功人员。参加会议的有市委、市政府的领导同志，各科研单位的代表。

……市委书记朱风林同志在会上做了重要发言，号召全市科学工作者，向乔家伟、高焕、尤选三名同志学习，以科研为先导，加快经济建设步伐。

……当尚文澜市长将金钥匙和支票颁发给获奖者时，全场爆发了长时间的热烈掌声……"

随着播音员的声音，出现以下画面：

家伟和另外两名获奖者走上主席台；

少年儿童献花；

市长将一个大金钥匙和一张大支票交给家伟，和家伟紧紧握手；

家伟微笑着向大家致意，掌声异常热烈；

乔师傅偷偷地擦擦眼角的泪，高兴得直冲电视点头。

乔大娘乐得嘴都合不上了。

落落高兴地叫着："奶奶，我爸爸，是爸爸得奖了。"

佳冰："落落，你有一个非常了不起的爸爸，为他骄傲吧。"

第二十集

乔家伟家　　　日　　内

家伟、佳丽和乔大娘正看着给乔师傅准备的寿装。

家伟："妈，除了帽子你看看还需要准备啥？"

乔大娘："我看差不多了，里里外外这都齐了。"

佳丽："也不知道爸满意不满意。"

家伟："这也不好拿给他看看。"

乔大娘想了想："我有办法让他看看。"

肿瘤医院病房　　　日　　内

乔师傅昏沉沉地躺在床上。

乔大娘给他捶着腿："他爸，你说咱这啥药都用了，咋就不见效呢？我捉摸着这病有点邪性，我跟家男和家伟说了，让他们给你冲冲喜。"

乔师傅叹口气，"没有用啊。"

乔大娘："怎么没用？咱二姐她老公公都要咽气儿了，家里给他冲冲喜，不又活了三年吗？咱不多准备，就弄点儿外面穿的，这东西买了，等病好了，不也得穿吗。"

"嗯，农村兴这个。"一边的卖菜黄发话了，"别说没用，有时也好使。"

乔师傅："好使，你病这样咋不冲冲？"

卖菜黄："咳，大兄弟，谁给我冲冲？从打我住院，你看见谁来看我一趟了？连个影都抓不着。我要不说谁知道我有三个儿子？你看你那一帮，你看我这一帮。这也叫生儿育女呀，实指望这些兔崽子能养老送终，可到今儿个有一个管管我的，也不至于落这下场。老猫房上睡，一辈传一辈呀，他们对我不孝，将来也不能得好。我们家坟茔地管。"

乔师傅："他们这不对，丧良心，你上法院告他们去。"

卖菜黄："我这样儿都眼瞅去爬大烟囱了，哪有那能耐上法院？"

乔师傅气呼呼地："你等我那二小子来，让他替你打官司去。"

卖菜黄摇摇头："算了吧。我那老伴儿回去找他们去了。"

家伟、家男和乔大娘都在病房。

家男拿了一件灰色的毛料风衣："爸，你看，这是大衣，纯毛的。"他又拿起一套蓝中山装，"爸，你看这套衣服咋样？"

乔师傅伸手摸摸："都挺好，哪用得着这么好的衣服？还有，家伟从北京买的那双鞋太贵了，都白瞎啦。"

乔大娘："他爸，你这说哪去了，咱这不是还得留着以后你病好了穿吗？"

"咚！"有人推门进来，是一个红脸膛的农民打扮的青年男子。他直扑乔师傅，"舅舅。"

乔师傅一愣："柱子，你怎么来了？"

乔大娘："柱子，啥时候到的？"

柱子泪流满面："舅，你病这样了，咋不早给个信儿？"

乔师傅："柱子，你姥姥怎么样？"

柱子一边擦着眼泪一边说："还行，就是惦记着你，不大愿意吃饭。"

乔师傅："柱子，这些日子，你好好照顾你姥姥，舅老想回去看看，回不去啦，等舅走了，让你舅母去把姥姥接回家。"

柱子："舅，你放心，我和我妈能伺候我姥姥。"

乔师傅："八十多岁的人啦，身板儿不如以前了，跟前儿时常得有个人儿。一过八月节,她就容易犯病,你们千万加小心了。她不愿意吃肉，可总是一点荤腥没有也不行啊，得想办法让她吃点儿……"

家伟："爸，你放心吧，这些我妈都知道，等你身体好些了，我和家男去把奶奶接来，现在咱也有房子住，这医疗条件还好，家里人又多，能把奶奶照顾好。"

乔师傅："你奶奶不能愿意来，人老了，故土难离，这儿的日子她过不惯哪。"

柱子从兜子里掏出一双黑布鞋："舅，我走之前，我姥姥说岁数大了，不能来看你，说啥也非要给你做双鞋。我妈帮着她，起早贪黑地做了两天，好容易赶出来了，让我捎给你。"

乔师傅两手颤抖着接过鞋，仔细看了看："你姥姥这是要送我上路哇。"他说着眼里含满了泪，转而对乔大娘说，"我穿咱妈做的这双鞋走。"

"爸，"家伟一把握住父亲的手，"你不能走。"

乔师傅："孩子，我早就说人生下来就顶个死字，早晚都有这天，爸病这些日子，啥都想明白了。等爸走那天，你们谁也别哭，你们大伙儿对得起爸。"

乔家伟家　　夜　　内

家伟伏在桌子上痛哭流涕。

落落从一个屋出来，懂事地站在一边："爸爸，爷爷会死吗？"

家伟难过地点点头。

落落："你不是说一定要治好爷爷的病吗？"

家伟："爸爸无能，爸爸没用。"

门铃响了，家伟忙擦擦眼睛，对落落说："落落，不管是谁来了，别说爸爸哭的事。"

落落："我知道。"

肿瘤医院走廊　　日　　内

一个农民打扮的年轻人站在乔师傅病房门口，靠在墙边的暖气片上吸着烟。他不时地从门上的玻璃窗往里望望。

家男从屋里出来，看看年轻人："黄大叔病得挺重，你们这时候不能扔下他不管，多可怜。咱这做儿女的，咋也得讲点良心。"

"讲良心？哼！"年轻人狠狠地把烟蒂摁灭，扔到墙角，"你问问他讲良心吗？他告没告诉你我爷爷怎么死的？喝耗子药自杀的。我爷爷死前告诉我们哥儿个了，等他有这天儿，谁也别管他。爷爷死那年，我才七岁，可我都记得。"

家男一愣，回头看看屋里，卖菜黄正躺在床上哼哼着，气得说道："你们家整这叫什么烂眼子事儿！"

罗主任病房　　日　　内
罗母正在用按摩器给罗主任按摩。

罗西和罗北急匆匆赶来了。

罗北："爸爸，你、你又怎么啦？"

罗西见父亲一切正常："咳，王秘书光说让我们俩到医院来一趟，也没说干啥，我们还以为出什么事儿了呢。"

罗母笑了："老罗，其实孩子们还是很关心你的，你看把他俩急的，快坐下休息一下吧。"

待罗西和罗北坐定，罗主任坐起来慢慢说道："我找你们来，是告诉你们一件事儿，鉴于我目前的身体状况，我向组织打了个提前离休的报告……"

罗西："爸，这事儿你急什么？病好了再说呗。"

罗主任："我这病再怎么恢复，正常工作也很困难了。组织上已经批准了我的报告。"

罗北一下子站起来："爸，按规定你还有一年多才能退，何必如此？你这一退，秘书撤了，专车没了，所有的待遇都不一样，那方方面面可差多了。你没有必要提前结束自己的政治生命！"

罗西："这么大个事儿，也该跟大伙商量一下。"

罗主任："有什么可商量的？每一个干部都应该把离休当作一项政治任务来完成，这不是你愿意不愿意做的事，这是你必须去做的事，这是需要。"他说话的语气非常强硬。

罗母："你看你看，说着说着又火了。孩子们也是为你好，担心你退下来以后，人走茶凉……"

罗主任一摆手打断了罗母的话："他们是怕我这棵大树倒了，没有地方遮阴蔽凉。"。

罗西和罗北互相看看。

罗主任："这些天，我想了许多问题。人老了，从工作岗位上退下来，使我站在另一个角度重新审视了一下我们这个家。我觉得，我在教育子女方面，是很失败的。罗西，你在学校的学习不错，高考落榜却说什么也不肯再复习了，因为当时你有一条很好的退路，利用爸爸的关系你进了政府机关，这是许多大学毕业生都进不去的地方。你从小就有一种优越感，这种优越感使你变得唯我独尊、盲目自大、自私狭隘，听不得批评，看不得别人的脸色，从来不肯说声对不起，结果害了你自己。还有罗北，你这个孩子本质有问题，时至今日没闯出什么大祸来，不是你不想干，是你的能力不够。你有恃无恐、为所欲为，你知道，即使你惹出祸来，别人在处理你的时候，也终还会给罗主任点面子。"罗主任叹了口气，继续说道，"爸爸这棵大树终是要倒的，早点倒下，早点让你们经经风雨。从现在开始，在爸爸这里，你们没有庇护，没有退路了，你们必须和普通人一样，去努力、去奋斗，认认真真工作，实实在在做人。你们恨我也没关系，或许有一天你们能理解爸爸。至于爸爸个人对你们要求不多，尽量不给你们添麻烦，目前我还不需要你们做什么，你们都好自为之吧。"

干部病房走廊　　　日　　　内

罗西和罗北从罗主任病房走出来，神情懊丧。他们默默地从走廊走过。

罗北："我说王秘书打电话怎么不说什么事呢，原来是让咱俩来听宣判的。你说爸爸给咱们用那几个词儿，瘆人。"

罗西："爸爸这一退，损失可太大了。"

罗北："怕什么？烂船还有三千钉呢。"

走至楼梯口，罗西皱着眉："罗北，你觉得我真像爸爸说的那样吗？"

罗北叹口气："爸爸不愧是爸爸，把咱俩都看得透透的。姐，你和我姐夫真没希望了？"

罗西茫然地摇摇头。

肿瘤医院病房　　　日　　　内

佳冰和乔大娘守在乔师傅的病床前。

佳冰在给父亲剪指甲。

家男带着心兰来了。

家男："爸，怎么样？疼得厉害吗？"

乔师傅半闭着眼："这一阵儿还行。"

心兰上前："爸。"

乔师傅："你可别来了，这地方啥病都有。"

家男："爸，我告诉你个好消息，心兰做了个 B 超，大夫说是个男孩儿。"

乔师傅眼睛一亮，笑了："真的咋的？"

心兰："大夫都看见了，说是发育挺好。"

乔大娘也乐了："他爸，你好好治病，这回就等着抱大孙子吧。"

"好哇，孙子好哇。"乔师傅不住地点着头笑了，"这可不错。这可不错。"

乔大娘高兴地："心兰哪，这可快到日子了，该准备的得准备了。"

心兰笑笑："差不多了。光尿褯子我就准备了三十块。"

乔大娘："那可不够，起码得五十块。"

心兰："用不了那么多。"

乔大娘："可别说用不了，家男小时候，最多一天用过六十七块。"

家男不让了："可别埋汰我了，那准是你们把我撑坏肚子了。"

众人都笑了，佳冰突然想起："对了，二哥，大哥说他今晚上来护理爸，让你休息，明天星期天，你、我和姐去把他分的那套房子打扫打扫。完了你和二嫂就搬过去住。"

心兰："那怎么好意思？"

乔大娘："过几天你妈来伺侍月子，也得有个地方住呀。"

佳冰："客气什么？别等宝宝生出来，睁眼瞅瞅你们那个小窝，哟，这外面咋比里面还挤呀！"

佳冰正咯咯笑着，乔师傅让她过去。

乔师傅："佳冰，把你那长命锁拿给爸。"

佳冰护住脖子："呀，这回可看出不一样了，这孙子还没生出来，就要下我的长命锁。说是男孩儿女孩儿都一样，爸，你也挺封建哪。"

乔师傅乐呵呵地："我有个孙女了，我还不该有个孙子吗？"

家男脖子一扬："就是呀，还啰嗦什么？一个丫头片子，有什么资格戴咱们乔家祖传的长命锁，痛快儿交出来。你和我争也就那么的了，你敢和爸的孙子争，问问咱老爸让你不？"

佳冰："你少给我得意！要不叫爸保着，就你这德行，还有儿子？你给爸行个礼！"说着去按家男的头。

心兰也笑着："对！"

家男深深地给父亲鞠了一躬："爸，我替孩子谢谢你了。"说着眼圈红了。

佳冰一边摘长命锁一边说："爸，我二哥真应该生个姑娘，他要生个小子，还不得跟他一样，往死淘，让全家人跟着操心。"

乔师傅："你二哥呀，要说淘是真淘哇，你们这三个加一堆儿也不如跟他操心多。可是，他打小哇，爸就知道，这个孩子错不了。他能吃苦，做人实在，有情有义呀，是个好孩子。有这样的儿子，是爸的福分，吃多少苦爸也认。"

家男听罢，不禁泪下："爸，长这么大你没表扬过我，孩儿从小就等这句话，等了二十多年哪！"

佳冰把长命锁递给父亲："爸，这长命锁我生下来就戴着，全家人宠着我，护着我，我长这么大没得过病，这长命锁我没戴够，下辈子，我得做你的儿子。"

乔师傅接过长命锁："下辈子你们要是不嫌弃爸没能耐，管是姑娘儿子的，爸还要你们这一帮。爸，舍不得你们哪。"

一句话说得大家好不伤心。

乔大娘擦擦眼泪："他爸，挺好个事儿，说这些干啥。"

乔师傅把锁递到家男手里："这长命锁就给我孙子吧。"

家男："不，爸，锁先放你这儿，等孩子生了，我抱来，你亲手给他戴上。"

乔师傅想了想："那也好，我等着。"

肿瘤医院走廊　　日　　内

家男扶着心兰，向外面走去，听得后面有一个男子的声音："奶奶，走不动，我背你吧。"

奶奶的声音："不上楼用不着背。"

突然后面的人拨拉一下家男："大哥，五疗区在几楼？"

家男回头一看，愣住了，原来是那个穿黑夹克的票贩子。不由得怒起心头。

票贩子也是一愣，怕家男揍他，下意识地看看显然是病得很重的奶奶，"大哥——"

奶奶有气无力地："再问问别人吧。"

家男看看老奶奶，心软了，粗声粗气地："二楼。"

咖啡厅　　日　　内

咖啡厅，穿戴整齐的大刚和小娟高高兴兴地进来了，找个地方坐下。

服务小姐立刻过来，礼貌地："请问二位，用点什么？"

大刚："先要一杯咖啡，一杯……"

小娟："橘汁儿。"

大刚："好，先这些，一会儿再说。"

小姐一走，大刚愣住了，他发现了在不远处对坐着的一男一女，是罗北和王冬冬。

大刚脸色骤变："小娟，咱们走。"

小娟："怎么了？"她一回头，不禁也是一愣。

大刚狠狠地："我一看这小子就想揍他一顿。不知道又在这坑谁呢。"

小娟："不理他，喝咱们的。"

小姐微笑着端来饮品："请慢慢用。"

"小姐，"罗北一回头，发现了小娟和金大刚。

冬冬："罗北，你转过来。"她似乎早已经发现了小娟。

罗北不理会她，拿起酒瓶，端着酒杯，竟然走了过来。

大刚看看小娟，又看看罗北，一只手握住了桌上的烟灰缸。

罗北瞅瞅大刚，笑着对小娟说："小娟，恭喜你大难不死，一场虚惊。"

小娟："这是你没算到的。"

罗北："可这是我希望的。"

大刚："小娟，狼来了，你小心。"

罗北不理大刚，示威似的将酒杯斟满："小娟，我新的一部长篇电视连续剧正在筹备，其中两个角色你演很合适。"

小娟推开罗北的酒杯："对不起，我不能喝酒。我怀孕了，酒不利于胎儿的健康。"

罗北一愣："你真的准备长期服役了？这对于你来说是件很痛苦的事情。"

小娟："你错了。我很幸福，我为有大刚这样的好丈夫感到满足。我以前追求的是男人的风度、气质和能力，通过这次有病，我懂得了，一个人最难得的是一颗善良而忠诚的心。"

罗北："如果你是在心甘情愿地替父母还债，那就更惨了。"

小娟："我的父母在他们生命最艰难的时刻发现了大刚，将我托付于他，他们的选择是对的。一个对自己的父母都无所谓的人，不可能指望他与你患难与共！你去吧，别让人家一个人在那儿干坐着。"

罗北摇摇头："不论你怎么看我，有一点请相信，我对你是一片真情。"

大刚气得抓起烟缸，看看小娟："小娟，你说我要在这个地方揍王八蛋，会不会扫大家的兴？"

肿瘤医院病房　　夜　　内

黎明，乔师傅一阵剧烈的咳嗽把家伟惊醒，他从地上临时支的钢丝床上爬起来。

家伟忙给父亲捶捶背，见父亲呼吸十分困难，按动了床头的紧急呼叫按钮。

高医生跑进病房看看，对跟来的护士说："马上送抢救室。"

护士："呀，车还在楼下，我去推。"

"不用。"家伟眼含热泪，一使劲将父亲平托着抱了起来，向门外走去。

家伟抱着父亲，艰难而沉重地快步走向抢救室。

护士和高医生从他的身后跑到了前面。

乔家伟新居　　日　　内

这是家伟新分的房子，家男和心兰的卧室，布置十分简单。

家男猛地从床上坐起，把身边的心兰惊醒了。

心兰："你怎么了？"

家男："做梦了，做了一宿噩梦。不行，我得上医院。"

心兰："你这么早去干啥？医院大门还没开呢。"

家男："爸这几天重了，我怕出啥事儿。"他说着又心神不宁地躺下了，"昨晚我说我在那儿陪爸，哥非让我回来，怕你有啥事儿。"

心兰："我这还早着呢，离预产期还有八九天呢，你真多余回来，翻腾一晚上，我都没睡好。"

家男又坐了起来："那你睡一会儿吧，我走，等到医院，也差不多能开门了。"他一边穿衣服一边说："你真没啥事儿呀？"

心兰："没事儿。你那儿就全力以赴照顾爸吧，我这儿有我妈就不用你了。"

家男："有事儿就往医院挂电话。"

心兰："行。"

医院住院楼门口　　日　　外

前面见过的看门老头儿正在门口活动筋骨。

老头儿见家男来了："怎么来这么早？还没到点儿呢。"他指指门上的开关门时间表，但说话间已经把门给家男打开了。

肿瘤医院病房　　日　　内

家男急匆匆赶来，推开乔师傅病房门一看，父亲的病床空了："我、我爸呢。"他声音有些发抖。

门老师："早晨四点多钟送抢救室了，你快去吧。"

"天哪！"家男转身跑了出去。

抢救室　　日　　内

抢救室里乔师傅鼻子上插着输氧管，手上扎着吊瓶，昏昏沉沉的好像睡着了。

家伟守在床边。

家男一步跨进来："哥，爸有危险吗？"

家伟忙把他拉出抢救室，小声道："心衰，血压很低，你在这儿看一会儿，我去给家里挂个电话。"

乔家伟新居　　日　　内

心兰从床上下来，走了几步，觉得不对劲儿，又往回走了几步，眉头一皱，冲门外喊道："妈。"

"哎！"李大娘随着答应声进来了，这是一位年近七十的农村老太太，"起来啦，饭都好啦。"

心兰又走了两步："妈，我肚子疼。"

李大娘："是肚子疼还是后腰疼？你品品？"

心兰又走了两步："嗯，是后腰这两条疼。"

"呀！"李大娘忙道："那是要生啊。咱麻溜儿地吃口饭上医院吧，等疼大劲儿了，我可弄不动你。"

心兰往外走："还没到日子……"

李大娘："哪有那么准的，小子都提前。"

抢救室　　日　　内

抢救室门口，佳丽、佳冰、家男站在门外，透过大玻璃向里面看着。

家伟和乔大娘在屋里护理乔师傅。

高医生和护士在给乔师傅做心电图检查，她仔细地看着心电图。

街上电话亭　　日　　外

街上，心兰在电话亭拨电话，李大娘拎个大兜子站在一边儿。

心兰的电话拨不通。

李大娘焦急地："还打不过去？"

心兰："肿瘤医院的电话特别难挂。"

抢救室　　日　　内

高医生走出抢救室，在门口对佳丽说："你来一下。"

高医生办公室　　日　　内

医生办公室，高医生请佳丽坐，她自己也筋疲力尽地坐在椅子上。

高医生用手顶着胃部抬起头，看着佳丽："佳丽，你是个坚强的姑娘，你要挺住。后事准备好了吗？"

佳丽点点头，眼泪像断了线的珠子："高医生，真的就没有转机了吗？"

高医生很艰难地："佳丽，我真的应该向你说声对不起。我不是一个好母亲，我也不是一个好医生。"

"你已经尽力了。"佳丽说着发现高医生面色煞白，额头已经布满了细碎的汗珠，"你不舒服？"

"没事儿。"高医生从抽屉里拿出了药，放到嘴里，这时发现桌上的水杯空了。

佳丽去给高医生倒了半杯水，水有些热，她打开冷水管冲了冲，然后递给高医生。

高医生接过水杯："谢谢你。你去照看你父亲吧，我吃上药一会儿就缓解了，有什么异常，马上来找我。"

佳丽往外走了几步,回头看看高医生,见她似乎疼得很厉害："我叫护士来？"

高医生："没有用。"

佳丽又走了几步，再一次回头："你这是什么病？"

高医生："胰腺。"

佳丽："常发作吗？"

高医生点点头。

佳丽："潘聪知道吗？"

高医生摇摇头，眼中积满了泪。

佳丽想想："他说，很快会回来。"

高医生："可你又要走了。"说着泪珠滴了下来。

突然，电话铃响了，高医生艰难地接过电话："喂……佳丽——"

佳丽忙接过电话："喂，我是佳丽……已经到医院了，哪个医院？……知道了，心兰，你别着急，家里马上去人。"

抢救室　　日　　内

抢救室，乔师傅微微睁开眼睛。

"爸醒了！"家男、佳丽、佳冰忙奔进屋里。

"爸、爸……"乔师傅听着孩子们那一声声呼唤，一点点地似乎清醒了一些。

乔大娘："他爸，你觉得好点儿了吗？"

乔师傅毫无表情的脸，呆滞的目光。

乔大娘："他爸，心兰哪，要生了，现在都送医院去了，你可等等孙子呀，啊。"

乔师傅点点头，突然他的目光四处找着什么。

"长命锁。"家男忙把长命锁拿出来，乔师傅又点点头。

家男："爸，放你枕边儿了。"

乔师傅点点头，他眼睛直直地瞅着家男，张张嘴说不出话。

乔大娘："他爸，你要干啥？"

乔师傅仍是瞅着家男，大家不明白乔师傅的意思，很焦急。

家伟一下子反应过来了："爸，你是说让家男去照顾心兰？"

乔师傅又点了点头，疲惫地闭上了眼睛。

家伟："家男，你快去吧，不然爸惦记着，再说心兰那边得照看一下，万一有什么情况，李大娘也处理不了。"

"我不。"家男看着父亲不肯走。

乔大娘："家男，你得去，女人生孩子不是个小事儿，生死在眼前哪，咱家得有个人在那儿。"

家男火了："我不走！你们谁也别管我！"

乔师傅睁开眼睛，瞪着家男，家男忙往后躲。

乔师傅努力地抬起胳膊，往下拽输氧管。

家伟急忙拦住："爸，你别拽呀。"

佳丽也急了："家男！"

佳冰在后边捅了家男一下。

家男气得一跺脚："咳，早不生，晚不生，偏这个时候生。"

他凑近父亲，握住父亲的手，"爸，我去看看，没啥事儿，我再回来，心兰要是生了，我把孙子给你抱来。"

妇产科医院　　日　　内

家男急匆匆赶到妇产科医院，在护士的指点下，向待产室奔去。

李大娘坐在待产室的门口，见家男来了，忙过去。

家男："妈，心兰怎么样了？"

李大娘："在里面呢。哎，你别进，人家不让。"

家男被李大娘拦住，他焦急地站在门口向里边探望。

待产室里，传来了产妇的呻吟声和哭叫声。

家男仔细听着，似乎想辨别一下有没有心兰的声音。

待产室走廊，一个胖护士走过来，冲着正在叫喊的一个产妇："你别喊了！你要再这么喊一会儿，喊个筋疲力尽，一会儿上产床，还有劲生孩子了吗？"

屋内一个产妇的声音："我肚子太疼了。"

胖护士："疼是正常的，不疼不能生，越疼生得越快。"

屋里的叫喊声小了。

胖护士又招呼道："肚子不太疼的，抓紧时间吃点饭，保持体力，别都在床上趴着，下地走走。"她说着走到了门口。

家男忙上前："大夫，李心兰怎么样了？我是她爱人，刚来。"

胖护士："李心兰还得一会儿。"

家男："能不能让她出来一下。"

胖护士转回去，一边往里走一边叫："李心兰，李心兰，你爱人来了。"

从里面的一个屋里，李心兰双手揉着后腰，慢慢地走出来。一见家男来了，加快了脚步。"家男……"说着眼圈红了。

家男："你怎么样？"

心兰："我有点害怕，你看那些人折腾的，要死要活的。"

家男："别太紧张。"

心兰："家男，爸怎么样了？"

家男："送抢救室了。"

心兰一惊："那你还不在那儿守着，上这儿来干啥？"

家男："爸让我来的。他不能说话了，可还惦记着你和孩子。"

李大娘："老亲家是等这个孩子呢。心兰，你可快点生吧，肚子一疼，你就往下使劲儿，生得快。"

"知道。"心兰点点头，"家男，你在这儿帮不了我也替不了我，这屋都不能让你进，也伸不上手，待在这儿也没用，你呀，还是陪爸去吧。万一爸……你快走吧，我这生也得一阵儿。"她说着一捂肚子，哈下了腰。

家男不放心地："你这检查都正常不？"

心兰等痛过了这一阵："还行。你呀，出去上哪儿给我和妈买点吃的和饮料，就赶紧走吧，我这有妈就行了。"

家男："心兰，你、你能行吗？"

心兰急了："不行又能怎么样？你看看这不都这样吗？快走得了，你可急死我了。"

家男对李大娘："妈，要有什么事儿，赶紧给我挂电话。我爸那边要是稳定点儿了，我还过来。"

心兰疼得一条腿跪到了地上。

屋里又传来了产妇的叫声。

抢救室　　日　　内

高医生等人正在抢救乔师傅。

乔大娘和佳冰站在门外，乱箭穿心似的看着屋内。

家伟和佳丽抱着两个大包儿，满头大汗地跑来了。

家伟："妈，爸的衣服都拿来了。"

大娘手颤抖着摸摸大包："一会儿，放屋里去。佳冰，你去找护士，借把剪子，你爸到时候那衣服不好往下脱。"

"哎。"佳冰擦擦眼泪，懵头懵脑地答应着走了。

门老师搬了个凳子过来，同情地："大嫂，你坐下歇歇。"

家伟扶着母亲坐下。

家男呼哧气喘地赶了过来。他看看屋里，刚想往里进，被家伟拦住。

家伟："别影响人家。"

乔大娘："家男，你怎么回来了？心兰怎么样？啥时候能生？"

家男："不知道。"

妇产科医院　　日　　内

心兰躺在产床上疼得浑身抽成一团，她嘴里咬一个毛巾，两手把着头上方的铁管。

胖护士用毛巾给心兰擦擦汗。

又是一阵宫缩，心兰"嗯"地一声，整个脸都变形了。

胖护士在一边："使劲儿，坚持住。"

又一次努力失败。

医生拿着听诊器听听心兰的肚子，然后对护士说："胎头高，胎儿下不来，这胎音都弱了，宫缩也不如刚才有力了，下产钳吧。"

门口，李大娘担心地："下产钳？那不能毁了孩子呀？"

胖护士："要再拖一会儿呀，大人孩子都危险。"

李大娘当时就急哭了，她拉着站在一边的一位老太太的手："大妹子，这女人生孩子，一脚踩在鬼门关里呀，娘奔死，儿奔生啊。这来到人世上，可是不易呀。"

抢救室　　日　　内

高医生给乔师傅测完血压，看看身边的仪器上显示的图像，走出抢救室，摘下口罩，对守在门外的乔家人缓缓说道："乔师傅已经昏迷了，通知家属都来吧。"

妇产科医院　　日　　内

"哇——"一声响亮的啼哭，这个小小的生命终于在众人焦急的盼望中来到人间。

医生把孩子举起来，笑着："你看看，是个大胖儿子！"

心兰猛地从产床上坐起，被胖护士按住："别动，胎盘还没下来呢。"

心兰拉住胖护士的手，"大夫，我求你个事儿，孩子的爷爷在省肿瘤医院抢救呢，赶快打电话，告诉他孩子生了，晚了，就来不及了。"

胖护士："有电话号码吗？"

心兰："有，在我上衣兜里。"

胖护士拿过电话号码，走到屋角的电话边，拨电话，打不通。

"这怎么几个号都占线？"胖护士嘟囔着。

心兰急哭了："快让我妈坐出租车去吧，那的电话不好打。"

胖护士赶紧出去了。

抢救室　　日　　内

医院抢救室，插着氧气管的乔师傅已经奄奄一息了，乔家人守在四周悲痛万分。

门开了，李大娘上气不接下气地跑进来，直扑乔师傅床边。

李大娘："老亲家，老亲家，心兰生了，生个大胖小子。"

乔师傅毫无反应。

长命锁放在枕边儿。

李大娘哭道："老亲家，你这是咋了？孩子紧赶慢赶地来了，好歹你见一面呀。"

家男拿起父亲枕边的长命锁，头深深地埋在父亲的病床上。

门开了，罗西将落落送来了。

"爷爷——"落落扑过来。

家伟一把搂住落落，眼含热泪："落落，好好看看爷爷，永远记住爷爷。"

一只颤抖的手，扯着乔师傅衬裤的裤脚。

一把黑色的大剪，咔嚓一声将裤脚剪开。

乔大娘流着泪，一剪一剪艰难地将乔师傅的衬裤剪开。

剪刀剪碎了乔家儿女的心，一个个泪如泉涌。

家伟将装父亲寿衣的包儿打开……

乔师傅安详地闭着眼睛，已穿好了衣服。

家伟和家男给父亲穿上了黑布鞋。

佳丽扶着母亲。

佳冰握着父亲的手不肯松开。

家伟拿着白布单，慢慢地蒙上父亲的遗体。

突然佳冰一把扯住白布单，惨叫道："我不——"

家男使劲儿拉开佳冰。

家伟看着父亲那亲切的面孔，扯着白布单的两只手颤抖着。

乔大娘强忍悲痛，擦擦泪："孩子们，到时候了，送你爸上路。"说完，她将白布单盖上了乔师傅的脸。

悲痛至极的乔家儿女抬起了父亲……

片尾曲

说一段往事给你听

说一段往事给你听
讲我这悲欢讲我这情
借一片高林做秋山
不看霜寒看枫红
无论你是贫是富是卑是尊
切莫忘谁把你养大谁将你生
几番坎坷几度辉煌人生万里路
谁为你流泪谁为你心疼谁伴你风雨行
古老的民谣一辈辈唱
唱出了太阳唱落了星……